KB059687

문학과

예술의

다시

개벽

문학과 예술의 다시 개벽

임우기 비평문집

유역문예론의 개요 및 시론

솔

사랑하는,
蕙林·貞林, 아내 金淑子 님에게

　지난 겨울 이 책을 쓰면서, 올해가 수운(水雲 崔濟愚) 선생 탄신 200주년, 순도 160주년, 동학농민혁명 130주년이 되는 해라는 사실을 알게 되었다. 모쪼록 이 책이 이 뜻깊은 해에 작으나마 기념이 되길 바란다.

　졸저 『유역문예론』이 나온 후, 여러 선생님들이 과분한 격려의 말씀을 보내주셨다. 특히 저명한 독문학자요 작가이신 안삼환 선생님은 격려 어린 말씀과 더불어 새로이 '요결 형식'의 짧은 책을 써보라는 권유를 여러 번 하시던 차에, 마침 전라북도 김제 인근 '원평집강소'에서 초청의 자리가 생겼다.(2023. 10. 29.) 그 바람에 이리저리 고민 끝에, '유역문예론'의 '개요'와 함께 문학과 예술 영역에서 그 이론적 적용의 과제를 '시론試論'의 형식으로나마 풀이하기로 마음을 다지게 되었다. 그러니까 이 책은 『유역문예론』의 저자로서 최소한 책임감과 그 도리를 지키는 마음에서 집필되었다.

　이 책의 부제가 '진실한 문예작품은 무엇을 말함인가'인 만큼 개벽 사상의 공부와 함께 '기존의 문학예술'에 은폐된 '진실'을 밝혀감으로써 '개벽 세상을 여는 문예'의 길을 모색하는 것이 이 책의 의도요 의지라 할 수 있다.

책의 2부를 '試論'이라 총칭한 데엔 의도가 있는데, 주요 세계 명작들의 구체적 분석과 해석을 제대로 하려면 상당한 분량과 시간이 소요될 것이나, 여기서는 그 입문사門 또는 입론까지로 제한하였다는 것, 또 이는 내 역량과 시간이 모자란 탓이기는 하나 이에 못지않게, '참길'을 깨닫고 체득하고자 성실히 공부하는 이들에게 굳이 내 미흡한 비평의식을 일일이 다 드러낼 필요가 없다는 생각도 작용하였다. 그만큼 '문학과 예술의 다시 개벽'을 위해서는 글쓴이만이 아니라 향수자(독자)도 저마다 성심껏 '수심정기修心正氣'를 통한 조화(造化, 無爲而化)의 심오한 이치 및 그 작용과 스스로 접할 수 있어야 한다는 것이 나의 생각이다.

졸저 출간 이후 '유역문예론'에 대해 깊은 관심과 격려를 보내주신 당대의 큰 스승님들, 특히 졸저 『유역문예론』의 출간을 반가이 맞아 격려해주시고 이 책에 기꺼이 추천사를 써주신 문학평론가 백낙청 선생님께, '삶과 시대에 올바른 문학'을 몸소 가르쳐주신 염무웅 선생님과 안삼환 선생님, 문학평론가 정지창 형님과 최원식 형님께 고개 숙여 인사 올린다. 그리고 많은 어려움 속에서도 가까스로 이 책이 나오도록 늘 곁에서 힘을 보태고 애써준 시인 오봉옥 교수와 '40년 지기' 육근상 시인, 문학평론가 방민호 교수와 박수연 교수에게 감사의 마음을 전한다. 또한 긴 투병을 딛고 덜한 건강에도 기꺼이 상서로운 장정을 빚은 오필민 아우님에게 각별히 고마운 마음을 전한다.

책 뒤엔 재작년에 이승을 떠난 소설가 고 김성동金聖東 형님이 생전에 남긴 '跋'(1996. 6.)을 따로 넣었다. 형님과의 오래고 깊은 인연과 문학을 통한 순정한 교유, 한국문학의 정도正道를 기구祈求하던 지난날을 여기에 새로 새기고자 함이다.

자의 반 타의 반의 외톨이 세월이 길다. 천고天孤 운명을 벗어나지 못하는 이 아빠와 절친이 되어준 사랑하는 두 딸 정림이, 혜림이가 고맙다. 팔자가 드센 건지 본의 아니게 많은 잘못을 지었음에도 늘 꿋꿋하게 가없는 사랑을 베푼 아내 김숙자 님에게 진심 어린 사죄와 함께 고마운 마음을 이 소박한 책이 대신할 수 있다면 더 바랄 바 없다.

2024. 6.

저자

차
례

1부

문학예술의 다시 개벽·1

진실한 문예작품이란 무엇을 말함인가

1. 동학의 연원

움직이는 것은 기운이요, 움직이고자 하는 것은 마음이요, 능히 구부리고 펴고 변하고 化하는 것은 귀신이니라. 귀신이란 천지의 음과 양이요 이치와 기운의 변동이요 차고 더움의 精氣니, 나누면 한 이치가 만 가지로 다르게 나타나고(分則一理萬殊) 합하면 한 기운[一氣]일 따름이니라. 그 근본을 연구하면 鬼神, 誠心, 造化가 도무지한 기운이 시키는 바니라. (「海月神師法說」, 『동경대전』)

---

* 이 글은 2023년 10월 29일 전라북도 원평에 자리한 '원평집강소'에서 행한 '문학강연'의 초록을 보완하고 새로 추가한 원고임을 밝힙니다.
** '문학예술의 다시 개벽'은 수운 동학에서 '다시 開闢'을 빌려 온 제목입니다.
  "十二諸國 怪疾運數 다시 開闢 아닐런가"(「안심가」, 「몽중노소문답가」에서 반복됨.)
  「안심가」에는 보국안민 척양척왜의 반제국주의 의식이 충천해 있습니다. 특히 당시 서구 근대 제국주의 세력에 붙은 일제를 강하게 비판하는 반제의식이 나옵니다. "개 같은 倭賊놈아 너희 신명 돌아보라, 개 같은 왜적놈아 전세임진 왔다 가서…" 수운 같은 聖人도 분노하시고 있으니, 수운의 동학은 정신사적으로도 특히 동학농민혁명의 반외세 자주 정신의 일환으로서 반제국주의 이념으로 이어지는 특별한 씨앗(도화선)으로서 이해할 수 있습니다. (본문 중, ~선생 등 존칭은 생략합니다.)

마음을 닦는(修心) 것을 중히 여긴 수운(水雲 崔濟愚)은 이적異蹟을 좇는 수행자들을 한탄하며 "흐린 기운을 쓸어버리고 맑은 기운을 어린 아기 기르듯 하라."[1]고 강설하셨습니다. 혹시나 이 자리서 이야기할 '유역문예론'에서, 특히 '귀신' 이야기가 동학의 맑고 심오한 정신에서 벗어나 이 귀한 자리를 괴력난신怪力亂神의 기이함에 취하게 하는 것은 아닐까 하는 우려가 조금 일기도 했습니다.

고려 후기 충렬왕 때 일연 대사(一然 大師, 1206~1289)는 한겨레의 영혼이 담긴 역사서 『삼국유사三國遺事』(1281) 서두에 공자는 '괴력난신을 말하지 않는다'[2]고 했지만, "신이神異한 이야기'들을 불러들여 우리 겨레의 고대사를 기술한다 해서 무엇이 괴이하랴."라고 썼습니다. 몽고의 침략으로 국난에 처했고 당시 지식인들은 사대주의에 빠져 있던 고려 후기 사회에서 대사는 『삼국유사』의 저술을 통해 민족혼을 회복하고 자주 의식을 일깨우려 하였던 것입니다. 하기야 유가의 비조인 공자孔子는 괴력난신은 피한다고 했지만, 『논어論語』에는 '귀신을 공경하되 멀리하면 지혜롭다'[3]라고 했고, 『중용中庸』에서는 '귀신'의 공덕을 칭송하는 유명한 논설을 남겼으니, 동학의 '귀신'을 일제 치하와 해방 후부터 서구 사조에 지배당해온 이 땅의 지배세력이 해왔듯이 혹세무민

---

1   「歎道儒心急」,『東經大全』
2   「述而」,『論語』
3   「雍也」,『論語』

으로 내몰지를 말고 이제부터라도 정성과 공경(誠敬)으로 '귀신'
을 모시는 마음을 갖고 이해하는 것이 바람직합니다.

근대 합리성이 지배하는 시대와 세상에서 아무리 귀신이 천
대를 받는다 해도, 공자가 귀신은 천지만물에 작용하지 않는 바
가 없는 본체라 했으니 귀신의 존재와 작용 문제를 깊이 생각해
볼 필요성이 다분합니다. 더욱이 수운이 '접신接神'한 '한울님 귀
신'에 관한 문제에도 이 귀신에 대한 중화문명의 유가적 해석이
여전히 유효하다고 생각합니다. 그럼에도 천지의 '본체'이자 '작
용'으로서 귀신이 주자(朱熹, 1130~1200)의 해석대로 리理이자 기
氣라 하더라도, 귀신은 한국인에게 그 '본질의 유래'가 다르니, 이
를 따져 물어볼 필요가 있는 것입니다.[4] 그러므로 한국의 정신사
에서 다른 무엇보다 "정말 어마어마한 역사적 사건"[5]이라 찬讚을

---

4 주자학으로 보면, 太極은 理이고 음양은 氣이니, 理는 형체가 없으나
   氣는 '자취'가 있습니다. 곧 태극은 리이고, 움직임과 고요함(動靜)은
   氣입니다. 기에 이미 움직임과 고요함이 있으면, 기에 실려 있는(乘) 理
   또한 움직임과 고요함이 없을 수 없습니다. 기가 유행하면 리도 유행
   하니 이 둘은 늘 서로 의존하여 서로 떨어진 적이 없지요. 성리학의 전
   통에서 보면, 태극(理)이 귀신의 작용이 있자마자 바로 氣化(形而下者,
   실제적인 것으로化)합니다. (朱熹,『太極解義』참고)
5 凡夫(김정설) 선생의 표현. 범부『풍류정신』참고. 제 생각의 大綱을 덧
   붙인다면, 수운 동학에는 상고대 이래 황하문명, 만주문명, 고조선문
   명의 핵심 덕목들이 깊이 포함되어 심오한 '원융회통'의 경지를 감추
   고 있을 뿐 아니라, 수운 동학이 품은 도저한 '생명 사상'의 경지가

받는 수운 동학에서 '한울님 귀신'의 근원(본질의 유래)을 묻는 일은 '원시반본'이라는 시대적 요청과 그 대의에도 걸맞는 사상 작업이라는 생각을 떨칠 수 없습니다.

자본주의 세계체제가 사람의 삶을 비롯한 전 지구적 생태계를 회복 불능 상태에 몰아가고 갈수록 경쟁적 욕망을 부추기고 있는 상황에 서구 근대 물질문명에 편입되어 종속 상태에 있는 한국 사회에서 문학예술 활동을 통해 황폐해진 한국인의 영혼을 되살리는 일이란 이제 불가능에 가깝고 그조차 더는 무의미해 보입니다.

본디 문학예술은 사람 마음의 폐허 상태를 소생시키는 은밀한 힘을 가지고 있습니다. 문학예술의 행위가 가지는 힘은 예술 작품이 지닌 본연의 힘에서 말미암습니다. 예술 작품을 중심으로 작가와 비평가, 감상자가 두루 성실한 마음과 자세로 교감할 때 예술 작품은 '스스로 그러함' 경지에서 진실을 드러냅니다. 이러한 예술 작품을 일러 '진실한(즉 성실한) 예술 작품'이라 부릅니다. 그렇다면, 무엇보다 '진실한 문예작품은 무엇인가', '진실한 문예작품은 어떻게 창작되는가'라는 근본적인 질문과 함께 그 답변을 찾는 일이 긴요합니다.

'原始返本의 시대적 요청'에 따라 새로운 조명을 받으며 세상에 널리 이로운 이치가 되리라, 라는 점에서 실로, "정말 어마어마한 역사적 사건"이라 할 수 있습니다.

땅의 혼, 수운 동학

일제 식민주의의 잔재와 함께 사대주의의 고질적 풍토가 여전한 가운데 서구의 근대성에 매몰되다시피 한 한국의 지성계에서 문학예술계도 크게 다를 바 없습니다. 문제는 서구 근현대의 학식을 배우는 것에 있는 게 아니라, 몰아 상태의 사대주의 의식에 있습니다. 여전히 작금의 문학예술계도 주체적 실천 정신을 찾아보기 쉽지 않습니다.

한겨레가 살아온 이 땅에도 혼이 삽니다. 이 '땅의 혼'은 겨레의 시난고난한 역사와 동고동락하면서 천지 만물 중에 만신萬神을 낳고 기릅니다. 만신의 국가 이념을 치켜세운 이 땅의 첫 나라인 '단군조선' 이래 이 땅의 혼은 우여곡절을 겪은 끝에 조선왕조가 순망脣亡으로 이빨이 시린 지경에 이르러, 신라의 옛 수도 경주 인근 땅에서 수운 최제우에 의해 창도되는 동학을 맞이하여 그 경이로운 부활을 알리게 됩니다.

대중 일반은 물론 지식인 계층의 집단의식 속에 넓게 뿌리내린 사대주의적 근성을 극복하는 이 땅의 혼이 수운 동학에 생생합니다. 동학은 땅의 혼을 모시는 '자재연원自在淵源'의 정신이 바탕입니다.[6]

---

6   구한말 나라가 위난에 빠진 시기에, 소위 민중 종교가 들불처럼 번진
    원동력도 이 땅의 혼을 되살리는 '자재연원'의 정신에서 나온 것이라

졸저 『유역문예론』[7]에서 '귀신론'은 아직 이론적으로 채워야 할 부분들이 많은 미완의 논論입니다. 새로운 문예론이 실질實質에 부합하기 위해서는 실제 문예작품에 두루 적용이 가능한 이론의 일반성 내지 보편성을 가져야 합니다. 귀신론이 이론적 보편성을 얻기 위한 검증이 까다로운 데엔 이유가 있습니다. 그 이유는, 귀신(론) 자체가 지닌 애매모호성입니다. 귀신은 (음양의) 조화造化에 작용하는 기운으로서, 수운은 "보였는데 보이지 않고, 들렸는데 들리지 않고", "들렸는데 보이지 않는"다고 표현합니다. 그럼에도 '오직 귀신만은 그것을 기氣라고 해도 되고 이理라고 해도 되는'[8] 존재입니다. 귀신에 대한 세간의 편견과 선입견을 버리고 귀신은 '정성껏 온몸으로 접接해서' 보아야 바로 보인다는 뜻입니다. 귀신을 가리켜 '풍속적 귀신' 또는 '세간마世間魔'라거니 하는 말들은, 하느님(한울님)[9]이 수운에게 나타나 말했듯이,

---

할 수 있습니다. 특히 대종교大倧敎의 '自性求子 降在爾腦' 정신을 주목합니다.
　해월 최시형 선생이 인용한 말씀이기도 한 '자재연원'의 뜻은, '진리는 자기 안에 있는 것이므로 진리를 바깥에서 찾지 말라'는 뜻. 또한 대종교의 가르침인 '自性求子 降在爾腦'는 '자기 성품은 자기에게서 구하지 다른 곳에서 구하지 말라, 네 머릿속에 이미 내려 있다.'라는 뜻.

7　임우기, 『유역문예론』, 솔출판사, 2022.
8　유학에서 귀신관, 특히 주자의 귀신관을 깊이 해석하고, 주기론 관점에서 높은 경지의 귀신론을 펼친 녹문 임성주(鹿門任聖周, 1711~88)의 말.
9　'天'의 우리말 이름은 ᄒᆞᄂᆞᆯ님 한울님 하느님 등 여럿이나, 이 강연문에서는 널리 통용되는 '하느님'으로 부르기로 합니다.

"천지는 알아도 귀신을 모르는" 상태로서 아직 지적 미숙 상태에 머물러 있거나, 서구 근대의 '합리적 이성'이라는 '세간마'에 단단히 얽매여서 외려 이 땅의 혼을 무시하고 무관심한 몰아적 수준에 불과합니다.

'예술 작품의 안팎'에서 귀신의 생생한 묘용과 묘처를 살피고 밝히는 일은 매우 '애매모호'함에도 새로운 문예비평 이론을 탐구하고 세우는 도정道程에 서 있음을 의미합니다.

'하느님 귀신'

근래에 와서 동학을 위시한 '개벽 사상'의 전파에 큰 힘을 쏟고 계시는 저명한 문학평론가이며 영문학자인 백낙청 선생이 직접 사회를 맡아 진행하는 「백낙청 TV」를 가끔 유튜브에서 찾아봅니다. 얼마 전 소태산 박중빈(小太山 朴重彬, 1891~1943)이 창도한 원불교[10]를 소개하는 프로그램이었는데 그 자리에 참석한 교수분들이 대체로 구한말부터 국권을 빼앗긴 일제 치하의 식민지 시절에 흥기한 여러 '개벽 종교'들 중에서 개벽 사상의 큰 맥을 동학-증산

---

10 圓佛敎, 1916년 전북 익산군에 중앙 총부를 두고 소태산 박중빈이 개창한 종교. 불교의 현대화와 생활화, 대중화를 주장하여 시주施主·동냥·불공 등을 폐지하고, 각자 직업에 종사하면서 교화 사업을 시행함.

교-원불교의 종교 사상에서 찾고 있었습니다. 아직 개벽 종교 사상에 공부가 덜된 저 같은 천학이 이에 대해 달리 토를 달 수는 없습니다만, 이 땅의 인민들이 품은 '마음의 씨올'에서 '개벽'의 혼(心靈)과 그 개벽 정신의 온전한 맥을 깊이 이해하려면 아무래도 온갖 민중 종교의 바탕이요 종지인 '수운 동학'과 뒤를 잇는 증산甑山 사상, 소태산 원불교 사상 외에도, 특히 홍암 나철(弘菴 羅喆, 1863~1916)의 대종교大倧敎[11]를 포함해야 한다는 생각이 듭니다. 서구 근대 문물에 크게 의존하는 자유주의적 학문 풍토와 유물사관에 치우친 진보주의 시각, 아직 환골탈태의 조짐이 보이질 않는 학계의 기득권적 시각에서 보면 단군조선의 이념과 사상으로서 단군신화 또는 '천부경天符經' 사상의 내용과 그 정당성을 이해하

---

11 대종교, 단군 숭배 사상을 기초로 하여, 조화신造化神인 환인桓因, 교화신敎化神인 환웅桓雄, 치화신治化神인 환검桓儉의 삼위일체인 '한얼님'을 신앙적 대상으로 존중하는 우리나라 고유의 민족 종교. 고려 때 단군교의 부활로도 이해됩니다. 특히 주목할 점은 대종교의 핵심 '自性求子 降在爾腦'에는 내 안에 '내림을 통해 내재하는 神'(降在…)을 신앙하는 내용이 담겨 있습니다.
다음 글을 참고. "'우리 고대 국가들이 지녔던 단군교명이 각기 달랐던 것—부여는 代天敎를 신라는 崇天敎, 고구려는 敬天敎, 고려는 王儉敎로서 매년 10월에 拜天함—을 말해주는 실례이며, 신라의 단군교를 일명 풍류도라고 한 것도 그 한 예이다.' 또한 영조 때 실학자 성호 이익은 『東事類考』에서, "우리 동방 '倧敎'를 그릇 가리켜 仙敎라고 하지만 실은 단군께서 세우신 종교이다"라고 한 것은 조선왕조에서의 단군교명이 '倧敎'였음을 고증하는 자료라 하겠다."(신철호, 「단군사상과 大倧敎」)

려 하지 않고서 무턱대고 진위 여부부터 따지려 들거나 하는 얼빠진 논쟁으로 부지하세월을 허비하다가, 결국 진실과 진리의 규명에는 아랑곳하지 않은 채로 국수주의니 낡은 민족주의니 허망한 논리로서 비난으로 끝나는 고약하고 한심한 버릇은 쉬이 고쳐질 것 같지 않습니다.『천부경』이나『삼일신고』의 내용과 원리를 성실히 궁구해보지도 않은 채 진위 여부를 따지는 것은 옥동자를 낳기도 전에 옥동자의 정체를 의심하여 지우려 애쓰는 꼴과 다르지 않습니다.『천부경』과『삼일신고』를 주요 경전과 주요 종교 원리로 삼은 대종교(단군교)가 단군조선 이래 민족정신의 뿌리와 정통성을 추구한 자주정신과 한민족의 고유한 얼을 되찾으려 한 이 땅의 문화사 정신사의 맥락에서 새로이 조명되고 널리 공유될 필요성을 느낍니다.

도교는 민간신앙에 퍼진 '신선설神仙說'을 중심으로 한 자연발생적 상태에 있다가 노자老子 사상과 접합하면서 종교적 체제를 갖추게 됩니다.[12] 간략히 말해, 도교는 특히 '불로장생'을 목표로

---

12 원시 도교에 영향을 준 讖緯說은 세상과 사람의 운수, 미래를 豫言하는 민간신앙 중 하나. 風水地理를 통해 사람의 현재와 미래의 吉凶禍福을 조정할 수 있다는 설. 신라말 고려에 유행한 圖讖說은, 음양오행설에 天人感應說, 符瑞說 등이 가미되어 성립한 사상으로 신라 말 당의 유학생을 통해 전해진 것으로 보임. 동학의 원류를 이해하는 데 참고할 만합니다.

삼아 심신의 수련을 중시하면서 '단丹'같이 양생술養生術과 의술에 깊은 관심을 쏟습니다. 우리나라 고대에 신선도는, 산악신앙과 북방 샤머니즘과 깊이 연관되어 있습니다. 단군신화를 보면 알 수 있습니다. 환인(하느님)의 아들 환웅이 천부인天符印 세 개를 품고 천계天界에서 삼천 신하를 거느리고 태백산 신단수 아래에 강신降神하여 신시神市를 건설하는 단군신화를 통해 산악신앙으로서 고유의 신선도와 북방 무교巫敎가 융합하게 된 우리 겨레의 사상적 원천을 대강 이해하게 합니다. 우리 고대사에서, 신라 때 유학자 고운 최치원(孤雲 崔致遠, 857~?)은 중국 당나라에 유학 가서 도교를 접하고 귀국 후에는 도사(神仙)로 살다 가야산伽倻山 어디쯤에서 '신선으로 사라진(仙去)' 인물로 전해집니다.[13] 중국 도교의 전래와도 연관되어 있습니다만, 단군왕검[14]이 1500년 동안 옛 조선을 통치한 후에 아사달阿斯達에 들어가 산신이 되었는데 1908세를 살았다는 고사는 불로장생을 목표로 삼는 신선도 사상과 강신을 통해 천계(桓因)와 접하는 '단군'의 무적巫的 성격 등이 서로 융합하여 독자적인 성격을 지닌 신선도 사상을 이루고 있음을 반영합니다. 단군신화에서 보여주는 한겨레의 고유한 신선도는 신

---

13 최치원,『桂苑筆耕集』참고.

14 고조선의 '임금'을 '단군'이라고 불렀다는 직접적인 기록은 없지만, '檀君王儉'이라는 이두식 한자 표기를 유추하면, '단군'은 몽골 신화에서 탱그리, 튀르크에서는 탕그리로 불리는 '神人'이며, '왕검'은 우리말 '임금'의 한자식 표기라는 해석이 설득력을 얻고 있습니다.

라에서 국가 이념을 구체적으로 실천하는 풍류도(화랑도) 정신으로 전개됩니다. 고운이 '난랑비鸞郎碑'에 '풍류風流'를 정의한 문장은 한국 정신사의 원류를 이해하는 데에 중요한 증표입니다.

예전부터 이 땅에 신선도의 유래와 그 성격에 대해서는 설왕설래가 있습니다만, 조선상고사에 정신적 바탕을 이루는 배달겨레의 고유한 신선도는 대부분 산악으로 이루어진 한반도의 풍수지리와 연관된 산악신앙과 함께 '만주 유역의 샤머니즘 문명'과 중국의 고대 도교와의 습합을 통해 이루어진 '특유의 신선신앙' 등에 의하여 단군신화의 정신세계가 성립된 점, 또 고조선 이후 신라의 풍류도로 독자적 신선 전통이 강화되어 이어지다가 그 명맥이 성리학이 지배하던 조선 역사 속에서는 민간 생활과 민속문화에 깊이 복류하게 됩니다. 그러다가 조선의 멸망기에 이르러 그스러져가던 사상적 원류가 수운의 동학 창도를 통해 새로운 사상의 종교로서 다시 역사의 전면에 현현합니다.[15]

---

15 『東經大全』에서 한울님을 '上帝'로 표현한다거나, 한울님이 仙藥을 주었다거나, 符籍을 먹이면 질병을 고칠 수 있다는 것 등은 도교와 깊은 관련이 있습니다. 특히 선약이나 부적을 통한 질병을 고치는 등 도교적 養生과 수련법의 전통은 중국 도교 역사에서 어렵지 않게 확인할 수 있습니다. 이러한 도교적 공통점과 함께, 고조선의 고유한 신선도 사상이 지닌 독자적 특성을 찾을 수 있습니다. 단군신화에 나오는 '三危太伯'은 산악신앙과 관련이 깊고 단군이 山神이 되어 산신과 신선과 샤먼이 하나를 이루고 있는 점. 산신 사상과 하나가 된 신선사상은 滿洲 유역의 도도한 '샤머니즘(巫敎) 문명'과 서로 깊이 융합하며, 배달족(한겨레)이 세운 첫 나라인 '고조선'의 사상적 바탕을 이루

'人傑은 地靈이라.'

어화 세상 사람들아 古都江山 구경하소/人傑은 地靈이라
名賢達士 아니날까/하물며 龜尾山은 東都之 主山일세/崑崙
山 一支脈은 重華로 벌려 있고/我東方 구미산은 韶重華 생겼
구나 (「용담가」,『용담유사』)

   수운이 태어나 성장한 옛 신라의 수도 경주 유역에 있는 구미
산 용담의 '지령地靈'에 대해 곱씹을 필요가 있습니다. 일연 대사
의『三國遺事』에도 나옵니다만, 1600년 전에 아도화상我道和尚이
신라 땅에 처음 불교를 전래한 곳도 '구미 선산' 지역이라 하듯
이, 신라 정신의 토대인 불교가 처음 신라 땅에서 발복하고 융성

며 국가 사상과 이념으로 세워집니다. 먼 옛날 독자적인 산악신앙과
북방 샤머니즘, 도가적 신선사상이 융합된 '檀君神話'에서 나타나는
고조선의 고유한 신선도는 삼국시대에 와서, 특히 신라에서 풍류도로
이어져서 '國仙'이 '仙人 집단'인 花郎徒를 이끌면서 통일신라의 국가
체제에서의 中樞가 됩니다. 이 역사적 과정에서 불교와의 습합이 이루
어지는데, 특히 圓光의 '如來藏 사상(唯識佛教로 전개)'을 바탕으로 하
는 대승불교 정신의 菩薩道와 '世俗五戒'는 '儒佛仙'의 원융회통의
실천적 정신이 깊이 작용하고 있습니다. 이후 元曉, 義湘 등 대승불교
의 독창적인 華嚴사상의 滿開로 이어집니다. 삼국 중에서도 신라는 신
선 설화가 많이 전해지고 仙風이 대단히 성행하며 仙家의 인물이 많이
나왔다고 합니다.『고려사』,『삼국사기』,『삼국유사』등 옛 문헌에서
이를 확인할 수 있습니다.

하게 일어난 지연地緣이 깊은 곳이 수운의 고향 유역입니다. 수운은『동경대전』「수덕문」을 비롯, 한글 시가집인『용담유사』에서 고향인 용담의 수승한 풍수를 찬하고 있습니다. 수운이 지은『용담유사』의 앞부분에 '용담가龍潭歌' 연작이 나옵니다.「용담가」를 보면 고향 신라의 수도 경주 유역을 중심으로 예부터 전해진 풍수 점복 등 전통 사상과 민속이 면면히 이어지고 있음을 알 수 있습니다.

수운의 부친인 널리 이름난 송유宋儒이자 퇴계退溪의 학풍을 이은 근암 최옥(近庵 崔沃, 1762~1840)이 벼슬길을 마다하고 후학을 가르치며 유유자적하던 구미산龜尾山 용담龍潭 터를 칭송하는 가사가 여럿 나옵니다. 곳곳에서 전통 풍수지리 사상이 깊이 작용하고 있습니다. 예를 들면, "…龜尾龍潭 좋은 勝地 도덕문장 닦아내어/ 山蔭水蔭 알지마는 立身揚名 못하시고/ 龜尾山下 一亭閣을 용담이라 이름하고/ 山林處士 一布衣로 후세에 傳탄말가…"라는 시가에는 부친인 근암이 구미산 용담의 음덕蔭德을 입었지만 입신양명을 못하였다 하여 전래의 풍수지리설이 작용하고 있음을 볼 수 있습니다. 이와 더불어 전통 풍수 사상에 따라 '승지勝地'인 구미산 용담의 '지령'이 수운 스스로 자신의 득도와 깊이 연루되어 있다고 분명하게 밝히고 있는 점에 주목할 필요가 있습니다.

「용담가」의 일곱 편의 가사 중에 두 번째에는 의미심장한 아래 구절이 있습니다.

어화 세상 사람들아 이런 勝地 구경하소

東邑森山 볼짝시면 神仙없기 괴이하다

西邑主山 있었으니 鄒魯之風 없을소냐

어화 세상 사람들아 古都江山 구경하소

人傑은 地靈이라 名賢達士 아니 날까

하물며 龜尾山은 東都之 主山일세

崑崙山 一支脈은 重華로 벌려 있고

我東方 구미산은 韶重華 생겼구나

어화 세상 사람들아 나도 또한 출세 후에

古都江山 지켜내어 世世流轉 아닐런가[16]

  이「용담가」의 시구들이 의미심장한 까닭은 무엇보다 신라의 수도 경주의 '지령'과 관련이 깊기 때문입니다. 또한「용담가」는 수운 동학의 근원이 단군 이래 신선도[17]가 신라에서 활짝 만개한 풍류도에 있음을 보여줍니다. 특히 '人傑은 地靈(토지의 정령, 땅의 신령스런 기운)이라'라는 가사가 뜻하는 바는 무엇인가. 이는 수운 동학의 탄생이 원향原鄉인 경주 땅의 유서 깊은 '지령'과 깊이 연관되어 있음을 시사합니다. 이 시구는 수운의 심연에는 선험적

---

16 『龍潭遺辭』(동학연구원 편, 1991)에 수록된「龍潭歌」중 두 번째 시가.
17 단군교 등 여러 명칭으로 불리기도 하는 대종교에서는 '신선도'의 시작을 단군신화의 내용 중에서 웅녀와 호랑이에게 쑥과 마늘로 된 仙藥을 먹고 백일기도를 드리는 것에 比定합니다.

인 지령이 작용한다는 뜻을 내포합니다. 다시 말해, 동학의 연원에는 수운의 조상 대대로 이어진 자가의 내력과 타고난 '지령' 등 '선험적 각성'에 있다는 말입니다. 자가自家의 내력으로서 퇴계학의 종지를 잇는 영남의 중요한 유학자인 부친의 높은 덕망과 깊은 학문을 이어받은 사실 외에도, 특히 통일신라기 대승불교의 여래장如來藏 사상에 이어지는 일심一心의 유식사상 그리고 선조인 최치원이 설한 바 있는 '풍류風流'의 선험적 각성과 그 영검과도 깊은 인연이 있습니다. 수운의 무의식 속의 원형archetype처럼 이어져온 '원융회통圓融會通' 정신의 씨울이 이미 수운의 탄생과 성장을 지켜온 '지령'의 힘에 의해 꽃을 피운 것이라고 할 수 있습니다. 그 '유불도 포함삼교儒佛道 包含三教'의 내력 안에 현묘한 씨울의 조화력이 발휘된 정신적 요소가 바로 풍류도[18]의 신도神道라고 생각됩니다.

---

18 "崔致遠 鸞郎碑序 曰"國有玄妙之道, 曰風流, 設敎之源, 備詳仙史, 實乃 包含三敎, 接化群生…: 나라에 현묘한 도가 있으니 풍류라 한다. 敎를 세운 근원이 仙史에 상세히 갖추어 있으니, 실로 (유 불 선)三敎를 포함한 것으로 接하면 모든 생명을 化生한다."(金富軾, 「新羅本紀」, 『三國史記』)

수운이 부친인 근암의 인품을 지극히 흠모하고 그 학문을 추앙했듯이, '구미 용담'의 地緣과 함께 경주 최씨 28대조로서 당시 유학에 밝은 것은 물론 도교에도 심취, 우리나라에 道脈을 전해준 주요 仙人으로 살다간 孤雲 崔致遠이 설한 '풍류도'에 깊이 침잠했으리란 점은 넉넉히 짐작될 수 있습니다.

단군조선 이래 융성하던 이 땅의 신도 전통은 역사 속에서 현세의 복리를 추구하는 민간신앙으로 변질한 무교巫敎로 명맥이 이어지고, 도교는 이 땅에 수용되는 과정에서 우리나라의 고유한 신선도 전통으로 혼융됩니다. 고대 이래 부적 등 주술 및 도참圖讖(참위설과 풍수지리설이 융합. 나말여초에 크게 융성) 등 점술이 횡행하고 오늘날까지 세간에서는 뚜렷한 무풍巫風의 풍속들이 잔재로 남아 이어지고 있음을 어렵지 않게 볼 수 있습니다.

중요한 것은 전통 무의 변질 여부가 아니라 고래로 전해온 신도 전통이 역사 속에서 은폐된 채로, 겨레의 의식 생활 문화 전반에 걸쳐서 원천적 힘으로 작용하는 '거대한 뿌리'를 이루고 끈질긴 생명력을 잇고 있다는 점입니다. 다시 말해 북방 샤머니즘의 영향권에서 토착화된 고대 신도, 곧 무巫가 한국인의 얼을 구성하는 핵심적 원형의 하나로 깊은 뿌리를 내린 것입니다. 이 유서 깊은 전통 무는 조선 시대 이후에 오래 억눌린 채 민간에서 유행하던 중, 구한말에 조선왕조의 붕괴와 함께 인민의 생존이 나락에 떨어지던 위난의 때, 1860년 봄 수운의 득도에 이은 동학의 창도가 기점이 되어 마침내 폭발적으로 분출하기 시작, 숱한 '민중 종교'들 속에서 부활합니다.

전통 巫와 '하느님 귀신'

"國有玄妙之道, 日風流, 設敎之源, 備詳仙史, 實乃 包含三
敎, 接化群生…"(孤雲 崔致遠)

중국 유학 시절에 도교에 심취한 통일신라기의 사상가인 최치
원에 따르면, '풍류(도)'는 유불선의 '포함삼교包含三敎'와 '접화
군생接化群生'이 요체라는 것입니다. 여기서 '儒佛仙을 포함'하고
'接化群生'하는 풍류도가 '仙史에 상세히 나온다'는 말은 주목을
요합니다. 보건대, 수운을 낳고 기른 신라의 옛 수도 경주 땅 '지
령'에 이미 고조선의 신도와 연결된 풍류의 '접화군생'이 들어 있
고, 대승불교의 보살도菩薩道와 여래장 사상(唯識學)을 통한 '화쟁
회통'의 화엄 사상이 들어 있으니, 이 전래의 높은 정신들은 모두
수운의 '마음心'에 지령의 인연으로 '숨겨진 씨'(계기, 幾微, 藏)였
던 것입니다.[19] 다시 말해, '현묘지도玄妙之道'의 전통은 긴 역사 속

---

19 '接'은 동학에서 중요한 개념입니다. '接'의 연원을 생각해보면, 풍
   류도의 '接化群生'을 떠올리게 됩니다. 동학 조직이나 의식의 기본 용
   어로서 包接制, 接主, 開接, 罷接, 接所 등에서 '接'은, '接化群生'의
   '接'과 같이, "남녀노소 빈부귀천의 차별 없이 모든 사람을 교화한다
   는 것과 그 뜻을 같이한다"는 것입니다.(安晉吾 선생) 최치원의 풍류에
   관한 글에서 '현묘지도'로서 '풍류'는 '仙史'에 소상히 기록되어 있고
   그 특징이 '포함삼교 접화군생'이라 한 것에서 추정할 수 있듯이, '접'
   은 '接靈之氣' 接神'에서 '內有神靈'의 '氣化'를 위한 '玄妙한 道'의

에서 복류하다가 조선 말 수운을 만나 마침내 동학의 원류로서 '나타나게' 됩니다. 수운이 한울님을 '접'한 극적인 사건은 고대 신선도의 무풍巫風인 '접신'과 뗄 수 없는 내연관계에 있습니다.

[한울님과의 첫 번째 접신]

"뜻밖에 사월에 마음이 선뜩해지고 몸이 떨려서 무슨 병인지 집중할 수도 없고 말로 형상하기도 어려울 즈음 어떤 神仙의 말씀이 있어 문득 귀에 들리므로 놀라 캐어 물은즉 대답하시기를 "두려워하지 말고 두려워하지 말라. 세상 사람이 나를 上帝라 이르거늘 너는 상제를 알지 못하느냐." 그 까닭을 물으니 대답하시기를 "나 또한 功이 없으므로 너를 세상에 내어 사람에게 이 법을 가르치게 하니 의심하지 말고 의심하지 말라." 묻기를 "그러면 西道로써 사람을 가르치리이까." 대답하시기를 "그렇지 아니하다. 나에게 靈符 있으니 그 이름은 仙藥이요 그 형상은 太極이요 또 그 형상은 弓弓이니, 나의 영부를 받아 사람을 질병에서 건지고 나의 呪文을 받아 사람을 가르쳐서 나를 위하게 하면 너도 또한 長生하여 덕을 천하에 펴리라." (「포덕문布德文」, 『동경대전』)

___

뜻이 포함되어 있습니다. 실로 '내 안의 귀신'이 작용하여 일으키는 '무위이화(造化)의 道(방편)'입니다.

하느님이 직접 수운에게 건네준 영부靈符를 선약仙藥이라 부르고 영부를 받아 사람을 질병에서 구하는 것, 또 '하느님 신선'이 '(不老)長生'을 약속한 것도 도교의 뚜렷한 습성으로서 이와 습합된 전통 신선도의 징표입니다.

하느님과의 첫 '접신'에서, 무엇보다 주목할 점은 수운은 하느님을 '신선' 호칭한 점입니다. '상제上帝'의 어원도 신선도(도가)에서 온 것으로 볼 수 있습니다. 그러니 '신선'을 '하느님'과 동격으로 여기는 것입니다. 동학이 창도되는 결정적인 계기인 하느님과의 '접신'에서 신선과 하느님이 서로 혼용된 채 '하나'로 인식됩니다. 하느님같이 신격神格을 가진 신선은 단군이라는 존재처럼 동시에 '인신人神'입니다. 이 하느님과 '신선'을 동격으로 여긴 수운의 말씀이 중요한 의미를 지닌 것은, 사람은 누구라도 선천적으로 '인신의 씨唯識學'(대승불교로 말하면 '여래장如來藏'에 견줄)를, 곧 '시천주의 씨올'을 태생적으로 가지고 있음을 시사한다는 것입니다. 하느님이 지상에 수시로 강신하여 '접'하는 인신의 성격을 포함하여 '일즉다一卽多의 신성'을 가지고 있기에, 수운에게 "내 또한 공이 없으므로"라 하는 '천진난만한 인신'의 말씀과 함께 "그 형상은 弓弓이니" 곧 '본연의 마음(正心)'을 가리키는 영부의 형상을 건네는 것입니다.

이처럼 고조선의 단군 이래 이 땅에서 깊이 뿌리내린 채로 그 맥을 이어온 전통 신선 사상 혹은 풍류도와 그에 밀접한 내용을 갖춘 언술들이 동학 경전인『동경대전』,『용담유사』의 여러 곳에서 발견되는 사실을 결코 간과해서는 아니 될 것입니다.[20]

여기서 한 가지 짚고 갈 것은, 여러 해석이 분분한 '을묘천서'에 관한 것입니다.『도원기서道源記書』[21]에 나오는 을묘년(1855년)에 당시 경상도 울산에서 수행 중인 수운은 금강산 유점사에서 수행하는 한 스님의 방문을 받고서 '천서天書'의 해독을 부탁받았고 선생은 그 비의를 풀이했다 하는 고사입니다. 이 천서의 정체

---

20 『龍潭遺辭』에서「安心歌」는 수운의 한울님과의 접신에 이은 득도의 '시간'들을 다룬 가사인데, 그 득도의 상황 묘사에 선가의 용어들이 여럿 쓰이고 있음이 예의 주목됩니다. 수운은 자신을 '신선'에 빗대거나 '신선'과 '한울님'을 혼용하고 있습니다. 가령, "나도 또한 神仙으로/ 이런 風塵 무삼일고… 欽羨해서 하는 말이/ 神仙인가 사람인가"(안심가), 또한 "…이내 仙境 구미용담"(용담가) "入道한 세상사람 그날부터 君子되어/ 無爲而化될 것이니/ 地上神仙 네 아니냐"(교훈가) (…) 내가또한 神仙되어/ 飛上天 한다 해도… 등. 경전에는 '신선'이라는 말을 위시하여 仙風道骨, 불로불사, 不死藥, 長生 등 신선도를 가리키는 말들이 많이 쓰여 있습니다.

21 동학의 역사가 기록되어 있는 것으로 원제는 '최선생문집道源記書' 입니다. 1880년 경진년 간행된 것으로 현존하는 가장 오래된 동학 관련 문서로 동학의 연원과 역사를 밝혀주는 자료입니다.
1879년 해월이『동경대전』을 편찬함에 따라 그 동학의 연원을 밝히는 역사를 제자 강수(姜時元)로 하여금 기록해 쓰게 한 책으로 원제목에서 '최선생문집'은『동경대전』을 가리키니,『도원기서』는『동경대전』출간에 따른 내력, 곧 수운, 해월 등으로 이어지는 동학의 略史라 할 수 있습니다. 원래 동학의 2대 교주인 해월이 품에 안고 다니던 것인데 해월이 1898년 체포될 때 그의 제자인 김연국에게 전한 것으로, 김연국의 유언에 따라 1978년 4월에 세상에 공개되었습니다.

와 동학의 창도와의 정신적 사상적 연관성에 대해 학자들 간에 설왕설래가 있습니다만, 제 추정으로는 전통 신선도와 깊은 연관성을 지닌 비문(祕文, '天書')이라고 생각합니다.[22]

동학의 '귀신'

이 땅의 유서 깊은 혼맥魂脈의 정통성을 이해해야 동학의 근원이 보입니다.

백두산을 중심으로 한 만주 및 한반도 유역은 단군조선 이래

---

22 을묘년(1855)에 수운 선생이 울산 여시바윗골에서 수도하던 중에 찾아온 금강산 유점사에서 도를 닦는 선승에게서 받은 것으로 전해지는 '乙卯天書'의 미스터리는 일단 흥미롭습니다만, '천서'의 정체에 관해서 세간에는 설왕설래 갑론을박이 있는 만큼, 신선도 특히 선학과 관련한 비문이 아닌가 하는 추정을 해봅니다. 선생을 찾아온 스님이 금강산에서 유점사에서 수도하는 중인데, 이 금강산이라는 산은 겨레가 자랑하는 명산 중의 명산으로 그 地靈 또한 실로 대단한 산이란 것은 모두 아는 사실입니다. 특히 신라 시대보다 훨씬 이전부터 풍광이 빼어난 신선도의 수련 터요, 神仙들의 거처로서 전해오고 신라의 花郞의 무리와 그 우두머리를 칭하는 國仙들의 도량[道場]이기도 합니다. 장구한 역사를 자랑하는 천혜의 修行處라는 점도 금강산의 仙風이 동학의 원류에 직간접적인 연관성을 가질 이유는 충분합니다. 동학의 연원에 '금강산의 山神靈과 地靈'의 인연이 없지 않다고 할 것입니다. 여러 정황으로 보건대, '을묘천서'는 天符經 등 단군 이래 이어져온 仙家의 祕訣으로 추정하는 것이 설득력이 있습니다. 곧 단군조선 이래 이 땅에 맥맥히 이어져온 신선도와의 연관성이 크다고 판단됩니다.

특유의 신선도를 뿌리로 삼아 외래 종교 사상을 수용하고 회통하면서 도저한 기층사상을 형성하며 독자적인 문화를 유장하게 전개합니다.

조선 후기 소위 실학의 한 유파를 대표한 '성호학파'[23]의 사상을 참고하면 배달겨레 역사에서 정통성의 맥을 이해할 수 있습니다. 성호(李瀷)를 위시하여 그의 학풍을 이어받은 후계자들인 순암(順菴 安鼎福), 다산(茶山 丁若鏞) 등은 역사를 보는 주체적이고 체계적인 관점을 중시하여 중국 중심주의의 역사관·세계관을 타파하였습니다. 성호의 후계자 중 순암은, 저서 『동사강목 東史綱目』에서 단군조선 기자箕子조선의 사실성을 강조하고 우리 나라 역사의 정통은 단군, 기자, 마한馬韓, 통일신라 그리고 고려로 이어짐을 '정통正統'으로 보았으며, 다만 삼국 병립시대에는 고구려, 백제, 신라가 각각 동등한 자격을 지니므로 '무통無統'으로 보았습니다. 이 땅의 혼은 상고대의 단군조선 삼국을 거쳐 통일신라, 고려, 조선으로 그 정통성의 맥[24]을 형성하는 가운데 조선 말기에 마침내 동학 창도로서 활짝 꽃피우고 19세기 말 동학 농민혁명으로 그 기운이 분출되며, 이후 1919년 3·1운동으로 이

---

23 星湖는 李瀷의 호. 성호학파는 이른바 '실학파'에서 큰 흐름의 하나로 서, 서울의 도회적 분위기에서 이루어진 연암(燕巖 朴趾源)학파와 함께 서울 가까이 농촌의 토착적 분위기에서 성장하였습니다. ('近畿學派'로 도 불림)

24 이우성 저, 『한국의 歷史像』(창비, 1982) 참고.

어지는 배달겨레의 만년 혼이요 실천 사상의 바탕입니다.

동학의 강령, 접령지기 강화지교, 내유신령 외유기화, 마침내 시천주, 인내천, 사인여천 등이 깊이 비장秘藏하고 있는 혼의 연원을 이해해야 비로소 겨레의 삶에 '거대한 뿌리'를 내린 지금 여기의 현실주의가 올바로 열리게 됩니다. 특히, 단군조선의 신도에서 그 원천적 유래를 찾을 수 있는 강신 혹은 강령의 전통이 수행 중인 수운에게 두 번에 걸쳐 나타난 점을 주목해야 합니다. 하느님과의 접신, '외유접령지기 내유강화지교'를 통해 동학 창도의 계기가 된 사실과 그 의미깊은 내용은 유역문예론의 바탕이 되어 예술의 근원과 본질 그리고 예술 작품에 대한 새로운 이치를 제공합니다. 『동경대전』에 기록된 수운의 '한울님 귀신'과의 두 번째 '접신' 광경과 하느님과 수운이 나눈 말씀 내용은 고도의 상징 은유 알레고리allegory로서 '유역문예론'의 기틀을 세우는 계기가 됩니다.

"내 또한 두렵게 여겨 다만 늦게 태어난 것을 한탄할 즈음에, 몸이 몹시 떨리면서(身多戰寒) 밖으로 접령하는 기운이 있고 안으로 강화의 가르침[外有接靈之氣 內有降話之敎]이 있으되, 보였는데 보이지 아니하고 들렸는데 들리지 아니하므로 마음이 오히려 이상해져서 수심정기(修心正氣)하고 묻기를 "어찌하여 이렇습니까." 대답하시기를 "내 마음이 네 마음이니라. 사람이 어찌 이를 알리오. 천지는 알아도 귀신은 모르니 귀신이라는 것도 나니라.[曰吾心卽汝心也 人何知之 知天地無知鬼神 鬼神者吾也] 너는 무궁무궁한 도에 이르렀으니 닦고 단련하여 그 글을 지어 사람을 가르치고 그 법을 바르게 하여 덕을 펴면 너로 하여금 長生하여 천하에 빛나게 하리라.'(「논학문」, 『동경대전』)

수운의 두 번째 '한울님 귀신'과의 '접신接神'에 대해 해석하기 전에 동학에서 강조하는 '最靈者'의 속뜻을 잠시 알아볼 필요가 있습니다.

『동경대전』「논학문」에는 "음과 양이 고루어 비록 백천 만물이 그 속에서 化해 나지마는 오직 사람만이 가장 신령한 것(最靈者)이니라"라는 말씀이 나옵니다.[25] 『용담유사』「안심가安心歌」에서도 "하물며 萬物之間 惟人이 最靈일세"라 했습니다.

---

25 『동경대전』「論學文」서두: "무릇 天道란 것은 형상이 없는 것 같으나 자취가 있고, 地理란 것은 넓은 것 같으나 방위가 있는 것이니라. 그러므로 한울에는 九星이 있어 땅의 九州와 응하였고 땅에는 八方이 있어 八卦와 응하였으니, 차고 비고 서로 갈아드는 수는 있으나 動하고 靜하고 변하고 바뀌는 이치는 없느니라. 음과 양이 서로 고루어(陰陽相均) 비록 백천 만물이 그 속에서 化해 나지마는 오직 사람이 가장 신령한 것이니라(獨惟人 最靈者也). 그러므로 三才의 이치를 정하고 五行의 數를 내었으니 오행이란 것은 무엇인가. 한울은 오행의 벼리가 되고 땅은 오행의 바탕이 되고 사람은 오행의 기운이 되었으니, 천지인 三才의 수를 여기에서 볼 수 있느니라."

‘태극도太極圖’(濂溪 周敦頤)의 이치[理] 안에서 사람[人]을 ‘最靈者’로서 해석하는 것은 성리학, 특히 주자학도 마찬가지입니다. 하지만 유학에서의 이기론理氣論으로 사람의 존재를 이해하는 ‘최령’과 동학에서 말하는 ‘최령자(最靈者, 가장 신령한 존재로서 인간)’는 겉보기에는 대동소이한 듯하나, 본질적인 차이가 있다고 생각합니다.

『동경대전』에서는 ‘백천만물 중에… 사람이 최령자’입니다만, 수운 선생은 ‘음양을 고루게 하는 존재로서 조화造化의 수행자인 사람을 ‘최령자’라 일렀습니다. 천도에 따르는 ‘고른(相均) 조화’의 주재자主宰者는 천지인 삼재 중 즉 삼신 중에 ‘인신’에게 있다는 것입니다. 「수덕문」 맨 앞에서도 수운은 “元亨利貞은 천도의 떳떳한 것(天道之常)이요, 오직 한결같이 중도를 잡는 것은 인사의 살핌이라(唯一執中 人事之察)”이라 설했듯이, 수운이 말하는 ‘최령자’는 신유학에서 말하는 ‘최령’으로서 사람과는 그 성격적 차원을 달리하는, ‘천지인 삼재의 전통’이 깊이 작용하는 능동적 주체로서의 ‘최령자’라 할 수 있습니다. 노자(제42장)에서 ‘冲氣’[26]가 여기에 겹쳐집니다만, 단순히 음양 중에 ‘중화中和’를 맡은 존재에 머무는 게 아니라, 천지 음양 간을 고르게 하는(相均) 중화의 적극적 주재자로서 ‘인신’의 성격이 들어 있는 것입니다. 그래서 수운이 ‘접신’한 ‘하느님 귀신’은 이렇게 말하는 것입니다.

---

26 『노자』 제42장, “負陰而抱陽 冲氣以爲和.”

내 마음이 네 마음이니라. 사람이 어찌 이를 알리오. 천지는
알아도 귀신은 모르니 귀신이라는 것도 나이니라.

曰吾心卽汝心也 人何知之 知天地而無知鬼神 鬼神者吾也

그러니까 동학의 '최령자'는 천지(음양)는 알아도 귀신은 모르
는 사람이 아니라 '귀신을 아는 사람', 천지인 삼재 중에 귀신을
마음에 품을 수 있는 '인신人神의 성격을 지닌 존재'입니다.

특히 인용문에서 주목할 지점은 수운이 접신하게 되자 하느님
말씀의 첫마디가 '내 마음이 곧 네 마음이니라(曰吾心卽汝心也)'라
고 한 사실입니다. 이는 수운 선생이 "수심정기修心正氣"를 하니, 수
운 선생의 마음에 한울님의 마음 즉 천심[27]이 생겼다는 뜻인데, 바
로 뒤이어 하느님은 수운 선생한테 "귀신이란 것도 나이니라. (鬼
神者吾也)"고 하여, 이 땅의 유서 깊은 강신의 혼을 일깨웁니다.

이 하느님의 말씀을 간단히 하면, '천심이 너(수운)의 마음이
니, 천심을 모신 네 마음에 귀신이 산다'는 것입니다. 곧 '시천주
의 마음이 귀신의 터'입니다. 따라서 천심을 모신 마음은 귀신을
모신 마음이기도 합니다. 천심을 모신 사람의 마음에서 귀신의
존재와 묘용이 일어납니다. 그리고 천심을 모시는 방편이 바로
수심정기修心正氣입니다.[28]

---

27 이 강연문에서 天心을 문맥에 따라 '本然의 마음', '正心', '진심', '誠心'
    등으로 적절히 혼용합니다.

28 仁義禮智 先聖之所敎 修心正氣 惟我之更定 (「修德文」) '수심정기'에 대

결국 하느님의 말씀인즉슨, '하느님의 마음'이 귀신이라는 것입니다. 아울러 하느님 마음이 곧 수운의 마음이므로, 수운의 마음에 접한 귀신이 곧 하느님입니다. 유가에서 말하는 천지 음양의 귀신과는 서로 다르면서도 동시에 천지 음양의 조화를 포함하고 있는 '마음의 귀신' 곧 '인신의 귀신'을 가리킵니다. 이 인신의 마음이 접하는 귀신은 단군조선 이래 전통 무巫의 신묘한 능력과 맥을 같이합니다.

고조선 이래 신선도(신도)의 전통, 즉 환웅의 강신降神 전통이 겨레의 시난고난한 역사 속에서도 끊이지 않고 이어지다가 조선의 멸망기에 이르러 수운 선생의 득도에서 새로이 맥동을 치게 된 것입니다.

'은미隱微', 귀신의 본성

수운의 부친인 근암(近庵 崔沃)은 '誠의 幾微에 그림(태극도)이 있고 태극이 그 뿌리를 이룬다'고 했습니다.[29] 바로 이 점, '성심에

한 별도의 해석은 이 글 뒤편에 이어집니다.

29 수운 선생의 부친 近庵이 설한 '誠幾有圖 太極爲根'(「誠箴」,『근암집』)라는 문장은, 직역하면 "誠의 기미에 太極圖가 있고, 태극이 그 뿌리를 이룬다."는 말입니다. 그 뜻이 자못 깊기 때문에, 의역하면, "誠의 기미에 태극의 현묘한 운동이 있고, 誠으로서 造化의 기미(계기, 귀신)에 태극이 그 뿌리를 이룬다."라는 뜻으로 해석합니다.

서 비롯되는 기화氣化의 기미幾微'를 살피는 것은 예술 작품에서 귀신의 묘용과 묘처를 깊이 살피는 일과 같다고 생각합니다. 공자도 '지극한 성실(진실)은 귀신이다'라 했으니까요.[30]

공자의 손자인 자사子思가 기록했다고 전해지는 『중용中庸』 제16장을 보면 음양의 기운이 서로 오묘하게 어울리며 만물의 생성과 변화 속에 작용하는, 자연의 본성으로서 귀신의 공덕을 떠올리게 됩니다.

> '귀신의 덕은 성대하고나. 보려고 해도 보이지 않고 들으려 해도 들을 수 없고, 사물의 본체가 되어 빠뜨릴 수가 없다. 천하 사람들로 하여금 재계하고 깨끗이 하며 의복을 잘 차려입고 제사를 지내게 하니, 넓고도 넓어서[洋洋] 그 위에 있는 듯하고 그 옆에 있는 듯하다. 시詩에도 '神'의 이르름은 헤아릴 수가 없다. 하물며 신을 싫어할 수가 있겠는가'라고 했다. 무릇 은미한 것일수록 더욱 드러나니(또는 아무리 은미한 것이라도 드러나니. '夫微之顯'), 그 성실함(誠)을 가릴 수 없음이 이와 같다. (『중용』 제16장)

또, 수운 선생이 손수 지은 「도덕가道德歌」(『龍潭遺辭』)에 '귀신'

---

30 『中庸』제24장, "至誠如神". 이 공자의 말에서 '神'을 朱熹(주자)는 '鬼神'
    이라 번역함.

을 찬한 가사가 나옵니다.

> 천지 역시 귀신이요
> 귀신 역시 음양인 줄
> 이같이 몰랐으니
> 經典 살펴 무엇하며
> (…)
> 天理야 모를소냐
> 사람의 手足動靜
> 이는 역시 귀신이요
> 善惡間 마음用事

　조선 유학에서의 귀신론은 중국 송나라 유학의 귀신론에 따라 정립되었다고 할 수 있습니다. 예로부터 동방의 사유 체계에선 귀신이란 종교 의식이나 제사 때 모시는 혼령의 존재에 그치지 않고, 음양이 서로 어울려 끊임없이 생성 변화하는 조화造化의 능력으로 이해되었습니다. 공자는 『논어』 「선진先進」편과 『중용』에서 귀신에 대하여 언급하였는데, 『논어』에서 귀신의 존재에 일견 다소 부정적이고 유보적인 관점에서 비판하는 듯하지만 꼭 그런 것만은 아닙니다. 특히 『중용』을 보면 음양의 기운이 서로 오묘하게 어울리며 만물의 생성과 변화 속에 작용하는 본체로서 귀신의 공덕을 높이 찬양하고 있습니다.『역경』「계사繫辭」에서 신神을 가리켜 "추측할 수 없는 음양의 변화(陰陽不測之謂神)"라고 했고, 송유에 와서 정자程子는 귀신을 "천지의 공용功用이면서 조화造化의 자취[迹]", 장재 장횡거(張載張橫渠)는 "음양 이기二氣의 양능良能"으로 정의하였고, 주자 주희朱熹는 음양 이기를 중심으로 하여 귀는 음의 영이고 신은 양의 영으로, 또 귀를 귀歸 또는 굴屈의 의미로 보아 수축하는 기운이고 신을 신伸의 의미로 보아 신장하는 기운으로 해석하였습니다. 송유 이후에 귀신은 기의 안팎으로 작용하는 힘으로 이해되었고, 천지 우주의 시공의 변화를 주도할 뿐 아니라 모든 개체의 존재에 작용하는 근본적인 동인으로 이해되었습니다.

조선 유학사에서 화담花潭 서경덕, 매월당梅月堂 김시습, 녹문 임성주 등의 주기론적 귀신론은 송유의 귀신론과 영향 관계거나 보완 관계에 놓여 있을 뿐, 사유의 기본적 원리 면에서, 서로 대동소이하다고 보아도 무방할 것입니다.[31]

조선 후기 걸출한 주기론자인 임성주의『녹문집鹿門集』에도 '귀신'을 설파한 대목이 나옵니다.

---

31 졸고「巫와 동학 그리고 문학」(2011),『네오 샤먼으로서의 작가』(달아실) 참고.

"귀신은…… 이른바 良能이다, 靈處다 하는 것은 그 내용 [實]을 가진 것으로서 형상이나 소리, 냄새가 없이 단지 저절로 이와 같은 것(自然如此)이니, 이는 바로 주자가 이른바 '천지와 통하는 것'이다. 따라서 이는 '理'라 부른다 해도 무방하다.…… 오직 귀신만은 그것을 氣라고 해도 되고 理라고 해도 되는 것이다. 그 지극히 精微하고 지극히 神妙한 것은 처음부터 정해진 모양이나 이름이 있는 것이 아니라, 그 가리키는 바가 어디에 있는가에 따라 지칭될 뿐이니, 이는 바로 '함께 섞여 틈이 없는 妙處'라고 하는 것이다."[32]

　녹문의 귀신론에 따르면, "오직 귀신만은 그것을 기氣라고 해도 되고 이理라고 해도 되는 것이다." 이에 앞서, '귀신은 본디 은미하게 드러난다, 혹은 은미할수록 더욱 드러난다'라는 공자의 언명은 귀신이란 '본체로서의 묘용'을 가리킵니다. 귀신은 천지의 본체이면서 묘용(妙力)입니다. 다만, 귀신은 본체의 쉼 없는 유행(流行不息) 속에서 특정한 곳에 머물지 않고 천지조화의 처처에 두루 관여하니 사람의 눈과 감각으로는 잘 포착이 될 리 없습니다. 그래서 유행불식하는 천지의 본체에 합하는 사람의 마음 곧 성심이 중요합니다.

32　김현,『任聖周의 生意哲學』, 한길사, 1995, 76~7쪽 참고.

귀신은 없는 곳이 없이 처처에 있는데 사람에게는 잘 감지되지 않으니, 아이러니하게도 여기에 문학예술이 지닌 특별한 뜻과 중요성이 있습니다. 문학예술은 작가 예술가의 남다른 감각, 직관 나아가 초월적 관조를 접할 수 있는 영역인 까닭입니다. 이때 '진실한' 예술 작품에서 귀신은 적어도 예술가의 성심(誠心, 修心正氣)에서 작용합니다. 문예작품에서 귀신의 묘용은 '은미한 기미'로서 드러나고, 이 '귀신의 드러남'은 천지조화의 다양한 형식과 수많은 형상을 통해 이루어지게 됩니다. 물론 이 다양한 형식과 수많은 형상은 '조화', '성심', '귀신'이 한 기운을 이루는 이치[理]를 향하고 그 이치에 따르므로, 변화무쌍함 중에도 일정한 유형들로 나뉘고 특정 패턴을 보여주게 됩니다.

문학예술에서 귀신의 특징인 '은미한 드러남'이라는 속성은 문학예술이 추구하는 일반적 형식과 방식인 은유, 상징, 환유 등 비유법이나, 예술 본연의 특성이라고 할 수 있는 아이러니를 통해 표현됩니다. 앞서 말했듯, 깊은 뜻과 유래를 가진 귀신의 존재는 그 본성상 '있음과 없음의 양극단을 여의고' 스스로 아이러니의 형식을 취하여 '비형상적 지각非形狀的 知覺'으로서 자신이 존재성을 드러냅니다. 예술가조차 그 비형상적 지각의 아이러니를 '알게 모르게(알 듯 말 듯)[33]' 자각합니다. 이 귀신이 드러나는 근본

---

33 수운은 접신을 통한 귀신(하느님)의 드러남을 "보았는데 보이지 않고

적 애매모호성의 유래는 공자가 귀신의 본성을 논한 『중용』[34]에서, "귀신은 보려고 해도 보이지 않고 들으려 해도 들을 수 없고 사물의 본체가 되어 빠뜨릴 수 없다."라는 귀신의 본성에 대한 언명에서 찾을 수 있습니다. 앞에서 인용한 '하느님 귀신'과의 접신 현상에서 보듯이, "몸이 몹시 떨리면서(身多戰寒) 밖으로 접령하는 기운이 있고 안으로 강화의 가르침(外有接靈之氣 內有降話之敎)이 있으되, 보였는데 보이지 아니하고 들렸는데 들리지 아니하므로 마음이 오히려 이상해져서 수심정기修心正氣 하고 (…)"(「논학문」, 『동경대전』)에서 또 다른 귀신의 본성을 엿보게 됩니다. 이는 전통 무에서 강신, 접신의 증상과 다르지 않을뿐더러 노자가 말한바, '무위자연(道)의 성격' 즉 이희미夷希微와도 통하는 바가 있습니다.

그러므로 귀신이 지닌 근본 성격은, '은미함'으로 드러나고, "보였는데 보이지 않고 들렸는데 들리지 않는다."라고 말할 수 있습니다.

공자의 귀신관과 수운이 접한 '한울님 귀신', 그리고 이 글의 서두에 인용한 「海月神師法說」에 나오는 '귀신'을 함께 기억하는

들렸는데 들리지 않음"(「논학문」, 『동경대전』) "꿈 같기도 생시 같기도 한(如夢如覺)"(『용담유사』) 것으로 표현하였습니다.
34 『中庸』 제16장, 제24장.

것이 귀신의 이해에 유용합니다.

『중용』(제24장)에 "귀신은 誠과 같다."라는 말이 있고, 『동경대전』에 "조화(無爲而化)는 귀신의 본연의 능력이다.''鬼神 誠心 造化'는 한 기운[一氣]이 시키는 것'(「해월신사법설」)이라는 해월(海月 崔時亨, 1827~1898)의 귀신에 대한 설명이 있습니다만, 간과해서 안 될 것은 앞서 설명했듯이, 수운 동학의 귀신鬼神은 천지인 삼재 중, 인신에 해당하는 '마음'에 자리하는 귀신이므로 수심정기(誠心의 至氣)에 따르는 강신(降靈)의 심적 계기가 포함된다는 점입니다. 그 '인신의 접신'에서 나오는 본연의 능력이 바로 조화(무위이화)입니다.

여기서 서학西學 혹은 양학과는 근본적으로 다른 차원에서, 동학사상에 내재한 '강령주문'의 심대한 의미가 다가옵니다. 곧 수운의 서학 양학 비판은 '(서학의) 비는 주문(祈願 祈禱)'이란 알고 보면 '헛되고 실지가 없다'는 것입니다. 그 비판 배경에는 '강령주문' '강신'의 중요성이 있는 것입니다.

> "洋學은 우리 도와 같은 듯하나 다름이 있고 비는 것 같으나
> 실지가 없느니라.(曰洋學 如斯而有異 如呪而無實) (…)
> 우리의 道는 無爲而化라. 그 마음을 지키고 그 기운을 바르
> 게 하고 한울님의 성품을 거느리고 한울님의 가르침을 받으
> 면, 자연한 가운데 化해 나는 것이요(化出於自然) (…) 서양 사

람은 말에 차례가 없고 글에 순서가 없으며 도무지 한울님을 위하는 단서가 없고 다만 제 몸만을 위하여 빌 따름이라. 몸에는 氣化之神이 없고 學에는 한울님의 가르침이 없으니 형식은 있으나 자취가 없고 생각하는 것 같지만 주문이 없는지라 (有形無迹 如思無呪), 道는 허무한 데 가깝고 학은 한울님 위하는 것이 아니니 어찌 다름이 없다고 하겠는가."(「논학문」, 『동경대전』)

인용한 수운의 서학 비판의 행간에는, 강령주문의 중요한 의미와 함께 주문을 통해 귀신과의 접신이 천심 즉 무위이화(조화)의 도에 이르는 길임을 강조하고 있음을 알게 됩니다. 시천주하는 마음에는 강령(강신, 접신)의 자취가 있는 법인데, 서학에는 마음에서 하느님의 '강화지교降話之敎'가 없으니, "(서학은) 형식은 있으나 자취가 없고 생각하는 것 같지만 주문이 없는지라.(有形無迹 如思無呪) 道는 허무한 데 가깝고 학은 한울님 위하는 것이 아니니"라고 비판하는 것입니다. 이 서학 비판에서도 수운 동학에서 특별히 '강령주문'의 중요성을 역설하고 있음이 암시적으로 드러납니다.

동학 주문의 「강령주문」 8자 중 뒤에 네 글자 '願爲大降(請하여 비옵건대, 氣化를 원합니다)' 속에 '강신'은 그 근원성과 함께 깊이 은폐되어 있습니다. 강신의 오래된 연원과 함께, 수운은 내림[大降]을 바라는 한편으로, 이 '大降'의 뜻을 '氣化를 원합니다'라고 풀이하여 유학의 기철학적 귀신관을 포함합니다. '외유접령지기 내유강화지교', '내유신령 외유기화'라고 한 것도 이 땅의 전통 신도에서 익숙한 귀신관과 음양이기로서 작용한다는 귀신관을 포함하는 것입니다. 하느님이 수운한테 준 영부靈符도 "그 형상이 태극이요 또 형상이 '궁을'(又形弓乙)이라" 한 것도 그 영부의 형상이란 사람 '마음心에 은폐된 천심天心'을 상징한 것이니, 강신을 통해 내 마음에서 천심의 묘력과 묘용이 일어나는 것입니다.[35]

35 濂溪 周敦頤의 『太極圖說』에도 사람을 '최령最靈'으로(惟人也得其秀而最
靈…) 설명하는 대목이 나옵니다만, 동학 '음양 상균의 최령자最靈者'(「논
학문」, 『동경대전』)는 천지인 삼재에서의 '人神'의 연장선 위에 있다고
봅니다. 수운의 말씀 중에, "음과 양이 서로 고루어(陰陽相均) 비록 백천
만물이 그 속에서 化해 나지마는 오직 사람이 가장 신령한 것(最靈者)이
니라. 그러므로 三才의 이치를 정하고 五行의 수를 내었으니 오행이란
것은 무엇인가. 한울은 오행의 벼리가 되고 땅은 오행의 바탕이 되고 사
람은 오행의 기운이 되었으니, 天地人 三才의 數를 여기에서 볼 수가 있
느니라."라고 한 대목의 해석이 중요합니다. 여기에는 중국의 철학 전
통과 고조선 이래 이 땅에 이어져온 신도 전통이 서로 차이를 내보이는
정신사적·문화사적·생활사적 맥락이 감추어져 있습니다. 조선의 유
서 깊은 삼재 사상의 전통 속에서 동학의 '최령자'에도 단군의 혈맥이
전해집니다. 그래서 하느님이 수운한테 "천지는 알아도 귀신을 모르니
귀신이란 것도 나이니라" 하고 말씀한 것입니다. 하느님이 곧 귀신이니
최령자로서 侍天主한 사람은 곧 큰무당의 알레고리로 볼 수 있을 터입
니다. 그리고 배달민족에게 시천주한 최령자의 상징이자 그 전형이 고
조선의 단군 곧 큰무당이라 보는 것입니다. 여러 해석이 있습니다만, 간
단히 말해 '다시 개벽'이란 원시반본이고, 원시반본이란 '지금 여기'에
서의 인간 존재가 '理性者'의 한계를 넘어서 본연의 마음을 지닌 '최령
자'로 돌아가는 일입니다. 서구 제국주의 침략의 세계사 이래 소위 문명
이 만들어놓은 '일방으로 기울어진' 근대성을 초극하는 '天地公事'인
것입니다.

2. 유역문예론의 개요

―詩論

인류 정신사에서 존재론의 새 지평을 연 M. 하이데거는 "예술 작품의 근원이란 [거기로부터] 그것의 본질이 비롯하는 그 유래이다."[36]라는 '예술 작품의 존재'에 관한 명제를 제시했습니다. 앞서 수운 동학에서 '귀신'의 본질이 '유래'하는 바가 이 땅에서 반만 년도 넘게 전승된 천지인 삼재를 바탕으로 삼은 '귀신'의 존재와 깊이 연관된 것이라면, 한국인에게 예술 작품의 근원은 '귀신'과 연관성이 없을 수 없습니다. 다만 잊고 있을 따름입니다.

귀신론이 안고 있는 난점은 예술 작품에서의 귀신은 접接하기 어렵고 형상形狀하기 쉽지 않다는 점입니다. 그 우선하는 이유는 귀신의 본성은 '하늘의 조화'인 지극한 기氣의 속성에서 찾아질 수 있기 때문입니다. 수운은 손수 동학 주문 21자 중 맨 앞의 '강령 주문' 첫마디인 '지기금지至氣今至'에서 '기'를 다음과 같이 풀이합니다.

---

36 "어떤 것의 근원이란 [거기로부터] 그것의 본질이 비롯하는 그 유래 Herkunft이다. 예술 작품의 근원에 대한 물음은 그것의 '본질유래'에 대해 묻는 것이다." (M. 하이데거, 「예술 작품의 근원」)

'氣'라는 것은 허령이 창창하여 일에 간섭하지 아니함이 없
고 일에 명령하지 아니함이 없으나, 그러나 모양이 있는 것 같
으나 형상하기 어렵고 들리는 듯하나 보기는 어려우니 이것
은 또한 혼원한 한 기운(是亦渾元之一氣)이요.[37] (「논학문」, 『동
경대전』)

천지간 기운의 조화를 주재하는 귀신은 '기라는 것' 즉 '허령이
창창하여 일에 간섭하지 아니함이 없고 명령하지 아니함이 없으
나, 그러나 모양이 있는 것 같으나 형상하기 어렵고 들리는 듯하
나 보기는 어려운' 존재와 다를 바 없습니다. 그럼에도 귀신은 음
양이기의 양능良能이고 '틈이 없는 영처(靈處, 妙處)'[38]로서, 무위이

---

37 "'至'라는 것은 지극한 것이요, '氣'라는 것은 허령이 창창하여 일에 간
    섭하지 아니함이 없고 일에 명령하지 아니함이 없으나, 그러나 모양
    이 있는 것 같으나 형상하기 어렵고 들리는 듯하나 보기는 어려우니
    이것은 또한 혼원한 한 기운(是亦渾元之一氣)이요, '今至'라는 것은 道에
    들어 처음으로 至氣에 接함을 안다는 것이요…"(「논학문」,『동경대전』)
38 천지조화를 주재하는 귀신의 속성인 '틈이 없는 묘처'라는 말은, '하
    느님 귀신'이 수운 선생에게 나타나 "내 마음이 너의 마음이니라…(吾
    心卽汝心也)"라고 한 두 번째 '降話之敎'를 설명해줍니다. 이 강화의 가
    르침은 수운의 순도 직전, 대구 감영의 감옥에 잠입한 동학의 2대 교주
    인 해월 최시형에게 전해진 '殉道詩' 성격의 문장 중 첫 구인 "등불이
    수면 위에 밝으매 틈이 없다.(燈明水上而無嫌隙)"라는 심오한 비유로서
    전해집니다. '천심이 인심과 하나를 이룬 지기 상태의 마음'을 비
    유한 것으로 해석될 수 있습니다. 남송 때 주자와 조선 후기 녹문의 귀
    신론에서 보이는 귀신의 풀이이기도 합니다.

화의 주체[39]입니다.

　이렇듯 귀신이란 그 본성상 사람의 마음과 접하고 감각에 잡히기가 어렵다 보니, 예술 작품의 창작과 비평에서 귀신의 묘용을 논하는 일은 선입견과 편견에 따른 갖가지 오해들이 야기될 위험을 안고 있습니다. 이렇듯 귀신론의 속사정이 녹록치 않기 때문에, 창작하는 예술가만이 아니라, 예술 작품을 감상하고 해석하는 비평가도 예술 작품이 품고 있는 귀신을 접接하여 그 진실성을 보는 성심의 '눈'이 중요합니다. 곧 예술가의 수심정기(또는 성심)를 통한 지기에 이르러 '외유기화'로서 나타난 예술 작품을 격물格物[40]하는 비평가의 성심이 아울러 필수적입니다.

'은폐된 서술자'

　동학 주문 중에 '조화는 무위이화'라고 한 수운의 풀이, '鬼神 誠心 造化는 한 기운[一氣]이 시키는 것'이란 해월(海月 崔時亨)의 말씀을 함께 생각해보면, 귀신은 성심(수심정기)에서 무위이화로

39　귀신의 '主體'는 기운이 主가 되고 마음이 體되어 하나로 작용하는 것. 「해월신사법설」참고.
40　주자도 말하기를 "「大學」의 도를 '이치를 탐구한다[窮理]'라고 하지 않고 '사물의 이치를 탐구한다[格物]'라고 한 것은 바로 사람들이 '실제적인 곳에서' 끝까지 탐구하도록 한 것이다."(『태극해의』)라고 했습니다.

서 조화의 덕을 펼칩니다.

무위이화는 인공적 꾸밈과 거짓이 없는 천진난만한 조화를 가리킵니다. 조화에 관여하지 않는 바가 없는 귀신의 존재야말로 진정한 예술의 본성 중 하나인 천진난만한 '놀이' 본성을 가지고 있는지도 모릅니다. 귀신론의 관점에서 자유는 인위를 넘어선 무위이화 속에서 비로소 이해될 수 있습니다. 무위의 조화, 무위이화를 통해 얻은 자유는 서구 근대의 개인주의나 자율의지에 의존하는 '자유'와는 그 의미 차원이 다릅니다.

일제에 나라를 빼앗긴 식민지 시대 실로 빼어난 민족시인 백석(白石, 1912~1996)의 시「마을은 맨천 구신이 돼서」는 무위이화 속에 나타나는 귀신의 '묘처'와 '묘용'을 '천진난만한 귀신 놀이'를 통해 경이롭게 표현합니다.

예술 창작에서 수심정기가 무위이화의 묘력을 낳고 무위이화가 '천진난만한 아이의 마음'같은 천심과 통하여 마침내 '보이지 않는 귀신이 처처에서 나타나는' 희귀한 시적 사례입니다.

나는 이 마을에 태어나기가 잘못이다
마을은 맨천 구신이 돼서
나는 무서워 오력을 펼 수 없다
자 방 안에는 성주님

나는 성주님이 무서워 토방으로 나오면 토방에는 다운구신

　　나는 무서워 부엌으로 들어가면 부엌에는 브뜨막에 조앙님

　　나는 뛰쳐나와 얼른 고방으로 숨어 버리면 고방에는 또 시
렁에 데석님

　　나는 이번에는 굴통 모퉁이로 달아가는데 굴통에는 굴대
장군

　　얼혼이 나서 뒤울 안으로 가면 뒤울 안에는 곱새녕 아래 털
능구신

　　나는 이제는 할 수 없이 대문을 열고 나가려는데

　　대문간에는 근력 세인 수문장

　　나는 겨우 대문을 삐쳐나 밖앝으로 나와서

　　밭 마당귀 연자간 앞을 지나가는데 연자간에는 또 연자망
구신

　　나는 고만 디겁을 하여 큰 행길로 나서서

　　마음 놓고 화리서리 걸어가다 보니

　　아아 말 마라 내 발뒤축에는 오나 가나 묻어 다니는 달걀구신

　　마을은 온데간데 구신이 돼서 나는 아무 데도 갈 수 없다

　　　　　　　—「마을은 맨천 구신이 돼서」 전문(1948년 발표)

이 시의 화자persona는 여러 귀신들과 숨바꼭질 놀이를 하고 있습니다. 페르소나는 당연히 접신에 능한 무의 성격을 지닙니다. 접신 상태란 조화의 기운과 하나가 된 상태입니다. 이 시에서 페르소나의 접신 능력은 주문의 반복 형식 속에 즉 "나는"의 반복성 속에 은폐되어 있습니다. 모두 17행으로 짜인 이 시에서 무려 10행에 걸쳐 계속 반복되는 "나는"이란 시어가 페르소나인 '나'의 마음에 거는 주술, 즉 접신을 위한 주문의 시적 표현인 것입니다.

이 시에서 "나는"의 반복을 통해 '나'의 은폐된 존재가 해석의 지평 위로 떠오르게 됩니다. 즉 이 시는 우선 주문의 반복 형식을 통해 시의 화자인 '나'의 존재 안에 신성神性이 동시에 제시되어 있습니다. 대개 언어 반복은 언어가 지닌 의미의 강조를 보여주는데 이 시의 주문 형식인 언어의 반복은 의미를 강조하면서도 의미를 초월하는 이중성을 지녀 "나는"의 페르소나 내면에 '은폐된 서술자'로서 신령한 무巫의 그림자가 서서히 드러납니다.

이 시에서 나타나는 전통 무속의 귀신들은 물론 유가에서 말하는 귀신과는 그 성질이 다르지만, 그렇다고 귀신의 유가적 해석을 달리할 필요는 없습니다. 왜냐하면 천지간에 살아가는 사람의 근본적 생활 공간과 천지조화가 원만한 관계를 맺는 지혜는 사람과 귀신 간에 조화로운 관계를 필연적으로 만들 수밖에 없을 테니까요. 그래서 인간 생활에 필수적인 공간, 가령 의식주와 밀접한 장소나 사물들에는 천지조화의 귀신이 '하나에서 여럿으로'[41] 분화된 만신萬神 혹은 범신汎神의 존재를 사유하는 문화가 없다면 오히려 더 현실적으로 심각한 문제이지 않을까요.

'문학예술의 다시 개벽'의 관점에서 보면, 백석의 시는 시사하는 바가 매우 깊고 큽니다. 단지 시의 화자 안에 전통 무속, 특이 무가 '은폐된 서술자'로서 작용하고 있다거나, 이 땅에 익숙한 여러 귀신들을 시 속에 불러들인다거나 하는 표면적 이유 때문만이 아닙니다. 유역문예론에서 주목하는 것은 우선 백석 시가 시 창작에서 이 땅의 혼, 자재연원의 시혼을 시 창작의 근본으로 삼는 이상적 시인의 상像을 보여주기 때문이며, 그다음으론 귀신의 본성을 '천진난만'의 기운으로 드러냈다는 점에 있습니다.

위 시에서 페르소나 안에 빙의된 '은폐된 서술자'인 '나'는 인위를 떠나 무위이화에 능히 통한 인신적 존재라는 점, 또 그 귀신에 빙의된 본연의 마음인 천심(至氣, 一氣)의 비유로서 '천진난만'을 자기 본성으로 드러낸 점은, 이 시가 '다시 개벽'의 시 정신에 두루 적용될 만한 한국 시의 근원적 성격을 품고 있다고 평가할 수 있습니다.

---

41 氣一分殊, 이 강연문 앞서 인용한 조선 후기의 유학자 녹문 임성주가 氣一元論의 관점에서 천지간 모든 현상계의 존재 원리와 그 현상의 다양성을 설명하여 이율곡의 理一分殊說을 극복하기 위한 性理論.

천진난만天眞爛漫

아래 시는 백석의 명편 「남신의주유동박시봉방」입니다.[42]

어느 사이에 나는 아내도 없고, 또,

아내와 같이 살던 집도 없어지고,

그리고 살뜰한 부모며 동생들과도 멀리 떨어져서,

그 어느 바람 세인 쓸쓸한 거리 끝에 헤메이었다.

바로 날도 저물어서,

바람은 더욱 세게 불고, 추위는 점점 더해오는데,

나는 어느 목수木手네 집 헌 삿을 깐,

한 방에 들어서 쥔을 붙이었다.

이리하여 나는 이 습내 나는 춥고, 누긋한 방에서,

낮이나 밤이나 나는 나 혼자도 너무 많은 것같이 생각하며,

딜옹배기에 북덕불이라도 담겨 오면,

이것을 안고 손을 쬐며 재우는 뜻없이 글자를 쓰기도 하며,

또 문밖에 나가디두 않구 자리에 누워서,

머리에 손깍지벼개를 하고 굴기도 하면서,

---

42 한국문학비평계 특히 4·19세대의 문학 의식은 백석 시의 전통 무와의
깊은 연관성을 맹렬히 비판하고 있는데 특히 서구 문예이론을 추종하
고 수입하는 데 선도 역할을 한 '문학과지성' 그룹의 4·19세대 비평가
들이 그 중심에 있습니다.

나는 내 슬픔이며 어리석음이며를 소처럼 연하여 쎄김질하는 것이었다.

내 가슴이 꽉 메어올 적이며,

내 눈에 뜨거운 것이 핑 괴일 적이며,

또 내 스스로 화끈 낯이 붉도록 부끄러울 적이며,

나는 내 슬픔과 어리석음에 눌리어 죽을 수밖에 없는 것을 느끼는 것이었다.

그러나 잠시 뒤에 나는 고개를 들어,

허연 문창을 바라보든가 또 눈을 떠서 높은 턴정을 쳐다보는 것인데,

이때 나는 내 뜻이며 힘으로, 나를 이끌어가는 것이 힘든 일인 것을 생각하고,

이것들보다 더 크고, 높은 것이 있어서, 나를 마음대로 굴려가는 것을 생각하는 것인데,

이렇게 하여 여러 날이 지나는 동안에,

내 어지러운 마음에는 슬픔이며, 한탄이며, 가라앉을 것은 차츰 앙금이 되어 가라앉고,

외로운 생각만이 드는 때쯤 해서는,

더러 나줏손에 쌀랑쌀랑 싸락눈이 와서 문창을 치기도 하는 때도 있는데,

나는 이런 저녁에는 화로를 더욱 다가 끼며, 무릎을 꿇어보며,

어니 먼 산 뒷옆에 바우섶에 따로 외로이 서서,

어두워오는데 하이야니 눈을 맞을, 그 마른 잎새에는,

쌀랑쌀랑 소리도 나며 눈을 맞을,

그 드물다는 굳고 정한 갈매나무라는 나무를 생각하는 것
이었다.

—「南新義州柳洞朴時逢方」전문(1948년 발표)

이 시에서 갈매나무가 발휘하는 신통력은 전통 巫의 세계에서 흔히 볼 수 있는 대나무, 갈매나무, 소나무의 신통력과 다를 바가 없습니다. '나' 안에 '은폐된 서술자'인 '무'가 갈매나무에 기대어, 곧 빙의하여 갈매나무의 신령함으로 이 시의 페르소나인 '나'의 고통과 고독을 위무하는 것입니다. '內有神靈 外有氣化'의 알레고리라고 할 수 있겠지요. 그러므로 시 제목인 '남신의주유동박시봉방' 10글자 제목은 제목이면서도 '주문으로 반복해서' 읊어야 이 시의 주제와 그 내용에 걸맞습니다. '외유접령지기 내유강화지교'에 부합하는 시로서 「남신의주유동박시봉방」을 이해하면, 시 제목은 '열 글자로 된 주문呪文'이 되어야 옳은 것입니다.

이 시편에서 '귀신의 존재와 그 작용' 즉 페르소나 접신을 위해서는 응당 주문이 필요하고, 그 주문은 제목 열 글자가 된 것입니다. 가령 먼 옛날부터 오늘날까지 이 땅에 이어져온 불교 행사나 무속에서 기도 대상이 되는 사람이 거주하는 주소를 적어놓는 것

은 흔한 종교적 관습입니다. 이 주문을 통해 모호한 듯 서서히 경이롭다고밖에 표현할 수 없는 놀라운 시적 흥취가 일어납니다. 즉 주문의 기운과 싸락눈의 신기한 존재가 이 시에다 시적 조화의 기운을 일으키고 마침내 시 안팎에 '무위의 조화'가 일어납니다. 그 일기(至氣)의 기운에 한마음이 되니, 곧 접신 상태이니, "어니 먼 산 뒷옆에 바우섶에 따로 외로이 서서,/ 어두워오는데 하이야니 눈을 맞을," 갈매나무에 빙의가 마침내 일어날 수 있는 것입니다.

군이 무속으로 해설하기 전에 이 대목에서 '천진난만의 하늘의 기운'(天氣, 天機) 곧 천지조화의 기운이 '은미하게' 전해지지 않습니까? 만약 천진난만의 기운이 전해진다면, 마음에 귀신의 묘용을 은미하게 감지하고 있음을 뜻합니다. 왜냐하면, 진실한 예술 작품이 지닌 창조성이란 감상자의 마음과 생생한 조화의 기운으로 교감 교류하면서, 감상자의 마음과 감각을 무한성과 영원성으로 이끌기 때문입니다. 즉 시천주 상태의 인간 존재로서 귀신의 조화에 함께 드는 것이지요.

이 시 「남신의주유동박시봉방」과 「나와 나타샤와 힌당나귀」 같은 백석의 명편에서 하늘(天上)에서 내리는 '눈'은 하느님(天)과 사람 사이를 연결하는 영매의 존재를 비유하며, 이 '눈 내림의 반복성'을 통해 페르소나 안에 '은폐된 서술자'의 초월적 존재성을 유추하게 됩니다. 은폐된 서술자로서 영매가 강신(눈雪 내림)

의 주문을 반복하는 것이지요.

시「나와 나타샤와 힌당나귀」에서 보이는 탈문법적 시문 반복에는 '눈'으로 표상되는 하늘의 덕을 잊지 않고 밝히는(明德) 백석의 시혼이 깊이 작용하는 점을 이해하는 것이 중요합니다. 만약에 천상의 존재인 눈의 하강을 반복법으로 표현하지 않았다면 이 시는 멜랑콜리한 낭만적 연애시 정도로 여겨졌을 것입니다.

유역문예론에서 특히 높이 평가하는 백석 시와 같은 반열에 있는 이 땅의 드높은 시혼으로 먼저 김수영, 신동엽 시인이 떠오릅니다. 김수영의 시에서 특히「풀」이 한국 현대시의 절정을 보여주는 걸작 중 하나라고 평가하는 이유는 앞서 백석 시를 해석한 비평의 맥락과 통합니다. 특히, 김수영 시인의 유고작인「풀」의 주문형식인 다분히 '인위적인' 반복법은 주원呪願의 효력을 노린 시혼의 경이로운 표현입니다. 이 반복법을 통해서 시「풀」은 시 자체가 스스로 천진난만한 기운을 '낳고 또 낳기'(生生之理)를 무한히 반복하는 듯한 효과를 냅니다.

풀이 눕는다

비를 몰아오는 동풍에 나부껴
풀은 눕고

드디어 울었다

날이 흐려서 더 울다가

다시 누웠다

풀이 눕는다

바람보다도 더 빨리 눕는다

바람보다도 더 빨리 울고

바람보다 먼저 일어난다

날이 흐리고 풀이 눕는다

발목까지

발밑까지 눕는다

바람보다 늦게 누워도

바람보다 먼저 일어나고

바람보다 늦게 울어도

바람보다 먼저 웃는다

날이 흐리고 풀뿌리가 눕는다

—김수영, 「풀」 전문(1968)

이 시에 대한 분석은 이미 자세히 해놓았기 때문에 여기서는

되풀이하지 않겠습니다.[43]

단지 시의 3연에서 "날이 흐리고 풀이 눕는다/ 발목까지/ 발밑까지 눕는다"에 나오는 '발목, 발밑'의 주인공이 누구인가, 어떤 성격의 사람인가, 하는 문제는 한국문학비평계에서는 주요 쟁점 중 하나입니다. 유역문예론의 관점에서 결론을 말하면, 페르소나의 내면에는 천지간 조화를 성심껏 주재하는 인신, 무巫의 존재가 은폐되어 있다는 사실입니다.

1894년 갑오년 동학농민혁명을 직접적인 소재로 삼은 신동엽 시인의『금강』에서도, 과연 대시인다운 시 정신은 천상에서 내리는 무수한 눈송이들에서 겨레의 집단 무의식에 잠재한 신화의 원형을 경이로운 상像으로 포착합니다.

1893년 2월 초순/제2차 농민 평화시위운동.

입에 물 한 모금 못 넘긴/사흘 낮과 밤/통곡과 기도로 담 너머 기다려봐도/왕의 회답은 없었다.

마흔아홉명이 추위와/허기와 분통으로 쓰러졌다./그러는 사흘 동안에도/쉬지 않고/눈은 내리고 있었다.

---

43 「巫 혹은 초월자로서의 시인」(2008),『네오 샤먼으로서의 작가』참고.

금강변의 범바위 밑/꺽쇠네 초가지붕 위에도/삼수갑산
三水甲山 양달진 골짝에도, 그리고/서울 장안 광화문 네거리/
탄원시위운동하는 동학농민들의/등 위에도,/쇠뭉치 같은 함
박눈이/하늘 깊숙부터 수없이/비칠거리며 내려오고 있었다.

　그날, 아테네 반도/아니면 지중해 한가운데/먹 같은 수면
에도 눈은/내리고 있었을까.

　모스끄바, 그렇지/제정帝政과 혁명의 소용돌이 속에/뿌슈
낀/똘스또이/도스또옙스끼,/인간정신사人間精神史의 하늘에/
황홀한 수를 놓던 거인들의/뜨락에도 눈은 오고 있었을까.

　그리고/차이꼽스끼, 그렇다/이날 그는 눈을 맞으며/뻬쩨
르부르그 교외 백화白樺나무숲/오버 깃 세워 걷고 있었을까.

　그날 하늘을 깨고/들려온 우주의 소리,「비창悲愴」/그건 지
상의 표정이었을까,/그는 그해 죽었다.

　시간은 쉬지 않고 흘러갔다/그리고 짐승들의 염통도 쉬지
않고/꿈틀거리고 있었다.

북한산, 백운대白雲臺에서/정릉으로 내려오는 능선길/성문 옆에 선,/굶주리다 죽어가는 식구들/삶아 먹이려고, 쥐새끼 찾아 나온/사람 하나가,/눈 쌓인 절벽 속을/굴러떨어지고 있었다.

그날 밤,/수유리 골짝 먹는/멧돼지 두 마리가, 그/남루한 옷 속서/발을 찢고 있었지.

(…)

광화문이 열렸다,/사흘 동안 굳게 닫혔던/문이 열렸다,/군중들은 일제히 고개를 들었다.

문은 금세 닫혔다,/들어간 사람도, 나온 사람도 없었다,/그러면 그사이/쥐새끼가 지나갔단 말인가, 아니야,/바람이었다, 거센 바람이/굳게 닫힌 광화문의 빗장을/부러뜨리고 밀어제껴버린 것이다./그 문의 빗장은 이미/썩어 있었다.

모든 고개는 다시 더 제껴져/하늘을 봤다,/그 무수의 눈동자들은 다시 내려와/서로의 눈동자를 봤다,/눈동자./주림과

추위와 분노에 지친/사람들의 눈동자, 단식하는 사람들의/눈
동자는 맑다,/서로 마주쳐 천상天上에서 불 타는/두 쌍, 천 쌍,
억만 쌍의/맑은 눈동자.

—신동엽 장편서사시『금강』제14장 부분

마침내 동학농민혁명을 다룬 신동엽 시인의『금강』은 시 작품
안에 시간과 공간에 대한 '조화造化'의 묘력 곧 귀신의 묘용을 드
물고 실로 웅혼한 시적 상상력을 통해 보여줍니다. 시간·공간은
역사적 주제의식이나 사회적 이념에 따르거나 서사시의 인과적
이고 합리적인 구성을 고분고분히 따르지 않습니다. 인용 시문에
서 보듯이 의미의 인과론을 무너지고 선적 논리를 뛰어넘은 초
월적 정신의 자유는, 그 자체로 조화의 기운이 주도하는 '기氣의
천변만화'로서의 시공이라 할까, 페르소나의 이면에서 운동하
는 '신이한 존재'(은폐된 서술자)는 물리적 논리적 시간 공간에 따
르지 않고 자기 마음에 작용하는 '지기의 운동'을 따른다는 해석
도 가능할 것입니다. 시간 공간에 대한 논리적 연결 없이 여러 시
공간들이 동시성으로 이어지는 것은 초월적 마음의 '눈'이 작용
하고 있다는 것과 같습니다. 내 마음에 내린[降] '하느님 귀신'의
'눈[眼]'인 것입니다.
　또한 위 인용시의 마지막 시구들에 이르러 경이로운 전통 무巫
의 기운이 아름다운 기세를 펼치며 드러납니다. 놀랍게도 귀신의

눈이 하늘에서 내리는 눈에 투사됩니다.

> "모든 고개는 다시 더 제껴져/하늘을 봤다,/그 무수의 눈동
> 자들은 다시 내려와/서로의 눈동자를 봤다,/눈동자./주림과
> 추위와 분노에 지친/사람들의 눈동자, 단식하는 사람들의/눈
> 동자는 맑다,/서로 마주쳐 천상天上에서 불타는/두 쌍, 천 쌍,
> 억만 쌍의/맑은 눈동자."

하이데거는 '언어는 존재의 집'이라 했듯이, '눈'의 존재론이
펼쳐집니다. 곧 눈[雪]이 눈[眼]이 되니, '눈'은 '강신' '강령'의 알
레고리로 화생化生합니다.

이렇게 비평적인 해석을 하고 보면, 어느새 신기하게도 서사시
『금강』에는 '알게 모르게' 무위의 조화가 작용하는 것을 느끼게
됩니다. 서사시『금강』에서 어떤 계기로 천지조화의 속성인 천진
난만함이 생기生起하는 것인가. 우선 천진난만의 기운이란, 인위
적인 이념과는 별개의 기운이란 점을 먼저 이해할 필요가 있습니
다. 많은 강렬한 사회의식을 표하는 시들이나 민중시들이 특정한
진보 이데올로기에 가탁하거나 의존하여 시를 쓰다 보니, 수심정
기에서 나오는 무위이화의 시 정신은 끼일 틈이 없게 된 탓이 큽
니다.

서사시『금강』엔 수운 동학의 핵심 명제인 '侍天主 造化定' 즉

'무위이화의 덕德에 합하는' 시적 표현들 중, 특히 위에 인용한 눈송이의 눈동자로의 무위이화와, '동시 존재'의 조화 속에서 도저하고 드높은 시 정신이 드러납니다. 다시 말해, 『금강』의 서사적 얼개에서 시공간을 논리적 인과적 연결 없이, 마치 귀신이 출몰하듯이 세계 곳곳에서, 또 이승 저승 가릴 것도 없이, '동시 존재 nonloclity'[44]로서 나타나는 점에서 현저하게 드러납니다. 『금강』의 서사는 이성의 인공적 작용을 초극하여, 천진난만한 기운에 따릅니다. 지중해 모스크바 유럽은 물론 1893년 2월 수운 교조의 신원伸寃을 상소하는 광화문 앞에 모여든 동학농민군의 '맑은 눈동자'를 천신이 강신하듯이, 내리는 함박 눈송이들로 비유하면서, 동시에 처처에, 가령 광화문, 북한산 인수봉, 정릉 골짜기 등지에서, 곧 '동시다발적 시공간'이 '알 듯 말 듯'한 귀신의 존재와 그 기운을 따르듯이 펼쳐진 것입니다. 흰 눈송이들에 빙의한 시혼은 천상에서 내리는 강령인 듯이, 서사시 『금강』의 페르소나는 조선 왕조의 무능과 부패에 분노하고 항거하는 동학농민군들의 존재를 역사적 사실에 충실하면서 동시에 '천상에서 내리는 눈송이'에 빙의된 '은폐된 서술자'의 눈동자를 통해 마침내는 동학군의 '맑은 눈동자'와 하나를 이룹니다. 그럼으로써 페르소나 안에 혹

---

44 현대물리학의 주요 쟁점 중 하나. 양자역학Quantum mechanic에서 원격으로 떨어져 있는 존재들 간의 '동시 존재' 문제를 해결하는 물리학적 근거를 마련함.

은 그 위에 은폐된 서술자의 눈은 시공을 훌쩍 초월하게 되어 베토벤, 차이콥스키, 푸시킨, 톨스토이, 도스토옙스키 등등 인류의 정신사를 빛낸 위대한 예술혼들을 불러들이는 한편, 저 멀리 아테네 반도 뻬쩨르부르그 등지에, 또 이 땅의 전라도, 충청도 등 동학군의 자취가 서린 곳은 물론 광화문, 정릉, 북한산, 인수봉 등에 이르기까지 국내외 처처에 이르기까지, '동시적이고 초월적으로' 오가고 있으니, 실로 『금강』의 서사시 구성에는 물리적 시공의 제한을 넘어 천지조화의 기운이 생동합니다.

이러한 『금강』의 시정신은 수운 동학과 동학혁명을 다룬 민족 서사시로서는 그 내용에 걸맞는 형식이라는 점에서도 탁월하지만, 그 시적 상상력이 합일을 이룬 천지조화의 기운과 그 천진난만한 정서가 은미하게 서려 있는 점에서 한국 시의 일대 장관을 보여주는 것입니다. 겨레의 집단 무의식의 반영으로서 서사시 『금강』을 깊이 반추해보면, 신동엽 시인은 수운 동학의 거대한 뿌리가 전통 신도(巫)에 있음을 깨치고 이 땅의 혼이 시인의 타고난 웅혼한 상상력에 실려 마침내 이러한 걸작 서사시를 남긴 것입니다.

앞서 보았듯이 백석의 시와 신동엽의 『금강』에는 페르소나 내면에 '은폐된 존재' 곧 조화의 묘용인 '귀신'이 '인신'과 하나가 되어 은밀하게 작용하고 있습니다. 조화 곧 무위이화의 주재자인

'귀신'이 '은폐된 서술자'가 된 것입니다.

현대 시인 중 탁월한 시인 김수영의 시 「풀」, 「눈」에도 '무위이화' 곧 조화의 묘용을 주재하는 귀신의 존재가 은폐된 서술자로서 감지됩니다.

그러므로 겨레가 자랑하고 자부하는 이 탁월한 시인들의 마음에는 저마다 수심정기를 통해 '귀신'을 보는 영매(최령자)의 눈과 한겨레의 신도 전통 즉 '인신人神'의 존재가 비닉秘匿되어 있는 것이죠. "보였는데 보이지 않고 들렸는데 들리지 않는(視之不見 聽之不聞)" 마음속 신령[內有神靈], 즉 귀신이 은폐되어 있습니다. 이렇듯 유역문예론의 관점에서 시詩를 포함한 '진실한 예술 작품'은 "내유신령 외유기화"로서 드러나는 '조화(至氣)의 존재'로서 이해됩니다. 이 지극한 기운 속에서 '보이지 않고 들리지 않는' 귀신이 '천진난만'의 기운을 낳고 또 낳는(生生) 것입니다.

'천진난만'의 문학예술적 의미

천진난만의 기운이 서린 예술 작품을 가리켜 유역문예론에서는 '진실한 예술 작품'이라 이릅니다. 사실 천지조화의 기운을 능수능란하게 다루는 예술 양식의 전범으로서 전통 판소리를 재해석할 필요가 있습니다.

사소한 예로 볼 수도 있겠지만, 판소리「심청가」에서 뺑덕어멈의 등장과 그 역할은「심청가」전체에서 작은 아주 부분에 해당하지만, 뺑덕어멈의 존재는 내용 측면에서 선과 악의 대비라든가 형식 측면에서는 긴장과 이완, 풍자와 해학 등에서 작지 않은 의미를 감추고 있습니다. 중요한 것은 판소리에서 '작은 부분이 외려 작품 전체에 조화의 기운'을 불러오거나 그 작은 부분 자체에서 자주 천지조화의 기운에 상합相合하는 미적 조화의 기운을 나타낸다는 점입니다. 사실 판소리에는 부분에 귀천이 없습니다. 선악을 대립적으로 바라보지도 않습니다. 설령 표면적으로는 선악과 빈부 따위를 차별하는 듯하지만, 소리꾼의 소리가 품고 있는 천지조화의 기운은 선악의 차별이 있을 수 없습니다. 천지조화는 선악을 가리지 않으니까요. 천지조화의 기운이 중요시되므로, 판소리는 뺑덕어멈이나 놀부 같은 악인이 등장하든 사소한 부분이든 어디든간에 조화의 기운이 작용하지 않는 곳이 없습니다. 이것이 판소리의 근원적 형식이라 할 수 있습니다.

　판소리의 예술 원리 중에는 '부분의 독자성'이란 말이 있습니다. '부분 창唱'이 그 자체로 완결성을 안고 있다거나 그 자체로 완창完唱 판소리와 연결된 마치 유기체와 같다는 판소리 원리도 따지고 보면, 이야기 완결성을 추구하지 않고 천지조화의 기운을 추구하는 판소리 특유의 본성과 상통하는 것입니다. 다시 말해 이 '부분의 독자성'에는 판소리의 예술성은 그 '안팎으로 두루 천지조화의 작용에 통한다'는 뜻이 있는 것이지요. 판소리에서 오랜 절차탁마 끝에 구한 신명 또는 신통의 경지가 중요시되는 까닭도 천지조화의 원리를 터득하는 일과 무관할 턱이 없습니다.

그런데 주목할 것은 뺑덕어멈은 악하고 심청이는 선하다는 등 권선징악 문제가 아니라[45], 숙련된 소리꾼의 판소리 연행演行 그 자체에는 권선징악을 비롯한 일체의 인위적 분별력을 초월하는, 무위의 순수한 정서와 기운이 전해옵니다. 귀신은 물론 오랫동안 갈고닦은 명창의 소리가 지닌 신명에서 나오는 것입니다만, '천진난만'이라 일컬을 만한 무위이화의 정서와 기운이 '은미하게' 생겨난다는 점입니다. 이때 조화의 기운은 일견 보기엔 명창의 판소리 연행 자체에서 나오는 것이라 하더라도, 그 예술적 근원성에서 보면, 판소리 특유의 조화의 기운은 근본적으로 판소리의 내부와 외부가 막힘 없이 통하는 '개활성開豁性'에서 나오는 점을 깊이 헤아려야 합니다. 명창의 조건인 '득음'이란 것도 달리 생각해보면 판소리의 근원적 형식인 이 '천지조화와 통하는 개활성'을 소리꾼이 자기 본래성의 '소리' 형식으로서 터득하였다는 뜻이라 할 수 있습니다. 자기 근원, 자기 연원의 소리를 얻은 소리꾼의 판소리는 그 자체의 개활성으로 인해, 선악 호오 시비를 분별

---

45 수운 선생은 말하기를 "한울님(하느님)은 선악을 가리지 않는다.[曰不擇善惡也]"(「논학문」)라고 합니다. 본디 귀신은 선악을 가리지 않습니다.

하는 이야기 속에서도 그 분별력을 초월하는 별도의 근원적 조화의 기운이 은은隱隱하게 번지는 것이죠. 은은하게 번지는 기운임에도 그 판소리의 기운은 따지고 보면, '활연豁然한 조화의 기운'과 통하는 '은미할수록 드러나는' 기운입니다. 그래서 판소리 같은 뛰어난 예술적 기운은 향수자의 마음에 오래 남는 것입니다.

　잠시 조금 전에 살핀 백석의 시 「마을의 맨천 구신이 돼서」의 작품세계로 돌아가 시에서 천지조화의 신통함, 곧 시 속에 조화의 천진난만한 기운이 서려 있다는 말의 깊은 의미는 무엇인지를 생각해보죠. 시에서 천진난만의 기운은 시의 안팎으로 통하는 개활성에서 생깁니다. 그리고 수심정기하는 시인은 '인위적 시심' 속에서도 자신도 '알게 모르게' 무위이화의 기운을 내는 것입니다.
　천지조화와 통하는 개활성이 판소리의 은폐된 본연의 형식이듯이, 백석의 시 「마을의 맨천 구신이 돼서」에서도 천진난만한 기운이 은은하게 생동합니다. 이로부터 백석의 여러 명시와 김수영과 신동엽 등 걸출한 국내외 시인들, 각자의 시에 은폐된 조화의 기운을 이해할 수 있게 됩니다. 곧, 예술성의 근원을 이루는 천지조화의 기운은 '하나'로서, 즉 일심一心, 지기(至氣, 一氣)로서 통관洞觀될 수 있는 것입니다. 아마도 여기에 유역문예론이 발견한 의미심장한 '다시 개벽'의 예술성이 있는 듯합니다. 그것은, 무릇 진실한 예술 작품에서는 '천진난만'의 정서와 기운이 '은미한 묘처'에서 발견된다는 점입니다. 백석 시의 경우가 모범적이고 훌륭한 사례에 속합니다. 그것은 단군신화와 백석의 시에서 인위적 이성을 넘은 '인위적 신성'에 이르러서 비로소 '천진난만'의 기운이 감지된다는 사실에 있습니다. '인위적 신성'이란 수심정기를 통한 '인신人神됨'과 같은 의미 차원에 있습니다. 시에 서술된 희로애락의 감정과는 무관하게, 수심정기를 통해 접하는 '인위적 귀신'은 시에 은폐된 존재가 무위이화로서 전하는 천진난만한 천지의 기운 자체로서 현현할 뿐입니다. 그렇게 조화의 주재자인 귀신의 묘용과 묘처에서 천지조화, 곧 무위이화의 기운이 일어납니다. 과연 우리의 시인 김수영은 귀신의 묘용과 묘처를 예의 귀신 들린 '눈'을 통해 통관하는 천재성을 여실히 보여줍니다.

'진실한 예술 작품'은 자기 안팎의 조화 곧 기운의 조화(귀신)에 통한다는 말은 '수심정기'를 통해 만물은 저마다 조화에 합하여 스스로 '관점'을 드러낸다는 뜻을 내포합니다. 천지조화의 기운에 통한 '성실한 예술 작품'은 자기 안에 있는 사물(심지어 '언어'도) 저마다의 '관점'들을 드러낸다는 것입니다. 앞에서 해설했듯이, 가령, 김수영의 명시 「풀」에서 미미한 존재인 '풀'이 바람의 조화에 합하는 순간 "풀이 울고", 시 「눈」[46]에서 "마당에 떨어

---

46 김수영 시인은 「눈」이란 동일 제목의 시를 3편 남겼으니, 시인이 이 '눈'이라는 말의 존재론적 의미를 얼마나 깊이 성찰하였는지를 미루어 짐작할 수 있습니다.

진""눈더러 보라고"라는 사물의 '관점'과 통하는 시인의 의식과 감각의 무한대로의 확장 사태가 일어납니다. 정신과 감각의 무한성으로 열림 즉, 마치 빈틈없는 천지조화의 세계처럼, 시속에 천신(귀신)의 신통이 막힘없이 열리는 것입니다.

> 눈은 살아 있다
> 떨어진 눈은 살아 있다
> 마당 위에 떨어진 눈은 살아 있다
>
> 기침을 하자
> 젊은 시인이여 기침을 하자
> 눈 위에 대고 기침을 하자
> 눈더러 보라고 마음 놓고 마음 놓고
> 기침을 하자

시인의 마음과 천지조화의 기운이 시 속에서 서로 개활開豁된 상태로, '존재의 개시開示'니 '탈은폐'니 하는 M. 하이데거의 존재론을 굳이 끌어올 필요는 없습니다. 김수영 시인의 '눈'은 존재론적 해석에서 그치지 않고, 귀신의 해석이 '이 땅의 시혼'이 담긴 '눈'에 더 화응할 뿐 아니라, 더 긴요합니다. 김수영 시인은 역시 그답게, 의미의 강조를 위한 언어의 반복이 아니라 의미의 초월을 위한 주술적 반복을 쓰고 있으니, 아시다시피 시인은 시「눈」안팎으로 통하는 '조화를 부르는 것'입니다. 조화의 귀신이 신통하므로 천지만물이 지닌 저마다의 '관점'과도 통한 것이죠.

그러므로 이 언어 반복의 주술성을 통해 홀연히 천지간 조화의 묘용이 일어납니다. 천상에서 지상으로 "떨어진 눈은 살아 있다"는 반복적 '주문' 형식은 서서히 시 의식과 시 감각의 무한성, 곧 귀신의 묘용에 이르고, 마침내 '눈'은 스스로 사물의 '관점'을 드러냅니다. 그래서 눈[雪]이 눈[眼]으로 존재론적 변이가 일어나고, "눈더러 보라고 마음 놓고 마음 놓고/기침을 하자"라는 시구가 비로소 나옵니다. 이 지극한 마음이 내는 신성의 깨침을 통해, 시인의 마음에서 우러난 신령한 기운이 밖에 기화하기("기침을 하자", "가래라도 마음껏 뱉자")[47]를 모든 시인에게 전하는 것입니다.

기득권과 제도권이 주입해온 문학예술의 고착된 관념에 길들여진 독자들은 김수영의 시「눈」의 안팎에 흐르는 천지조화의 은

---

47 김수영 시인이 쓴 동명의 시제「눈」세 편 중, 1957년 발표된 시 전문은 다음과 같습니다.
   "눈은 살아 있다/ 떨어진 눈은 살아 있다/ 마당 위에 떨어진 눈은 살아 있다// 기침을 하자/ 젊은 시인이여 기침을 하자/ 눈 위에 대고 기침을 하자/ 눈더러 보라고 마음 놓고 마음 놓고/ 기침을 하자// 눈은 살아 있다/ 죽음을 잊어버린 영혼과 육체를 위하여/ 눈은 새벽이 지나도록 살아 있다/ 기침을 하자 젊은 시인이여 기침을 하자/ 눈을 바라보며/ 밤새도록 고인 가슴의 가래라도/ 마음껏 뱉자"

미한 기운이나 그 천진난만한 정서에 닿기까지는 쉽지 않을 것입니다. 그래서 향수자도 성심껏, 수심정기 해야 합니다. 이는 문학예술의 '다시 개벽'은 기본적으로 작가와 예술 작품과 향수자가 공히 한 기운에 들어 있는 까닭에서입니다.

비평가나 독자도 생활과 공부를 통한 각자의 수심정기 그 여하에 따라 자신도 '알게 모르게' 시 「풀」이나 「눈」의 '은폐된 서술자'—곧 김수영 시인이 수심정기 속에서 '각지各知'한 '인위적 귀신人爲的 鬼神'—가 내는 천진난만한 기운에 반응하고 화응하게 됩니다.

작가는 수심정기를 통해 인위적 귀신을 자기 안에 '알게 모르게' 모심으로서, 예술 작품은 인위적 귀신—은폐된 서술자—의 조화 능력, 곧 무위이화의 기운을 예술 작품 안팎으로 통하게 하고, 여기서 천진난만의 정서와 그 기운이 생기生起하게 됩니다.

결국 귀신도 은폐된 서술자도 천진난만도 그 출발점인 '수심정기'로 돌아갑니다.

수심정기, 풍류도와 회통의 정신

시천주侍天主와 조화정造化定은 수심정기를 통해 이루어짐을 동학은 가르칩니다. "仁義禮智는 先聖之所敎요, 修心正氣는 唯我之更

定也"(「修德文」)라는 수운의 언명에서 보듯이, 수심정기는 이 땅의 고유한 종교 사상으로서 동학의 특성과 그 고유한 성실성(진실성)을 담은 중요한 말입니다.

'守[修]心正氣'라는 말은 마음을 닦고 기운을 바르게 갖는 것입니다. 네 글자로 된 이 간단한 말이 동학의 요체임을 수운은 강조합니다. 이 강연문 앞에서 잠시 살핀 바처럼, 수운의 '수심정기' 안에는 유불도儒佛道가 하나로 회통을 이룬 풍류도와 깊은 인연이 있습니다. 현세 속에서 천지간의 원기에 합하는 맹자의 '호기'(浩然之氣)도 포함된 유가의 수기修己, 아울러 불가의 일심一心, 선가(도가)의 양기養氣를 통해 기운을 바르게 하는(正氣) 등, 군자 선인 또는 진여, 인신의 경지에 드는 동방의 정통적 수련법의 개념들이 하나로 융합되어 있습니다.

여기서 신라 때 화랑들이 수련하던 풍류도에는 전통 신도神道가 내포되어 있음을 떠올리면, 수심정기의 연원을 이해하는 일이 더욱 중요합니다. 풍류도의 유명한 본성인 '접화군생接化群生'의 이치를 깊이 생각하면, 풍류도에는 전통 신도의 공능功能이 내포되어 있음을 알 수 있습니다. 그것은 천지간 만물을 접接하여 화생化生하는, 곧 '접화군생'의 묘력이요 무(巫, 萬神)의 묘력이라 할 수 있습니다. 그러니 수심정기는 접신(강령)의 묘력과 밀접합니다. 이 수심정기가 지닌 강령(강신)의 묘력이 수운의 하느님과의 접신(강령)을 불러온 것으로 해석될 수 있습니다.

따라서 동학이 강조하고 중시하는 '수심정기'의 연원과 내용에는 수운이 나고 자라며 공부한 경주 용담의 '지령地靈'에 그 오묘한 연분이 없을 수 없습니다. 수운이 손수 "人傑은 地靈이라"(「용담가」, 『용담유사』) 하여 '나고 자란 땅이 지닌 영혼의 심오함'을 가사체로 썼듯이, 풍류도와 화엄의 대승불교가 누리에서 찬란히 꽃을 피우던 옛 신라의 수도 경주 땅의 지령을 받고 태어나 성장했으니, 수운의 혼과 지령과 가문의 내력이 없다 할 수 없습니다.

아울러 이 강연문의 기본적 논점인 자재연원의 시각에서 보면, 수운의 수심정기는 우선 이질적이거나 대립적인 사상들을 근본적인 차원에서 회통을 이루어 높은 가치를 이끌어내는 구경적究竟的 의미의 원융회통의 정신, 곧 원효(元曉, 617~686)의 사상에서 발원한 화쟁회통和諍會通 정신 속에서 비로소 온전히 이해될 수 있다고 생각합니다.

한국 정신사 전체를 놓고 본다면, 수운 동학이 안고 있는 회통의 정신은 화랑도 출신의 승려로 전해지는 신라 때 원효의 화쟁사상에서 그 독창적인 전거를 찾을 수 있습니다. 원효의 화쟁사상에서 화쟁이란 서로 다른 주장과 논리를 긍정적인 측면에서 파악하고 서로 대립하는 부분들을 지양하여 하나로 융합하는 사상입니다.

"회통은 두 부분으로 되어 있다. 첫째는 경문의 내용이 다름을 회통하고 두 번째는 경문의 뜻이 같음을 회통하는 것會通於中有二 初通文異 後會義同"(원효, 「會通門」, 『涅槃經宗要』)이라는 원효의 설명에서 보듯이, "글이 서로 다른 것을 통通해서 의義가 서로 같은 것에 맞추는[會]는 것"으로서, 서로 대립하는 사상들 속에서 그 핵심과 대의가 같은 것을 서로 통하게 하여 대립과 문제를 낳고 있는 부분을 해소하는 화쟁의 방법[48]이라 할 수 있습니다.

원효의 화쟁사상이 지닌 진정한 의의는 이론에 그치지 않습니다. 단지 복잡한 분별지(이성)와 언표할 수 없는 마음(一心)의 세계로 인하여 자칫 화쟁사상은 지식인들의 공허한 사변적 논리로 흐를 위험을 안고 있었습니다. 실제로 당시 신라는 왕실을 중심으로 한 귀족 불교 사회였기 때문에 신라 지식인 계층의 중심 세력들의 귀족화 비민중화가 노골화되고 있었으니, 원효는 부처의 말씀에서 참(眞, 眞理)을 성찰하며[49] 자신의 화쟁 정신 또한 아집

---

48 원효는 이 회통의 논법으로서 불일불이不一不二, 비연비불연非然非不然, 이변이비중離邊而非中(가장자리를 여의되 중심도 아님), 순불순順不順(상대의 말을 따르기도 하고 따르지 않기도 하는 것) 등 화쟁의 논리를 통해 생멸문生滅門 진여문眞如門, 있음[有] 없음[空], 진속眞俗, 염정染淨, 돈점頓漸, 주객主客, 피아彼我 등 대립적이고 배타적인 이분법적 사고의 사슬을 끊고, 진여眞如가 다름아닌 '한 마음'임을 설파했습니다. "뭇경전의 부분적인 면을 통합하여 온갖 물줄기를 한 맛[一味]의 진리의 바다"(원효, 『열반경종요』)로, 진여의 마음으로 귀의하게 하는 것이 화쟁회통의 큰 뜻입니다.

49 원효, 「眞空性品」, 『금강삼매경론』 참고.

에서 벗어나 인민의 삶의 구체적 현실 속에서 스스로 반성과 갱정을 거듭하여야 함을 깨닫고 몸소 길 위의 승려로 나서 저자와 시골 등을 두루 돌아다니며 서민 대중 속에서 서민들과 박을 두드리며 무애가無碍歌를 부르고 무애춤을 추면서 보살행을 실천한 사실은 익히 알려져 있습니다. 그리고 원효의 화쟁회통 정신은 긴 역사 속에서 복류하다가[50], 조선왕조가 순망脣亡의 위기에 처해 질곡에 빠진 민생들의 비탄과 원망의 와중에 마치 천우신조인 듯이 일어난 수운 동학의 창도에서 새로이 부활합니다.

수심정기는 유불도가 두루 원만히 회통한 정신의 결정체라 할 수 있습니다. 아울러 '守[修]心正氣'의 내면에는 고조선 이래 신도 전통이 없다 할 수 없습니다. 이 또한 '비연비불연非然非不然'[51]이요,

---

50 사상 문화 차원에서 회통의 정신이 지닌 중요한 의미는 지식인들이 흔히 빠지기 쉬운 특정한 이론과 논리에 대한 집착을 버리게 하는 것입니다. 넓은 뜻에서의 회통의 정신을 찾아보면, 조선정신사에서는, 성리학의 관점에서 老子와 불교를 아울러 포괄 해석한, 이율곡(李珥, 1536~1584, 『醇言』) 그리고 매월당梅月堂(金時習, 1435~1493), 허균許筠 (1569~1618, 『閑情錄』) 같은 분들을 떠올리게 됩니다.

51 위 주 48, 49를 참고. '非然非不然'의 논법을 원효는 이렇게 설명합니다.
"다음으로 제설에 대하여 시비를 가린다. 위의 여섯 가지 주장이 모두 옳기도 하고 모두 그르기도 하다. 왜냐하면 불성이란 (여섯 가지 내용의 주장처럼) 그런 것도 아니지만(不然) 그렇지 않은 것도 아니기(非不然) 때문이다. 그런 것도 아니므로(不然) 제설이 모두 그르고, 그렇지 않은 것도 아니므로(非不然) 제설이 모두 옳다." (원효, 「佛性門」, 『열반경종요』)

화쟁회통의 정신입니다. 수운은 자신의 선조인 고운 최치원(孤雲崔致遠, 857~?)이 '玄妙之道 包含三敎 接化群生'이라 정의한 '풍류風流'와 그 연원인 신도 전통을 접했을 것입니다. 단군조선 이래 이 땅의 혼이요 정수精髓인 '현묘지도'가 도도히 이어지는 고향 경주 용담에서, 수운은 면면한 회통의 정신 속에서 수심정기를 터득하여 하느님 귀신과 접신하고, 마침내 동학을 창도하게 된 것이라고 생각합니다.

수운이 "수심정기는 오직 내가 다시 정한 것"이라 한 언명에는 화쟁회통의 웅혼한 정신 속에서 풍류와 신도의 맥이 흐르고 있다 해도 과언이 아닙니다. 수심정기는 상고시대 북방 만주문명과 황하문명의 전개 속에서 고조선 문명이 꽃을 활짝 피우고 배달민족의 정신문화 전통으로 끈질기게 이어져 신라의 풍류도를 거쳐 장구한 역사 속에서 마침내 수운 동학에 이르러 인류애의 구경으로서 나타난 것이라 할 수 있습니다.

(2023. 10~11.)

2부

유역문예론의 개요 및 시론試論

문학예술의 다시 개벽 · 2

1. 문학예술의 '다시 개벽'을 위한 기본 개념들
─귀신·유역·은폐된 서술자·창조적 유기체

1문 독자들의 이해를 돕기 위해 먼저 '유역문예론'에 나오는 여러 낯선 개념들에 대해 직접 설명을 듣고 싶습니다. 앞서 유역문예론을 개관하기 위해 먼저 주요 개념들을 이해해야 할 듯합니다. 여러 개념들 중 핵심은 '귀신'인 듯한데, 수운 동학의 '귀신' 개념에서 얻은 '귀신' 개념인가요? 이 '귀신'이란 무엇인가요.

'귀신의 묘용(良能)은 묘처(靈處)에 '은미하게' 나타남(夫微之顯)'

답 앞의 「문학예술의 다시 개벽·1」에서 '수심정기守(修)心正氣'를 제 나름으로 해석을 시도한 이유는, 수심정기가 귀신과 접신하기 위한 최선의 공부이며 수련이기 때문입니다. '다시 개벽'을 위한 창작과 비평은 귀신의 묘용 묘처와 합하기 위한 저마다의

＊ 2023년 10월 말일 원평집강소에서 행한 강연 원고를 토대로 한 '문학과 예술의 다시 개벽·1'에 이어지는 이 글은 오봉옥 시인(서울디지털대 문창과 교수, 계간 『문학의오늘』의 편집인)과의 심층 인터뷰를 정리한 것입니다. (2024년 2월~3월, 이메일 등으로 진행)

수심정기에 열중해야 합니다. 진실한(성실한)[1] 예술성은 지극한 마음(誠心)의 묘처인 귀신의 묘용에서 나오며 그로부터 천지조화(造化, 곧 無爲而化)의 은미한 기운이 일어납니다. '현실적 존재이자 현실적 계기'[2]인 귀신은, 수심정기의 여하에 따라 자신을 드러냅니다.

귀신은 음양의 조화 능력으로 천지간에 없는 데가 없습니다. 공자가 설했듯이 "귀신의 덕은 성대하구나. 보려고 해도 보이지 않고 들으려 해도 들을 수 없고, 사물의 본체가 되어 빠뜨릴 수 없다. […] 무릇 은미隱微한 것일수록 더욱 드러나니(또는 아무리 은미한 것이라도 드러나니(夫微之顯), 그 성실함(誠)은 가릴 수 없음이 이와 같다."라는 것이 귀신의 속성입니다.

원시 유학 이래 송대의 신유학에 이르기까지 '귀신'은 중요한 철학적·형이상학적 화두 중 하나였습니다. 우주 자연을 음양 이기로서 사유하는 과정에서 자연히 귀신의 존재 문제와 부딪히게 되는 것이지요.

---

1   '진실한(성실한) 예술성'은 진심誠心에서 나오는 지기至氣의 예술성을 통칭하는 말. 본래 수운의 修心正氣(또는 守心正氣)를 바탕으로 삼는 '개벽적' 문학예술의 본성을 가리킵니다.

2   본고에서 종종 쓰인 '현실적 계기actual occasion'는 '현실적 존재actual entity'와 같은 의미를 지닌 '유기체의 철학'(화이트헤드A. N. Whitehead, 1861~1947)의 개념입니다.

북송과 남송 때 출중한 유학자들이 논한 귀신론[3]이 있습니다
만, 조선 후기의 유학자 녹문[4]의 '귀신론'은 수운의 '귀신'과 통하
는 바가 있습니다. 녹문은 주자(朱子, 朱熹)의 귀신론을 이어받되,
기일원론의 입장에서 재해석하여 "귀신이라는 것은 이기二氣의
양능良能이요 음양의 영처靈處이다."라고 정의합니다. 녹문은 장
자(張子, 橫渠)와 주자의 귀신 정의를 수용하면서도, 이를 발전시
켜 귀신을 '천지와 통하는 틈이 없는 묘처妙處로서 본체本體'[5]이면
서 '자연 현상을 주재하는 묘용妙用의 능력'으로 해석합니다.

> "내 마음이 네 마음이다…
>
> 귀신이란 것도 나이니라(吾心卽汝心也… 鬼神者吾也)."

---

3   졸저『유역문예론』, 20~2쪽 참고.

4   녹문 임성주의 氣一元論에서 '기일원'의 본체는 太虛(張載, 橫渠), 浩氣
    (맹자의 浩然之氣), 元氣, 天 등으로 표시됩니다.

5   임성주 문집『녹문집』에는 '귀신'과 관련하여, 다음 구절이 이어집니
    다. "귀신은… 이른바 良能이다, 靈處다 하는 것은 그 내용(實)을 가진
    것으로서 형상이나 소리, 냄새가 없이 단지 저절로 이와 같은 것(自然
    如此)이니, 이는 바로 주자가 이른바 '천지와 통하는 것'이다… 오직
    귀신만은 그것을 氣라고 해도 되고 理라고 해도 되는 것이다. 그
    지극히 정미하고 지극히 신묘한 것은 처음부터 정해진 모양이나
    이름이 있는 것이 아니라, 그 가리키는 바가 어디에 있는가에 따
    라 지칭될 뿐이니, 이는 바로 '함께 섞여 틈이 없는 妙處'라고 하는
    것이다."(김현,『임성주의 생의철학』, 한길사, 1995, 76~7쪽 참고)

동학의 귀신도 유가의 귀신과 대동소이한 듯하나, 귀신의 근본과 유래에서 차이가 있습니다.

동학의 귀신은 유가의 귀신과 같은 듯하면서도 그 근원과 유래에서 다르고 실질적 내용도 다릅니다. 이 땅에서 회자되는 귀신의 본의와 그 연원을 따져보면 동학의 귀신이 유가의 귀신과 같다고 할 순 없습니다.

이 차이점을 앞의 「문학예술의 다시 개벽·1」에서 충분히 설명하였으니 여기서는 상론을 피하고, 하느님이 수운한테 "나 또한 공이 없다"(余亦無功, 「포덕가」), "애쓴 보람이 없다"(勞而無功, 『용담유사』)고 하신 말씀을 생각하면, 우리가 살고 있는 '이 땅의 혼'인 '귀신'의 존재성이 새롭게 드러납니다. "여역무공余亦無功", 또는 "노이무공勞而無功"이라 자탄하는 하느님이란 절대성이나 완전성보다는 상대성 불완전성의 하느님인 것은 자명합니다. 달리 말하면 단군신화에 배달겨레의 하느님인 '환웅천왕'이 '가화假化'(神이 임시로 잠시 '사람'으로 변신함) 해서 웅녀와 혼인하고 국조 단군檀君을 낳게 되듯이, 인신人神 성격을 가졌거나—곧, 사람의 '마음'에서 능히 통하는 신적 존재이거나—또는 '기氣'로 표현되면서도 기의 본성에 하느님 성격이 담겨 있는 것으로 해석될 수 있습니다.

수운이 '기'를 풀이해놓기를, 성리학 또는 주자학의 '일기一氣'와는 차이성이 느껴지는 '지기至氣'라 고쳐 부르고 나서, "'지至'라는 것은 지극한 것이요, '기氣'라는 것은 허령이 창창하여 일에 간섭하지 아니함이 없고 일에 명령하지 아니함이 없으나, 그러나 모양이 있는 것 같으나 형상하기가 어렵고 들리는 듯하나 보기는 어려우니, 이것은 또한 혼원渾元한 한 기운이요"(「논학문」)라고 풀이하여, 천지간 만물 만사에 "간섭하지 아니함이 없고 명령하지 아니함이 없음"을 강조한 것도 동학의 귀신이 유학(성리학 주자학)에서 말하는 귀신과는 차이가 있다 할 수 있습니다. 즉 기는 음양의 조화라던가 하는 천지 만물의 생성원리에 그치는 게 아니라, '기 안에 기 스스로 신의 성격을 내포'하는 것입니다. 그래서 동학에서는 일기라 하지 않고 '지기'라 합니다. 지기가 곧 하느님인 셈이지요.

사람의 마음이 개입하지 않는 천지 음양의 조화는 관념의 상像에 지나지 않습니다. 인심과 통하지 않는 귀신은 허깨비에 불과합니다. 그래서 동학의 귀신은 하느님이 인격으로 나타나(단군신화에서 환웅천왕이 '잠시 사람으로 화化함, 곧 '가화假化'하였듯이!) 수운 선생한테 "내 마음이 네 마음이다… 귀신이란 것도 나이니라."라고 가르침(外有接靈之氣 內有降話之教)을 내려준 것입니다.

유가의 귀신이 천지와 스스로 통하는 타고난 양능良能이라 한다면[6], 동학의 귀신은 천지와 통하는 양능이라는 관념적 객체에

---

6 하느님이 수운한테 한 말씀 중에, 천지는 알아도(음양 태극은 알아도) 귀신은 모른다, 라는 뜻을 깊이 해석하여야 합니다. "…사람이 어찌 알

그치지 않고, 수심정기를 통해 사람 마음이 하느님의 마음과 그 기운과 하나가 되는 지기至氣에 이름으로서 사실적 묘력을 지니는 것입니다. 이 수심정기의 수행을 통한 '나'의 주체됨[7]의 상태, 곧 동학의 귀신관으로 보면, '나'라는 주체主體는 음양의 기운[氣]이 '주'가 되고 마음[心]은 '체'가 되어, 귀신은 본연의 능력인 조화에 작용하는 '주체'인 것입니다. 서구 유기체의 철학에서 보면 지기는 '무규정적 힘'이며 귀신은 그 안팎에서 작용하는 신의 본성이라 할 수 있겠지요.

여기서 놓치지 말 것은, 하느님 말씀인 "내 마음이 곧 네 마음이니라. … 귀신이란 것도 나이니라."에는 사람 각각의 마음에 내재하는 귀신이면서 동시에 귀신은 천지 만물들의 각각에 내재하는 신령이라는 의미가 포함되어 있는 점입니다.

리오(人何知之) 천지는 알아도 귀신은 모르니 귀신이라는 것도 나이니라.(知天地不知鬼神 鬼神者吾也)"에는 성리학의 '태극'을 극복해야 하는 동학이 품은 이 땅의 천지인 삼재(자재연원)의 세계관과 더불어 태극 중심의 유학을 혁파해야 하는 시대적 당위성이 들어 있습니다. 다시 말해, '無極'의 大道를 강조한 동학의 관점이 담겨 있습니다. 유기체의 철학으로 보면 현실적 존재로서 신의 생성 과정을 중시하는, '多卽一'의 세계관과 맞닿아 있다 할 것입니다.

7   수운의 제자이자 동학의 2대 교조인 해월은 기운과 마음의 관계로서 '주체'을 이렇게 풀이했습니다. "기운은 主가 되고, 마음은 體가 되어 鬼神이 작용하는 것이니, 造化는 귀신의 능력이니라. 氣爲主心 爲體 鬼神 用事 造化者 鬼神之良能也…"

'만유내재신론panentheism'과도 통하는 바가 있는 이 귀신의 존재는 우리 전통 만신萬神의 존재를 통해 익히 이해하고 있는 바지만, 그 연원을 보면, 수운 동학은 만신 사상(巫, 神道)을 회통하고, 아울러 유학의 귀신론을 회통하고, 마하연 불가(대승불가)의 일심一心의 신(如來藏, 阿羅耶識論)을 회통하였다는 추정이 가능하다 할 것입니다. 전통 무교(巫敎, 神道)의 만신 사상에서 '하느님 귀신'이, 유학의 기철학에서 '지기'가, 여래장론 또는 유식불교의 아라야식론에서는 '시천주'가 원융회통의 사유 끝에 마침내 회통되어 나온 수운의 개념들입니다.

결국 수운 선생의 '하느님 귀신'과 접신('내 마음이 네 마음이니라') 상태는 수운의 마음에 지기 상태로서, 즉 마음心과 지기가 일통一統 상태로서 '신과 사람의 합일'의 경지를 가리킵니다. '하느님 마음'과 수운의 마음 간에 서로 '틈이 없는 묘처'가 지기 상태의 시공간을 말하는 것이니, 이 '지기를 내 마음이 지금 속에서 앎[知]'이 '지기금지至氣今至'요, 조화의 '현실적 계기'로서의 '귀신'의 존재와 그 묘용을 앎입니다. 그러므로 귀신의 존재는 시천주를 통한 인신人神의 성격을 갖는 동시에, 천지조화를 주재하는 지기와 합하는 '본체이자 작용(體用)'으로서 '현실적 존재'입니다.

2 문 성리학에서, 귀신을 천지조화 속에 '틈이 없는 묘처와 묘

용'으로 설명한 녹문 임성주의 사상이 수운 동학의 귀신과 깊은 연관성이 있다는 얘기군요. 그럼에도 동학은 성리학의 '일기'를 '지기'로 바꾸었습니다. '지기' 곧 하느님의 한 기운 속에서 무수하고 무한한 귀신의 존재들이 각자이면서 하나로 그물처럼 연결 상태에 놓여 있다는 말씀인가요?

"등불이 물 위에 밝으매 틈이 없다 燈明水上無嫌隙"

답 그렇게 말할 수 있습니다. 배달겨레의 거대한 뿌리인 상고대 이래 고조선 샤먼문명에 연원을 둔 만신萬神 사상의 전통과의 회통을 저버리면, 동학의 이해는 표피에 머무른 것에 지나지 않습니다. 수심정기는 중요한 수운의 가르침인데, 이 수심정기도 회통의 차원에서 새로 해석되고 이해되어야 합니다.[8] 일단 수운 동학의 근본토대에는 회통의 사유가 작용하고 있는 사실을 전제한 후에, 동학의 대의와 통하는 유불선儒佛仙(道)과 무교 및 신선神仙 사상, 풍류도 등에서 주요 내용이나 개념들을 회통에 적용하는 것이 옳다고 생각합니다.

특히 조선 후기의 기일원론자 녹문(鹿門 任聖周)의 귀신론은 수운의 '하느님 귀신'이 지닌 기철학적 의미를 이해하는 데 도움을

---

8   이 책의 앞에 실린 졸고 「문학예술의 다시 개벽·1」을 참고.

줍니다. 18세기 조선의 성리학이 도달한 기일원론에서의 '귀신'은 음양 일기一氣의 양능良能이면서 '천지와 통하는 틈이 없는 묘처靈處로서의 본체와 그 작용(妙用) 능력'을 가리킵니다.[9] 이 '틈이 없는 묘처'로서 귀신의 체體와 용用을 이해하면, 하느님이 수운에게 '강화의 가르침 降話之敎'으로서 내린[降] "내 마음이 곧 네 마음이다… 귀신이란 것도 나니라."라는 하느님의 언명에 담긴 심오한 뜻을 어림하게 됩니다. 이 동학의 귀신이 지닌 깊은 뜻을 유추하게 하는 또 하나의 가슴 절절한 예가 있는데, 그것은 수운이 순도하시기 직전에 제자인 해월에게 남긴 '옥중 유시'에서 찾아집니다.

1864년 봄 수운 선생이 좌도난정左道亂政의 죄목으로 순교하기 직전에 선생이 갇힌 감옥에 간신히 잠입한 충직한 제자 해월 최시형에게 전한 이른바 '옥중유시獄中遺詩'에는 '하느님 귀신'이 내린 '강화의 가르침'(즉, '外有接靈之氣 內有降話之敎')을 깊이 이해하는 단서가 마치 '은폐된 귀신'처럼, 은닉되어 있습니다. '순도시殉道詩'라고 명할 수 있는 이 '옥중 유시'는 아래와 같습니다.

---

9   "오직 귀신만은 그것을 氣라고 해도 되고 理라고 해도 되는 것이다. 그 지극히 精微하고 지극히 神妙한 것은 처음부터 정해진 모양이나 이름이 있는 것이 아니라, 그 가리키는 바가 어디에 있는가에 따라 지칭될 뿐이니, 이는 바로 '함께 섞여 틈이 없는 묘처'라고 하는 것이다."(녹문 임성주, 『녹문집』)

등불이 물 위에 밝으매 틈이 없다 燈明水上無嫌隙

기둥이 마른 것 같으나 힘이 남아 있다 柱似枯形力有餘

나는 천명에 순응하는 것이니 吾順受天命

너는 높이 날고 멀리 달려라 汝高飛遠走

    첫 행 "등불이 물 위에 밝으매 틈이 없다"라는 시구는 '천지와 통하는 틈이 없는 묘처'로서 '하느님의 본체'를 비유한 것이니, 이는 바로 '하느님 귀신'이 수운한테 '내린' "내 마음이 곧 네 마음이니라(吾心卽汝心也)"는 말씀(降話之敎)과 같은 뜻으로 해석될 수 있습니다. '하느님 마음'과 '수운 마음' 사이에 '틈이 없는 묘처'(즉 '본체')로서 '하나'로 합해지고 통하는 상태, 바로 이 상태가 지기요 시천주의 마음 상태입니다. 인신人神의 상태인 것이죠. 거듭 말하거니와, 시천주의 인신 상태라는 뜻에는 유일신으로서 '하느님'이 아니라, 천지간 만물에 두루 내재하는 '만신'의 존재가 서로 이접離接하는 관계로서 무한히 연결되고 연관되어 있음을 함축하는 것입니다.[10]

    그 천심이 인심이 되어 천지인이 하나로 일통一統한 마음 상태에서 비로소 귀신은 '묘처' 곧 '영처靈處'에서 어디든 '신적 존재'

---

10   이런 까닭에, 본고에서는 '하느님'과 '한울님'을 의미 맥락에 따라 혼용합니다.

로서 드러나고 묘용을 발현하는 것입니다. (이 시구의 다음에 이어
지는 "기둥이 마른 것 같으나 힘이 남아 있다"는 뜻도 '귀신의 묘용 묘력'으
로 해석될 수 있습니다.)

그러하기에, 동학 창도의 직접적인 계기인 하느님과의 두 번째
접신에서 하느님의 가르침(降話之敎)인 "내 마음이 곧 네 마음이니
라. 사람이 이를 어찌 알리오 천지는 알아도 귀신은 모르니. 귀신
이라는 것도 나이니라."라는 언명은 엄중한 진리를 담은 천명天命
이므로, 수운은 자진하여 순도하기 직전 감옥으로 간신히 숨어든
아끼는 제자 해월에게 이 천명을 웅혼하고 심오한 명구에 담아
법통으로서 전수한 것입니다.

저 동학의 창도와 수운의 순도에 얽힌 가슴 절절한 고사에는,
환웅의 '강신고사降神古事' 이래 이 땅의 인민들은 물론 뭇 생물
과 무생물 가릴 것 없이 만물에 깊고 넓게 뿌리 내린 신도(풍류도)
의 전통, 천지인 삼재의 인신 사상 등, 조선의 정신문화 전통의 본
바탕인 '이 땅의 혼'이 깊이 스며 있습니다. 수운 동학이 창도되
는 직접적이고도 은밀한 현실적 계기인 수운의 '하느님 귀신'과
의 첫 '접신'에서 영부靈符와 선약仙藥 등 주원呪願의 형식을 받는
등 단군신화의 혼을 이어받고 있는 점에서도 확인되는바, 동학의
'21자 주문三七字 呪文'에서 '강령 주문' 8자를 '본주문' 13자에 앞
세우고 중히 여기는 까닭도 배달겨레의 혼의 연원인 만신(巫, 신
도)의 우람한 뿌리를 이해하지 않고서는 제대로 이해될 리 없습

니다. 전통 무교의 만신들이 마치 무한하고 무량한 생명계의 그물에서 각각의 그물코를 이루듯이, 이 땅의 장구한 무巫의 전통 속에서 회통을 이루어 마침내 수운 동학의 '시천주' 사상에서 하나[一]로 통한 것이지요.

3문 이 '귀신' 개념은 서구 철학을 통해서도 해석 가능할까요.

'창조적 유기체'는 '지기금지' 즉 지기(神氣)에 든 '현실적 존재',
동시에 '내유신령 외유기화'(造化)의 '현실적 존재'

답 수운 동학의 '다시 개벽' 사상을 나름 이해하고서 문학예술 작품의 분석과 해석에 적용해가다 보니, 기존 서구 근대 미학에서 통용되는 문학예술 작품의 비평 개념들과는 다른 새로운 비평 개념이 나올 수밖에 없더군요. 물론 서구 근대 철학에서 스피노자를 비판적으로 극복한 '유기체적 세계관'[11] 철학을 제시한 화이트헤드(A. N. Whitehead, 1861~1947)의 철학은 수운 동학의 하느님과 귀신을 이해하는 데 다소 기여할 것으로 보입니다.

---

11 "유기체의 철학은 스피노자의 사상의 도식과 매우 유사한 데가 있다. 그러나 유기체의 철학은 스피노자의 사고의 주어-술어subject-predi-cate form를 버린다는 점에서 스피노자의 사상 도식과 다르다. (…) 그 결과 (스피노자 철학의) '실체-속성substance-quality 개념은 무효가 되는 동시에 형태론적 기술이 유기체 철학에서는 역동적 과정dynamic pro-

스피노자(B. Spinoza, 1632~1675)에 의하면, 신의 본질은 '존재 자체'인 '실체subtance'라는 것입니다. 따라서 신은 자연을 초월한 창조주가 아니고 자연 자체이며, 자연 자체는 영원히 존재하는 실체이며 무한한 신입니다. 사물의 개별성들은 유일신의 '속성quality'이 변화한 모습이거나 '양태mode'에 불과한 '산출된 자연natura naturate'이고, 유일신은 '산출하는 자연natura naturans'입니다. 달리 말하면 유일신은 자연의 영원불변한 법칙이고, 이 법칙에 따라 '산출된 자연'의 특정한 개별성(속성과 양태)들은 그 유일신('산출하는 자연', 즉 자연법칙)의 결과라는 것입니다. 스피노자의 범신론(汎神論, pantheism)에서 신은 사물의 내적 원인이며 산출하는 법칙이기 때문에 개체(사물)는 신의 산출 결과에 지나지 않습니다. 신과 자연은 원인과 결과의 관계인 까닭에 자연의 개별성이 지닌 '주체적·능동적 창조성'의 여지는 없게 됩니다.

스피노자의 실체로서 신론-범신론과 달리, 천지자연의 창조변화(造化)에 대한 근원적 문제를 해결하는 데에 괄목할 진전을 이룬 철학자로서, '만유내재신론'과 연관된 화이트헤드의 '유기체적 세계관'의 철학('과정 철학')을 주목할 필요가 있습니다.

화이트헤드의 철학에서 신은 초월적 창조주나 전통적 의미의

---

cess의 기술로 대체된다. 그리고 스피노자의 '양태modes'도 이제는 단순한 현실태actualities가 된다."(화이트헤드, 『과정과 실재Process and Realty』 제1부 제1장 참고. 텍스트는 1978년 맥밀란 판, 오영환 역. 이하 화이트헤드의 '유기체의 철학'을 인용한 부분은 같은 책에서 취함)

유일신이 아니라 현실 세계actual world를 떠나서는 존재할 수 없는 '현실적 존재actual entity'로서 '창조하면서 창조되는 신'이며 생성 변화 중인 신을 뜻합니다. 그러므로 우주 자연의 조화(생성 변화) 속에서 사물(개체성, 개별성)이 지닌 '창조성creativity'은 사물의 '가 능태'로서 존재하지만, '현실태actuality'로서 신은 '현실적 존재이 자 현실적 계기actual occasion'로서 사물의 창조성이 실현되는 작인 作因으로 작용합니다. 그러니까 유기체 철학에서 '현실적 계기'가 곧 '현실적 존재'입니다.

화이트헤드의 말로써 바꾸면, "신은 기본적으로 현실 세계의 그물망에 얽혀 있으면서 항상 생성되고 생성하는 하나의 '현실 적 존재'일 뿐"이라는 것입니다. 여기서, 화이트헤드가 말한 '현 실적 존재'는 '계기적 존재occasional entity'로 바꿀 수 있습니다—마 치 우주 자연의 '조화'를 주재하는 하느님의 체이면서 용이 귀신 이듯이!12

화이트헤드는 "창조성은 현실 세계에 새로움으로의 시간적인 추이라는 성격에서 나타나는 무규정적 힘"이라 규정합니다. 이 때 '창조성'을 규정한 '무규정적 힘'이란 개념은 수운이 설파한 '지기至氣'와 견줄 수 있습니다. ('21자 동학 呪文'에 대한 수운의 至와 氣에 대한 풀이를 참고)13 여기서 중요한 점은 창조성은 신(하느님)

---

12 화이트헤드, 『과정과 실재』 제1부 제3장 참고.

13 「논학문」, 『동경대전』. '지기'의 '神性'은, "'지至'라는 것은 지극한 것

이 제1원인자로서 다자多者를 결과짓는 것이 아니라, 동학의 시천주 사상에서 만물이 제각각으로 다자가 일자인 신으로 통일되어가는 '과정'이 창조요 조화라는 것입니다. 즉 신의 존재 문제는 일一 또는 일즉다一卽多의 관점이 먼저가 아니라 다즉일多卽一의 관점에서 먼저 해석되어야 유기체적 세계관에서의 창조성을 올바로 사유하게 된다는 것입니다.

따라서 창조성이란 것은 신이 창조한 결과물(多者, many)을 일자(一者, one)로 통일시키는 '새로움의 원리'입니다. 창조성은 "결코 두 번 다시 동일한 것일 수 없는" 신의 불멸적 순수 활동에 속합니다. 화이트헤드는 "창조성은 이접적disjunctive 방식의 우주인 다자多者를 연접적conjunctive 방식의 우주인 하나(一者)의 현실적 계기로 만드는 궁극적 원리이다."라고 정의합니다.

> 신은 원초적primodial일 뿐아니라 결과적consequent이기도 하다. 신은 처음이자 끝이다. (…) 신은 모든 구성원들의 과거 속에 있다는 의미에서 처음이 아니다. 신은 모든 다른 창조적 행위의 생성의 일치unison of becoming 가운데 있는 개념적 작용의 전제된 현실태actuality이다. (…)
>
> 그러므로 모든 현실적 존재actual entity와 마찬가지로 신의

이요, '기氣'라는 것은 허령이 창창하여 일에 간섭하지 아니함이 없고 일에 명령하지 아니함이 없으나…"에 드러납니다.

본성은 양극적dipolar이다. 신은 '원초적 본성'과 '결과적 본성'을 갖고 있다. 신의 '결과적 본성'은 의식적이다. 그것은 신의 본성의 통일성에 있어서의, 그리고 신의 지혜와 변형을 통한, 현실 세계의 실현이다. '원초적 본성'은 개념적이며, '결과적 본성'은 신의 물리적 느낌들이 신의 원초적 개념들 위에 짜여 들어간 것을 말한다.[14]

화이트헤드의 '유기체적 세계관'에서 신의 본성은, 스피노

---

14 화이트헤드, 『과정과 실재Process and Realty』제5부 제2장. 이 대목을 좀 더 인용하면 다음과 같습니다.
"신의 본성은 개념적이고 물리적인 양극성을 갖는다. 이 물리적 본성은 세계로부터 파생된다. (…) 신은 원초적primordial일 뿐아니라 결과적consequent이기도 하다. 신은 처음이자 끝이다. (…) 신은 모든 구성원들의 과거 속에 있다는 의미에서 처음이 아니다. 신은 모든 다른 창조적 행위의 생성의 일치unison of becoming 가운데 있는 개념적 작용의 전제된 현실태actuality이다. 따라서 모든 사물이 갖는 상대성 때문에 신에 대한 세계의 반작용이 있는 것이다. 신의 본성이 물리적 느낌의 충만으로 완결되는 것은 세계가 신 속에 객체화되는 데에 연유한다. 신은 자신의 현실 세계actual world를 모든 새로운 창조와 공유하고 있다. 그리고 합생(合生, concrescence)하는 피조물은 그 현실 세계에 대한 신의 객체화objectification에 있어서의 새로운 요소로서 신 속에서 객체화된다. 각 피조물에 대한 신 속으로의 이와 같은 파악은 주체적 지향으로 인해 방향이 잡혀지고, 다시 신의 전 포괄적인all-inclusive 원초적 가치평가로부터 전적으로 파생되는 주체적 형식을 부여받는다. 그 궁극적인 완결성 때문에, 신의 개념적 본성은 변치 않는다. 그러나 신의 파생적 본성은 세계의 창조적 전진의 결과로 생겨난다.

자의 일원론적 신론(범신론)에서 핵심 개념인 '실체-속성sub-
tance-quality' 개념을 비판적으로 성찰하여 신의 본성을 새로이 정
립하는데, 신을 '궁극의 작인'으로 보는 화이트헤드는 "모든 현
실적 존재와 마찬가지로 신의 본성은 양극적이다. 신은 원초적
본성과 결과적 본성을 갖고 있다"고 하는 것입니다.

그리고 세계가 신 속에서 '객체화'되는 과정에서 신은 자신의
'현실 세계'를 모든 '새로운 창조'와 공유하며, 각 피조물들은 "주
체적 지향으로 인해 방향이 잡혀지고 각 주체의 형식이 부여받는
다"는 것입니다. 여기서 창조성은 현실 세계에서 아직은 '가능태'
로서 있을 뿐인데, '현실태로서의 신'의 의식적 통일성, 그리고
(신의) 지혜의 변형을 통해 비로소 그 창조성이 실현된다는 것입
니다.

화이트헤드 유기체적 세계관에서, "신의 존재는 현실태actuality
이다"라는 명제, 그리고 '신은 현실적 존재이면서 동시에 현실적
계기이다'라는 점을 주목할 필요가 있습니다. 우주 자연의 생성

그러므로 모든 현실적 존재와 마찬가지로 신의 본성은 양극적이
다. 신은 '원초적 본성'과 '결과적 본성'을 갖고 있다. 신의 '결과적
본성'은 의식적이다. 그것은 신의 본성의 통일성에 있어서의, 그리고
신의 지혜와 변형을 통한, 현실 세계의 실현이다. '원초적 본성'은 개
념적이며, '결과적 본성'은 신의 물리적 느낌들이 신의 원초적 개념들
위에 짜여 들어간 것을 말한다."

변화의 과정에서 신의 존재와 작용을 설명해주는 내용이 들어 있기 때문입니다.

즉 신의 존재가 현실 세계에서 어떤 양태로, 어떤 작인作因에 의해 '객체화'되는가 하는 문제는 언어의 논리, 가령 주어-술어 관계로 해명되기에는 그 언어-의미의 한계성이 뚜렷한 탓에, 현실 세계에서의 '생성(造化)의 과정'을 중요시하는 유기체의 철학에서 주체-객체의 문제는 언어-의미론으로는 논란거리를 남겨둘 수밖에 없습니다.

여기서 하느님이 수운에게 한 "내 마음이 곧 네 마음이니라… 천지는 알아도 귀신은 모르니, 귀신이라는 것도 나이니라."라는 '강화지교降話之敎'에서 '귀신'의 존재, '마음속 귀신[內有神靈]'의 외유기화外有氣化에 따른 철학적 문제—귀신의 창조성, 주객의 동시성, 기화의 현실성 또는 사건성 등에 의미 있는 해답을 찾을 수 있습니다.

아울러 '주체와 객체'의 대립을 넘어서 주체와 객체 간의 관계는 존재론적으로 우주론적 '생성Becoming 관계' 안에 '있음being'으로서 비로소 '현실적 존재'라는 것이며, 특히 문학예술의 창작과 비평에 있어서, '언어 논리의 너머'의 생기(조화의 生氣, 즉 '귀신의 기운')를 품은 '여백'의 '초논리성'과 더불어서 깊이 고찰되어야[15]

---

15 참고로 화이트헤드의 '명제'에 관한 사유 내용을 여기에 남겨두기로 합니다.

할 필요가 있습니다. 이때 '언어 논리 너머'의 의미에는, "모든 언어는 생략된 형태의 것일 수밖에 없으며, 직접 경험과 연관시켜서 그 의미를 이해하려면 상상력의 비약이 요구되는 것이다. 어떠한 진술도 명제의 충분한 표현이 아니라는 것을 명심하지 않는다면, (…) 형이상학이 차지하는 위치는 이해하지 못하게 된다."는 유기체 철학의 뜻깊은 진술이 포함되어 있음을 주목해야 합니다.[16]

유역문예론에서 '창조적 유기체'를 논함은 화이트헤드의 유기체적 세계관을 먼저 공부하고 나서 입론한 것이 아님에도, 후에 보니 공교롭게도 통하는 바가 있어서 반가웠고 논의 전개에서 여러모로 참고할 내용들이 꽤 있습니다. 유역문예론에서 '창조성'이란 개념은, 비단 사람만이 아니라 생물 무생물 나아가 인공물인 기계 등에 이르기까지 '내재하는 신'을 신앙하는, 전통 만신 사상과 천지 만물에 두루 적용되는 동학의 '시천주' 사상 속에서 생성된 것입니다.

"명제란 어떤 현실적 존재들이 결합체를 형성하기 위한 '가능태'로서 통일되어 있는 것이며, 하나의 복합적인 영원한 객체가 지닌 통일성을 갖는 영원한 객체들에 의해서 부분적으로 한정되는 그러한 가능적인 관계성을 동반하고 있다는 것. 거기에 포함되어 있는 현실적 존재는 '논리적 주어'라고 불리며, 복합적인 영원한 객체는 '술어'라고 불린다."(『과정과 실재』제1부 제2장)

16   화이트헤드, 『과정과 실재』제1부 제1장 참고.

특히 동학 특유의 하느님(天)을 대신하는 '지기'와, 더불어 삼칠자(21자)로 된 동학주문 맨 앞의 여덟 글자로 이루어진 '강령주문'인 '지기금지 원위대강'의 심오한 뜻이 화이트헤드의 유기체 철학이 발하는 '논리적 이성의 빛' 속에서 비추어지는 대목들이 적지 않습니다. '창조적 유기체'란 개념은 문예작품도 '지기금지'('지금 道[즉 至氣]에 듦')의 '현실적 계기'로서, '내유신령 외유기화'(조화) 과정에 있는 '현실적 존재'라는 의미를 품습니다.

우주 자연의 존재론이든, 존재론적 우주 자연의 원리이든 화이트헤드의 유기체론은 동학에서의 '조화 속 현실'을 내포한—신의 존재와 접령(接靈, 降靈)을 꾀하는 주원呪願의 형식인 '강령주문' 네 글자, 즉 '지기금지至氣今至'와, 본주문의 '시천주'의 '侍'의 뜻, 즉 '내유신령 외유기화 일세지인 각지불이'와의 비교 속에서 고찰해볼 필요성이 다분하다는 생각입니다.

4 문 마음에 내재하는 한울님과 천신(하느님)이 합일을 이루는 '강령'이 중요하군요.

수심정기 속에서 모든 개별적 주체들은
천부적인 창조성을 가지고 신과 통하는 조화造化의 계기에 참여

답 '지기금지'는 지금의 현실적 존재로서 강령을 통한 '시천주

의 몸'―'각지불이各知不移'의 주체―으로 하여금, 각자에 내재된 신령이 천지간 생성 변화의 운동 과정에서 실현되는 유기체 철학의 이치와 통합니다. '창조적 유기체'란 모든 개별적 존재들(多者)은 각자 주체성을 보지하면서 각 주체의 안팎에서 일어나는 '조화'의 현실적 계기인 동시에 현실적 존재로서, 천지조화의 본체인 한울님(一者)에 동귀일체하는 유기체적 세계관 개념입니다. 하느님이 수운에게 준 "내 마음이 곧 네 마음이니라"라는 강령의 가르침도 이러한 유기체적 세계관 속에서 재해석될 수 있습니다. 창조적 유기체로서의 예술 작품에서 취하는 '창조성' 개념도 같은 맥락에서 해석될 수 있습니다.[17]

---

17 화이트헤드가 말하는 '신의 본성nature'인 '개념적(원천적) 본성'과 '결과적(현실적) 본성'의 양극 개념이 '하나'를 이루어가는 '과정process'을 사유한 유기체적 철학으로도 '창조적 유기체' 개념은 설명될 수 있다고 봅니다. 특히 유기체 철학에서 '가능태인 창조성'이 현실로서 객관화되기 위해서는, '현실태로서 신'이 그 작인이 되어야 한다는 것, 다시 말해 신이 현실 세계의 모든 개별성의 실현 의지 즉, 현실태로서 신의 본성인 '(의식적) 통일성'과 '신의 지혜의 변형'을 통해서 '가능태인 창조성'은 비로소 실현된다는 만유내재신론panentheism은 수운 동학의 '하느님 귀신'이 지닌 '창조성'을 해석하는 데 있어서 중요한 단서를 제공합니다. 왜냐하면 하느님은 전지전능한 절대적 유일신이 아니라 스스로 수운에게 "나 또한 공이 없다(余亦無功)", "노력해도 공이 없구나(勞而無功)"라고 고백하며, "내 마음이 곧 네 마음이다"라고 전하는 '창조되고 창조되는 신'의 모습, 곧 만유내재신적인 하느님의 성격을 드러내니까요.

수운 동학은 전지전능한 유일신적 하느님(一)의 절대적 권세를 강조하는 것이 아니라, 만물이 저마다 '사람 마음을 닮을 신'을 모신 '신령한 주체'들로서 제각각 주체의 지향과 생성 변화의 의지를 원천적으로 지닌 존재라는 것, 즉 저마다 귀신의 묘용과 묘력을 품은 현실적 존재임을 강조하였던 것입니다.(多即一)[18] 이러한 '현실적 존재'로서 각각이 '창조적 주체-되기'는 동학의 강령주 문자 '지기금지 원위대강 至氣今至 願爲大降' 안에 내포되어 있는 뜻깊은 내용으로서 해석될 수 있습니다.

앞서 해월의 말씀에서도 보았듯이 만물의 시천주는 모든 개별성의 주체됨의 가능성을 포함하며, '여역무공余亦無功', '노이무공 勞而無功'의 하느님(신) 마음이 수운의 마음의 하나됨 속에서, 즉 각자의 수심정기 속에서 모든 개별적 주체들은 천부적인 창조성을 가지고 신과 통하는 조화의 계기에 참여할 수 있게 된 것입니다. 여기에서 수운 동학은 천지조화의 '하느님 귀신'과 통하는 존재론적 또는 유기체론적 신관이라는 해석 지평이 열리게 됩니다.

5 문 유역문예론의 '창조적 유기체'라는 개념은 '귀신론'과 깊은 연관성이 있군요. 서양의 유기체 철학으로 알려진 만유내재신론panentheism의 내용과의 회통으로 볼 수 있군요.

---

18 여기서도 수운 동학은, 가령 유학의 '한 기운[一氣]' 개념을 '至氣' 개념으로 바꾸어 회통하거나, 대승불가에서 원효의 '일심一心' 사상과의 회통에서도 '같음을 취하고 다름은 남겨두며' 하나로 통하는 會通의 도저한 정신이 엿보입니다.

문학예술 작품을 하나의 특수한 유기체로 보고
그 유기체적 '창조성'을 귀신의 작용으로 보는 것

답 앞서 말했듯이 유역문예론의 신관을 이해하기 위해서는 '지기'를 이해해야 합니다. 신은 내재하는 '다신으로서 일신'이며 '지기 풀이'[19]에서 알 수 있듯이, 지기는 '간섭하지 아니함이 없고 명령하지 아니함이 없는 신기神氣'입니다. 이 지기의 조화를 중시하는 것이 문예창작과 비평에서 중요합니다. 따라서 지기(신기)의 조화를 주재하는 귀신의 작용을 바로 보고 이를 해석하는 것이 또한 중요합니다.

후천개벽 시대의 문예창작은 지기의 조화, 곧 신기의 작용을 중시하므로 서사문학에서 합리적 인과율에 연연하지 않고 비인과율에 열린 초월적 정신을 포함합니다. 신기의 조화를 믿고 따

---

19   「논학문」, 『동경대전』 수운의 21주문 중 '至氣' 뜻풀이 참고. 수운은 '지기금지'를 이렇게 풀이해놓았습니다.
"묻기를 강령의 글은 어찌하여 그렇게 됩니까?"
대답하기를 "'지至'라는 것은 지극한 것이요, '기氣'라는 것은 허령이 창창하여 일에 간섭하지 아니함이 없고 일에 명령하지 아니함이 없으나, 그러나 모양이 있는 것 같으나 형상하기가 어렵고 들리는 듯하나 보기는 어려우니, 이것은 또한 혼원渾元한 한 기운이요, '금지今至'라는 것은 도에 들어 처음으로 지기에 접함을 안다는 것이요, '원위願爲'라는 것은 청하여 비는 뜻이요, '대강大降'라는 것은 기화氣化를 원하는 것이니라…"(「논학문」, 『동경대전』)

르는 것입니다.[20] 뒤에서 더 구체적으로 말하겠지만, 세르반테스(Cervantes, Saavedra, Miguel de, 1547~1616), 루쉰(魯迅, 1881~1936), 벽초(碧初 洪命憙, 1888~1968), 토마스 만(Thomas Mann, 1875~1955)의 걸작들은 이런 관점에서 새로이 해석될 수 있다고 봅니다.

하느님(天)은 지기이고, 이 지기가 만물 각각에 작용하는 신기로서의 신성神性[21]인 귀신입니다. 시천주한 인물 및 만물이 저마다 현실적 존재로서 귀신입니다.

해월이 미물도 시천주의 존재요 무생물조차 시천주한 존재로 모시는 '경물敬物'을 역설한 것은 만물이 각각의 시천주로서 귀신을 모신다는 것입니다.

이 하나의 하느님(一)이 분수分殊를 이루어 만물의 각각(多)에 내재하며[22] 현실에서 작용하는 '귀신들'이란 '창조적 유기체'에서 말하는 '현실적 존재(계기)'로서 귀신들입니다. 문학예술 작품을 하나의 특수한 유기체로 보고 그 '창조성'을 귀신의 작용에서 보는 것입니다.

---

20 위 주 19 수운의 '기' 풀이는 神과 氣가 하나임을 보여줍니다.

21 '만물 제각각에 작용하는 신성'은 '만물의 體이면서 用'인 귀신을 가리킵니다.

22 "만물의 각각에 내재하며"라는 문구에서, "내재하는 것"은 '현실적 계기actual occasion'로서의 神, 곧 귀신입니다.

6 문 유가의 귀신과 동학의 귀신이 연원이 다르고 성격이 다름을 이해하였습니다만, 귀신의 묘처와 묘용을 인간의 의식이나 이성으로는 인지하거나 귀신의 묘용을 예측하거나 측정하는 것은 불가능하지 않을까요?

"이 땅의 '귀신'은 '만물에 내재한 각각의 귀신' 곧 '만신'의 성격을 갖습니다."

답 『주역』의 「계사繫辭」에도 귀신은 '계측이 불가'라고 했습니다. 하지만 조화의 이치를 깨달은 사람이 '귀신을 본다'는 것은, 그 마음이 조화에 합하는 것이고 그 기운을 받아 지혜를 얻는 것이라 하겠지요. '계측할 수 없는 귀신'의 묘처가 있고 묘용이 있기에 귀신은 무한하고 천차만별인 다신적 성격을 함께 지닌다, 라는 해석이 가능합니다.

중요한 것은 하느님이 "내 마음이 곧 네 마음이니라… 귀신이란 것도 나이니라."라는 언명 속에는 '다즉일 일즉다多卽一 一卽多'의 뜻을 깊이 품고 있다는 것입니다. 여기서 굳이 따진다면, '多卽一'이 '一' (혹은, 一卽多)에 우선하는 것이 '만신의 일원'으로서 귀신의 존재와 작용입니다.

이 만신이 품은 유기체적 철학을 구체적인 문학과 예술 작품을 가지고서 설명하면, 이 땅의 전통 만신들이 지닌 '현실적 존재성'

과도 통합니다. 백석의 시 「마을은 맨천 구신이 돼서」에 나오는 온 동네 사방팔방 곳곳의 '묘처'에서 출몰하는 만신들, 가령 일상적 살림 장소에서 귀신들이 나타나고, 아주 은미한 곳에도 생활에 요긴한 곳에는 어김없이 귀신들이 내재해 있는 것입니다. 무한한 귀신의 묘처와 그 작용을 이해하는 것은 귀신들이 각자 하느님(一)의 본성을 닮은 채 무한 연결되어 '한울님(多卽一)'[23]이 됨을 이해하는 것과 같습니다.

『주역』이 '귀신의 책'이라 불리며 널리 칭송받는 것 또한 귀신의 존재들이 천변만화 무한 무량한 성격을 가지면서도 '한울님'('만신들이 하나로 있는 우주 자연의 한 울타리'를 뜻함)으로서 '하느님'의 섭리가 무궁무진하게 행사되는 것도 이러한 동학의 '귀신관'과 무관하지 않다고 생각합니다.

만물에 깃든 만신은 제각각이면서 각자 서로 무한한 연결 상태에 있으니, 만물에 내재하는 귀신과의 접신은 무한한 의식과 무한한 감각의 지평—즉 귀신의 감각—으로 열려 있음을 가리킵니다. 백석의 시 「마을은 맨천 구신이 돼서」에 나오는 많은 귀신들

---

23 수운이 접한 '天'을 '하느님', 하나님, ᄒᆞᄂᆞᆯ님, 한울님 등 여러 이름으로 번역하고 있습니다.
    본고에서는 앞서 유기체의 철학에서 살폈듯이, '天'이 一神의 속성 곧 一卽多의 성격이 강한 경우에는 '하느님', 신의 유기체적 성격 곧 多卽一의 성격이 강한 경우에는 '한울님'으로 나누고 혼용합니다.

이 대표적입니다. 귀신은 귀와 신의 합성어인데, 귀가 현실적 존재라면 신은 추상적 존재라고 할까, 귀신은 자체로 만신의 성격을 내장합니다. 뒤에서 다시 설명하겠지만, 중국의 대문호 루쉰도 「아Q정전」의 '序'에서 귀신을 뜻하는 '鬼'를 썼는데, 이때 鬼도 '현실적 존재'로서 각자의 귀신 즉 루쉰의 마음 또는 그의 '소설 속 귀신'이라 할 수 있습니다.

7문 유역문예론에서 '귀신' 개념의 대강을 이해했으니, 차제에 '유역문예론'의 근본 개념인 '유역'의 개념도 설명해주십시오.

'유역'은 대소大小의 차별 없이 평등한 교류와 연대의 정신이 바탕

답 '네오 샤먼으로서의 작가'라는 개념은 2000년대 초에 '자재연원'[24]과 '원시반본'을 두 축으로 하여 새 문학예술론을 궁구하던 중에 나왔고, '유역문예' 개념은 2010년경에 '자재연원'의 이

---

24 '자재연원自在淵源'의 뜻은 '자기의 존재 근거를 자기 자신에게서 찾는 것', '나를 닦아(수심정기) 무궁한 이 한울 속에 무궁한 나를 아는 것'입니다. 수운의 「흥비가」(『용담유사』) 중 "不然其然 살펴내어 賦也興也 比해보면/ 글도 역시 무궁하고 말도 역시 무궁이라/ 무궁히 살펴내어 무궁히 알았으면/ 무궁한 이 울 속에 무궁한 내 아닌가"는 시가의 깊은 뜻과도 통합니다. '무궁한 이 울 속에 무궁한 나'를 자각하고 각자가 "그 도를 알아서 그 지혜를 받는"(咯知) '나', 무수한 존재들과 창조적인 생성 조화 과정에 동시에 참여하는 주체로서 '나'입니다. 자기 동일

치에 따라서 자연스럽게 도출되었습니다. 아울러 유역문예론을 궁구한 끝에 도달한 일종의 명제같이 "유역의 작가는 근원에 능히 통한다"라는 말이 있는데, 유역 개념도 자재연원의 정신과 함께 '근원에 능히 통하는' 즉 천지조화의 덕에 합치하는 정신을 추구하는 가운데 나온 말입니다. 수운이 설파한 '시천侍天' 곧 '내유신령 외유기화 일세지인 각지불이'에 따르는 조화의 정신에서 연원 하는 개념이라 할 수 있습니다.

　이 조화의 근원으로부터 제 나름으로 고구하니 결국 '유역'이라 함은, 우리 겨레가 수만 년 이어온 '지령地靈'[25]이 서린 한반도를 근본토대로 인접한 만주 샤먼문명과 황하문명, 세계의 여러 문명 등 큰 문명권은 물론 그로부터 분화된 작은 문화권들을 두루 아우르는 장소의 개념이면서 동시에 문화의 개념입니다. 세계 각 지역의 대소大小와 관계없이 평등한 교류와 공생의 정신문화에서 나온 개념이 '유역'이고 '유역문예'입니다. 각 유역은 자기를 낳은 문화를 보중保重하고 타 유역과 소통하며 '낳고 낳는, 생생生生'의 문예와 문화를 지향하는 것입니다.

　'유역'은 영토 확장을 위해 침략전쟁을 마다하지 않는 '근대국

성으로의 환원이 아니라 무궁한 한울님(無爲而化의 道)과 함께 생성변화하는 지기(至氣, 성리학으로는 一氣)의 근원으로 동귀일체同歸一體하는 것입니다. (졸저『유역문예론』, 175~6쪽 참고)

25　수운의 표현인 '地靈'은 「용담가」(『용담유사』)를 참고.

가'의 국토 개념을 극복하는 개념이기도 합니다. 지역은 안팎으로 이해관계나 강자의 정치적 논리에 따라 변동되지만 국토 개념이나 지역 개념과는 달리, 유역은 자연 지리는 물론 언어, 생활, 역사, 풍속, 문화 차원이 더 중요한 요소들이고 아울러 평등한 교류와 연대를 모색하는 유동성이 기본적 속성입니다.

2. '개벽적 현실주의'의 제안[26]

—변혁적 중도주의(백낙청), 중도적 현실주의(최원식)와의 대화

1문 이제 '다시 개벽'의 정치관에 대해 듣고자 합니다. 유역문예론이 가진 '정치의식'을 알아보고, 이어서 '문학예술의 다시 개벽' 논의를 이어가려 합니다. 수운 동학에서 정치관을 찾는다는 것은 무슨 뜻인가요.

수운 동학의 가르침과 동학의 역사에서 '개벽'의 정치의식을 찾기

답 많은 학자와 현자들이 동학을 연구하고 동학의 정치관을 언급했기에 달리 제가 할 얘기가 없습니다. 단지 동학농민전쟁이 일어난 1894년은 이 땅의 인민들에게 역사적 의미가 지대한 해이란 점을 얘기하고자 합니다.

동학도가 제1차 봉기를 한 동학농민전쟁이 일어나자 부패하고 무능한 조선 조정이 농민군을 집압하려 청나라에 군대 파병을

---

26 '개벽적 현실주의開闢的 現實主義'의 '개벽'은 수운 동학에서의 '다시 개벽'의 뜻.

요청하자 청하지도 않은 일본 군대가 조선에 진출하여 1894년 7월 경복궁을 무단으로 점령하고 청일전쟁을 일으키는 간악함을 드러내고, 급기야는 청일전쟁에서 승리한 일본 제국주의는 신식 무기를 동원해서 수십만 동학군을 학살하는 천인공노할 만행을 저질렀습니다. 1894년 갑오년에 한반도는 피로 뒤덮였으니, 이 해에 발생한 일본 제국주의의 침략과 대학살의 만행을 가리켜 당시 조선 인민들은 '갑오왜란甲午倭亂'이라 칭했습니다. 주류 역사학계나 역사 교과서에서는 갑오년에 들어선 친일파 김홍집 내각이 추진한 소위 '개화開花' 정책을 두고 '갑오경장甲午更張'이라 부르지만, 이 말은 역사적 진실을 가리고 한국인의 자주적 역사의식을 흐리고 왜곡한 일본 제국주의적 역사 용어에 불과합니다. 조선 땅에서 '근대'의 시작부터가 일본 제국주의의 침략과 동학군 대학살 속에서 전개되었고 외부 악마적 제국주의의 강제와 타율에 의해 조선에서 '근대'의 제도들이 새로 들여진 것입니다. 한국의 '근대'가 시작되고 전개된 저간의 역사적 진실을 바로 알고서, '근대극복'의 문제나 남북분단체제의 해결 과제를 고민해야 합니다. 역사에서 저지른 일제의 악행을 일본 스스로 반성이 없이는 일본 정부의 행태는 신뢰할 수 없습니다.

갑신정변이 증거하듯이 '위로부터의' 혁명이나 변혁은 한계가 자명합니다. 갑신정변의 실패는 일본 제국주의의 악마적인 본성을 과소평가한 '개화파'의 한계를 보여줍니다. 이는 사회변혁 운동에서 소위 '지식인 계층 일반'이 지닌 근본적 한계이기도 합니다.

　고도의 과학기술 문명이 지배하는 오늘날 특정 사회 계급이나 특수한 지식 계층에 전적이고 일방으로 의존하는 정치경제적 변혁 의식은 비현실적인 만큼 허무한 것입니다. 동학농민전쟁의 지도자들 중에는, 유생 승려 도인이 많듯이 또 수운 동학의 '유무상자有無相資'는 가진 자와 못 가진 자가 서로 돕고 협동하는 동학 특유의 상부상조 정신이듯이 동학의 정치철학은 조화造化의 지혜를 중시하는 정치관입니다. 따라서 조화의 지혜는 사회변혁의 주체를 특정 계급에 고정하기보다는 '유기체적 주체'라고 할 만한, 다양한 계층으로 이루어진 '변혁적 계급의식'으로 상정하는 것이 바람직하지 않을까 하는 의견을 가지고 있습니다.

2 문 유역문예론의 첫 구상은 2000년대 초로 알고 있습니다. 하지만 실제로 글을 집필한 시기는 2019년 경인 듯합니다. 사석에서 2016~7년에 걸친 시기에 전 세계인이 이목을 집중한 '촛불대항쟁'이 유역문예론을 쓰게 만든 직접적 동기가 되었다고 했는데, 이에 대해 얘기해주십시오.

2016~17년의 촛불 항쟁은 전통 굿판의 성격을
은밀하게 포함한 특별한 혁명

답 사실 1980년대 후반 2000년대 초까지 가족 부양하고 무능하나마 사업에 몰두해야 했습니다. 타고난 성미나 기질이 직장생활은 영 맞지 않은 데다 업보가 무거운 탓인지 사건 사고가 끊이질 않더군요. 급기야 2005년경부터 관료 집단의 부패 조직에 된통 걸린 '국가적 사건'에 걸려들어 이후 십여 년은 족히 큰 송사 등으로 안팎 생활이 시난고난하고 건강도 피폐해지다 보니 문학비평은 아예 엄두도 내지 못하는 시절이 이어졌습니다. 방외인 신세로 지내다 보니 2016년에 이르러 '촛불혁명'이 일어나고 이내 정치 상황이 급변하더군요. 저도 깜냥껏 열심히 '광화문 촛불광장'으로 향한 것은 물론입니다. 광화문 광장에서 촛불혁명은 단지 친일 반민주 정치 권력을 몰아내는 정치적 항쟁 성격만이 아니라 배달겨레 정신의 원류랄까, 겨레 전통문화의 거대한 뿌리와 그 놀라운 에너지를 확인하는 계기였습니다. 한마디로 겨레의 '놀이판이거나 커다란 굿판'이라는 사실을 새삼 확인한 것입니다. 그러니까 광화문 촛불광장에 모인 군중들의 '축제' 속에서 특별히 '재발견'한 것은 전통 샤머니즘의 역력한 맥동이었습니다. 2016~7년의 '촛불혁명'은 전통 굿판의 성격을 은밀하게 포함한 특별한 혁명이었습니다. 이때 비로소 전통 샤머니즘을 잇고 수운 동학에서 배운 바를 합하여 이 땅의 비평을 찾아보고자, 2000년 대 초에 세운 유역문예론의 구상을 기억에서 되살리게 되었지요. 특히 2020년에 코로나 팬데믹으로 모임도 제한받는 통에 외려 칩거하여 유역문예론을 집필하는 그야말로 '불가피한' 상황이 마련되었습니다.

3 문 '촛불혁명'으로도 불리는 2016~7년 광화문 촛불집회가 한국인들의 높은 정치의식 수준을 만방에 알린 쾌거임은 분명한 듯합니다.

문학평론가 백낙청 선생은 '촛불대항쟁'이라 명명하고, 대항쟁의 뿌리를 동학농민혁명과 3·1운동에서 찾고 있습니다. 촛불시민들이 염원한 '나라다운 나라 만들기'는 동학과 3·1운동이 꿈꾸던 것이기도 했다는 점에서, 다시 말해 '과거와는 완전히 다르면서도 거족적인 범민족적인 나라가 그것'이었다는 점에서 동학과 3·1운동과 촛불대항쟁을 민주화 운동의 맥으로 설정하고 있는데요, '촛불대항쟁'을 보는 유역문예론의 시각과 의견을 듣고자 합니다.

<blockquote>
인민들의 집단적 신명이 분출하는 시간이

이 땅의 정치가 '至氣의 조화에 든 시간'
</blockquote>

답 먼저 백낙청 선생의 비평 정신은 1960년대 이래 부단히 이론과 실천이 서로를 끌어가면서 오늘에 이른 점에서 단순히 탁월한 문학평론가나 영문학자로만 설명할 수 없고, 부패한 현실을 변혁하고자 온몸을 던진 운동가적 성격이 강하다고 생각합니다. 사실 이 점이 경이롭고 후학들이 배우고 몸으로 익혀야 할 대목인데, 특히 백 선생의 사상적 여정에서 최종 기착지로 판단되는 '개벽'은, '개벽 사상가'의 면모를 보여주면서도 '개벽 운동가'의 진취적 면모를 함께 가진다는 점에 주목해야 합니다. 백낙청 선생이 주도하는 오늘날 이 땅의 '다시 개벽'은 동서고금의 주요 사상들을 두루 뚫어 꿰면서 '사상운동'의 성격이 점차 강하게 나타나는 점에서 남다른 의미와 특별한 의의가 있다고 생각합니다. 물론 1920년대 '개벽' 잡지를 통한 동학의 전승 노력이 있었고, 일제강점기 이후 부진한 대로 이어지다가, 1980~90년대에 시인 김지하 선생이 동학을 다시 알리고 '주민자치 운동'으로 발전시키려 노력한 사실도 소중한 개벽 운동의 역사로서 기억해야 합니다만, 백 선생의 개벽의 사상과 그 운동론의 성격은 이전과 사뭇 다르다는 생각이 듭니다.

김지하 시인이 수운 동학을 중심으로 펼친 개벽 사상은 천부적 시인인 까닭인지, 시적 직관에 의존하는 대목들이 많습니다. 선각의 큰 정신임에도 김 시인의 개벽 사상 해석이 다소 비체계적이고 모호한 느낌이 드는 것은 전래의 해석 틀 안에서 '시적 직관'

에 따른 해석들이 수시로 개입하는 탓인데, 아이러니하게도 김시인의 탁월한 시적 직관이 개벽 사상을 '근대 학문'의 이성적 논리 중심의 사유 틀에 가두는 오류 가능성에서 자유롭게 하는 유익한 면이 없지 않습니다. 이에 비해 백낙청 선생은 동서양의 종교 학문을 두루 섭렵한 분이니 수운 동학과 소태산의 원불교 사상을 중심으로 한 개벽 사상의 내적 체계성을 수립하고 외부로는 사회 변혁 운동의 실천으로서 대중화와 현실의 조직화를 위해 유튜브를 활용하는 등 적극 실행하는 것을 보면서 제게도 많은 깨침이 따랐습니다. 사실 개벽 운동의 시작과 끝은 수심정기요 공부와 수련이니, 개벽 운동의 첫 행사는 사람들이 앞장서 저마다 공부와 수련을 통한 현실의 조직화가 최우선 과제일 듯합니다.

운동론의 차원에서 '개벽 사상을 통해 현실을 변혁한다'는 명제는 한두 가지의 방향과 방식만 있는 것이 아님은 물론입니다. 한 세대 전만해도 문화예술이 시간과 돈을 가진 일부 계층의 사람들이 누리는 특권의식쯤으로 여겨지던 시대는 이제 크게 바뀌어 문화예술은 보통 사람들이 일상으로 접하는 생활의 일부가 되었으니, 이제 문화예술은 하부구조를 반영하는 상부구조로서가 아니라, 문화예술 자체가 사회적 생산력에 큰 영향력을 가지고서 하부구조를 근본적으로 변화시키는 힘을 가진다고 할 것입니다. 2000년 전후하여 문화예술이 사회의 근본적 속성과 중요한 변화

요인이라는 현실 인식 속에서 '개벽 문예 운동'을 위한 구체적인 문예관을 찾으려는 나름의 노력 끝에 '유역문예론'을 내놓게 된 것입니다만, 안팎으로 여러 뜻밖의 난관에 봉착하는 바람에 때를 놓친 것이지요. 그러다가 '촛불대항쟁'에 열심히 참여하면서, 그때마다 어마어마한 민중의 존재감과 그 에너지에 전율하곤 했습니다. 이 땅의 인민들의 혼, 한국인의 '거대한 뿌리'로서 무의 집단 무의식을 경험하고 거듭 확인하는 와중에, 오래전부터 쓰려던 유역문예론의 집필을 다짐했습니다.

'촛불혁명'의 현장에서 제가 경험하고 생각한 것은 민주적인 정치의식이 발전했고 성숙했다는 것이지만, 동시에 민주주의의 발상지인 서구의 근대 민주주의와는 그 내용과 의미가 일치할 수 없는 어떤 독특하고 고유한 한국인만의 정치의식에 관한 것입니다. 이는 단순히 정치체제의 문제가 아니라 정치적 집단 무의식이라고 할까, 한국인에게 정치는 고유한 문화 전통과 뗄 수 없는 심층 관계 속에서 온전히 이해될 수 있다는 것입니다. 한국인의 유구한 역사와 유서 깊은 정신문화의 토양에서 비로소 발현되는 정치적 무의식은, 발터 벤야민W. Benjamin이 「역사철학테제」에서 썼듯이, "유토피아는 위기의 순간, 섬광처럼 번쩍이는 기억 속에 있다."라는 언명 속에서 이해될 성질인 듯도 합니다. 벤야민의 이 말은 정치의식의 진실은 일상생활 속에 형성되면서 오랜 세월 동안 '은폐된 정치적 무의식' 속에 있다는 의미일 터입니다.

한국인들의 기억 속에 은폐된 정치의식에는 어떤 집단 무의식이나 독특한 원형archetype으로서 신령 또는 신명 신기가 포함되어 있습니다. 이 신령 신기의 존재는 부정하기도 긍정하기도 어려운 문제입니다. 이 문제를 조금 풀어서 말하면, 한국인의 마음속에 신령 혹은 영혼이 존재하는가, 존재한다면 여하히 존재하는가 하는 문제와 밀접히 연관되어 있습니다. 근대 서구의 '정치적 이성'으로는 온전히 설명될 수 없는 문제일 것입니다. 임진왜란 갑오왜란에서 자발적으로 일어난 의병운동의 역사에서 보듯이 반제 저항 투쟁과 군사독재와 맞선 민중항쟁의 역사는 정치사의 고통스런 기억이나 기록에 의해 전해지는 것만이 아니라 오히려 집단무의식처럼 한국인의 내면에 쌓여서 마치 영광과 치욕, 상처와 치유의 흔적으로 남아 어떤 조화의 '현실적 계기'를 만나면 집단적 신명으로 폭발하는 것 같습니다. 이성적 논리로는 설명이 안 되는 대목이 많죠. '촛불대항쟁'에서도 폭발한 한국인의 장엄한 집단신명과 '이 땅의 혼'이 들어 올린 천만의 불꽃들을 접하고 몸소 확인하니 실로 황홀한 경험을 한 것입니다.

'촛불혁명'은 민주주의가 다시 위기에 처한 순간에 억눌린 집단적 신명을 스스로 살리는 무위이화의 혼인지도 모릅니다. 이 집단적 신명이 분출하는 때가 이 땅의 정치가 '지기의 조화'에 든 시간임은 분명합니다.

4 문 후기구조주의니 포스트모더니즘 등을 가르치는 서구 중심주의의 실태는 어제오늘의 일이 아니라 한 세대도 전부터 벌어진 사태입니다. 10년간 문학 잡지의 편집을 해보니 대학원생이나 문학 연구자들의 비평의식이 근현대의 서구 이론의 감옥에서 조금도 못 벗어나고 있음을 알게 됐습니다. 학계는 '식민성'의 창구가 된 지도 오래입니다. 특히 오래된 사대주의의 뿌리가 일제 식민지를 겪으면서 식민성과 뭉쳐지고 더 악화한 것 같습니다.

백낙청 선생은 이러한 학계 문학계에서 고질적인 식민성 문제에 상당히 비판적인 듯이 보입니다. 한국문학의 정신 상황이 여전히 식민성을 떨쳐내지 못하는 상황에서 백 선생은 오랜 세월을 한국의 민주화 운동에 깊이 참여하면서도, 자본주의적 근대성 문제, 분단체제 문제 등과 함께 식민성 극복 문제를 중요한 과제로 제기하고 있습니다.

이런 중에 백낙청 선생의 근래에 통칭 '생명 사상'으로 불리는 개벽 사상을 널리 선양하는 행보는 한국문학계의 '개벽적 사건'이거나 '일대 변혁적 사건'이라는 생각이 듭니다.

서구중심주의의 '식민성' 극복은
이 땅의 '근대극복'의 기본 과제 중 하나

답 1990년대~2010년대에 걸친 긴 세월을 지나오면서 웃지 못할 경험담들이 많습니다만, 이 땅의 인문학계는 물론 평론계가 양풍洋風에는 사족을 못 쓰고 서구 이론이라면 그저 맹종하는 고질이 깊은 데다, 때마침 불어온 후기구조주의 열풍으로 휩싸이다 보니 이 땅의 얼이니 혼을 찾자는 말은 어디에 내놓는 것 자체가 객쩍은 소리가 될 지경이었지요. 이 땅의 문예의식의 서구화에 앞장서온 에꼴이나 집단들에서 곧잘 '한국 비평계가 이제 서구 비평계와 동등한 수준이라느니 추월했다느니' 하는, 자화자찬이 공공연히 떠돌고, 유력한 문학 잡지에 실린 평론들이 한결같이 후기구조주의 이론들을 앞다퉈 선보이며 평론가들이 열심히 이를 추종하는 것이 대세가 된 지도 한 세대를 족히 넘기는 듯합니다. 지난 세월을 돌이켜보면 후기구조주의 자체가 문제가 아니라, 한국문학판이 심각한 병중임을 알 수 있습니다. 유럽의 선진이론을 배우는 것은 하등 문제가 될 리가 없습니다만, 이 땅의 삶의 뿌리, 이 땅의 얼과 혼을 외면하고 무시하는 정신 상태는 몰아적 비주체적일 수밖에 없다는 점, 그리고 문제의 심각성은 서구 추종의 문학은 이 땅의 인민들의 삶과 유리됨으로써 한국문학의 건강한 자생력을 잃게 만드는 주요 병인이 되었고, 대부분 서구중심주의에 빠진 에꼴과 세력들은 결국 이 땅에 뿌리내린 기층인민들 삶의 진실에서 스스로 이탈함으로써 정치적으로는 수구화, 반동적 권력화를 곳곳에서 노골적으로 드러내게 된 사실입니다.

한국문학은 물론 한국 사회 전반에 깊이 퍼져 있는 서구중심주의와 연결된 식민성의 내용들을 보면 그 심각성이 이만저만이 아닙니다. 졸저『유역문예론』에서도 다루었듯이, 근대 서구 제국주의자들이 식민지배와 착취를 위해 억 명도 훨씬 넘는 북아메리카 원주민과 중남미 토착민들을 아무 죄의식 없이 학살한 역사는 인류사에 가장 비참한 대재앙이자 가장 끔찍한 반인류적 패륜으로 '기록되고 기억되어야' 합니다만, 서구가 기독교의 유일신을 식민지배의 전위로 앞세워 비서구권을 '계몽'한다는 터무니없는 미명하에 태연히 만행을 저질렀다는 점을 주목해야 합니다. 더구나 서구 제국주의의 식민지 지배는 피식민지의 상층계급과 지식인들의 호응과 동참 없이 수행되지 않는 것을 보면, 이 식민성의 문제가 단지 제국의 식민지 침략성에만 국한되지 않고 피식민지의 안에도 더 심각한 문제가 있다는 점을 간과해서는 안 될 것입니다.

서구의 근대가 저지른 비서구권 학살의 악연은 결국 서구 내부에서도 독일의 제삼제국에 의한 유태인 대학살극을 낳고, 지금도 중동의 가자 지구에서 이스라엘군이 무차별로 팔레스타인 민간인 학살을 버젓이 저지르는 현실로 이어지고 있음을 보면, 서구 제국주의가 역사 속에서 저지른 악행이 자업자득의 악순환으로 이어지고 있다는 생각을 떨칠 수 없습니다. 메이지유신(1860) 이후 탈아입구脫亞入歐 즉 서구의 일원으로 행세한 일본 제국주의가 한국과 중국, 난징, 동남아 등지에서 아무런 거리낌 없이 수십만 토착주민들을 학살한 사건들도 서구 제국주의의 반인륜적 행태를 뒤따라서 배운 바가 크고, '한국 전쟁' 전후 시기에 제주도 4·3 주민학살, 여수, 순천, 거창, 대전 등 이 땅에서 곳곳에서 벌어진 학살들도 그 악연은 근대 서구 제국주의가 전 세계를 상대로 저지른 침략과 식민지배, 야만적 토착인민 학살의 역사와 무관하지 않습니다. 그런 만큼 식민지 지배를 당한 한국 사회에서는 '식민성'의 극복이 당면 과제입니다.

　서구중심주의의 식민성은 비단 학계나 문학예술계만이 아니라 한국인 자신도 모르게 일상적 생활 세계에서 암암리에 작용하는 것이기도 합니다. 그래서 인민 대중들에게 큰 영향을 끼치는 문화예술계가 먼저 '다시 개벽'이 필요합니다.

　제국주의에 뒤늦게 가담한 일본 제국주의자들이 1894년 치밀한 모의와 계획하에 진실을 날조하며 조선 침략을 노골화하자 이에 맞서 기층 농민들이 주축이 된 동학군들이 분기하여 '보국안민 척양척왜 광제창생'의 기치 아래 일본군과 무능한 조선 관군과의 전면 전쟁에 돌입한 것은 한국 근대사에서 가장 극적인 혁명적 사건이면서 그 비장한 실패가 이 땅에뿐만이 아니라 세계사에 '비극적 희망'의 심오한 뜻을 남겨준 정치사적·정신사적 대사건입니다. 일본 제국주의는 자기반성 없이 지금도 진행형입니다.

당시에도 조선 침략의 흉계를 감추고 조선의 국권을 빼앗기 위해 외교적·군사적 진실의 변조를 일삼고, 지금 21세기에도 자신들의 역사적·인류사적 범죄를 은폐하려고 역사적 사실을 변조 또는 날조함으로써 우선 자기 자신을 속이고, 다음에는 이웃과 국제사회를 속이는 등 온갖 파렴치한 짓을 계속하고 있는 일본 정치인들의 행태를 직시해야 합니다. 하지만 지금 여기서 우리의 현실을 돌아보지 않을 수 없습니다.

일제강점기 이래 이 땅에서는 식민성의 보이지 않는 심화, 서구중심주의의 노골적 악화 속에서 백낙청 선생이 구한말 민중 속에서 일어난 동학의 '다시 개벽' 사상과, 뒤에 이어지는 원불교의 '후천개벽' 사상을 통해 '식민성' 비판과 '근대극복'의 해결책을 모색하는 것은 그 자체가 한국 사회와 문학예술의 희망의 불씨를 살리는 선각의 실천행입니다. 동학에서 말하는 '조화'의 관점에서 보면, 때를 만난 '천우신조의 사건'입니다.

5문 백 선생의 '근대의 이중과제론'은 정치, 경제, 사회, 문화 전반에 걸쳐서 '근대적응'을 통한 '근대극복'의 화두를 실천하는 '백낙청 비평론의 핵심 논리'로 보입니다. 근대의 이중과제론에 대한 유역문예론의 견해를 묻겠습니다.

자본주의적 세계체제에 맞선
'근대의 이중과제론'의 연원은 '불이' 정신

답 근대 자본주의 역사의 전개 속에서 1990년 전후 소비에트의 붕괴, 중국 경제의 급격한 자본주의화, 아시아의 금융위기를 겪은 세계의 실상은, "자본주의 세계체제의 바깥은 없다"라는 명제로서 요약되는 듯합니다. 문학평론가 최원식 선생의 비평문 제목이기도 한 이 명제는, "자본주의 세계체제 안에서 비자본주의적 발전의 길은 없다고 할 수 있"다는 뜻입니다.[27] '자본주의적 세계체제에 바깥이 있는가'라는 질문은 자본주의 세계의 변혁을 열망하는 이는 물론, 인류와 자연의 생태계가 심각한 파괴와 모순을 겪고 있는 현실을 고민하는 사람이면 누구나 절박한 질문입니다. 현재 인류가 처한 일원론적 자본주의 세계체제에서 과연 탈출구는 있는가. 이 질문에 대한 응답은 자본주의적 방식 외에 '비자본주의적 발전'의 길은 없으며, 자본주의 일원체제로서 세계체제를 좋든 싫든 받아들이고 '적응'해야 한다는 것입니다. 이런 인식의 바탕 위에서 '중도中道'의 지혜가 모색됩니다.

출구 없는 자본주의적 '근대체제'를 극복하는 과제의 해결책이 진보 이데올로기들의 당위론에서 벗어나 '회통을 통한 중도

---

27 최원식, 『제국 이후의 동아시아』(창비, 2009), 89쪽.

주의'(백낙청 선생의 다른 개념으로는, '변혁적 중도주의')가 이론의 대안이 된 것은 중요한 지혜라고 생각합니다. 아무튼 '중도'는 다소 모호한 개념이면서도 '원융회통圓融會通'의 정신 전통 속에서 탐구되는 중도라는 점에서, 유역문예론이 중시하는 '천지조화의 원리'와 통하는 바가 크다고 생각합니다.

백 선생의 '근대의 이중과제론'은 '근대적응'과 '근대극복'이라는 두 개념의 긴밀한 상호 관계 속에서 전개됩니다. 기실, '근대적응'과 '근대극복' 이 두 개념은 서로 별개가 아니고 또 선후 관계가 아니라 동시적 상호 포섭 관계, 곧 불이의 회통 관계에 있습니다. 따라서 근대의 이중과제론에서 '근대적응', '근대극복'이 회통 정신 속에서 전개되는 개념들이란 점을 충분히 인지하면서 두 개념이 지닌 현실적 생명성 혹은 생명력을 살필 필요가 있습니다.

'이중과제론'이 현실의 변혁이 절실한 누구도 회피할 수 없는 근본적 과제라는 점과 함께, 실천적 이론으로서 '이중과제론'에 대하여 한 가지 갖게 되는 근본적 의문이 드는 것도 사실입니다. 그것은 '근대적응'과 '근대극복'에서 '근대'의 대전제가 자본주의 세계체제로의 일원화(또는 자본주의의 일원적 세계체제)라는 사실에 있습니다. "하나의 자본주의 세계체제가 있을 뿐 자본주의

체제 바깥은 없다."라는 명제를 검토해야 한다는 것이지요. 특히 유역문예론에서 설정된 '유기체적 세계'로서의 '유역'의 관점에서는 대의는 통한다 해도 변혁의 실천과 그 방법론을 찾기 위해서도 자본주의적 현실 세계를 보는 '근본 관점'의 적실성適實성 여하를 생각해봐야 합니다.

상식적인 예를 들면, 지구의 바다는 '하나'입니다만 생태계의 관점에서 보면 바다는 무수한 크고 작은 각각의 생태계로 연결된 '다수의 바다들'이며, 또한 바다에 사는 생물들도 바다 곳곳마다 그 생태계가 제각각이고 천차만별이라 할 수 있습니다. 다시 말해 세계는 일一이 아니라 일즉다一卽多이며 나아가 일보다 다즉일 多卽一이 생명계의 우선입니다.

결론적으로 말하면, 세계가 출구 없는 자본주의적인 일자一者 체제로 바뀌었다 해도, 생명의 본성은 여전히 다자적이고는 유기적인 연결 망網 상태이거나, 적어도 그 다자들은 유기적 연결을 향해 본능적으로 운동한다는 사실입니다. 자본주의 일체제를 지구의 바다로 비유하면, 한 바다(一)엔 수많은 다양한 생명들(多)이 각각 다른 환경 조건에 있으면서 서로 연결된 존재로서 살고 있음이 간과되는 위험이 있다는 것입니다.

6문 '자본주의 세계체제의 바깥은 없다'는 명제는 자본주의 대 사회주의라는 근대 이념들 간의 오래된 대결 의식에서 나오는 양대 이념의 도식적 관계와도 관련이 있을 듯합니다. 여기서 백낙청 선생의 '중도주의'라는 개념이 이론적으로 중요하게 작용하는 것 같은데요.

답 동학의 핵심 개념인 '내유신령 외유기화'라는 천지조화의 근본원리에서 보면, 관념적 일원론과 서구의 이원론적 사유가 지닌 한계는 드러납니다. 백 선생은 이원론적 사유와는 다르게 동아시아의 유서 깊은 '중도'를 통해 서구 근대 이념의 한계를 넘어갑니다. 다시 말해, 천지인의 근본 이치를 궁구하는 관점에서 백낙청 선생의 '중도'의 깊은 뜻을 생각하는 것이 중요합니다.

중도의 뜻에 내포된 불이不二의 회통 정신, 가령 원효의 회통과는 실제로 어떻게 어느 정도 연관성이 있고 서로 통하는 바가 있는가를 살필 필요가 있습니다. 원효의 일심一心 사상에 의한 화쟁 회통 정신, 가령 대승의 논리인 '비연비불연非然非不然'이란 회통 방법도 수운 동학의 '불연기연'과는 겉보기엔 비슷하고 서로 통하는 듯하나, 수운 동학은 더 깊은 조화造化의 차원과 의미심장한 내용을 품고 있다는 생각이 듭니다. '불연기연'은 생명계의 현실 속에 감추어진 천지조화의 근원적 이치를 구체적 비유들로서 보여줍니다. 중요한 것은 '생명의 현실적 존재'로서 사상과 이론입니다. 동학의 수심守心 또는 지기至氣는 대승의 일심一心 또는 성리학의 일기一氣를 회통원융 하였듯이[28], 동학은 유, 불, 도 전통 신도 등에서 주요 심오한 개념들을 궁극의 존재인 시천주의 조화造化 속에서, 근원적 생명력으로서 원융회통 하였습니다.

요는 불이의 정신은 어떤 세속적 '이념'에 따르는 것이 아니라 그 이전에, 천지조화와 합치하는 '현실'에 따르는 것이 원융회통의 진실성이 달린 근본적 인식이란 점입니다. 회통이란 근본적으로 천지조화에 합하는 정신인 까닭에 의식하든 않든 회통을 꾀하는 정신은 시천侍天의 존재됨으로서 수심정기는 필수적입니다. 앞서 말했듯이 백낙청 선생의 실천적 지성 혹은 사회참여적 운동가 성격이 강한 문학평론가로 평생을 일이관지해온 정신의 훈기가 선생의 비평문 내내 전해지는 것은, 불이 정신이 오랜 공부와 깊은 수련 속에서 체득한 경지임을 뜻하는 것이기도 합니다. 그러므로 백낙청 선생의 '변혁적 중도주의'에서의 '중도'는 수운이

---

28 원효의 일심一心사상에서 나오는 화쟁회통和諍會通의 정신, 가령 "같은 것이 다른 것이고 다른 것이 같은 것이다. 같은 것 속에 다른 것이 있고 다른 것 속에 같은 것이 있다(同卽異 異卽同 同中異 異中同)도 이어받되, 이 화쟁의 논리는 수운 동학에 이르러서, 생명계의 실질적이고도 창조적인 사상으로 고양되어 마침내 천지인이 한 조화 속에 있는 '내유신령 외유기화 일세지인 각지불이'라고 하는 '현실적이고 구체적인 생명의 원리'로서 승화됩니다. 있음과 없음, 같음과 다름이 '불이'로써 회통은 논리의 차원을 넘어, 천지 만물이 '근원적인 동시에 현실적인 존재'인 '내유신령'의 존재들이 되는 '생명의 존재 원리'로서 승화된 것입니다.

강조한 수심정기의 지평에서 해석될 필요가 있습니다.

7 문 '근대적응'을 '다시 개벽'의 수심정기의 관점에서 성찰하자는 것이군요.

답 '다시 개벽'의 관점에서 '근대극복의 이중과제론'의 '근대적응' 개념을 해석하고 이해하는 일이 중요하다고 생각합니다.

'자본주의 세계체제의 바깥은 없다'는 말은 반어적 해석이 필요합니다. 즉, 안이 밖이라는 말입니다. 유역개념으로 바꾸면, 하나의 세계 안에 움직이는 유역들이 상호 연결망을 이루고 있다는 뜻입니다. 우선 다즉일多即一인 것이죠. 동학의 관점에서 보면, 천지자연은 물론 세계체제든 모든 사회 체제든 개별자 각각의 유기적 연결이 전체인 하나[一]에 우선합니다. '자본주의 세계체제의 바깥은 없다'는 다분히 일원론적 혹은 이원론적인 세계체제론에서 다원론적인 세계체제론 또는 유기체적인 세계체제론으로 인식론적 변환의 문제가 포함되어야 한다는 뜻입니다. 물신이 지배하는 거대한 몸통은 안이 바깥 구실을 해야 합니다.

안과 밖이 불이인 것이죠. 바깥이 없는 세계에서는 '적응자'는 살아남고 '부적응자'는 도태되는 중에도 세계 내의 존재들은 자기 생명을 유지하기 위해 세계 내의 유기체적 성격을 강화하고 다원적 세계를 향한 이념들과 다양한 조직들이 생기게 됩니다.

중심에서는 적자생존의 법칙이 지배하더라도 비중심적 요소들의 연대와 진화와 확장 등 '비중심적인 것들의 활성화'가 이루어지는 것입니다.

'적응'은 필연적으로 '부적응'이 자기의 다른 속성임을 자각하게 됩니다. 적응은 부적응과 대립 관계를 지양하는 노력을 피할 수 없습니다. 적응은 출구 없는 자본주의적 세계체제에서 부적응과 마주치지 않을 수 없습니다. 그러하기에 인위적인 수행修行이 '근대적응'이 되어야 합니다. 본디 인위에는 수행의 뜻이 담겨 있습니다.[29] 수운의 가르침을 따르자면, 세상에 적응하는 자는 수심정기가 필요하다는 것을 알게 됩니다. 그래야 올바른 적응이 생기고 이는 올곧은 반응과 하나가 됩니다. 세계체제 안의 변화를 꿈꾸는 개별자들은 '적응' 속에 이미 '반응'을 내포합니다.

'적응'과 '반응'은 내 안으로의 수련과 밖으로의 氣化와의 동시적 관계

때문에 자본주의의 일체제성一體制性을 전제로 할 경우, '근대적응'은 개별자들이 가진 주체적 생명력으로서 일체제에 대한 '반응'으로 표시될 수 있습니다. '적응'은 '맞추어 잘 어울림'이란 뜻이 현저하니 '각자 스스로 어울림'이라 할 수 있고, '반응'은 '작용에 대한 반작용'의 뜻이 현저하니 일원적 세계체제에 창조

---

29 246쪽의 주63을 참고.

적인 반작용이라 할 수 있습니다. 막강한 외부의 자극은 겉으로는 수많은 개별자들이 자기 보존을 위해서 일시적으로 위축되지만, 안으로는 저마다 본능적인 긴장감 속에서 자기 생존을 위한 자생적 운동성을 강화합니다.

따라서 유역문예론의 관점에서 근대의 이중과제론에서의 '근대적응'은 '자생적 반응과 반작용'을 포섭한 개념으로 이해합니다. 자기 안으로 수심정기가 '적응'이고 이때 밖으로 '반응'이 일어납니다.

8문 '반응'이 근원에 방점을 찍고 있다면 '적응'은 현실에 방점을 찍고 있다는 생각이 드는데요, 그럼 '근대적응'을 동학의 관점에선 어떻게 볼 수 있을까요?

답 '근대적응'과 '근대극복'은 서로 뗄 수 없는 관계에 있기 때문에, '근대적응' 개념을 더 주목하는 것이고, 나아가 '다시 개벽'의 세계관과 실천론 속에서 검토하려는 것입니다. 다시 말해 동학의 '시천주侍天主에 들어 있는 '모심[侍]'의 존재론과 유기체적 세계관[內有神靈 外有氣化 一世之人 各知不移] 그리고 조화(造化, 無爲而化)'의 심오한 의미를 올바로 해석하려고 노력하는 가운데, '근대적응' 개념의 실천성을 확보할 필요가 있다는 것입니다.

자본주의적 일원체제에 의한 지구 생태계의 파괴와 착취가 극에 달한 세계에서 수운 동학이 내장內藏하고 있는 '생명의 세계관'을 펼치기 위해서는 '현실'의 새로운 인식이 중요한데, 그 유력한 희망의 원리가 앞에서 얘기한 바처럼, 동학이 지닌 '신령한 유기체의 존재론과 세계관'입니다. 개별자(多)들이 각자의 생명성(神性)을 안으로 자각하는 동시에 창조성을 밖으로 현실화하는 것이 적응인 동시에 반응입니다. 그러므로 공부와 수련이 적응이며 이때의 적응이 바로 반응, 곧 실천입니다. 개별자의 안에 무궁한 하나(一者, 한울)를 공부·수련을 통한 '적응'에 이르고 이로써 밖의 현실 세계와 '반응'하는 것입니다. 달리 말하면, 내 안의 '한울[一]'에 '적응'이 밖의 현실에 '반응'하는 것입니다. 이때 비로소 수운 동학의 '시천侍天' 곧 '내유신령 외유기화 일세지인 각지불이'를 모신 천지 만물(多) 저마다의 시천주(一)가 인용될 수 있습니다. 유역문예론에서 말하는 창조적 유기체론도 여기서 말미암습니다.

9 문 백낙청 선생은 '근대의 이중과제론'과 남북 '분단체제 극복'은 서로 동시적인 해결 과제로 인식하고 있습니다. 분단체제론에 대한 유역문예론의 기본적 인식이랄까, 견해는 무엇입니까?

분단체제 극복의 기본 원리로서,
'大小 內外의 相均과 造化'에 순응하는 정신이 필요

답 남북분단 상황에서 현 체제는 이미 한민족간의 전쟁과 서로 간의 엄청난 살인과 희생을 치렀고, 지금도 수많은 사회적 문화적 모순의 심화가 진행 중입니다. 근대극복의 중요 과제입니다만, 개벽적 현실주의 관점에서 보면 이 분단체제의 극복 문제 또한 '시천주 조화정'의 조화정을 통해 그 답을 찾아야 한다고 생각합니다. 분단체제 극복의 기본 원리로서, 대소 내외를 상균相均과 조화造化 속에서 바로보고 순응하는 정신이 필요합니다. 동학의 조화(無爲而化)의 덕에 그 마음을 합하는 '조화정造化定'의 정신을 터득하는 것입니다. 유무, 대소, 내외가 분리되지 않고 내통하는 조화의 상태는 불가의 불이 정신과 통합니다. 없음과 있음은 불이입니다만, 없는 있음이고 비존재의 존재 상태입니다.

남북 연합이든 남북 간의 새로운 체제든 일방에 의한 일방의 지배나 소외를 회피하고, 남북간 대와 소, 안과 밖이 각각 서로를 포섭하고 동시에 하나로 통섭하는 것이 사상적으로 요구되는 것이 아닐까, 아마도 백낙청 선생의 분단체제 극복을 위한 사유도 이러한 불이의 뜻을 포함하는 것으로 보입니다. 그러니 남북이 각각 안팎으로 정상적 국가로서의 체제와 역량을 기르는 것이 우선이라고 봅니다. 그러기 위해서 문화 특히 문학의 역할이 참 중요합니다. 무엇보다 남북의 정신적 정체성의 심화와 확장과 함께 문화적 교류가 분단체제 극복을 위하여 선결적인 중요성을 갖게 될 테니까요.

조화造化에 기초한 정치관은 민심을 천심으로 모시고 민생의 안정을 최우선으로 삼습니다. 백낙청 선생의 '분단체제론' 바탕에는 선생 자신도 '알게 모르게' 조화의 덕에 합하는, 곧 '造化定' 정신의 일단이 생생한데, 가령 아래 문단에서 분단체제론의 깊은 고뇌와 함께, 이 어려운 공안을 대하는 선생의 오랜 수심정기修心正氣가 은폐되어 있음이 감지됩니다.

한반도 주민들이 근대에 더 잘 적응하기 위해서도 분단체제를 극복해야 하는 것이 바로 그런 이유들 때문이다. 이는 남북이 같은 민족이니까 무조건 통일해야 한다는 민족주의적 통일론도 아니요, 전 지구적으로 적용하려다가는 도처에 피비린내가 진동하기 십상인 '1민족 1국가' 나라를 내세우는 것은 더욱이나 아니다. 어쨌든 한반도 주민이 통일된 국민국가를 보유함으로써 세계의 '국가 간 체제interstate system'에 '정상적'으로 참여하는 일이 벌써 70년 가까이 실현되지 못하고 있는 것이 엄연한 사실이다. 게다가 통일 국민국가 수립이 가까운 장래에 실현될 전망도 거의 없다. (…) 점진적 통일 자체는 한결 실용적인 방안일지언정 반드시 질적으로 다른 기획이랄수 없다. 그러나 통일의 최종 형태는 물론 제1단계 이후 다음단계가 어떤 과정일지조차 미정으로 남긴 채 중간단계를 거쳐 점차적으로 통합의 수준을 높여나간다는 결정은 통일과정에 국가권력뿐 아니라 시민사회(남한의 경우 민간기업을 포함하는 넓은 의미의 시민사회)가 참여하여 그 진행의 속도와 방향 및실질적인 내용에 영향력을 행사할 공간과 시간적 여유를 제공하게 마련이다. 그러한 시민참여가―어느 지점에선가는 북녘 민중 나름의 참여도 획기적으로 늘어가는 가운데―활발하고 슬기롭게 이루어진다면, 한반도 주민들의 실질적인 욕구에 한결 충실할뿐더러 세계와 동아시아 지역 시민들의 변화하는 미래구상에도 부응하는 결과가 나올 것이다. 이러한 결과는 '정상적'인 단일형 국민국가가 아니리라 예상되는바, 사실 단일형 국민국가는 오랜 분단시대를 경화한 한반도에서어차피 점진적으로조차 달성되기 힘든 목표이기도 하다. 반면에 왕성한 시민참여로 동아시아 지역의 화해와 연대에도결정적인 보탬이 될 새로운 형태의 복합국가가 한반도에 건설된다면 지역적 지구적 차원에서의 근대극복에 한 걸음 다가가는 성과가 되는 것이다.[30]

---

30   백낙청, 『근대의 이중과제론과 한반도식 나라 만들기』, 40~1쪽.

새로 환기하자면, 천지인天地人의 조화造化를 중시하는 정치관으로 보면 분단체제의 정치를 방임하는 것이 아니라 민심과 민생의 안정을 목표로 한 정치를 하는 것이 중요합니다. 정치적 통일만이 통일인 것은 결코 아닙니다. 오히려 남북한 현실에서 갈수록 벌어지는 문화적 이질성을 극복하고 남북한 문화의 차이 너머로 '혼의 통일'을 이루는 것이 정치적 통일보다 더 중요하다 할 수 있습니다. 혼의 통일이 통일의 진실에 더 가깝습니다. 혼의 통일이라는 말이 추상적으로 들릴지 몰라도, 이 '혼의 통일'이야말로 분단체제의 극복으로 가는 근본원리를 시사하는 것이라 생각합니다. 엄청난 피해를 감수하고 추진하는 일국의 정치체제로의 통일 방식이나 그동안 거론되어온 어떤 정치적 통일 방안도, 아직은 비현실적이거나 오히려 분단체제를 악화시킬 공산이 크다는 진단을 깊이 헤아릴 필요가 있습니다.

10문 백낙청 선생의 근대의 이중과제론, 분단체제론의 사유 원리를 집약한 '변혁적 중도주의' 개념에서 '中道'의 의미가 중요해지는데, 이 점에 대해 조금 구체적으로 설명해주십시오.

'근대적응'과 '근대극복'은 '不二' 정신의 소산

답 백낙청 선생의 '근대의 이중과제론'이 진보와 민주화 운동에 평생 헌신한 성실한 석학의 '변혁적 중도'의 관점과 사유 속에서 나온 엄중한 이론이란 점을 먼저 이해할 필요가 있습니다. '근대적응' 개념의 의미 심화와 확장을 통해 근대의 '부적응'도 '적응' 못지않게 생명론적 의미와 가치를 함께 지니고 있음이 아래 문장에서도 여실히 드러납니다.

> 근대에는 성취함직한 특성뿐 아니라 식민지 수탈, 노동착취, 환경파괴 등 바람직하지 않은 특성들도 있으므로 그 둘이 혼재하는 근대에 '적응'한다는 것이 더 타당한 표현이며, 성취와 부정을 겸하는 이러한 적응 노력은 극복의 노력과 일치함으로써만 실효를 지닐 수 있다는 것이다.[31]

백낙청 선생의 '이중과제론'에서 자본주의 세계체제와 맞선, 곧 '근대적응'과 '근대극복'이 둘이 아니라는 '불이不二' 정신은 대승불가의 보살도菩薩道, 원융회통의 전통 사유의 맥과 통하는 것이라 볼 수 있습니다. 백 선생의 동아시아론이랄까, 한중일 간의 역사적, 사상적 연관성에 대한 통찰은 유역문예론의 관점에서도 배우는 바가 많습니다. 백 선생의 동아시아관과 동아시아적 정신의 옹호는 자재연원의 관점에서 보면 자연(저절로 그러함)한 경지입니다. 가령 "근대성을 바람직한 것으로 예단하지 않고 그중 성취

---

31 백낙청, 위 책, 34쪽.

할 만한 것을 성취하되 배격할 것은 배격하면서 근대에 '적응'하는 것이 한층 공정한 표현"[32]이라거나, 동아시아의 근원적 정신의 표상인 '도道'를 선생 나름의 엄정한 검증을 통해 동과 서를 불이로서 회통하는 사유의 근원적 방법이 되어 있는 것도 주목할 만합니다.

道는 문자 그대로 사람들이 걷는 '길'로서 실천과 유리된 인식이 아니요 그렇다고 진리와 무관한 실천도 아니다. 동시에 플라톤의 이데아나 유일신교의 하나님 같은 초월적 존재자도 아니며 인간이 실천을 통해 깨닫고 구현하는 진리이다. (…) 그러나 동양 전통 속의 '도'는 스스로 과학적 인식을 배태하고 지탱해온 역사가 없고 심지어 근대에의 적응을 방해해온 경력마저 지닌 개념이기에 전승된 내용 그대로 오늘의 과제 해결에 투입될 수는 없다. 근대적 지식을 수용하면서 넘어서는 힘든 과정을—서양 전통 내부에서 싹튼 비슷한 성격의 작업들과 함께—새로이 완수해야 한다. 이 또한 이중과제의 또 다른 면모이며, 예컨대 앞서 말한 대로 맑스가 이중과제의 발상을 선취한 바 있다 하더라도 19세기 유럽인 맑스로서는 예상하기 힘들었던 면모이다.[33]

---

32 백낙청, 위 책, 51쪽.
33 백낙청, 위 책, 49쪽.

인용한 윗글에 은폐된 의미 맥락에는, 동서의 사상을 두루 섭렵하고서 도의 구경究竟에 이르니 수운의 동학 그리고 소태산의 원불교의 '개벽' 사상과 조우할 수밖에 없던 필연적 사정이 내재해 있다고 보아야 할 것입니다.

11문 결국 백낙청 선생의 논지대로 자본주의 세계체제와 남북한 분단체제를 동시에 극복해야 하는 한반도의 이중과제와 맞서야 하는데, 과연 남북한의 민중에게 공통의 광명을 안겨주는 실천적 이론으로 개벽 사상에서 무엇을 찾아내고 어떻게 펼치는가 하는 문제가 남습니다. 유역문예론도 궁극적으로 개벽 사상을 통한 정치적 실천의 문제와 마주할 수밖에 없습니다. 특히 국가론과 실천론의 관점에서 듣고 싶습니다.

민주주의=민중자치의 주체가 될 민중의 자기훈련이 필요

답 백낙청 선생과『녹색평론』을 창간한 고 김종철 선생이 돈독한 사제관계를 넘어 당대의 대비평가로서 두 분이 서로 선의의 비판을 하는 흥미로운 글이 있어 여기 소개하고자 합니다. 백 선생이 근본적(또는 '급진적radical') 생태주의자요 뛰어난 문학평론가로서 '생태론적 공동체주의'의 실천에 진력한 고 김종철 선생의 '새로운 안빈론安貧論'을 비판한 적이 있는가 봅니다. 이 비판에 대해 김종철 선생이 어떠한 '반응'을 보였는지는 몰라도, 제자인 김 선생의 안빈론에 대해 답하면서 노자의 '소국과민小國寡民'과 함께 참 민주주의의 도래는 민중의 자기훈련이 따라주어야 가능함을 논하는 백 선생의 아랫글은 읽는 이의 가슴에서 맑은 불꽃이 피는 느낌이 들 것입니다.

　　문제는 공빈共貧을 현실에서 어떻게 이룩하느냐는 것이다. 지난날 선비들의 '안빈낙도安貧樂道' 역시 단순히 개인적인 차원의 문제는 아니었고 일정한 사회적 경제적 기반과 이런 가난을 공유하며 공락하는 유형무형의 공동체가 존재하기 때문에 가능했다. 오늘날 '공빈'의 사례로는 '무소유'를 표방하는 승가집단이나 '가난'을 서약한 천주교 수도자들이 그나마 방불할 터인데, 이들 또한 각자의 수행뿐 아니라 교단의 경제기반과 사회제도의 밑받침으로 '공생공락의 가난'을 누릴 수 있는 것이다. 어느 토론 마당에서 '새로운 안빈론'을 거론하면서 내가 주목한 것도 그런 현실적 기반의 확보 문제였다.

　　또 (최원식 교수의) 기조발제에서는 중세 안빈론을 언급했습니다만, 중세보다 더 올라가서 노자老子가 말하는 소국과민小國寡民, 즉 나라는 작고 인구는 적은 것이 좋다는 사상과 통한다고 보는데, 저는 여기에 우리가 궁극적으로 지향해볼 만한 바가 분명히 있다고 믿습니다. 다만 장래의 '작은 나라'는 어디까지나 전 지구적 인류공동체의 일부이지 옛날식의 고립된 공동체와는 달라야 하고, '적은 수의 백성들' 역시 세계시민으로서의 식견과 저항력을 갖춘 사람들이어야 할 것입니다. 따라서 이것이 가능하려면 그 전제조건으로서 첫째 과학기술이 고도로 발달해야 하고, 둘째로는 과학기술과 인간의 관계가 지금과는 전혀 다른 것으로 변해야 한다고 봅니다. 그것은 단순히 과학기술과의 관계만이 아니라 사회체제의 변화 내지는 변혁을 의미하는 것이겠죠. (졸저,『통일시대의 한국문학의 보람』, 창비, 2006, 446쪽)

따라서 '공빈'을 근대극복의 목표로 삼는 경우에도 그것이 고도의 과학기술 발달을 전제하는 것인지 아닌지, 과학기술과 인간의 관계를 지금과는 전혀 다르게 만들어줄 어떤 사회체제를 구상하는지, 그리고 그러한 체제로의 변혁을 이룩할 무슨 중·장기 전략을 가졌는지를 묻지 않을 수 없는 것이다.

동시에 비록 깨끗하고 따뜻한 가난일지라도 그것을 배타적인 목표로 설정하는 것은 하나의 편향임을 지적해야겠다. 다음 대목은 직접적으로는 대중의 개발욕구 속에도 존중할 만한 그 무엇이 있음을 변호하기 위해 쓴 것이지만, 생명의 욕구 일반에 대해 내가 『녹색평론』과 의견을 달리함을 밝힌 대목이기도 하다.

깨끗하고 품위 있는 가난이 인간의 어떤 깊은 욕구에 상
응하듯이 장엄莊嚴과 영화榮華에 대한 욕망 또한 중요한 본능
인 것이다. 생명의 욕구는 실로 다양한 것이며 이들을 포용하
고 조화시키는 것이 참된 지혜이지 그중 어느 하나만을 절대
시하는 것은 독단이며 자신의 이상을 남에게 강요하는 억압
행위가 되기 십상이다. (『한반도식 통일, 현재진행형』, 창비, 2006,
253~4쪽)

미래의 '순환사회' 역시 한결같이 가난을 나누는 사회라기
보다 각자가 넉넉하면서도 검약과 절제를 터득한 사회, 그리
고 사회 차원에서는 인간의 다양한 욕구를 충족시킬 물질적
부를 축적하되 그 처분이 민주적으로 이루어지는 사회여야
할 것이다. 이는 현존 세계체제와는 근본적으로 다른 제도들
의 치밀한 마련을 뜻하는 동시에, 이에 수반하면서 그것을 가
능케 해줄 개개인의 큰 공부를 전제하기도 한다. 민주주의=민
중자치의 주체가 될 민중의 자기훈련이 필요한 것이다.[34]

동학의 수심정기는 시천주 또는 인내천의 '처음이자 끝'이라

---

34 백낙청, 위 책, 127~9쪽.

할 수 있습니다. 적어도 이 깨달음은 유역문예론을 세우기 위해 그간 공부한 결론입니다. 무에서 유가 나온다는 노자의 말도, 수리철학에서 추상의 수 0이 1이 되는 과정도, 현실에서 수심정기에 임해야 가능합니다. 도를 구하는 산고 없이 도(0과 1의 불이)가 구해질 리 없습니다.

백 선생의 '변혁적 중도中道'는 오랜 현실정치의 참여와 실천 그리고 공부와 수련에서 구해진 원융회통과 불이不二 정신과 깊이 연동되어 있다는 생각이 듭니다. 백 선생의 '소국과민小國寡民'의 국가론에 대한 비판적 통찰은 이론과 실천, 이상과 현실의 경험론적 '불이' 관계 속에서 빛을 발합니다. 정신개벽이 서로 긴밀한 '하나 되기'에서, '변혁적 중도주의' 특유의 실천론적 전망을 드러냅니다.

백 선생 정치론은 윗글로 보듯이 오늘날 현실에서 펼쳐지는 과학기술의 혁명적 사태를 개벽 차원으로 전환 가능성을 찾으려는 문제의식과, 이 가능성을 만유내재신론 또는 전통 만신(萬神, 巫) 문화와의 접화接化에서 구하려는 유역문예론의 기본 논지를 이미 선결적으로 제시하였다는 점에서 선각입니다.

하지만 무엇보다 윗글에서 크게 동의하는 바는 "이에 수반하면서 그것을 가능케 해줄 개개인의 큰 공부를 전제하기도 한다. 민주주의=민중자치의 주체가 될 민중의 자기훈련이 필요한 것이다."라는 결어입니다. 수운의 수심정기를 사전적 의미에 갇힌

자구字句 해석 수준에 그치거나, 연구실의 학자들이 공식화한 해석에 곧이곧대로 따르는 우를 범하면 수심정기의 유래와 그 본질에 담긴 심오한 의미는 곧잘 사라지게 됩니다. 백 선생이 당부하는 '개개인의 큰 공부'는 물론 '민중의 자기훈련'이란 것도 기실은 스스로 '공부하고 수련하는 삶'과 '사회변혁'이 서로 불이不二이며 '다시 개벽'이 중요시하는 수심정기의 깊은 뜻은 바로 여기에 있다고 생각합니다.

유역문예론이 '창조적 유기체로서의 예술 작품' 개념을 통해 창작자는 물론 예술 작품의 감상자에게도 '각자의 수심정기'를 요구하는 까닭도 바로 이런 인식에서 말미암습니다.

12문 방금 인용한 백 선생의 글에서 노자의 '소국과민'과 고도의 과학기술과의 관계에 대한 논설은 혜안이라고 생각합니다. 국가론에 관해서는 최원식 선생의 탁월한 평론이 떠오릅니다. 유역문예론에서 유역 개념은 국가 개념과 어떤 관계에 놓여 있습니까.

'不二'의 회통 정신은 '自利利他'의 실천

답 자본주의 근대의 이중과제와 분단체제 극복의 과제는 둘인 듯 하나로 포섭해서 볼 수밖에 없습니다. 그 원리상으로는 원효의 일심 또는 회통 정신으로 보면, 진여심과 생멸심을 중생심 안

에서 통섭할 수밖에 없는 이치와 같다 할 수 있습니다.[35]

　우리 한국이 속한 동아시아 삼국의 역사적, 문화적, 정치적 관계를 살피고 공부하는 일은 현실의 모순을 극복하는 데에 근본적인 것입니다. '동아시아론'을 원융회통의 높고 넓은 정신 속에서 설파한 문학평론가는 백낙청 선생과 최원식 선생입니다.

　'동아시아'라는 개념은 넓게 보면 한중일 세 나라가 역사적 지정학적 차원에서는 서로 '반응' 혹은 '대응' 관계에 있는 '한 유역'이고, 문화적으로는 동심원同心圓들의 관계와 같이 서로 반응하고 서로 교류를 이어가는 필연적인 관계입니다. 유역은 서구식 근대국가 체제에 대한 비판적 관점 속에서, 역사적 지리적인 유동성을 가진 지역성과 지역들 간의 교류 또는 연대성을 전제로 한 개념입니다. 따라서 유역의 관점에서 보면, 당연히 동아시아론은 탈서구 근대의 '국가론'의 기본을 찾는 것이 중요합니다. 탈아입구론으로 인접한 우리나라와 중국, 아시아 여러 나라를 침략하고 숱한 인민을 학살한 일본국과는 전혀 다른 국가관이죠.

35　원효의 '起信論'에서의 一心[唯識]이나 和諍 會通은 一心에 의한 통섭, 곧 衆生心의 如來藏(아라야식)의 작용에 의해 淸淨한 眞如心과 染汚한 生滅心이 '본디 둘이 아님[不二]'에 따라 통섭되는 사상인 데 비해, 수운 동학은 화쟁회통의 방편이 없지 아니함에도 일심 사상과는 달리 개별심(생멸심)에 내재하는 진여의 씨올(아라야식)의 작용에 따라 개별심 저마다 지닌 한울님(하느님, 여래)에 이를 수 있음을 말합니다.

백낙청 선생의 국가론을 아직 온전히 접하지 못한 상태입니다만, 선생이 자주 인용한 월러스틴I. Wallerstein이 자본주의 세계경제의 필수 조건의 하나로서 설정한 '국가 간 체제interstate system나 일본 평론가 가라타니 고진柄谷行人이 시민혁명을 세계 동시적으로 만들고자 구상된 칸트의 영구평화론에서 출발했다고 하는 '세계공화국'[36] 등은 유역이 근본적으로 근대국가 체제를 부정함에도 유역 개념과는 다른 시각입니다. 무엇보다 자본주의 세계체제를 일一체제로 보는 시각 자체가 근대적 사유를 닮았달까요, 어쨌든 자본주의 세계체제가 하나로 보임에도 다수라는 것입니다. 더욱이 자본주의 세계체제의 극복을 위해서도 저마다 유역들의 고유하고 주체적인 문화의 에너지는 과학기술의 비약적 발전을 활용하는 과정에서 동시에 다수의 유역 간의 교류와 연대 속에서 비로소 세계체제의 극복 가능성이 높아진다고 봅니다. 여기서도 앞서 논의한 바처럼 다즉일 일즉다의 근본적 사유의 차이가 드러납니다. 그러니까 유역은 다즉일의 이치를 중시하며 일즉다를 의식하는 것입니다.[37]

---

36 백낙청, 위 책, 171쪽.

37 유역문예론에서는 시민 개념의 사용을 자제하는 편입니다. 시민 개념을 대체하여 주민 유역민 역민 또는 인민 민중 개념을 사용하는데, 서구 근대 자본주의와 민주주의 발달 과정의 산물이라 할 수 있는 시민계급 시민국가에서의 '시민' '국가' 개념은 향후 다수의 지역(多)을 '하나[一]'로 연결하는 고도의 과학기술 시대에서는, 주민, 域民 등으로 대체되거나 혼용될 가능성이 높다고 봅니다.

오히려 월러스틴 또는 가라타니 고진의 국가론에서보다, 문학평론가 최원식 선생의 동아시아론과 밀접한 국가론은 변혁적 중도주의의 연장선상에서, 유역문예론의 '개벽적 현실주의' 관점에서 실로 탁견 중의 탁견입니다.

> 패도覇道에 대한 유가의 반대가 대국주의大國主義에 대한 거절이라는 점이 분명히 나타난다. 유가의 왕도王道는 도가처럼 소국주의小國主義다. 가까운 곳에서 차츰 먼 곳으로 사유를 확장하는 근사近思를 핵으로 삼는 유가는 이행의 절차들을 중시하는 현실주의인지라 대국과 소국의 관계를 실제적으로 생각한다. 그 요점이 사대事大다. 그런데 사대가 사소事小와 짝을 이룬다는 점은 잘 알려져 있지 않다. 다시 맹자를 보자.[38]

윗글의 전후를 살펴보면, 대승적 화쟁정신과 실사구시의 현실주의가 원융한 경지를 추구하는 중에 개벽의 문학비평이 꽃필 날이 멀지 않음을 느낍니다. 백낙청 선생의 '개벽 선언'은 1980년대 초 김지하 시인이 개벽을 발의한 이래, 한국문학사에서 동학을 문학정신의 바탕과 벼리로 삼은 일대 사상적 전환을 알리는 일대 사건이라면, 최원식 선생의 비평 정신에서 이 한국발 동아시아적 개벽 정신의 튼실한 씨올을 보게 됩니다.

---

38 최원식, 「대국과 소국의 상호진화」, 『제국 이후의 동아시아』, 19쪽.

한국 근현대사에서 사회적 고질인 사대주의를 청산하는 화두를 최원식 선생은 사대주의를 극복하기 위해 사대 자체를 비판하지 않고 사대에 대립하는 사소를 성찰합니다. 이 사소를 성찰함은, 사대주의는 청산 대상이긴 하나, 사대주의의 본질인 대와 그 반대인 소는 본래 둘이 아님을 설득하기 위해 '불이' 정신이 취하는 화쟁의 조치인 것입니다. 화쟁의 사유대로, 대는 대가 아니요 아닌 것도 아니요(不然非不然), 대를 따르되 따르지 않는(順不順) 것입니다. 소도 마찬가지입니다. 대 안에 소가 상대하고 소 안에 대가 상대하고 있음을 통찰하는 것입니다. 그래서 대국과 소국 간의 화쟁은 대국이 소국이며 소국이 대국인 생명계의 역설적 원리에 입각한 화쟁의 사유가 펼쳐지는 것이지요. 그 종국이 바로 최원식 선생의 '중형국가론'입니다.

다시, 원효의 화쟁사상에 따르면 마음의 원천(心源, 一心)인 아라야식은 불성이 세속성과 화합하여 서로 같은 것도 아니고 다른 것도 아닌(不一不二) 상태입니다. 이 불성과 세속성이 화합되어 있는 아라야식은 수행을 통해 연기에 따른 세속의 업이 소멸하여 마침내 청정한 마음(불성)에 이르게 됩니다. 아라야식에 의해 깨달음을 얻는 각자는 깨달은 상태[自利]에 안주하지 말고, 세속계 중생들의 구원을 위해 적극 실천할 것[利他]을 원효는 역설하였습니다. 최원식 선생이 제기한 '중형국가론'이 동아시아의 유가 도가 불가의 회통을 통한 이상, 특히 원효의 '자리이타自利利他'의 대승적 회통 정신에서 나온 사실을 먼저 이해해야 비로소 한중일이 추구할 국가의 이상형으로서 '중형국가中型國家'의 대의가 보입니다.

13 문 백낙청 선생의 근대의 이중과제론과 맞물린 분단체제론 그리고 최원식 선생의 중형국가론이 지금 같이 남북한이 서로 대치하고 강대국들의 이해관계가 얽힌 분단체제의 현실에서 얼마나 유용할 수 있다고 생각하십니까.

답 화쟁의 사유 속에서 깨친 정치적 현실은 부정적 정치 현실에서도 현실 안에 긍정적 이상이 생동하고 있음을 자각하는 것입니다. 화쟁회통은 서로 대립하는 것들에서 같음을 찾아 통하게 하고 다름을 남겨두는 사유입니다. 다름이 같음으로 변하고 부정이 긍정으로 변하며 통하니 조화造化입니다.
지금같이 남북한이 대결적인 정치 상황에서 당장은 전망이 안 보인다 해도 현실이 이상을 품고 이상이 현실을 품는 한 서서히 기화의 때는 다가오기 마련입니다. '분단체제론', '중형국가론' 같이 분단체제의 현실을 극복하는 회통의 사유에서 나온 현실주의 정치론은 현실의 변화를 꾀하는 실천적 노력이 계속되는 한 숱한 '중도'의 방식과 형식 속에서 '보일 듯 말 듯하게' 점진적으로, 때론 변혁적으로 '현실화 과정'이 진행되는 것이 바로 조화의 이치입니다. 그 조화의 이치는 언뜻 추상적 원리처럼 다가옵니다만, 실은 구체적 생활 현실 또 문화 전통 속에서 지혜로 숨어 있기도 하고 은폐되어 있습니다. 분단체제의 극복을 준비하는 사회경제적 의식의 근본적 변화 계기를 수운 동학의 '유무상자有無相資'에서 찾을 수 있다고 생각합니다.

분단체제를 극복하는 주체가 인민 대중이어야 하고, 또 인민 대중의 현실, 변혁, 역량과 그 용량을 건실히 기르고 키우려면 근대적 계급의식 또는 계층의식의 '다시 개벽'도 함께 따라야 합니다. 가령 한국 자본주의 안팎으로 적응과 대응 차원에서도 자본주의적 금융제도의 비인간성을 타파하는 일이 중요한데, 동학의 유무상자, 주민자치적 두레 전통 등에서 옛 지혜들을 찾고 발전시켜야 한다고 생각합니다. 사실 작은 지혜더라도 옛 지혜를 모으고 살리는 일이 중요합니다. 크게든 작게든 자본주의 극복의 이치는 조화의 이치를 터득하는 일 여하에 달려 있습니다. 아무리 완강한 자본주의적 시스템일지라도 '작은 틈들'이 있고, 틈들 속에 은미하나마 조화의 지혜들이 있는 법이죠. 안 보이지만, 조화는 본래 안 보이는 것이죠.

이 땅의 인민대중의 참여에 의한 분단체제 극복을 위해서는 식민주의와 서구중심주의에 억눌린 겨레의 유서 깊은 얼과 혼을 되살리는 일이 중요합니다. 그래서도 이 땅의 문화예술을 '다시 개벽' 하는 일이 훗날에 '온전한 통일'의 밑거름이 된다고 생각합니다. 유역문예론도 문학예술을 통한 분단체제 극복에 능동적으로 참여하고 긍정적인 역할을 할 수 있다는 믿음이 있습니다.

우리 시대의 큰 통일꾼이자 시인 문익환 선생의 시 「통일은 다 됐어」를 가만히 읊다 보면, 분단 극복을 이루는 일은 남북한이 공히 '한겨레의 오래된 혼'의 통일을 이루는 일에 있음을 깨치게 됩니다. '한겨레의 혼'의 확인 속에서 문익환 시인은 '이 땅의 어머니', 곧 '이 땅의 혼'인 삼신할미에 빙의된 목소리로 이렇게 노래합니다.

백두산이언제한라산을미워한일이있었니

한라산이언제백두산을향해총을겨눈적이있었니

압록강금강대동강한강물이서해바다에가서어울려

신나기만한거아니겠니

두만강낙동강물도동해바다와남해에서어울려출렁이다가

하늘로구름이되어떠돌다가

남쪽북쪽가리지않고

단비로쏟아지는것아니겠니

태백산줄기억센허리언제끊어진일이있었니

그렇군요 어머니

그렇군요 어머니

　기독교 목사인 문익환 시인은 삼신할미 신령이 든 어머니 마음
에 의탁해 '분단 상황'임에도, 이미 남북이 '하나인 근원'임을 직
각합니다. '이 땅의 혼'이 쓴 시입니다. 배달겨레는 분단체제에서
살지만, 겨레의 근원인 '이 땅의 혼'의 관점에서 보면 '분단'이란
인위적인 나눔에 지나지 않습니다. 삼신할미 또는 신령스런 이 땅
의 혼은 이미 '분단' 너머로 '통일' 상태라는 각성된 시인의 혼이
이 시를 낳습니다. '분단 현실' 속에 은폐된 겨레 혼과의 '접령' 능
력이 없이는 나오기 힘든 시입니다. 그 시인의 접령 능력 덕분에,
"통일은 다 됐어" "그렇군요 어머니"라는, 이 땅에 서린 오래된 혼
과 시인의 혼과의 대화가 펼쳐지는 것입니다. 이 '어머니'의 혼과
대화 속에 분단체제의 암울에서 벗어날 예지의 전망이 나옵니다.

14 문 문익환 목사의 시 「통일은 다 됐어」를 인용한 것은 분단체제를 극복하는 국가론에도 '땅의 혼'의 필요하다는 뜻인가요.

유역문예론의 국가론에서는 '장소의 혼'이 중요

답 최원식 선생의 국가론에는 '장소의 혼'이 중시되어 있습니다. 이 '장소의 혼'이 '다시 개벽'의 현실주의를 이해하는 데 중요하고 필수적이라고 봅니다. 어찌 보면 유역문예론에서 뜻하는 바의 '유역流域' 개념, 곧 현실적으로는 세계 곳곳에 제각각의 '장소', '지역地域'을 지시하면서도 근본적으로는 '평등한 상호 교류와 연대를 중시하는 '유동적 시공간' 개념으로서의 '유역'과 통합니다. '유역'은 오랜 세월을 거치며 특정 종족이나 민족이 살아온 시공간성 개념을 기본 성격으로 포함하고 있는 까닭에, '현실'은 혼魂의 시공간이며 '장소의 혼'이 유역문예의 기본 요소입니다. 근대 제국주의자들에 의해 억압 파괴된 '장소의 혼'을 다시 살림이 현실에 주어진 문학예술의 임무이자 화두입니다.

구한말에 유길준, 김윤식, 서재필 등 서양 문물을 쫓던 소위 '개화파'들이 제시한 '동도서기론'에서 동도東道의 정도正道를 깊이 궁구하고 터득하여 그 근본적 한계를 비판한 점에서 최원식 선생의 현실주의는 비상한 예지입니다. 그 지혜는 화쟁회통의 빛을 투득한 원융의 정신에서 나오는 점에서, 최원식 선생의 원융회통은 그 자체로 '이 땅의 혼'의 표현입니다. 그리고 '장소의 혼'과 더불어 원융회통을 통한 '조화造化'의 이치를 능통했기 때문에 최 선생의 중도적 현실주의는 수운 동학의 핵심인 '시천주 조화정'과도 상통합니다.

특히, 미소 냉전 체제가 끝나고 미중 간의 대결 체제로 바뀐 현실에서 강대국들의 제국주의적 속성이 한반도를 중심으로 한중일의 국가 정체에 미치는 막중한 영향력을 독파한 비평적 혜안은 독보적입니다. 자재연원의 정신을 바탕으로 삼고 동아시아의 여러 사상들을 현실과 역사 속에서 두루 살피고 '회통'의 사유 끝에 마침 나온 '중도 국가'(또는 '중형국가')의 이론이랄까. 여기서 최 선생의 '중도'라는 개념에는, '장소의 혼'이 더불어 회통하니 그 '중도적 현실주의'는 세계 곳곳의 '장소의 혼'들을 존중하는 '현실주의'라는 점에서 동학의 '각지불이各知不移'의 의미가 포함되어 있다 할 것입니다. 이는 동학의 지혜[知][39], 곧 각지불이에서 각지의 '지'인 동시에 만사지의 '지' 즉 "知라는 것은 그 도를 알아서 그 지혜를 받는 것"이라는 수운이 풀이한 '知'의 뜻과 방불합니다. '중도적 현실주의'는 '다시 개벽'의 지혜라 할 수 있습니다.

---

39 동학주문의 '侍'의 풀이 중, '各知不移'는 '각자 알아서 옮기지 않음'이란 뜻이고, 모두 21자인 주문의 맨 뒤에 나오는 '…萬事知'의 풀이는, "'萬事'라는 것은 그 수가 많은 것이요 '知'라는 것은 그 도를 알아서 그 지혜를 받는 것이니라."입니다. (「논학문」, 『동경대전』)

그러므로 최원식 선생의 비평 정신을 요약한 '중도적 현실주의' 개념에서 '현실주의'는 서구 근대의 '리얼리즘realism' 뜻이 아니라, 이때 '현실'은 '장소의 혼'이 온축된 현실로서 현실 안팎에 걸쳐서 자自와 타他가 서로 반응하고 적응하는 회통의 '현실'이란 뜻으로 해석됩니다. 그래서 중도적 현실주의의 '현실'은 이념에 의해 정해진 역사의 반영으로서 현실이거나 어떤 고정된 객관적 현실이 아니라, 정치적 물리적 현실 안팎에서 일어나는 조화를 바로 보고 이에 따라 자타 간의 같음과 다름을 가리고 회통하는 역동적 '현실'입니다. 현실의 안팎으로 대립하는 자타의 회통은 서구중심주의나 자기중심의 편향과 이기를 극복하는 실천적 사유로서, '다시 개벽'의 정치적 전망을 위해서도 실로 중요합니다.

(1)

그래서 동아시아형 자본주의의 변종인 유교자본주의에 대한 비판적 시각을 이 글에 묻어두었던바, 유교자본주의와 제휴한 반북주의적 경향의 은근한 확산 앞에서 나는 동아시아론의 중추에 분단문제를 배치하였다. 이는 분단체제론의 문제의식을 적극적으로 수용한 결과다. 북을 기지로 삼는 NL적 경향(주사파)과 북을 괄호 치는 PD적 경향 양자를 비판하는 데서 출발한 백낙청白樂晴의 분단체제론은 남과 북 어느 일방의 변화가 아니라 양방 모두의 변화를 통해 분단 이후의 한반도를 상정하는데, 이는 한중일 중심의 동아시아 연대가 반북 동맹으로 미끄러지는 것을 제어한다.

분단체제의 극복을 동아시아론의 기초로 삼을 때, 또한 이 담론이 동아시아지역주의로 한정되는 것을 방지할 수 있다는 점도 유익하다. 다시 말하면 미국과 러시아를 포함한 사고가 가능해진다는 말이다. (…)

동아시아론을 이제는 내부의 불균등에 주목하면서 다시 생각할 필요가 있다. 세계체제의 중심/주변은 이 지역 안에서도 복제된다. 특히 탈냉전시대로 접어들면서 체제 또는 제도적 차이가 물론 아직도 중요한 변수지만, 탈경계화하고 있다는 점에서 더욱 그렇다. (…) 동아시아는 하나가 아니다. 동아시아를 하나로 묶어보는 훈련과 함께 일즉다一卽多의 관점에서 풀어서 볼 필요도 절실하다. 북한과 대만 홍콩 마카오 오끼나와(옛 琉球)의 관점에서 동아시아라는 주변적 시각을 다시 주변화하는 이중의 작업이 요구되는 것이다. 사실 그동안 동아시아론도 국가주의에 다소 침윤되어왔다. 이 지역의 중심국가들 '중심'이었던 것이다. 동아시아론이 이 지역에 특히 우심한 일국주의 또는 국가주의를 넘어서기 위한 훈련이라면, 국민국가를 분해할 수 없는 원자로 실체화하는 오랜 관행에서 유연해져야 할 것이다. 국민국가의 안과 밖에 포진한 독특한 주변부와 함께 국민국가들의 경계를 가로질러 분산된 디아스포라의 문제 또한 중요하다. 중일미러를 중심으로 이 지역에 널리 흩어진 한국/조선 동포, 가장 강력한 네트워크를 보유하고 있는 화교, 그리고 중국의 안과 밖에 널리 걸친 다양한 소수민족들은 그 대표적인 존재들이다. 그렇다고 기존의 틀들이 무효라고 주장하는 것은 아니다. 국가 간 관계는 국민국가의 해체가 가시화하는 날까지 여전히 중요한 상수다. 그리고 무엇보다 계급이라는 심급이 주변의 관점으로 유실되어서는 안 된다. 우리가 꿈꾸는 후천세상이란 국가 지역 계급 인종 젠더의 차이가 지워지는 대동大同세상인데 동아시아론도 그로 가기 위한 소강小康에 준하는 것이기 때문이다. 기존의 틀을 싸안되 동아시아론의 국가주의를 극복하기 위한 실험적 거점으로서 '주변의 관점'을 내세울 필요가 절실하다. (최원식, 「천하삼분지계로서의 동아시아론」, 68~70쪽)

(2)

이제는 교류와 충돌의 지루한 또는 유희적 반복에서 한걸음 진화해야 한다. 충돌에 잠재된 친교에 대한 갈증과 신민족주의의 균열을 자상히 독해하면서도 우리 안에 억압된 동아시아를 일깨움으로써 한국인이면서, 일본인이면서, 중국인이면서도 동시에 동아시아인이라는 공감각을 어떻게 계발하는가, 이것이 문제다. (…) 한국의 동아시아론은 기존의 중심주의들을 비판하고 새로운 중심을 세우는 것이 아니라 중심주의 자체를 철저히 해체함으로써 중심 바깥에 아니 중심들 사이에 균형점을 조정하는 것이 핵심이다. 역사적 기억의 창고인 한반도에서 동아시아는 그래서 중화와 동양을 넘어 새로운 대안을 찾는 탐구와 발진점이 될 수밖에 없었던 것이다. (최원식, 『제국 이후의 동아시아』, 42~3쪽)

　근대국가들 중에서도 대국 중심으로 세계를 분획分劃하는 것에 반대하는 것은 '유역' 개념에서는 당연지사입니다. 최원식 선생의 동아시아론은 어찌 보면 근대국가 해체의 과정으로서 국가보다 우선하여 동류의 문화와 그 연대가 가능한 종족과 민족들간 연합으로 '유역'을 상정하였으니, 뒤늦게나마 최원식 선생의 동아시아론에서 유역 개념의 선구를 만나는 경이를 체험합니다.
　인용문 (1)에서, 중언부언을 무릅쓰고 위의 일부만 다시 옮기면, "동아시아는 하나가 아니다. 동아시아를 하나로 묶어보는 훈련과 함께 일즉다一卽多의 관점에서 풀어서 볼 필요도 절실하다. 북한과 대만 홍콩 마카오 오끼나와(옛 琉球)의 관점에서 동아시아라는 주변적 시각을 다시 주변화하는 이중의 작업이 요구되는 것이다. 사실 그동안 동아시아론도 국가주의에 다소 침윤되어 왔다. 이 지역의 중심국들 '중심'이었던 것이다. 동아시아론이 이

지역에 특히 우심한 일국주의 또는 국가주의를 넘어서기 위한 훈련이라면, 국민국가를 분해할 수 없는 원자로 실체화하는 오랜 관행에서 유연해져야 할 것이다. 국민국가의 안과 밖에 포진한 독특한 주변부와 함께 국민국가들의 경계를 가로질러 분산된 다아스포라의 문제 또한 중요하다." 하였으니, 이 정치적 혜안을 '유역'의 관점으로 옮기면, 중심과 주변이 불이 관계로서 즉 '중심적 주변'이요 '주변적 중심'이 되는 상호 유기적 관계 속에서 조화造化의 덕을 추구하는 것이 될 것입니다. 인용문 속에, '창조적 유기체로서의 유역' 개념의 정치적 무의식이 고스란히 드러나고 있으니, 그 선각이 놀랍습니다.

'내유신령 외유기화'란 내(각 주체) 안에 귀신의 작용에 따른 바깥으로의 '현실화'이자 '사건화'를 말합니다. 중심에 고착되는 사유는 귀신의 기화라 할 수 없는 것이죠. 각지불이各知不移 속에서 교류하는 것이죠. 인용문 (2)에서 갈파하듯, "중심들 사이에서 균형점을 조정하는 것이 핵심"이라면, 그 핵심을 찾아 잡는 것은 중심의 '있음'과 '없음'을 동시에 여의고 회통해야 가능해집니다.[40] '없는 있음'이요 있는 없음이란 회통의 표현으로서, 있음과

---

40   신라 때 큰스님 원효가 『금강삼매경론』에서 인용한 부처의 말씀 중 아래를 참고.
    "의미 없는 말들은 모두 헛되어 아무런 가치도 없다. 헛되고 가치 없는 말은 결코 의미를 나타낼 수 없으며, 의미를 전달하지 않는 말은 어느

없음이 각각 '중심'이 아니라 유기적 존재로서 상호 작용·소통하는 과정에 있는 각자의 존재임을 말합니다. 다시 말해, '유무, 대소, 내외가 상균相均의 조화 속에서 균형점을 찾고 조정하는 것'입니다.

인용문 (2)에는 각 주체들 저마다 안팎으로 성찰하며 자타가 상호 소통 교류하는 조화—'내유신령 외유기화'—의 비평관이 중도적 현실주의의 근간이라는 사실을 보여줍니다. "중심주의 자체를 철저히 해체함으로써 중심 바깥에 아니 중심들 사이에 균형점을 조정하는 것이 핵심이다."라는 언명은 동학에서 말하는 '만물을 고루 균형잡고 중화[相均 中和]하는 신령한 존재[最靈者]'로서 인간의 역할이 은폐되어 있습니다. 신령한 존재로의 원시반

것이든 그릇된 말이다. 의미에 일치하게 말하자면 현실적으로 존재하는 사물은 실체가 없다. 그렇지만 정말로 실체가 아주 없는 것은 아니다. '실체 없음'은 사실이지만, '실체 없음'이 참으로 존재하는 것이 아니다.

의미가 일치하는 말은 '실체 없음'과 '실체 있음'의 두 가지 서로 다른 특성으로부터 떨어져 있을 뿐만 아니라, 둘 사이의 한가운데에 있는 것도 아니다. (…)

사물의 있는 그대로의 모습인 진리 그 자체는 존재하지 않는다. 그리고 그것은 '있음'을 없게 한다. 왜냐하면 '없음' 속에는 '있음'이 없기 때문이다. 진리 그 차제는 존재하지 않는다. 그리고 그것은 '없음'을 있게 한다. 왜냐하면 '있음' 속에는 '없음'이 있기 때문이다(如無無有 無有於無 如無有無 有無於有). 따라서 '있음'이라고 해도 의미에 꼭 들어맞지 않고, 없음이라고 해도 의미에 꼭 들어맞지 않는다." (원효, 제7장「眞性空品」,『금강삼매경론』, 조용길·정통규 옮김, 동국대학교 출판부, 2007)

168

본은 이성중심주의 인간중심주의의 극복을 의미합니다.

근대의 중심들, 한국 사회를 지배하는 인간중심주의 이성중심주의 서구중심주의 사대주의 등은 '근대극복'을 위한 선결적 과제입니다. 불이와 상균相均을 통한 '조화'를 주재하는 중화자(中和者, 곧 鬼神)로서 최원식 선생은 사대주의의 극복 과제에 대해 이렇게 역설합니다.

> 과연 한국은 어떤 길을 갈 것인가? 나는 "대국주의를 반성하고 소국주의를 재평가하되, 국제분업의 주변부에 안주하는 소국주의로 전락하지 않는 것", 즉 "소국주의와 대국주의의 내적 긴장을 견지하는 일"을 한국사회의 과제로 삼자는 주장을 편 바 있는데, 여기서 한 걸음만 나아간다면, 소국주의를 멀리 내다보며 대국과 소국이 함께 모이는 중형中型국가로 현재 한국의 위치를 조정하는 집합적 슬기를 발휘했으면 싶다.[41]

유역문예론의 시각에서는, '중형국가'는 응당 중간이 아니라 대와 소 강과 약 부와 빈의 불이를 통해 서로 '조화 관계에 놓인 중화中和의 존재로서의 국가'로서 이해합니다. 마치 국가 안팎으로 대와 소가 상균 중화를 이루는 '중형국가'인 것이지요. 옛 원효의 회통을 수운 동학의 관점에서 다시 보면, 회통은 대와 소의 불

---

41 최원식, 위 책, 「대국과 소국의 상호진화」.

이로서 중화는 물론 안과 밖으로 조화의 신기가 감도는 한 유기체로서 '중형국가'라는 이상형을 꿈꾸게 됩니다.

중도적 현실주의의 중형국가론이 '유역'의 '창조적 유기체론'에 유비될 수 있다면, 대국과 소국 관계가 조화의 덕에 들게 하는 '중화의 존재'로서 중형국가라 할 수 있습니다. 그러므로 중형국가를 주도하는 사람은 능동적 적응자이자 중화자입니다. 이 능동적 중화자는 수심정기를 통하여 조화의 능력을 연마하며 대소를 상대하고 화해하게 합니다. '조화의 창조적 과정'에서 비로소 대소, 강약은 중화를 이루는 것이라 할 수 있습니다.

15 문 '중도적 현실주의'는 유역문예론에서 탈중심주의의 각 유역들이 서로 평등한 교류와 연대를 기본으로 하는 창조적 유기체론과도 밀접하게 통하는군요.

답 '중도'의 지혜로서 현실주의는 '장소의 혼'을 깊이 품습니다. 비교해서 말하자면, 자본주의의 현실은 시간을 중시한다면, 중도주의의 현실은 '장소의 혼'을 중시한다고 말할 수 있겠지요. 유역문예론의 지주인 '자재연원自在淵源'의 관점에서도, 서구나 비서구 가릴 것 없이 자기가 터를 잡고 삶의 뿌리를 내린, '땅의 혼'을 깊이 품은 '현실'이 중요합니다. '장소의 혼'이 전제된 이상, 서구 근대의 리얼리즘 개념과 그 논리는 스스로 자기 한계를 극복해야 하는 과제를 가질 수밖에 없습니다.

　　내가 '동아시아'를 처음 거론한 것은 1982년이다. 한국민족
주의론(창작과비평)에 기고한 민족문학론의 반성과 전망에서
"제3세계론의 동아시아적 양식을 창조"할 것을 제안하였던
것이다. (…) 앞 시기의 민족문학론들에서 물론 초점은 1970
년대인데, 그 가운데서 1970년대 말에 제기된 제3세계론을
비판적으로 접수하면서 '제3세계론의 동아시아적 양식'을 거
론하였던 것이다. 알다시피 1970년대 민족문학론은 제3세계
론과 결합함으로써 세계로 통하는 한국문학의 새로운 출구를
마련하였다. 구미歐美 또는 동구라는 기원에 대한 안타까운 동
경을 거절한 민족문학론은 그 대가로 민족주의로 결사할 위
험에 더 노출되기 마련인데, 이 점에서 제3세계론은 민족문학
론 안에 내장된 민족주의라는 인화물질을 적절히 제어할 일
종의 지렛대였다.

　　그럼에도 약간의 우려가 없지 않았다. 서구(또는 동구) 문학
을 전면적으로 부정하면서 아랍 아프리카 라틴아메리카문학
을 새로운 전범으로 설정하는 일종의 제3세계주의적 경향이
떠올랐기 때문이다. 제3세계주의는 서구주의 또는 동구주의
못지않은 타자애他者愛의 표출인지라, 우리가 딛고 사는 이 땅
과의 소외를 부추기는 것이다. 흔히 소외라면 정치 경제적 측

면으로만 접근하지만 내 보기에 가장 심각한 것이 장소적 감
각의 부박화浮薄化다. 민중의 숨결이 밴 독특한 장소들을 지우
고 모든 것을 시간에 복속시키는 자본의 운동을 염두에 둘 때,
'장소의 혼'과 소통하는 작업은 언제나 핵심적이다. 이 점에서
제3세계, 그 가운데서도 특히 종속이론과 함께 새로이 세계적
주목을 받은 라틴아메리카는 한국 또는 한반도와 처지가 일
정하게 차별되는 것이 아닐까 하는 생각이 강하게 들었다. 당
시 한국도 개발독재 드라이브 속에 사회적 양극화 현상이 초
미의 문제였지만, 빈부격차가 거의 "두 나라two nations" 수준으
로 격화된 라틴아메리카보다는 사회적 이동이 훨씬 유연하다
고 판단되었다. 중심core과 주변periphery 사이에 만리장성을 쌓
은 종속이론이 바로 이런 라틴아메리카의 현실을 반영할지도
모르는데, 신군부의 폭력적 등장이 가져온 암울 속에서도 나
는 우리 사회에 대한 근본적인 낙관을 포기할 수 없었던 것이
다. 더구나 라틴아메리카문학에 대한 어떤 이질감이 이 경향
을 더욱 부양하였다. 마술적 리얼리즘으로 이름 높은 라틴아
메리카문학은 결국 옛 식민지 모국, 즉 유럽문학의 비판적 확
대에 가깝지 않을까 하는 의구가 들었다. 토착 인디오의 전통
을 모태로 한다고 내세워지지만, 마술적 리얼리즘은 유럽 초
현실주의의 라틴아메리카 버전이 아닐까? 이 판단에는 19세
기 서구 리얼리즘에 너무나 익숙한 나의 마술적 리얼리즘에

대한 편견이 작용할 수도 있겠다. 그런 면을 인정한다고 하더라도, 아니 그렇기 때문에 더욱, 라틴아메리카문학이 그 '장소의 혼'에 훈습하여 마술적 리얼리즘을 창안했듯이, 한국문학은 한반도 또는 동아시아의 문맥에 충실해야 하리라는 생각이 절실해진 것이다. (…) 그렇다. 서구로, 동구로, 중동 아프리카, 라틴아메리카로 우회하지 말고 우리가 딛고 사는 동아시아로 귀환하자. 이 회향 속에 '제3세계론의 동아시아적 양식의 창출'이란 활구活句를 얻었던 것이다. (최원식, 「천하삼분지계로서의 동아시아론」, 2004)

윗글에서 "라틴아메리카문학이 그 '장소의 혼'에 훈습하여 마술적 리얼리즘을 창안했듯이, 한국문학은 한반도 또는 동아시아의 문맥에 충실해야 하리라는 생각이 절실해진 것이다."라는 통렬한 각성, 특히 '장소의 혼'이란 말이 '다시 개벽'의 문학예술론의 정곡을 찌릅니다. 최원식 선생이 '장소의 혼'을 중시한 데 비해 백낙청 선생의 최근 문학작품 비평은 '근대의 이중과제론'과의 밀접한 연계의식에서 이루어지는 듯합니다.

아무튼 근대 초기 이래의 실상과 이중과제론의 적용 가능성에 대해서 훨씬 많은 연구가 필요하다. 나 자신은 문학도로서 예컨대 근대 초기의 작가인 셰익스피어(1564~1616)가 거대한 역사적 이행의 불가피성에 대한 인식과 더불어 그에 수반되는 비극적 손실들, 그리고 다가오는 새 시대를 넘어설 필요성과 가능성을 일찍이 제시했다는 가설을 언젠가 본격적으로 검증해보고 싶다. 전공분야와는 거리가 있지만 세르반떼스(1547~1616) 소설의 주인공 돈 끼호떼가 근대전환기의 적응에 실패한 우스꽝스러운 인물로 출발하지만 근대에 순응하기를 끝까지 거부함으로써 독자의 공감을 얻게 되는 양면성도 주목할 만하다. 또한 1세기 반가량 지나 후발 근대화지역 독일에서 괴테(1749~1832)가 파우스트 같은 근대인상을 그려냄으로써 한층 의식적으로 '이중과제'를 예시했을 가능성에 관심을 갖고 있다. 무엇보다 내가 집중적으로 연마해온 D.H. 로런스의 경우 장편『무지개』야말로 근대적응과 근대극복의 이중과제가 우리 시대의 절박한 현안임을 그려낸 고전적 사례가 아닌가 한다.[42]

"아무튼 근대 초기 이래의 실상과 이중과제론의 적용 가능성에 대해서 훨씬 많은 연구가 필요하다."라고 전제한 뒤, 선생은 세익스피어, 세르반테스, 괴테, D.H. 로런스 등 근대 세계문학의 거장들을 언급하고 있습니다. 가령 세르반테스의『돈키호테』에 대해 "소설의 주인공 돈키호테가 근대전환기의 적응에 실패한 우

---

42 백낙청, 위 책, 51~2쪽.

스꽝스러운 인물로 출발하지만 근대에 순응하기를 끝까지 거부함으로써 독자의 공감을 얻게 되는 양면성도 주목할 만하다."라고 평합니다. 여기서도 예의 '근대적응' 문제가 제기되어 있습니다. 아직 『돈키호테』를 꼼꼼히 읽지 못한 처지라서, 작품 비평이 조심스럽습니다만, 유역문예론이 중시하는 '조화'의 관점에서 세계문학사의 걸작들을 새로 읽을 필요성이 있습니다. 세계적 걸작으로 일컬어지는 문학작품에는 대부분 조화(무위이화)의 덕이 있다는 일종의 '가설'을 유역문예론은 가지고 있습니다.

『돈키호테』의 소설 구성상, '조화(무위이화)'의 기운이 작용하는 부분은 주제에서 혹은 사건 전개에서 벗어나 있는 '은미한 부분'으로 치부될 수 있습니다만, 곰곰이 생각하면 바로 이 '은미한 부분'에서 '조화의 은폐성'이 있다는 역설을 이해해야 합니다.

3. 시론試論
—소설 및 회화

1문 이제 '다시 개벽'의 소설론에 대해서 이야기를 하지요. 유
역문예론의 관점에서 소설론을 이야기할 때 가장 중요한 개념은
'은폐된 서술자'가 아닐 수 없습니다. '다시 개벽'의 소설론에 대
한 본격 대담을 진행하기 전에 한 가지 제안을 드리고자 합니다.
제가 보기에 유역문예론에서 '은폐된 서술자'를 인상적이고 흥
미롭게 설명한 대목은 도스토옙스키 소설의 특징을 이야기한 부
분이 아닐까 싶습니다. (『유역문예론』, 269~71쪽 참고) 이를 여기서
재론하진 않되 이 대담이 지면에 실릴 땐 독자들의 이해를 돕는
차원에서 그 부분만 따로 떼어내 '참고 자료'로 넣어주시면 어떨
까 싶습니다.

답 '은폐된 서술자'는 유역문예론('다시 개벽'의 문예론)을 탐구
하는 과정에서 자연스럽게 생긴 개념입니다. '은폐된 서술자'란

---

* 「시론試論—소설 및 회화」는 이 책의 54~81쪽 「詩論」의 개요에 이어
지는 글입니다.

미학적 개념은 수운 동학이 설하는 시천주, 곧 '하느님 귀신'을 내 안에 모심·내유신령 외유기화內有神靈 外有氣化·중화기中和氣적 존재로서의 최령자最靈者 등에서 도출되었습니다만, 그 개념이 나오게 되는 궁극의 동기는 수심정기[또는 誠 敬 信]로서의 '정신적 존재'와 밀접히 연관되어 있습니다.

'은폐된 서술자'의 존재론과 그 작용에 대해서는 『유역문예론』에 이미 얘기한 바가 있으니, 먼저 그 대목을 다시 보죠.

문 유역문학론을 펼치는 데 있어서, 도스토옙스키 소설『악령』을 동학의 '최령자' 사상을 비교하여 설명될 수 있는 문학적 텍스트로 삼은 선생님의 사유 배경, 또한 유역문학론의 소설 창작 방법론의 뛰어난 모범으로 삼는 까닭이 이해됩니다.

답 도스토옙스키 소설에서 배울 바는, 유기체론적 소설론 관점에서 작가-화자-주인공 간의 '유기적 관계' 문제('열린 플롯'과 연결된!)와 신의 유무에 관련하여 '심리묘사'를 통해 신의 존재 증명 문제입니다. 제가 보기에, 도스토옙스키의 소설에서 작가-화자-주인공들 간의 관계는 창조적 유기체론적 관점에 많은 시사점을 안겨주고, 치밀하고 극한에 이르는 심리묘사는 '무신론적인 신적神的 존재론' 문제를 해결하는 서사 과정으로서 밀접한 연관성이 있어 보입니다. 이러한 문제의식을 갖게 된 배경에는 앞에서 얘기한 '최령자'로서의 존재론과의 문학적 연관성을 도스토옙스키 문학에서 찾으려는 비평적 의도가 있습니다. 유역문예론의 관점에서 보면, '최령자'로서 작가는 자기가 무위이화(造化)의 중심에 설 수 있는 정신Psyche의 소유자입니다.

문 특히 작가-화자-주인공 간의 존재론적 관계를 새로이 성찰하는 일은 근대적 개인주의 소설론을 극복하기 위해서는 예민하고도 중요한 문제일 듯합니다.

답 작가-화자-주인공 간의 존재론적 관계를 새로이 정립하는 것은 유역문예론의 존재론적 사유와도 상응하는 대목입니다. 근대소설novel이 성장하던 초기라 할 수 있는 18~19세기에 활동한 대문호들의 주요 작품들을 비교해가면서 이 문제를 성찰할 필요가 있습니다. 도스토옙스키의 소설에서 화자의 시점 변화에 논리적 일관성이나 개연성이 없다는 인상을 받는 것은 시점의 비일관성에서 오는 것이라기보다, 플롯의 바깥(소설의 밖)에 있는 작가가—곧 세속인 도스토옙스키와는 다른 차원으로 변이된, 창작에 몰두하는 신이한 존재로서의 '작가 도스토옙스키'가 플롯(소설 안)의 정황situation에 참여하는 '유기체적' 소설 구성 형식에 그 원인이 있다고 생각합니다. 다시 말해, 작가, 즉 세속적 차원에서 벗어나 창작에 임하면서 탈세속적으로 변이된 존재로서의 작가는 때때로 내레이터(서술자)와 주인공들이 연기하고 대화를 나누는 플롯의 시공간 안, 즉 플롯의 내적 존재가 되곤 한다는 사실을 이해해야 한다는 것이지요(이는 작가와 작품 간의 문제만이 아니라 작품과 독자 간의 문제이기도 합니다). 하지만 이러한 작가와 작중 화자 간에 시점 변화가 교대로 이뤄진다는 것은 주인공들이 가지고 있는 내적 관념 표현의 생생한 현장성(또는 현재성)과 동시성을 가져오는 긍정적 요인으로 작용하여 오히려 이러한 작가-작중 화자 간에 이루어지는 '이중적 내레이터(화자)'는 도스토옙스키 소설의 중요한 특징으로서 주목됩니다. 이중적 내레이터는 일인칭 서술자 시점이 작중인물 중 하나인 '나'라고 한다면, 그 뒤에 있는 작가—신이한 존재로서의 작가—의 시점은 '나'의 곁에 그림자처럼 존재하는 '전지자 시점'으로서 소설 내 화자-주인공 간의 관계에 시의적절하게 개입할 수 있는 또 하나의 '외부의 내레이터'입니다. 그러니까, 주인공의 관념적 존재의 크기와 정도가 상대적으로 압도적인 경우, 즉 도스토옙스키의 소설 창작 방법론에서 작가는 플롯 바깥에서 플롯 안을 지켜보다가도 수시로 소설 플롯-정황 속의 존재로 참여하는, 내레이터의 곁에 선 또 하나의 '이야기꾼' 역할을 수행하고 있다는 것입니다. (『유역문예론』, 269~71쪽 참고)

2문 이 자리는 '문학과 예술의 다시 개벽'이라는 화두를 가지고 마련된 만큼 유역문예론의 연장선에서 얘기하는 것이 여러분들의 이해를 돕는 데 좋겠습니다. 백낙청 선생은 비평집 곳곳에 근대의 이중과제론에 따라 주요 문학작품을 인용하고 촌평을 붙이고 있습니다. 앞서 최원식 선생의 중도적 현실주의도 짧게나마 리얼리즘에 대한 명쾌한 비판이 있습니다. 유역문예론에서는 조화造化를 중시한다는데, 이에 대해 듣고자 합니다.

조화의 자취 또는 귀신의 흔적은 '조화의 은폐성'을 의미

답 이미 앞서 귀신이라는 존재를 설명했지만, 문학예술 작품에서 귀신의 존재를 새로 논하는 것이니 다시 얘기하기로 하죠.

성실한(진실한) 창작은 어김없이 조화의 기운을 품는다는 사실을 이해하면 귀신을 이해할 수 있습니다. 하느님(지기, 한울님)이 수운 선생과의 대화에서 "내 마음이 곧 네 마음이니라. 사람이 어찌 알리오. 천지는 알아도 귀신은 모르니. 귀신이라는 것도 나이니라."라고 했으니, 하느님 마음(천심)이 수운 마음(인심)이고 하느님 귀신이 곧 수운 귀신(人神)인 것입니다. 하느님은 조화의 주재자이니, 귀신이 곧 조화의 주재자입니다. 수운은 조화란 무위이화라 설했으니, 유기체 철학으로 말하면, 조화의 현실적 계기 즉 무위이화의 현실적 존재가 바로 귀신입니다. 귀신이란 조화 즉 무위이화의 현실적 존재이므로 수운이 설했듯이 보였는데 "보이지 않고 들렸는데 들리지 않는" '은폐된 존재'인 것입니다. 공자도 귀신의 존재에 대해 설파했지만, 귀신이란 천지간에 없는 데가 없고 '은미함'으로(또는 은미할수록) 현저한 존재입니다. (『중용』 제16장, …夫微之顯)

조화 즉 무위이화의 주재자로서 천지간에 없는 데가 없는 귀신의 본성이 '은미함'인 고로, 유역문예론에서 귀신은 '은폐성'으로 나타나는 아이러니 혹은 역설이 발생합니다.

흔히 '조화의 자취', '세월(시간)의 흔적', '귀신의 흔적'이니 하는 말들에서 자취 또는 흔적은 조화의 시간이 지나고 나서 또는 귀신이 머물다 사라지고 난 후에 남은 자취 흔적을 가리키는 말이 아니라, 바로 지금 무궁무진하게 벌어지고 있는 조화와 귀신의 '은폐성隱蔽性'을 가리키는 말입니다. 다시 말해 조화(무위이화)와 그 무위이화의 주재자인 귀신의 은폐성을 가리키는 말이 귀신의 흔적입니다. 귀신의 흔적이란 '지금-여기'서 조화造化를 주재하는 지기('氣'에 대한 수운의 뜻풀이 참고) 즉 '현실적 존재(계기)로서의 귀신'이 은폐된 묘처를 말합니다. 한마디로, 조화의 자취 또는 귀신의 흔적은 '조화의 은폐성'입니다. 중요한 것은, 귀신의 흔적은 조화의 은폐성이기 때문에, 귀신의 은미한 흔적에서 바로 조화의 활연한 개활성開豁性으로 통하는 아이러니, 역설이 발생한다는 사실입니다. 이것이 제가 생각하는 '다시 개벽의 문학예술론'으로 통하는 중요한 열쇠입니다.

그러므로 만약 유역문예론이 '개벽적 현실주의'로 불릴 수 있다면 이때 '현실주의'에서의 '현실'이란 조화 곧 무위이화가 은폐된 현실을 중시한다는 의미가 포함된 현실입니다. 즉 기본적으로 조화의 자취, 귀신의 흔적을 현실적 존재 또는 현실적 계기[43]로서 이해하고 중시하는 '현실'입니다. 여기서 유역문예론의 '은폐된 서술자narrator' 개념이 나오게 됩니다.

최원식 선생의 동아시아론이 중시하는 '장소의 혼'은 유역 속의 유역, 유역 밖의 유역이 서로 통하면서 교류하는 유역의 유기체적 개념에서 보면, 매우 중요한 의미를 갖습니다. 왜냐하면 조화의 귀신이란 '장소'에 따라 제각각 다른 귀신[魂]으로 나타나기 마련이기 때문입니다. 이 중도적 현실주의에서 언명한 '장소의 혼'과 세계의 모든 유역이 제각각 자연, 지리, 풍속, 문화, 전통에 따라 저마다 독자성을 가진 조화의 귀신을 존중하는 유역문예론의 관점과 하나로 통하는 바입니다. 최 선생이 그간 서구의 비평가와 언론들에 의해 '중남미 유역문예'의 한 특성으로 정의된 '마술적 리얼리즘' 개념을 비판적으로 수용한 것도 이런 의미 맥

43　화이트헤드의 유기체 철학에서 '현실적 계기occasion'가 '현실적 존재 actual entity'입니다. (앞의 화이트헤드에 관한 논의를 참고)

락에서 정당하고 예리한 통찰입니다. 진실한 문학예술 작품에서 대개 '은미함'으로서 드러나는 '은폐된 서술자'의 존재, 즉 귀신의 존재는 조화의 이치와 기운을 주재한다는 점에서 공통적이지만, 모든 유역은 각자의 '장소가 지닌 문화적 특성'을 포함한다는 점에서 제각각입니다.

앞에서 백낙청 선생의 '근대의 이중과제론'에 따른 세르반테스의 『돈키호테』 해석에서 주인공 '돈키호테'의 '근대적응' 실패와 끝끝내 '근대순응'을 거부하는 양면성은 조화의 관점에 연결되지 않는 한, 그 예술적 의미는 독자의 삶의 현실에서 비활성 상태로 즉 관념 상태로 남기 십상입니다.

따라서 문학작품을 접接한다는 말은 '조화의 관점을 취한다'는 뜻입니다. 그리고 앞에서 말했듯이 문학예술 작품에서 조화의 묘처는 '은미함'의 은폐성에서 찾아질 수 있습니다. 이때 '은미함'이란 문학작품 안에서 너무 흔하거나 일상적인 것, 또는 돌연성, 돌출성, 낯설음 등도 은미함에 포함되는 것이므로, 특히 거장의 문학작품에서 은미함을 눈여겨보는 것이 조화의 관점에서 중요합니다. 가령 세르반테스의 유명한 말놀이는 걸작 『돈키호테』의 줄거리나 주제와는 무관한 듯이 보이지만—오히려, 바로 무관한 듯이 보이는 까닭에—특유의 수많은 말놀이가 수행하는 역할은 작품 '안'에서만이 아니라 '밖'에서도 유용하다는 점을 주목해야

합니다. 이 말은 작품 안과 밖이, 즉 작품과 독자가 조화의 관계로
서 통한다는 뜻입니다.

　서구 근대소설의 효시로 평가되고 성경 다음으로 많이 읽는다
고 하는 세르반테스의 『돈키호테』는 그 이야기의 장대함이나 작
가 정신의 고매함에서 높이 우러를 만한 세계문학사의 걸작이라
는 것은 틀림이 없다 할 것입니다. 이미 수백 년간에 걸쳐 동서를
막론하고 세계적 비평가들과 전공 학자들이 남겨놓은 논문들이
산더미같이 쌓였을 테니, 쓸데없이 제가 따로 논할 처지도 능력
도 못 미친다는 생각이므로, 그냥 지나치는 게 상책이려니 싶은
데 그래도 인사치레 삼아 유역문예론의 관점에서 몇 마디만 얘기
하자면, 소설 『돈키호테』 대미를 장식하는 시 중에는 "미쳐서 살
고 정신 들어 죽다"[44]라는 시구가 있습니다. '모험을 즐기고 타락
한 현실과 싸우는 방랑기사'인 주인공 돈키호테는 비이성적 이
성 상태랄까, '미쳤는데 미치지 않은' 신묘한 정신 상태를 죽기까
지 지속합니다. '신령의 기화'를 중시하는 유역문예론에서 보면
소설의 '고전적 전형'이 들어 있다는 생각이 들기도 합니다.
　그러니까, 방랑기사로 온 나라를 떠돌며 모험에 열중하는 미

44　'진짜 산다는 것은 미쳐서(무언가에 대한 사랑에 빠져서) 사는 것이고 정
　　신 차리고 산다는 것은 결국 인생이 날마다 죽어가는 것이라는 것을
　　알고 사는 것'이라는 뜻이다. (『돈 끼호떼 2』, 민용태 역, 창비, 2009, 828쪽
　　주 참고)

친 주인공 돈키호테와 하인 산초 빤사, 특히 이 두 인물의 말과 행적 안에 이미 소설에서 '은폐된 서술자'의 존재가 느껴집니다. 가령 이성이나 인위성을 넘어, 미쳤는데 미치지 않은 듯 나름의 양심과 정의감에 따르는 돈키호테의 성격은 무위無爲에로 열린 품성입니다. 곧 돈키호테의 순수한 의식과 감각은 무한성으로 열린 경지에서 이상과 실천이 하나를 이루는 무위의 세계에 연결되어 있습니다. 이 또한 인위를 넘어 무위의 조화입니다. 타락한 현실에 대항하는 돈키호테의 이상을 향한 순수한 모험과 실천행 자체가 천지조화를 주재하는 귀신의 양능의 비유로서 읽을 수 있습니다. 또 그러한 귀신의 공덕을 드러내는 대목들이 셀 수 없이 많이 나옵니다.

하지만 문학예술 작품에서 '은폐된 서술자'는 역시 '은미함'으로 드러나는 법이라서, 『돈 끼호떼』 1, 2권 앞부분에 서술된 작가 세르반테스가 자기를 설명하고 변호하는, 자기 안의 또 다른 자기들이 있음을 은근히 드러내는 대목들을 주목할 필요가 있습니다. 특히 작가 세르반테스 자신이 등장하고, '돈키호테'의 전설을 모아 쓴 역사서의 작가 시데 아메떼, 그 역사서를 아랍어로 번역하는 무어인 작가 등은 다른 인물인 듯, 작가 세르반테스 자신이라 해도 무방합니다. 서양의 『돈키호테』 연구자들이나 비평가들은 대부분 '해체소설' 또는 '간間텍스트성intertextualité' 같이 포스트

모더니즘 또는 후기구조주의 이론을 통해 해석하는 듯합니다만, 그건 '서양'이라는 특정 '유역'의 문예이론을 적용한 그쪽 사정이고, 유역문예론의 시각에서 보면 바로 이러한 작가의 존재론적 애매모호함이 『돈키호테』의 본질적 특성이자 주제의 핵심과 상통하는바, 바로 소설 『돈키호테』는 소설 안의 은미함에서 일어나는 이야기의 조화가 소설 밖의 독자와의 조화와 서로 통通하는 존재(현실적 계기)가 되어 있는 점, 이 점이 중요한 것입니다.

작가 세르반테스가 자신과 자신의 분신을 소설 안에 등장시킨 것도 『돈키호테』는 작가 세르반테스가 쓰는 것이 아니라 '은폐된 서술자'가 쓰는 것이라는 의미를 포함합니다. 세르반테스라는 실존 작가가 소설 안에 등장하는 까닭에 『돈키호테』를 쓰고 있는 세르반테스는 이야기를 하는 서술자 안에 어떤 '은폐된 존재'로서 숨거나, '신이한 작가적 존재'임을 드러냅니다. 그리고 흥미로운 것은, 소설 안에 작가 세르반테스 자신을 서술하는 것은 소설의 안과 밖이 둘이면서 하나라는 의미라는 점입니다.

단순히 작가 세르반테스가 소설 안에 자기를 등장시켜서 일종의 '말놀이'를 하고 이를 통해 유머를 유발하려 한 것이라기보다, 소설 안의 현실과 소설 밖의 현실이 서로 원활히 통하게 하는 소설 정신과 깊은 연관성이 있다는 것이지요.

다시 말해 소설 『돈키호테』의 안에 소설 밖의 작가 세르반테스와 그 자신이 변이된 존재들이 등장하는 것은 소설 안과 밖 사이의 원활한 통합, 즉 소설 안팎으로 조화의 기운을 일으키는 효력·효과와 깊이 연관된 것으로 볼 수 있습니다. 소설 밖의 작가 세르반테스가 소설 안에 등장함으로써 소설 안의 허구적 내용은 독자의 마음을 움직이는 '현실적 계기'로 변화되고, 이로써 소설은 안팎으로 창조적이고 유기적 조화의 지평에 놓이는 것입니다. 이는 세르반테스, 루쉰 등 대문호의 작품들에서 어렵지 않게 볼 수 있는 형식인데, 따지고 보면 소설의 내외(안과 밖)가 불이일 뿐 아니라 유무 대소(즉, 은미한 부분과 전체)가 불이不二인 경지입니다. 소설의 안팎으로 작가 세르반테스가 스스로를 '은폐하고 드러내는' 내면화한 형식으로 말미암아 『돈키호테』의 서술자는 '신이한 존재'로서 수시로 화化하여 소설의 이야기는 '애매모호성'이 확대됩니다.

이처럼 세르반테스가 또 다른 '세르반테스'를 불러들이는 소설의 내적 형식 자체도 '말놀이' 형식의 일종입니다. 이 말놀이 형식은 소설 내부적으로는 주인공 돈키호테의 언행의 애매모호함과 통하는 것인 동시에, 소설 외부에서 독자의 '현실'에서도 소설 내부의 말놀이 형식은 별도로 유지됩니다. 애매모호성이 『돈키호테』의 주제의식이라고 할 정도로 소설 언어들의 애매모호함 속에서도 말놀이 형식은 소설의 내적 기율을 벗어나 독자의 현실과 통하는 것이지요.

바로 여기에서 『돈키호테』에 등장하는 서술자의 주된 '말놀이'들에서도 소설의 플롯에서 이탈된 '이질적 말놀이'들이 '은미함'으로 은폐되어 있음을 엿볼 수 있습니다.—마치 루쉰의 「아Q정전」에서 접한 루쉰 특유의 논설, 소설의 구성이나 사건의 전개와는 별 상관이 없고 이질적인 잡설雜說의 '말놀이'가 '은미함으로 은폐되어' 있듯이 말입니다. 이때 말놀이가 '소설 안의 은미함의 형식으로서 은폐되어 있다'는 말은 작가 세르반테스나 루쉰의 서술자 안에 '은폐된 서술자'가 소설의 사건 전개, 소설의 구성 요소에서 이탈된 것으로도 보이는, 이질적이고 독자적 성격의 말놀이(소설 바깥에서 들려오는 이질적인 목소리)인 것을 뜻합니다.

3문 그렇다면 세르반테스의 『돈키호테』가 지닌 애매모호함은 기존 서사 장르에서 요구해온 플롯 개념과는 다른 서사문학론을 필요로 하지 않을까요.

말놀이의 순수한 형식성은 스스로
천지간의 한 기운[一氣]에 들어간다는 의미

답 그렇죠. 『돈키호테』의 소설 안에 등장하는 '작가 세르반테스'와 그 작가 세르반테스의 존재 변이, 즉 '역사서 작가', '아랍어 번역 작가' 등은 각각 '은폐된 존재의 목소리'를 대변하는 세르반테스의 서술자가 지닌 '신이한 존재성'의 표현이라고 해석될 수 있습니다.[45]

여기서 주목할 점은 이들 '여러 세르반테스들'이 소설 안에 직접 출연한다는 것은 세르반테스의 영혼이기도 한 '은폐된 서술자'가 『돈키호테』의 안과 밖으로 '조화의 기운'을 불러온다는 사실입니다. 이 소설 안팎으로 자유롭게 통하는 '은폐된 서술자'의 존재가 자주 만드는 '말놀이' 형식은 소설의 플롯 안에 소속되어 있지만, 말놀이의 특성과 그 소설 안에서의 이질성으로 말미암아 소설 밖에서 독자들과 '별도로' 만나는 독특한 형식이 된다는 것, 결과적으로 세르반테스의 말놀이는 소설의 안팎으로 조화의 기운을 부르는 독특한 형식이기도 합니다. 『돈키호테』의 소설 언어에서 '말놀이' 형식과 마주친 독자는 소설을 읽는 중에도 소설과 현실 사이를 오가며 '소설의 현실적 존재'를 은연중에 접하게 됩니다. 소설 안과 밖이 조화에 들고난다는 뜻과 그 실례를 바로 세르반테스의 말놀이에서 찾을 수 있습니다.

---

45 가령, 중국의 문호 루쉰이 「아Q정전」의 들머리에서 '소설' 형식과는 이질적인 '논설' 형식으로 썼듯이, '전傳을 전하는 주체의 애매모호함'은 소설 언어 속에 이질적인 은폐된 존재의 목소리를 낳기 마련입니다. 그 은폐된 존재의 목소리는 당연히 소설의 플롯을 구성하는 말들과는 다른 이질성을 띱니다.

주인공 돈키호테의 성격이 그로테스크하거나 애매모호함만
이 아니라 당시 스페인 시대상의 기괴한 애매모호함이 서술되는
데, 중요한 것은 '서술자의 성격'에 있습니다. 서술자 또한 스스로
애매모호함의 성격을 곳곳에서 드러내기 때문에, 이는 결국 흔
히 소설에서 이해되어 온 초점적(표면적) 서술자 안에 '은폐된 서
술자'가 은밀하게 작용한다는 의미를 내포합니다. 특히 작가 세
르반테스가 스스로 작품 안의 인물이 되어 등장하는 몇 대목에서
이야기의 애매모호함은 천진난만한 분위기를 풍깁니다. 소설 안
에 작가 세르반테스가 등장하는 것은, 작품 밖 독자들과 작품 내
외에서 소통하는 일종의 '놀이'를 꾀하는 것이라 할 수 있습니다.
과연 이 천진난만한 놀이는 서사문학에서 어떤 의미를 지니는 걸
까요. 제가 보기에, 그것은 말놀이의 순수한 형식성은 스스로 천
지간의 한 기운[一氣]에 들어간다는 의미를 가진다는 사실입니
다. 다시 말해 '새로운 해석의 지평', '다시 개벽' 비평의 지평은
여기에서 찾을 수 있다고 생각합니다.

또 하나의 중요한 점은, 이 '은폐된 서술자'인 '신이한 존재로
서의 작가 세르반테스'의 작용에 의해 소설 『돈키호테』의 안과
밖으로 조화의 기운이 활연히 통하게 되는 것은 그 자체로 '지기
금지'[46]의 알레고리라 평할 수 있다는 것입니다. '유기체의 철학'

---

46 앞의 주 19 참고. 창조적 유기체론은 우선 수운 동학의 삼칠자(21자)
    주문에서 '지기금지'를 이해하는 것이 중요합니다.

으로 말하면, 조화의 현실적 계기 즉 조화의 '현실적 존재'로서 창작과 비평이 작품을 통해 지기의 조화 속에 드는 것입니다.

그러므로 소설 『돈키호테』가 지닌 애매모호함은 작품 안의 줄거리나 주제의식에 사로잡힌 비평의식으로써 해석될 문제가 아니라, 소설 작품의 안과 밖에서 한 기운[一氣]으로 통하는 조화의 관점에서 해석할 문제라 할 수 있습니다.

주인공 '돈키호테' 성격의 애매모호성의 경우, '창조적(造化의!) 유기체'로서의 예술 작품이 보여주는 애매모호성과의 연관 속에서 이해될 수 있습니다.

4문 세르반테스의 『돈키호테』에 대한 '조화'의 관점에서 비평이 나온 김에 '소설론'으로 옮겨 가서, 방금 얘기한 중국 근대 혁명기의 대문호 루쉰의 「아Q정전」을 이야기하죠.

답 소설의 내용에 따르는 주제의식 등은 차치하고 루쉰의 문학을 읽는 '조화造化의 비평'에서 그 요체만을 얘기하겠습니다. 루쉰의 「아Q정전」(1921)에 관한 사례를 들어보죠. 「아Q정전」이 1921년에 잡지에 발표되자 많은 비난과 공격을 받았던가 봅니다. 이 시기는 청나라를 무너뜨리고 중화민국 수립의 계기가 된 신해혁명辛亥革命(1911)이 실패를 겪고 한 후에, 조선의 삼일운동(1919)과 러시아 혁명(1917)에 크게 영향받고 반제국주의 반봉건주의 학생운

동으로 시작된 5·4 운동(1919)이 신민주주의 정치 운동으로 전개되던 때였습니다. 작가로서 루쉰 자신도 '중국인들의 영혼'을 묘사하려 했다고 썼듯이, 「아Q정전」에서 중국 사회에 뿌리 깊은 봉건주의의 악습과 중국인의 영혼이 앓고 있는 고질적 병폐를 그렸습니다. 아시다시피 「아Q정전」은 중국의 전통적 문학 형식인 전傳을 루쉰의 풍자 정신 속에서 전승됩니다만, 그 '正傳'이 지닌 풍자성이 단순히 이념적 비평의식 또는 진보적 역사의식의 비평 등으로 간단하게 넘길 성질이 아니라는 것입니다.

많은 루쉰 연구가들이 논해왔듯이, 「아Q정전」은 신해혁명 이후 중국 근대 사회가 드러내는 신구 세력들 간의 갈등과 혼란 등 온갖 모순과 병폐들과 함께 타락한 '중국인의 영혼'을 풍자하는 데 초점이 맞추어집니다만, 루쉰의 작가 정신의 연원을 중시하는 '유역문예'의 관점에서 보면 「아Q정전」이 지닌 문학정신 특성은 중국 사회의 모순을 겨냥한 풍자의식과 함께 동시적으로 '아我의 유래(연원)'를 근본적으로 반성하는 반反풍자[47]의 정신이 작용하는 데 있다고 봅니다. (제목 '阿Q正傳' 네 글자 안에 반봉건, 반외세, 반제국주의, '중국인의 혼'에 대한 풍자와 반풍자 정신 등이 담겨 있습니다.)

가령 「아Q정전」에 등장하는 옛 성현의 말들, 공자의 『논어』에

---

47 '反諷刺'는 他와 自를 함께 겨냥한 풍자라는 의미. 「정신과 귀신」(김호석 한국화 해설), 졸저 『네오 샤먼으로서의 작가』 및 이 책에 실린 미술평론 「수묵, 鬼神의 존재와 현상」 참고.

나오는 '존경하지만 멀리한다. (敬而遠之)' 같은 말은 중국 사회 체제의 모순을 옭아매는 전근대적 사상을 풍자하기도 하지만 그 자체로 중국 정신의 연원에 대한 '근원적 반성'의 뜻을 품고 있고, 아Q가 떠들어대는 '정신의 승리'라는 말도 '말놀이' 일종으로서, 중국 정신의 낡은 전통에 빠져 헤어나지 못하는 우매한 지성에 대한 풍자와 함께 반풍자 정신이 작용한다고 할 수 있습니다.

　루쉰이 사용하는 '말놀이'에서 가령, 말소리의 유사성 등에서 말의 쓰임을 따지는 것—즉 말과 말의 유사성을 통해 '소설 언어'의 의미는 잠시 중단되고 '논평'되어 결과적으로 「아Q정전」의 소설 형식은 안팎으로 '열린 형식'을 가짐—등 사실상 「아Q정전」은 서술자에 의해 자타를 두루 반성하는 반풍자의 형식을 가지는 것으로 봅니다. 특히 자타自他의 근원을 성찰하는 반풍자 정신은 중국인의 혼을 옭아맨 '중국 정신의 유래'인 유불도儒佛道의 풍습을 은밀하게 풍자하거나, 당시 우매에 빠진 중국 인민들의 타락상을 신랄하게 풍자하는 대목들, 곳곳에 특유의 '평설 또는 잡설'의 조각들이 감추어져 있는 등 루쉰 특유의 '잡문雜文' 성격을 지닌 '내면적 형식' 속에 은폐되어 있다고 생각합니다.

거장들의 소설에서 '말놀이'라는 형식적 요소는
세르반테스의 『돈키호테』나 루쉰의 「아Q정전」에서 소설 안의 형식적
요소이면서도, 소설 안의 줄거리나 의미론과는 멀리 떨어진
'소설 밖의 말놀이' 형식이기도 한 것

그러나 유역문예론의 관점에서 보면, 이 「아Q정전」에 나오는 '말놀이'가 다른 의미를 품고 있음을 살피는 것이 필요합니다. 앞에서 세르반테스의 『돈키호테』에 나오는 유명한 '말놀이'와 같은 맥락에서, 루쉰의 「아Q정전」에서도 말놀이가 소설 안팎으로 조화(무위이화)의 기운을 품는다는 사실입니다.

세르반테스의 『돈키호테』나 루쉰의 「아Q정전」에서 '말놀이'는 소설 안의 형식적 요소이면서도, 소설 안의 줄거리나 의미론과는 별도의 '소설 밖의 말놀이 형식'이기도 한 것입니다. 말놀이 형식을 통해 소설 안과 밖이 서로 조화 계기를 이루게 되는 것이지요.

5 문 저도 시를 쓰면서 말놀이의 형식을 깊이 생각하는 중입니다만, 이렇게 말놀이를 해석하시니 놀랍습니다.

문학예술 작품 비평에서의 최上의 척도는 고급한 이론이나
학식이 아니라 예술 작품 안팎에 통하는 '천지조화 기운'의 여하

답 오봉옥 시인도 시에서 '말놀이'를 주요 시 형식으로 잘 사용하시는데, 주의 깊게 보고 있습니다. 아직 말놀이의 중요한 형식성을 기성의 평단은 관심 밖인 듯합니다. 사실 따지고 보면, 모든 문학 언어는 본성적으로 꾸밈의 욕망과 함께 말놀이의 즐거움을 가집니다. 말놀이가 지적인 유희성을 띤 미미한 형식쯤으로 치부하는 비평의식은 아직 관념적인 언어의 미학에 사로잡혀 있다는 표식일 수도 있습니다.

탐미주의나 유미주의 문학 언어는 가령 서사 문학작품이 스스로 이기적, 배타적인 성격을 띨 수밖에 없습니다. 소설의 경우, 탐미성을 추구하는 소설의식은 소설 작품을 자기 안에 가두는 미학적 폐쇄성으로 흐를 가능성이 크지만, 이와는 달리 말놀이와 같이 소설 안과 밖이 통하는 '놀이의 언어'는 은미한 개활성의 기운을 갖기 마련입니다. 이 점이 중요한데, 그 까닭은 조화의 기운과 그 원리에 따르는 '놀이성'을 기반으로 하여 새로운 문학 언어와 미술형상의 미학을 찾고 터득하는 것이 필요하기 때문입니다.

뒤에서 다시 얘기하겠지만, 단원 김홍도(金弘道, 1745~1806?)의 풍속화는 '다시 개벽'의 관점에서 해석이 중요한데, 바로 이 '놀이성'을 지닌 예술 형식이 예술 작품의 안팎에 드나드는 '조화의 개활성'을 보여주는 데 유효한 점 때문입니다. 미술사가들은 당연히 풍속화의 형식상 가령 「씨름」, 「舞童」 등에서 왼손과 오른손을 바꿔 그린 부분을 단원이 실수로 잘못 그린 것으로 해석하지만, 이런 해석은 단견에 지나지 않을뿐더러 단원의 그림 수준이나 그 높은 경지를 우스운 수준으로 전락시키는 막말 수준에 불과합니다.

'다시 개벽'의 예술관에서 보면, 단원이 풍속화 속에다 은미하게 양손을 바꿔 그린 부분은 당시로 보나 지금으로 보나 '묘처'와 '묘용'입니다. 초상화 그림에서 조선 최고 경지의 화가가 풍속화 형식이라 해서 사실을 잘못 보고 실수로 그릴 리도 만무하거니와, 공기놀이 외에는 달리 놀이가 없었던 조선 후기에 평민들의 일상생활 속에서 '놀이'의 일환으로서 양손을 바꾸어 그린 것입니다. 이 '천진난만한 놀이성'의 미학 정신이 '다시 개벽'의 문예 창작과 비평에서는 중요합니다.

6 문 그렇군요! '말놀이'가 의미심장하네요.

루쉰은 말하기를,
"도대체 누가 누구에 의해 전해지는지 점점 모호해지기 시작한다."

답 말놀이가 지닌 문예론적 의미는 여기에서 그치지 않습니다. 이 말놀이를 통해서 소설의 안과 밖이 서로 소통하는 조화의 기운을 접할 수 있기 때문에, 자연히 「아Q정전」을 이야기하는 '서

술자의 은폐된 성격'을 이해하는 것이 필요해집니다. '중국 정신'
의 근원을 통관하는 '서술자의 내면에서 들려오는 목소리' 곧 '은
폐된 서술자'의 목소리에는 '아귀餓鬼 들린 아Q'의 현재와 미래를
훤히 알고 있는 존재로서 '귀신'의 소리가 들어 있습니다. 말놀이
는 소설 안에만이 아니라 소설 밖에서도 소통되는 조화의 귀신이
관여하는 말놀이인 셈입니다. 「아Q정전」에서 귀신[鬼]의 존재는
제4장에 나오는 '목매 죽은 귀신'을 가리키면서도, 제1장(「序」)에
서 이야기를 시작하는 서술자의 목소리 속에 나오는 '귀신'은 그
존재가 사뭇 다릅니다. 소설 안팎으로 조화를 주재하는 귀신이기
때문입니다.

내가 아Q에게 정전을 지어주려 한 것은 벌써 일이 년의 일
이 아니다. 그러나 지으려 하면서도 다시 생각을 거두어들였
으니 이로써 내가 '후세에 훌륭한 글을 남길 만한(立言) 인물
이 아님을 알 수 있다. 왜냐하면 예로부터 불후의 작가는 모름
지기 불후의 인물을 전하고 그래서 인물이 글에 의해 전해지
고, 글이 인물에 의해 전해지기—도대체 누가 누구에 의해 전
해지는지 점점 모호해지기 시작한다—때문이다. 그런데도 결
국 아Q의 전기를 짓기로 결정하고 보니 마치 생각에 귀신이
살고 있는 듯하다. (…仿佛思想里有鬼似的)[48]

48 보통 "…마치 생각이 귀신에 홀린 듯하다."라고 번역되기도 합니다만,

인용한 「아Q정전」의 원문 "…*仿佛思想里有鬼似的*" 속에 나오는 귀신[鬼]은 '죽은 혼령'으로서 '귀신'과는 무관한, 소설을 쓰는 루쉰의 마음 심층에 내재하는 귀신입니다. 보다 정확하게 말하면 「아Q정전」을 쓰는 작가 루쉰의 심층 심리에서 '알게 모르게' 작용하는 '귀'입니다. 즉 역사적 인물 루쉰이 소설 「아Q정전」 쓰기를 위해, '신이한 작가적 존재'인 상태인 것이죠. 이 '신이한 작가'로서의 루쉰은 이성이나 인위적 의도를 곧잘 넘어서는 '전傳의 주체의 모호성'을 통찰합니다. "도대체 누가 누구에 의해 전해지는지 점점 모호해지기 시작한다."라고 쓴 것도, '무위이화' 즉 조화의 맥락에서 해석이 가능합니다. 그리고 '전의 주체의 모호성'을 토로한 인용문은 다름 아닌 「아Q정전」의 '모호성'을 반영한 소설 문장으로 해석될 수 있습니다. 그 전의 모호성, 즉 「아Q정전」의 모호성은 조화를 주재하는 '알 듯 말 듯'한 귀신의 묘용妙用과도 통하는 말입니다.

그래서 이미 저 「아Q정전」 제1장을 쓰고 있었던 작가 루쉰은 '역사적 인물로서 작가' 루쉰이면서도, 자기 내면에서 접하는 귀신의 묘용에 임하는 '신이한 존재인 작가' 루쉰이요, 또는 작가 자신도 '알게 모르게' '접령 상태에 든 작가' 루쉰이라고 해야 할 것입니다.

이때 '귀신에 홀린 듯하다'라는 귀신에 대한 관용적 표현은 귀신에 대한 부정의식이 강하여 여기서는 피하기로 합니다.

「아Q정전」에서 이 '귀신'의 묘용을 이해하면 비로소 타자(아Q)에 대한 풍자를 넘어서 자타自他 모두를 근원 속에서 성찰하는 반풍자의 정신이 나오지 않을까, 하는 생각을 하는 것입니다. 또한 귀신의 묘용을 이해해야 "도대체 누가 누구에 의해 전해지는지" 인위적으로는 분별되지 않는 '모호함'을 이해할 수 있고, 마침내 「아Q정전」의 자유롭고 모호한 내용과 그 형식성을 해석할 수 있게 됩니다. 그리고 바로 여기에 「아Q정전」이 지닌 '동아시아 유역'의 유서 깊은 예술적 독창성이 나오는 정신적 근거가 있고 중국 대문호 루쉰의 위대성이 새로이 조명될 수 있다 생각합니다.

7 문 「아Q정전」의 해석을 들으니, '은폐된 서술자'라는 독특한 개념이 떠오릅니다. 얼마 전 2017년 노벨문학상을 수상한 폴란드 작가 올가 토카르추크도 자기 작품 안에 자신도 모르고 있던 전혀 새로운 서술자의 목소리가 따로 있음을 깨닫고 작가의 무의식에 숨어 있는 또 다른 서술자를 심리학적으로 분석한 글(『다정한 서술자』, 2022)을 읽은 바 있습니다. 그렇다면 소설 작품에서 '은폐된 서술자'는 과연 어떤 존재이며 어떤 작용을 하나요.

답 판소리의 형식성(가령, 판소리에서 소리꾼의 내면 형식으로서 '그늘')에서, 또 도스토옙스키 소설의 심리묘사에서 발견되었는데, 처음엔 조금은 혼란스러웠습니다. 제가 아는 한, 특히 유물론자들이나 러시아 혁명기의 주요 사회주의 리얼리즘 이론가들은 도스토옙스키 소설의 서술자가 지닌 정체성을 문제 삼고 비판한 것으로 알고 있습니다. 하지만 저는 도스토옙스키의 심리묘사에서 역설적으로 '은폐된 서술자'을 떠올리게 된 것이죠. 유역문예론에서 그 '은폐된 서술자'의 존재 이유가 발견된 것입니다.

'서술자 안에 혹은 위에, 옆에' '은폐된 자기Selbst'이거나, 표면적 서술자와는 별도로 예술 작품의 안팎을 조화에 들게 하는 신적(초월적) 존재가 있을 수 있음을 깨닫게 된 것입니다. 더불어 수운 동학을 공부하다가 동학에서 말하는 '하느님 귀신'과 깊은 연관성이 있을 수 있다는 생각에 이른 것이지요.

8문 한국 소설을 예로 들어보죠.

"뮤즈란 귀신"

답 특히, 이 자리는 문학에서 근대성을 극복하고 '개벽 소설'의 전망을 찾는 자리이기도 하니, 문학의 '다시 개벽'을 위해서라도 벽초 홍명희의 『임꺽정』(1928년부터 십여 년간 단속적으로 연재됨)을 새로 재조명할 필요가 있습니다.

『임꺽정』에서, 근대소설novel의 합리주의적 플롯의 기율에서 벗어나 조선의 전통적 음양술수나 무속 등을 '사건' 구성 및 이야기 전개의 중요한 계기로 삼는 것은 소설에서 피할 수 없는 '현실성'의 문제와 연관해서 깊이 고찰될 필요가 있습니다. 작가 벽초가 음양술수를 당대의 정치 현실과 관련해서 깊고 넓게 다루고 있는 대목은, 문학과 현실을 근대적 이념이나 계급의식으로 보기 전에, '조선의 혼'을 강조하고 '인민의 정서'를 중시한 자신의 문학적 지론을 고스란히 보여주는 것입니다. 그리고 이는 벽초가 이 땅의 혼과 정서가 침투된 '현실', 특히 인민들의 기층생활문화에 깊고 넓게 감추어진 '현실성', 즉 '천지조화에 상응하는 현실성'을 소중히 여기고 있음을 보여줍니다.

그러므로 조화造化의 관점에 『임꺽정』이 해석되고 비평되어야 할 필요성이 있습니다. 사회주의 등 이념의 도식으로 『임꺽정』을 해석하는 것은 바람을 성긴 그물로 잡으려는 격입니다.

조화의 관점에서 보면, 『임꺽정』「머리말씀」에는 기존 리얼리즘 시각이나 근대 이념의 시각 너머로 새로이 보이는 것들이 있습니다.

루쉰이 「아Q정전」의 '서序'에서 중국 문명사에서 핵심적 역사 서술 형식이자 대표적 문학 형식인 '전傳'의 본성을 성찰하는 중에 '귀신[鬼]'을 거론하였듯, 벽초는 『임꺽정』의 「머리말씀」에서 "뮤즈란 귀신"을 꺼냅니다.

"뮤즈란 귀신" 대목을 대수롭지 않게 여겨 간과하는 연구자와 비평가들이 적지 않습니다만, 이 귀신의 문맥과 함께『임꺽정』을 깊이 읽으면, 곳곳 묘처에서 '이야기 귀신'의 묘용을 접하게 됩니다. '뮤즈란 귀신'이든 '이야기 귀신'이든 귀신이 슬며시 묘용하는 것을 실감하는 것입니다. 과연 근대문학 여명기의 대문호답게, 벽초는 '귀신'을 슬쩍 얘기해놓고 이내 '귀신'의 존재를 능칩니다.

머리말씀
　자, 임꺽정이의 이야기를 붓으로 쓰기 시작하겠습니다. 쓴다 쓴다 하고 질감스럽게 쓰지 않고 끌어오던 이야기를 지금부터야 쓰기 시작합니다.
　각설, 명종대황 시절에 경기도 양주 땅 백정의 아들 임꺽정이란 장사가 있어…
　이야기 시초가 이렇게 멋없이 꺼내는 것은 이왕에 유명한 소설 권이나 보아두었던 보람이 아닙니다.『수호지』지은 사람처럼 일백 단팔마왕이 묻힌 복마전伏魔殿을 어림없이 파젖히는 엄청난 재주는 없을망정『삼국지』같이 천하대세 합구필분이요, 분구필합이라고, 별로 신통할 것 없는 말쯤이야 이야기 머리에 얹으라면 얹을 수 있겠지요.
　이야기를 쓴다고 선성만 내고 끌어오는 동안에 이야기 머리에 무슨 말을 얹을까, 달리 말하면 곧 이야기 시초를 어떻게 꺼낼까 두고두고 많이 생각하였습니다. 십여 세 아잇적부터 이야기 듣기, 소설 보기를 좋아하던 것과 삼십지년 할 일이 많은 몸으로 고담古談 부스러기 가지고 소설 비슷이 써내게 되는 것을 연락을 맺어 생각하고 에라 한번 들떼놓고 인과관계를 의논하여 이야기 머리에 얹으리라 벼르다가 중간에 생각을 돌리어, 그럴 것이 없이 문학이란 것을 보는 법이 예와 이제가 다르다고 옛사람이 일신一身 정력을 들여 모아놓은 그 깨끗하고 거룩하던 상아탑이 여지없이 무너지고 그 속에 있던 뮤즈란 귀신의 자취가 간곳없이 사라졌다는 것을 그럴싸하게 꾸며가지고 이야기 시초로 꺼내보리라 맘을 먹었습니다.

그러나 이 생각 저 생각이 모두 신신치 아니한 까닭에 생각을 고치어 숫제 먼저 이야기가 생긴 시대를 약간 설명하여 이것으로 이야기의 제일 첫 머리말씀을 삼으리라 작정하였습니다.[49]

우선 『임꺽정』의 들머리에 '이야기 조화'를 주재하는 귀신이 슬쩍 나타났다가 다시 은폐되는 사정을 '다시 개벽'의 비평은 해석해야 합니다. 즉 소설에서 '귀신'의 존재와 그 은폐성을 이해해야 한다는 뜻입니다. 이를 이해하기 위해서는, 우선 『임꺽정』의 「머리말씀」에서부터 작가 벽초는 그냥 생활인 벽초가 아니라, '이야기꾼 귀신이 들린' '신이한 존재로서 작가 벽초'라는 점이

---

49 『임꺽정』(봉단편) 「머리말씀」 부분, 벽초 홍명희, 사계절출판사, 2016.

이해되어야 합니다. 독자들은 대개 이를 오해하여 소설의 「머리말씀」을 쓰는 중인 벽초를 소설 밖의 '일반인 벽초'로 여기거나 소설 안팎에 걸친 작가 벽초로서 생각합니다.

하지만 조화의 관점에서 보면, 소설의 「머리말씀」을 쓰고 있는 벽초는 '임꺽정 이야기'를 조화의 묘용 속에 들게 하는 '조화정'의 존재, 즉 조화의 '현실적 존재이자 현실적 계기'로서 작가 벽초인 것이죠. 그래서 『임꺽정』을 읽는 '지금―현실의 독자'(조화의 현실적 계기에 든 현실적 존재로서의 독자)는 각자 저마다 신이한 존재로서의 작가 벽초의 이야기 속에서 조화의 천진난만한 기운과 통하게 됩니다. (수운의 말씀마따나 '지기금지至氣今至'인 셈이죠.)

「머리말씀」을 쓰고 있는 벽초 홍명희는 그냥 생활인 벽초가 아니라 이미 '신이한 존재로의 변이' 중에 있는 '작가 벽초'이므로, 이 조화의 비평관에서 보면, 『임꺽정』의 이야기 들머리에서부터 '접령의 기운'이 서서히 작용하고 있음이 감지됩니다.

이 조화의 관점에서 보면, 한국 근대소설 형식이 막 태어나 조금씩 땅뜀을 하던 식민지 시기에, 소설의 근대성에 비근대성 혹은 전근대성의 형식을 서로 원융하려 한 점에 있어서 단연 독보적인 걸작이 『임꺽정』입니다. 띄엄띄엄 읽은 지도 오래전인지라 당장에 예시할 대목은 달리 없습니다만, 작가 벽초 자신도 "에라 한번 들떼놓고 인과관계를 의논하여 이야기 머리에 얹으리라 벼르다가 중간에 생각을 돌리어, 그럴 것이 없이 문학이란 것을 보는 법이 예와 이제가 다르다고 옛사람이 일신一身 정력을 들여 모아놓은 그 깨끗하고 거룩하던 상아탑이 여지없이 무너지고 그 속에 있던 뮤즈란 귀신의 자취가 간곳없이 사라졌다는 것을 그럴싸하게 꾸며가지고 이야기 시초로 꺼내보리라 맘을 먹었습니다."[50] 라고 속내를 드러내고 있으니, 여기서 '이야기의 조화'를 주재하는 '귀신'의 작용과 그 자취가 없지 않습니다. 어쨌든, 벽초는 작가로서 「머리말씀」에다 '귀신의 자취'를 거론하고 있으니까요.

물론 주의 깊은 독자들은 다음에 이어지는 문장, "그러나 이 생각 저 생각이 모두 신신치 아니한 까닭에 생각을 고치어 숫제 먼저 이야기가 생긴 시대를 약간 설명하여 이것으로 이야기의 제일 첫 머리말씀을 삼으리라 작정하였습니다."라고 이야기꾼 벽초가 앞에 내용을 부정하고 방금 '뮤즈란 귀신'에 대해 한 얘기를 눙치듯이 딴청을 피우고는 있으나, 사실 바로 이 점에서 벽초의 천재성이 엿보입니다. 왜냐하면 귀신은 본성이 은폐성에 있기 때문입니다. 그러니 벽초는 자기 안의 '귀신'을 은폐해야 했던 것입니다.

"뮤즈란 귀신의 자취가 간곳없이 사라진" 얘기의 의미만을 따지면, 귀신은 부정되거나 벽초가 살던 당대에 이 땅에 '신식' 지식인들에게 주입되던 서양의 '근대소설의 미학'을 비판하는 넋두리쯤으로도 해석될 여지가 있습니다만, 중요한 것은 다음 장

---

50 한강, 위 책, 192~3쪽.

에서 이어지는 능수능란하고 신통하기까지 한 이야기꾼 벽초의 '임꺽정 전傳'에 은폐된 귀신의 묘용입니다. 그것은 다름 아닌 귀신이 화신으로서 '은폐된 서술자'의 묘용과 깊이 관련됩니다.

　『임꺽정』의 민족문학사적 의미와 위상을 따져 알려고 하면, 따로 장문의 비평문이 필요하므로 이 자리에선 떠오르는 대로 비평적 요점만 남깁니다. 유역문예론에서 보면, 문학적 서사의 전개에서 이야기의 원만한 조화(무위이화)의 계기를 이루는 귀신의 존재와 깊이 연관된 '은폐된 서술자'의 신이한 성격이 눈에 띕니다.『임꺽정』중 맨 앞의「봉단편」만 보더라도, 서술자는 위의 인용문에서 귀신의 존재가 은밀하게 작용하는 '신이한 성격의 소유자'입니다. 소설 내적 시간은 서술자가 서사의 정황 안에서 '느리게' 퍼질러 앉다가도, 언제 그랬냐 싶게 금방 사방으로 '빠르게' 튀어 나가는 시간의 주재자라는 점도 눈여겨보아야 합니다만, 이야기 맨 앞에 주요 등장인물인 정오품 벼슬아치 홍문관 이교리李校理가 연산군의 폭정에 신변의 위기를 느끼며 평소 자별한 사이인 예문관 정칠품 벼슬아치였던 '정한림'의 능통한 음양술수를 끌어와 사건 전개의 주요 모티브로 삼고 있는 점, 그리고 이어서 2부에 이어지는 '묘향산' 대목 등에서 음양 술수가 성행하던 조선조의 점술 등 민속과 무속을 '소설 안의 현실reality' 곧 서사에서 '현실의 주요 속성'으로 인식하는 것도 소설가 벽초의 문학

정신에 은폐된 '장소의 혼'이라 할 수 있습니다. 「머리말씀」에서 벽초가 "에라 한번 들떼놓고 인과관계를 의논하여 이야기 머리에 얹으리라 벼르다가 중간에 생각을 돌리어, 그럴 것이 없이 문학이란 것을 보는 법이 예와 이제가 다르다고 옛사람이 일신一身 정력을 들여 모아놓은"이라 말하는 것도 객관적 인과율을 고스란히 따르는 소설과는 달리 '뮤즈란 귀신'의 묘력을 염두에 두고 소설 쓰기에 임하고 있음을 드러냅니다.

9 문 소설 『임꺽정』에서 귀신론과 연관된 대목일 텐데, 이해하는 데 도움이 되도록 구체적이고 흥미로운 예를 들어주시죠.

답 소설 『임꺽정』 첫 권(「봉단편」)에, 때는 점필재 김종직金宗直 등 숱한 선비들이 죄 없이 죽임당하고 혹은 귀양 가는 무오사화戊午史禍 직후로 홍문관 교리 이장곤李長坤이란 인물이 등장하여 예문관 봉교(정7품)를 지낸 정한림鄭翰林의 모친상에 문상하러 풍덕 땅에 가서, 훗날 이교리가 유배지인 거제도에서 탈출하여 도망치는 데에 결정적 역할을 하는 '점괘가 적힌 작은 봉지'를 받는 대목이 나옵니다. 이는 이야기 뒤에서도 곳곳에서 발견되는데, 근대소설의 기율에 해당하는 객관적 인과율과 합리성에 따른 사건 전개라는 것에서 멀리 벗어났거나 그 성격이 다르다고 할 수 있습니다. 점술 무속 등과 같이 '불합리한 요소'가 소설의 사건 전개를 위한 모티브가 되어 있으니까요.

연산군의 폭정으로 유배당한 이교리가 바다에서 자결하려던 위기를 가까스로 넘기고 예전에 정한림이 준 조그만 봉지를 꺼내 보니, "走爲上策 北方吉"(달아나는 것이 상책이고 북방이 길함)라는 술수가 써 있습니다. 이는 음양술수가 이교리가 유배지인 거제도에서 도망쳐 북방으로 무작정 가는 서사의 결정적 계기가 된 것을 말합니다. 그러니 귀신의 묘용을 담은 음양술수는 독자의 흥미나 호기심을 유발하는 이야기 요소에 그치는 게 아니라 사실상 이야기 첫머리부터 사건 전개의 중요한 동기가 된 것으로 해석될 수 있습니다. 어찌 보면 은폐된 귀신이 본격 이야기의 시초를 이루는 '현실적 계기'가 된 셈입니다. 이야기를 읽다 보면 귀신의 존재와 초월적 목소리가 곳곳에 배어 있음을 알 수 있습니다.

또 가령 함경도 함흥에 사는 백정 주삼이 딸 봉단이가 숙부인이 됐다는 소식에 주삼네 윗방에 동네 여편네들이 모여서 한바탕 떠들어대는 대목은 서술자가 마치 소리꾼이 소리판 짜듯 북두칠성 정화수 기린산 백일기도 산천기도 신령님 영검을 비는 기도 등속을 말하다가, 문득 종적을 알 수 없이 "여보, 따님을 밸 때 무슨 치성을 드렸소?", "백일 동안 산천기도를 올리셨소?", "기린산麒麟山 신령님이 영검하시답디다그려.", "산신령님이 부처님만 한가요? 천불산天佛山 중천사中天寺 부처님은 참말 영검하시답디다.", "떵기떵기떵선아 날아가는 학선아, 노구메 진상 내 딸아를 들어보지 못했소? 기린산 가고 천불사 가는 이 꽃섬[花島] 사당집에 노구메 진상이 첫째지요.", "여보, 따님을 밸 때 무슨 태몽을 얻었소.", "달을 삼켜보면 귀한 딸을 낳는답디다.", "뱀은 아들이고 구렁이는 딸이랍디다그려.", "가락지도 딸이래요.", "가락지뿐인가요? 구멍 있는 것은 모두가 딸이지요.", "윗동네 간난이 어머니는 간난이 밸 때 꿈에 쌍동밤을 따 먹었더라오."(…)같이 천민 동네 여편네들 간에 오가는 구별 없는 목소리들은 판소리 형식을 빌린 서술자 안의 '귀신 소리'라고 해야 옳다 싶게, 이야기의 조화가 생생하게 전달됩니다. 주목할 점은, 분명 천민아낙네들의 목소리들은 누구의 소리인지 분별되지 않은 채 그 뜻도 알 듯 말 듯한 '귀신의 소리'가 들린다는 것입니다. 여기서도 『임꺽정』의 서술자 안에 은폐된 신이한 목소리가 '두서없고 분별할 수 없는 귀신 소리'로서 나타납니다. '은폐된 서술자의 목소리들'입니다. 마치 굿판에서 들릴 법한 목소리이지요.

벽초 홍명희의 '은폐된 서술자'는 음양술수 무속 등 민속 전통들이 바탕을 이룬 '조선 혼'의 화신이라 할 수 있기 때문에, 사실주의적 인물 묘사를 초월하여 '비사실적 존재의 목소리'를 서술하게 되는 것입니다. 그래서 조금 전 예문에서 보았듯이 함경도 땅 아낙네들의 사랑방에 모여서 떠들썩한 목소리들 속에서 귀신의 소리가 들리는 것입니다. 중요한 점은 '귀신의 소리를 들을 수 있는 존재'란 소설의 서술자 안에 '은폐된 서술자'인 신령한 존재, 즉 벽초가 「머리말씀」에서 언급한 바로 그 '뮤즈란 귀신'이란 사실입니다.

소설 안에 신령하면서도 '현실적인 존재'인 '은폐된 서술자'는 은폐된 존재인 만큼 '은미함'의 형식으로서 드러나는 '귀신'인 것이죠. 깊이 살펴보면, 벽초의 『임꺽정』과 김성동(金聖東, 1947~2022)의 『국수國手』에는 각자 귀신의 특유한 존재와 그 작용이 혼적(은미함)의 형식 속에 숨어 있음을 알 수 있습니다.

지나는 길에 제 체험을 곁가지로 붙이면, 소설가 김성동 선생의 장편소설 『국수』 책임편집자 노릇을 20년 넘게 했습니다만 선생은 소설을 쓰다가 밤낮을 안 가리고 걸핏하면 제게 전화해서 자신이 소설을 쓰는 건지, 아니면 누가 대신 쓰는 건지 마치 꿈인 듯 생시인 듯(如夢如覺) 이야기를 쓰니, 작가 자신도 '도무지 영문을 모르겠다'고 말하곤 했습니다. 평소에 거짓말은 추호도 못 하는 선비요 승려 작가 김성동 선생은 자기에게 붙은 혼이 불러주는 대로 받아 적기만 하면 된다는 얘기를 자주 했습니다.

근대를 특징하는 언어의식인 표준어주의 또는 합리주의적 언어의식과는 거리가 먼 '무위이화의 언어의식', 즉 『국수』는 표준어주의 언어의식으로는 도무지 깜냥조차 할 수 없는 도저한 '조화의 소리'를 내면화한 '개인 방언', '이 땅의 혼'이 들린 정음체(訓民正音體) 언어의식의 진경을 펼칩니다. 이러한 '혼'이 어린 비근대적 조선어는 한국 문단에 끈질기게 들러붙은 일본 유미주의 문학 언어를 모방하는 얼빠진 언어의식이나 식민지 시대부터 끈질기게 이어진 탐미적 언어의식 따위와는 비교할 수 없음은 말할 것도 없습니다.

> "소설의 개활성이 천지와 소통하는 현실reality 즉 조화의 현실임을
> 실감하게 됩니다. 두말할 나위 없이, 이 '천지와 소통하는 현실'은
> '서구 리얼리즘이 요구하는 현실'과는 다른 차원에 있습니다."

소설 『임꺽정』 곳곳에 '조선의 혼'의 연원인 전통 산신과 신선과 무속이 버무려진 채 서술자의 목소리 안에 은폐된 존재로서 나타난다고 해석될 수 있는 것도 전혀 이상하지 않습니다. 분별되지 않는 은폐된 산신의 목소리가 아낙네의 목소리에 빙의되는 등 『임꺽정』의 서사의 틈틈이 박혀 있는 독보적인 '혼'의 문체 정신이 한국문학의 위대한 유산으로 남겨지게 됩니다.

방금 말한 대로 『임꺽정』에서 귀신이 부리는 '조화의 묘력'은 '은미하게' 작용합니다. 「봉단편」에서 은미한 귀신의 자취가 느껴지는 흥미로운 대목이 있습니다. 이야기꾼 안에 은폐된 귀신의

은미한 자취를 감지할 수 있는 재밌는 대목은 이교리의 도망과 함경도 산골에 사는 백정 주삼이 집에서 기거하며 천인 신세로나마 간신히 목숨을 부지하다가 함흥 관아의 원을 만나 교리 신분을 되찾고 다시 서울로 돌아와 반정 직후 중종의 총애를 받고 동부승지로 승진하기까지 이교리의 행적에 따라, 즉 여러 '현실적 계기들'에 따라 이교리의 호칭이 천인 주삼이네에선 '사위 나리', 주팔이한테는 '이급제', 그리고 다시 '이교리', 또 동부승지로 승진하고 나서는 '이승지' 등으로 변하여 호칭하는 것도 예사로 지나칠 일이 아닙니다. 이는 작가 벽초의 말놀이가 지닌 의미를 보여주는데, 이 말놀이는 계층이나 신분을 따지지 않는 언어의식의 표현이라는 점에서 반봉건적 평등성과 민주성을 보여주려는 의도라 할 수 있지만, 그 말놀이의 배후에는 사람(홍문관 교리 이장곤)의 '지위 변화'가 봉건체제의 주자학적 질서나 사회주의 등 이념에 따른 것이 아니라 천지조화의 작용에 따른 표현이라는 것, 즉 음양술수 또는 주술 등 어떤 '땅의 혼'의 작용에서 '지위의 변화'가 이루어진다는 사상이 은폐되어 있는 것입니다. 이런 사실은 '근대성의 시각'에서 그동안 비판받아왔지만, '원시반본의 시각'에서 재해석이 필요합니다.

그러므로 주요 인물 이장곤 교리의 '지위 변화'를 뒤쫓으며 벌이는 서술자의 '말놀이'는 서술자의 고정되고 일방적인 시점에서 타자를 향해 주장하거나 결정하기를 마다하고 자타自他의 상관성 속에서 인간 존재의 변화를 중시하는 '조화의 세계관'이 은 폐된 서사 형식이라 할 수 있습니다. 열성적인 독자 시각에서 보면, 천진스런 '유머'의 분위기를 머금은 벽초의 '말놀이'에서 개활성이 감지되고, 이 소설의 개활성이 천지와 소통하는 현실reality 즉 조화의 현실임을 실감하게 됩니다. 두말할 나위 없이, 이 '천지와 소통하는 현실'은 '서구 리얼리즘이 요구하는 현실'과는 다른 차원에 있습니다.

10 문 오늘날 활동하는 작가들 중에서 특히 한강의 소설에 관심이 가는 듯합니다. '다시 개벽'의 비평관에서 작가 한강의 소설을 높이 평가하는 이유를 듣고 싶습니다.

답 장편 『작별하지 않는다』(2021)에는 한라산으로 도피한 아버지를 죽이지 못한 군경 민보단이 아버지 대신 가족을 죽이는 천인공노할 만행 등 끔찍한 이야기들이 서술됩니다. 그리고 다음 같은 대화문에 이르면 천인공노에 치를 떨게 됩니다.

젖먹이 아기도?

절멸이 목적이었으니까.

무엇을 절멸해?

빨갱이들을.[51]

온 가족을 '대살代殺'하는 서북청년단과 군경들의 만행을 생각하면 온몸에 소름이 돋고 치 떨리는 분노가 일어납니다. 소설의 허구성은 곳곳에 사실적 기록들에 의해 생생한 현실성을 머금고 있음을 보게 됩니다.

> "그해 경북 지역에서 죽은 보도연맹 가입자가 대략 만 명이야. 인선이 말했다. 너도 알지 전국에서는 최소한 십만 명이 죽었다고 하잖아. 고개를 끄덕이는 동시에 나는 입속으로 묻는다. 더 죽이지는 않았나.
> 1948년 정부가 세워지며 좌익으로 분류돼 교육 대상이 된 사람들이 가입된 그 조직에 대해 나는 알고 있었다. 가족 중 한 사람이 정치적인 강연에 청중으로 참석한 것도 가입 사유가 되었다. 정부에서 내려온 할당 인원을 채우느라 이장과 통장이 임의로 적어 올린 사람들, 쌀과 비료를 준다는 말에 자발적으로 이름을 올린 사람들도 다수였다. 가족 단위로도 가입되어 여자들과 아이들과 노인들이 포함되었고, 1950년 여름

---

51   한강, 『작별하지 않는다』, 문학동네, 2021, 220쪽.

전쟁이 터지자 명단대로 예비검속되어 총살됐다. 전국에서 암매장된 숫자를 이십만에서 삼십만 명까지 추정한다고 했다."[52]

일본 제국주의 침략과 식민지배 시대를 겪고 타율에 의한 해방과 한국 동란을 거치는 시기에 좌우 이념 간의 대립과 투쟁 속에서 벌어진 수많은 참극을 일일이 이 자리에 소환할 필요는 없겠습니다만, 한강의 소설 『작별하지 않는다』는 제주도 4·3 주민학살사건과 보도연맹사건을 실증적 기록들을 찾아 쓴 소설이라는 점에서도 자못 치열한 역사의식이 전해집니다.

국가권력이 이데올로기라는 덫을 씌워 남녀노소 가림 없이 무고한 양민을 무차별로 죽이고도 수많은 학살의 진상과 그 책임이 지금껏 제대로 공론화되지 않는 이 땅의 비극을 극복해야 하는 무거운 과제가 한국문학에 주어진 것입니다. 이 문학적 과제 안에는 서구 근대가 만든 좌우 이데올로기의 극복 문제도 포함되어 있습니다.

소설 『작별하지 않는다』는 1948년에 발발한 제주도 4·3 주민학살 사건을 추적하고 그 억울한 희생자들의 사령들을 위령하는 소설이지만, 그 위령이 상례적 애도의 표시가 아니라 이 땅의 오

---

52 한강, 위 책, 272~3쪽.

래된 혼을 통한 진혼鎭魂의 형식을 취하고 있는 점에서 희귀하고 각별한 소설입니다. 구체적으로 말해, 주인공 경하의 일인칭 서술자 내면에 감추어진 전통 무巫의 본성이 '씻김'을 하듯이 '이 땅의 혼'이 학살 희생자들을 위령하는 소설입니다. '은폐된 서술자'인 무의 눈이 비친 제주도의 현실은 온통 학살당한 섬 주민의 원혼들이 은폐된 세계입니다.

『작별하지 않는다』의 일인칭 서술자인 주인공 경하는 작가이고, '다큐멘터리 감독'이자 목공예가인 친구 인선은 제주도 4·3 주민학살 희생자의 유족입니다. 인선은 목공 일을 하다가 두 개의 손가락이 절단되는 사고를 당하고 극심한 육체적 고통에 시달리며 서울의 병원으로 가까스로 이송되지만, 삼분에 한 번씩 두 손가락이 썩지 않도록 수술 자리에 주삿바늘을 찔러 약물을 주사해야 하는 '극심한 고통의 시간'이 소설의 '현실'이 서술되는 동안 내내 지속됩니다.

소설의 세계는 시종일관 피비린내와 함께 극심한 육체적 고통이 가득한 채로 계속되니, 독자는 필시 소설을 읽으면서 함께 육체적 정신적 고통에 감염됩니다. 일인칭 서술자는 말합니다. "저렇게 끔찍한 고통을 계속 일으켜야만 신경의 실이 이어지는 건가, 나는 납득할 수 없었다."[53] 이 서술자의 말은 소설 자체가 독특

---

53 한강, 위 책, 50쪽.

한 '유기체'라는 말을 은폐하고 있습니다. 소설은 시종일관 피 냄새와 육체적 고통이 독자의 감각에 호소하며 깊이 연결된 채 고통을 나누고 있으니까요. 하지만 이 '유기체성', 즉 생명력을 지닌 소설에는 피비린내와 심각한 고통 때문에라도 이를 극복할 자생력과 그 생명력을 살릴 문학의 가능성을 포함하기 마련입니다. 귀신의 조화란 절망적 현실 속에서도 은미함의 묘처를 통해 생명력을 발하듯이 말입니다.

독자는 이 끔찍한 고통의 연대감 속에서 은미하게 번져오는 신령한 기화氣化에 서서히 반응하게 됩니다. 그 신령한 기화가 일어나는 현실적 계기는 끊임없는 눈 내림[降雪]에 있습니다. 암담한 고통이 지배하는 '현실' 안에 동시에 하늘에서 지상으로 끊임없이 눈이 내리는 것입니다. 이 말은 소설의 현실 안에 '초현실'이 함께한다는 뜻입니다. 고통과 암담의 현실 속에서 겨우 숨을 내쉬게 되는 천진난만한 생명의 기운이랄까, 아마도 한강은 그 생명의 빛을 '흰'이라는 근원적인 빛깔의 상像에서 찾는 듯합니다.

작가 한강은 역사적 현실 속에서 아직 극복되지 않는 제주도 4·3 주민학살 사건의 참극을 소설 속에서 극복하는 것은 자칫 허위의식에 빠질 수 있음을 잘 알고 있는 듯합니다. 우리가 소설을 읽는다는 것의 본질과 의미를 깊이 생각하면, 소설가는 실제 역사에서 벌어진 학살 사건에 대해 단지 '기억하자'고 말하는 수준을 넘어서야 합니다. '학살 사건을 기억하자'는 수준에서 머물고 만다면, 오히려 피해 당사자인 제주도의 토착 주민들에게는 '기억하자'는 슬로건이 무책임하게 들릴 수도 있습니다. 또한 피해자 유족들에게 '기억하자'는 말은 지우고 싶은 기억의 상처를 계속해서 덧내는 고통의 지속일 수 있습니다.

'다시 개벽'의 관점에서는 피해 당사자인 제주도 4·3 주민학살 사건에서 희생과 피해를 당한 수만의 주민들과 그 유족들의 고통과 원한은 정치적 역사적 책임 문제의 해결과 함께 주민들의 오래된 위령의 방식을 찾아 그에 따르는 것이 필요합니다. 그러기 위해서는 그동안 은폐된 학살 사건의 원인과 구체적 경위를 찾아 소상히 공개하고 학살의 책임자들을 밝히는 것과 동시에 제주도 토착민들의 정서, 생활과 문화 속에서 그 극복 가능성을 찾아야 합니다.

제주도 토착민 특유의 '위령慰靈의 형식'을 깊이 생각할 필요가 있습니다. 그래서 한강의 문학정신이 의미심장한 것이죠. 수만의 신들이 거주하는 제주도는 무의 전통이 풍성하고 특별한 곳입니다. 이와 관련해서 소설 『작별하지 않는다』의 서술자 안에 은폐된 만신萬神의 존재는 주목되어야 합니다. 제주도 만신의 존재는 곳곳에서 은밀하게 드러납니다. 예를 들면 "너는 죽었잖아.", "새들에게 간식을 줄 때는 반드시 새장에서 먹게 해. (…) 하지만 죽은 새도 그 규칙을 지켜야 할까?", "죽은 다음에도 배고픈 게 있어?", "커다란 광목천 가운데를 가윗날로 가르는 것처럼 엄마는 몸으로 바람을 가르면서 나아가고 있었어. 블라우스랑 헐렁한 바지가 부풀 대로 부풀어서, 그때 내 눈엔 엄마 몸이 거인처럼 커다랗게 보였어."

소설 『작별하지 않는다』에서 '시공간의 비인과율'은 바로 '은폐된 서술자'로서 만신(巫, 심방)의 '초월적 의식'과 '무한한 감각' 작용에 따른 것이라 할 수 있습니다.

소설에서 일인칭 서술자인 작가 경하는 '제주도 4·3 주민학살 사건'을 다큐멘터리로 제작 중인 감독이며 학살 사건 피해자의 유족인 친구 인선의 가족과 수만 명의 섬 주민이 무참히 떼죽임당한 사실을 알게 되면서, 경하는 마치 악몽을 꾸듯이 현실과 초월 사이를 오락가락합니다. 그러니까, 서술자인 경하의 내면에 '은폐된 무巫'의 시각으로 보면, 소설의 무대인 제주도 땅의 '현실'은 합리성의 현실이 아니라 언제든 어디서든 혼령들이 신출귀몰하는 초현실성의 현실인 것입니다. 이 서술자 안에 은폐된 무당의 존재는 근본적으로 이 소설이 죽임을 당한 사령들의 존재가 오히려 현실적 존재임을 보여주는 점에서 그 존재론적 정당성이 찾아질 수 있습니다. 이 소설 안에서 펼쳐지는 '현실'의 비논리적 논리는 그 자체로 문학만이 할 수 있는 '문학정신'에 속하는 것입니다.

11문 충분히 공감합니다. 소설가 한강의 소설이 지닌 특이한 존재감이 느껴집니다. 다시 개벽의 관점에서 『작별하지 않는다』가 지닌 특별함은 무엇이라 할 수 있습니까.

답 '다시 개벽'의 소설론에서 볼 때, 『작별하지 않는다』에는 의미심장한 '소설의 내적 형식'이 은폐되어 있습니다. 여기서 두 가지만 소개하면 다음 같습니다.

첫째는 앞서 잠시 언급했듯이, 『작별하지 않는다』의 이야기는 '눈 내리는 상황'이 시종일관하는 점, 폭설과 눈송이와 눈꽃 등 눈이 온통 반복되어 서술되는데 바로 이 '내리는 눈'의 반복 묘사가 지닌 의미와 효과는 무엇인가 하는 점입니다.

이 땅의 걸출한 시인 백석과 시인 김수영의 시에서 반복이 주문呪文의 형식이었듯이, 『작별하지 않는다』에서도 천상에서 지상으로 내리는 눈송이들의 반복 묘사는 소설의 무대를 '온통 흰 눈으로 뒤덮인 별세계'를 만들어놓음으로써, 끔찍한 학살 사건들에 대한 서사가 초월적 영계와 소통할 수 있는 '현실'을 마련하는 소설의 내적 형식이라는 것입니다. 그리하여 이 소설의 무대는 서술자의 내면에 은폐된 신령(귀신)이 스스로 밖으로 드러날 수 있는 '만신의 시공간'(온통 새하얀 배경을 한 굿판 같은!)으로 바뀌는 '초월적이고 현실적인 사태'를 낳게 된 점입니다.

작가 한강은 『흰』이라는 다른 장편소설도 썼지만, 이 주술같이 끊임없이 쏟아지는 '눈'의 무한 반복적 서술을 통해 '흰' 세계를 만들고, 타락한 색계를 그 근원의 빛깔인 '흰'의 상징성 속에서 위령과 정화, 즉 '넋 씻김'의 소설 형식을 찾았던 것입니다.

가령 캄캄한 밤에 천지에 하염없이 내리는 폭설 상황을 반복적으로 서사하는 대목들은 소설 안에 '은폐된 귀신'의 존재와 그 작용을 불러들이는 초혼의 방편이기도 합니다. 소설 『작별하지 않는다』 안의 강신을 주원呪願하는 비유의 언어가 바로 강설의 반복 서사인바, 이는 주인공인 작가 경하의 내면에 은폐된 서술자인 무가 초혼을 준비하는 의식을 차리는 것으로 해석될 수 있습니다. 이 강설의 반복 서사는 결과적으로 소설을 읽는 독자의 성실성에 따라 소설 안에 일어나는 은미한 기운을 함께 나누고 누린다는 점에서 조화의 현실적 계기라고 말할 수 있습니다. 자연스럽게 소설 안의 신령한 기운이 밖으로 기화하는, 조화의 기운이 은밀한 생동감으로 독자에게 전해지게 됩니다. 이는 '창조적 유기체로서의 문학작품'에 걸맞는 소설 내적 형식이라 할 수 있습니다.

소설 『작별하지 않는다』 안에 있는 신령의 기화는 학살당한 제주 섬사람들의 혼령이 눈과 바람과 나무와 앵무새 등 자연물에 빙의되어 나타나는 '신령들의 현실화'를 의미하고, 이 '현실화'는 비통하고 음울한 '사건화'임에도 그 끔찍한 고통 속에서도 조화(무위이화)의 본성인 천진난만한 생명력이 은미하게 작용한다는 점이 깊이 해석되어야 합니다.

둘째는, 방금 첫째 내용과 연결된 해석입니다만 제주도의 '눈
바람'을 대하는 은폐된 서술자의 성심 또는 수심정기 문제입니다.

가령 "우리가 눈 위로 발자국을 남길 때마다 소금 부스러지는
소리가 났다.", "전조등 불빛이 비추는 검은 허공 위로 고운 소금
가루 같은 눈발이 반짝였다.", "전조등이 비추는 허공으로 소금가
루 같은 눈발이 흩어졌다.", "소금 알갱이같이 작고 흰 중심이 잠
시 남아 있다가 물방울이 되어 맺힌다.", "눈높이로 뻗어 있는 가
지들에 촛불의 빛이 스칠 때마다 소금 알 같은 눈송이들이 반짝였
다." 등 여러 곳에서 '반복'되는 '소금'과 '눈발'을 하나로서 의식
하고 감각하는 한강의 문장의식은 깊은 분석을 기다립니다.

도식적으로 말하면, 하늘서 쏟아지는 '흰 눈'이 천심의 상징이
라면 '흰 소금'은 작가 한강의 '지극한 마음'을 상징합니다. 천심
의 상징인 '흰 눈'이 지상에서 벌어진 잔학한 죄악과 그로 인해 고
통받는 유족들의 영혼 그리고 '타락한 색계'를 '씻고', 그 '씻김'
을 위해서는 '은폐된 서술자'의 존재인 무ㅉ는 수심정기 곧 지극
한 성심과 공경심과 신심이 필수적인데, 이를 '흰 소금'이 상징하
는 것이라 해석할 수 있습니다. 한강의 수작 장편 『흰』에서도 이
런 문장이 숨어 있습니다. "아무도 밟지 않는 첫서리는 고운 소금
같다."라는 문장은 '귀신론'의 관점에서 보면, 창작한다는 것은

작가가 저마다 특유의 '신이神異한 존재'로서 '존재 변이'를 한다는 것이 전제됩니다. 그리고 이 신이한 존재로의 변이를 위해서는 작가에게 상당한 공부와 수련의 과정이 수반됩니다. 곧 수심정기가 따라야 하죠. 작가 자신도 천지조화에 합하는 수심정기를 통해 '알게 모르게' 신이한 존재가 되고, 신이한 존재가 은폐된 서술자로서 '은밀하게' 창작 과정에 작용하는 것입니다.

이 은폐된 서술자의 존재론적 성격이 스스로 뚜렷하게 나타난 상像이 인용한 저 한 문장입니다. 그러므로 한강 소설의 곳곳에서 반복되는 '소금 같은 서리, 소금 같은 눈송이' 이미지는, '신산고초'를 이기고, 또는 '절차탁마' 끝에, 자기 무의식 속에 잘 여문 원형의 상이라 할 수 있습니다. 작가 한강도 '알게 모르게' 얻은 문장인 듯한데, 저 문장은 한강 소설의 일반적 문장의식에서 돌출한 '이질적인 목소리'라는 점에서 은폐된 서술자의 수심정기를 엿보게 하고 그로 인하여 소설 안의 지극한 기운이 소설 밖의 독자에게 전해져 조화의 기운을 일으키는 계기가 되는 문장이기도 합니다.

12 문 작가가 합리적인 인과율을 따르지 않고 '신령'의 존재가 인과율을 대신한다거나, '마음속 귀신의 무한 감각과 무한 의식'이란 말은 형식논리상으로도 '알 듯 말 듯'합니다만, 한국문학의 비평 풍토에서 '귀신' 또는 '신령', '만신의 초월적 의식, 무한한

감각'이란 말은 거부감이 있을 듯합니다. 한강의 소설을 이해하기 위해서도 이 인간의 앎 혹은 의식의 무한성 문제에 대해 부연 설명이 필요합니다.

답 화이트헤드의 유기체 철학 혹은 만유내재신론을 참고해도 좋겠습니다만, 난해한 철학으로 널리 알려져 있으니, 수운 선생의 인식론과 존재론을 동시에 엿보게 하는 「불연기연」 중 한 대목을 소개합니다.

가령 '조화'를 깨친 앎이란 무엇인가. 조화에 듦을 안다[知], 곧 수운 동학의 '知'는 무엇인가.

소위 합리적 이성이 말하는 안다는 것은 스스로 한계가 자명한 앎입니다. 수운은 「불연기연」에서 사람의 본래적이고 근원적인 '앎'('지혜')를 가리키는 동학의 '지知'를 '갓난아기의 앎', '황하수 黃河水가 스스로 앎', '밭 가는 소의 앎'으로써 비유합니다.

갓난아기의 어리고 어림이여, 말은 못 해도 부모를 아는데 어찌하여 앎이 없는고. 어찌하여 앎이 없는고. 이 세상 사람이여 어찌하여 앎이 없는고.

성인의 나심이여, 황하수가 천 년에 한 번씩 맑아진다니 운이 스스로 와서 회복되는 것인가, 물이 스스로 알고 변하는 것인가.

밭 가는 소가 사람의 말을 들음이여, 마음이 있는 듯하며 앎이 있는 듯하도다.[54]

조화의 앎이란 이와 같습니다. 무위이화의 앎이란 이와 같아서 사람의 이성만으로는 알 수 없는, 이성의 한계 너머에서 이성을 아는 것, 그 이치를 깨치는 것―문학과 예술의 차원으로 바꿔 말하면 작품의 안과 밖이 통하여 이루어지는 조화의 깨침과 같은 것입니다.

천진한 조화의 기운이 작용하는 갓난아기의 앎이요, 황하수의 스스로 앎이요, 밭을 가는 소가 주인의 말을 알아들음과 같은 앎이란 '지기의 조화를 앎'이라 할 수 있습니다. 한마디로 천지 만물에 지극하여 '간섭하고 명령하며 작용하지 아니함 없는' 지기의 조화를 깨치는 앎일 터이죠.[55]

그러므로 지기의 조화, 곧 '내유신령 외유기화'에서 기화는 '현실화'이고 '사건화'이니, 아무리 천인공노할 집단학살을 다루는 서사문학이라도 그 창작과 비평은 각자의 안에 내재하는 신령이 밖에 기화하는 것을 소중히 알아야 합니다. 예를 들어, 비극을 다루더라도 '조화 속의 비극'을 다루는 것입니다.

---

54   수운, 「不然其然」, 『동경대전』.
55   앞의 주 19 '至氣'의 풀이 참고.

작가 한강은 이 당면한 소설론의 문제를 극복하려는 듯이, 인과율과 비인과율의 경계 너머 초월적 영혼과의 '접령을 통한 지기'에로 나아갑니다. 소설『작별하지 않는다』에서 주인공의 실존과 영혼은 동시성 속에서 분리되어 물리적 시공간이 여럿으로 나뉘고, 자연히 인과율이 무너지며 비인과율이 무위이화인 듯이 서술됩니다. 아울러 당연하게도 학살당한 주민들과 그 가족들의 신령들과 자연의 신령들이 함께 깨어나는 초월적 신령 세계가 펼쳐지는데, 이는 의식계 너머로—천지자연의 무한성 속에서 펼치는 조화의 앎[知]에서 비로소 이해될 수 있습니다.

12 문 안삼환(1943~)의 장편소설『도동 사람』(2021)에 대한 비평문에서 처음으로 '귀신소설'이란 개념을 쓰신 것으로 알고 있습니다. 귀신소설이란 수운 동학에서 말하는 '내유신령 외유기화'에 합당한 소설을 가리키는군요.

답 문학작품과 예술 작품 안의 기운과 밖의 기운이 서로 한 기운의 조화로서 통하는 것이 '다시 개벽'의 창작과 비평이 기본적으로 중시하는 원리입니다. 이 원리는 동학의 시천주에서 '시侍'에 대한 수운의 풀이인, '내유신령 외유기화'에서 말미암은 것입니다. 하지만 문인 화가 등 예술가마다 삶이 제각각이고 작품마다 다 제각각이듯, 귀신의 존재도 각양각색 천차만별입니다. 문학사 및 예술사를 빛낸 거장들의 주요작에서 '귀신소설' 개념에 합당한 여러 모범적 사례들을 찾아내고 지금 여기서 그것들이 지닌 '다시 개벽'의 문예론적 의미를 재발견하는 것이 필요하다는 생각입니다. 소설의 경우 문학사가 인정하는 고전 또는 명작은, 한결같이 작가가 창작 과정에서 '알게 모르게' 접하는 초이성적-신령한 존재와 은밀한 연관성을 품고 있습니다. 작가의 지성 속에 은밀하게 작용하는 이 신령한 존재는 작가의 지극한 마음[誠心], 곧 수심정기의 궁극에서 나오는 현실적 존재이며, 바로 작가도 '알게 모르게' 작용하는 '은폐된 서술자'의 존재입니다.

귀신소설이란 우선 소설 안과 밖이 음양의 조화로서 통하는 소설이라 할 수 있습니다. 그리고 귀신소설은 소설의 안[內]·밖[外]의 조화 속에서, 있음[有]·없음[無](삶과 죽음), 대大·소小가 불이不二로서 통하는 소설의 내용과 형식을 품고 있습니다. 이 불이의 조화를 주재하는 근원적 존재가 귀신이며, 귀신은 대개 '은폐된 서술자'의 존재를 통해 소설 안팎으로 작용하게 됩니다. 소설의 안과 밖이 음양의 조화이듯이 신통神通하는 것이죠. 앞서 말했듯이 세르반테스의 『돈키호테』, 루쉰의 「아Q정전」, 벽초의 『임꺽정』, 한강의 『작별하지 않는다』, 그리고 안삼환의 『도동 사람』, 『바이마르에서 무슨 일이』(2024)에서 보이는 초이성적이고 고차원적인 '은폐된 서술자'의 관점, 즉 소설 안에서 지기의 조화를 주재하는 '귀신'의 관점으로 보면, 소설 안은 '은미한 묘용과 묘처'들이 은폐된 채 소설 안의 조화가 소설 밖의 조화로 이어지는 지기의 개활성開豁性을 낳고 있습니다.

  은폐된 서술자의 신령한 성격을 통해 가령 허구와 현실, 과거(역사)와 현재, 환상과 과학이 소설 안에서 불이로서 조화의 힘을 얻고, 동시에 소설 밖에서 독자의 마음과 한 기운으로 소통하는 것입니다. 조금 전 설명한 한강의 『작별하지 않는다』는 소설 안에는 제주도 4·3 주민학살 사건의 '사실'을 다루면서도 은폐된 서술자의 작용에 의해 '사실'은 그저 사실에 머물지 않고 더 높은 차원으로 고양되고 '신령한 사실'로서 승화됩니다. 소설이 조화의 기운을 지닌 것이죠. 이는 은폐된 서술자인 무의 존재가 지닌 초이성적 성격, 즉 귀신의 본성인 '초월적인 의식'과 '무한 감각'에서 말미암습니다. 그래서 오히려 귀신의 작용으로 말미암아 소설의 '현실' 안에서 하나로 섞이기 힘든 두 요소 즉 '신령'과 '과학'이 서로 원융하기도 하는 것입니다.[56]

---

56 귀신이 지닌 본성인 '무한 의식'과 '무한 감각'을 體化함으로써 소설의 '현실' 안에는 섞이기 힘든 두 요소 즉 '신령'과 '과학'이 서로 불이로서 造化하여 소설 밖의 독자와 더 깊고 더 높은 차원에서 和應하게 됩니다. 훌륭한 예를 하나 들면, 아래 문단은 뛰어난 작가 한강의 오랜 소설적 숙련됨을 잘 보여줍니다. 소설의 안과 밖이 '至氣의 조화'로서 통한다는 의미는 아래 한강 소설의 예를 포함합니다.
  "정거장을 향해 나아가며 생각한다. 바람이 멎은 것같이 이 눈도 갑자기 멈춰주지 않을까. 그러나 눈의 밀도는 오히려 점점 높아지고 있다. 회백색 허공에서 한계 없이 눈송이들이 생겨나고 있는 것 같다.

'내유신령 외유기화'의 조화 원리는 '다시 개벽'의 소설론의 이정표

14 문 소설에서 '은폐된 서술자'는 작가 자신도 알게 모르게 조화에 합하는 존재이군요.

답 '내유신령 외유기화'는 조화(무위이화)의 현실적 계기인 '귀신'의 작용을 가리키므로, '진실한 문예작품'[57]이란 작품 안[內]의 은폐된 귀신이 스스로 작용하여 밖[外]의 현실로 기화합니다. 소설 문학에서 '은폐된 서술자'는 귀신의 알레고리이므로, 조화造化의 주체인 귀신은 무엇보다 이야기의 안과 밖을 '불이'로서 신통하게 하는 묘용의 능력을 발휘합니다.

하나의 눈송이가 태어나려면 극미세한 먼지나 재의 입자가 필요하다고 어린 시절 나는 읽었다. 구름은 물분자들로만 이뤄져 있지 않고, 수증기를 타고 지상에서 올라온 먼지와 재의 입자들로 가득하다고 했다. 두 개의 물분자가 구름 속에서 결속해 눈의 첫 결정을 이룰 때, 그 먼지나 재의 입자가 눈송이의 핵이 된다. 분자식에 따라 여섯 개의 가지를 가진 결정은 낙하하며 만나는 다른 결정들과 계속해서 결속한다. 구름과 땅 사이의 거리가 무한하다면 눈송의의 크기도 무한해질 테지만, 낙하 시간은 한 시간을 넘기지 못한다. 수많은 결속으로 생겨난 가지들 사이의 텅 빈 공간 때문에 눈송이는 가볍다. 그 공산으로 소리를 빨아들여 가두어서 실제로 주변을 고요하게 만든다. 가지들이 무한한 방향으로 빛을 반사하기 때문에 어떤 색도 지니지 않고 희게 보인다."
(『작별하지 않는다』, 93쪽)

57 '진실한 문예작품'에서 '진실한'은 '지극한 마음의', 유가의 의미로는 '誠實한'의 뜻.

안삼환의『도동 사람』, '소설의 안과 밖이 不二'인 '귀신소설'

'은폐된 서술자' 관점에서 보면, 안삼환의 장편『도동 사람』은 이른바 '귀신소설'[58]의 전범典範에 준하는 서술자narrartor 형식을 감추고 있습니다.

안삼환의『도동 사람』,『바이마르에서 무슨 일이』에서 보이는 '은폐된 서술자'의 관점, 즉 소설 안에서 작용하는 '귀신'의 관점으로 보면, 객관적(물리적) 현실과 역사, 있음과 없음(삶과 죽음)은 이미 불이입니다. 안삼환의 소설『바이마르에서 무슨 일이』에서 수운 동학과 동학농민전쟁 이야기는 역사적 기록에서 취했음에도, 은폐된 서술자의 근원적이고 고차원적 정신 활동에 의해 '소설의 허구'과 '역사의 기록'은 별개가 아니라 서로 한 기운으로 통하는 조화의 계기가 되어 한껏 생명의 기운을 머금은 불이의 조화 상태에 있습니다. 독일 바이마르 시에서 일어난 서구 근대의 주요 사실들과 현재 사건들, 그리고 한국 근현대 사건들과 경주 남산에서 경험한 사실들과 함께 초월적 상상과 초현실적 경험들이 서로 회통하여 원융의 조화를 보이는 것도 '서술자 안에 혹은 위에 귀신의 공능功能이 은미하게 작용하는 귀신소설의 본성'을 여실히 보여줍니다. 이는 안삼환 소설의 서술자에게서 천

---

58 '귀신소설' 개념에 대해서는, 주 54 및 졸저『유역문예론』99~100쪽 참고.

지간에 성실한 조화와 한몸을 이루어 천진난만한 기운이 시종일관 전해지는 사실과도 무관하지 않습니다.

　작가의 지인들은 대부분 소설『도동 사람』을 읽고 작가 안삼환의 개인적 삶을 다룬 '자전소설'로서 이해합니다. 하지만 수운 동학의 관점에서 보면 이 소설은 수심정기의 내공이 남다른 경지에서 나온, 단연 '다시 개벽' 문학의 모범을 보여줍니다. 소설 주인공인 안동민이 겪는 작가 안삼환의 출생과 성장 그리고 저명한 독문학자가 되기까지 또 인문학자로서 작가의 한국과 독일에서의 활동상이 자세히 서술되어 있으니, 독문학자 안삼환을 잘 아는 많은 이들은 '자전소설'이라 부르는 게 전혀 이상할 게 없습니다. 그럼에도 '다시 개벽'의 소설론을 정립하기 위해서는 바로 이 점, 소설 밖의 사실이 소설 안의 현실이 되는 형식과 내용을 관찰하고 고구하면 소설『도동 사람』은 자전소설의 성격을 넘어 소설의 내용 차원에서, 그 '죽은 주인공'이 생시에 천지조화의 덕에 합하는 성실한 삶 이야기를 펼침으로써 조화의 덕을 칭송하면서도, 서술자 안에는 조화에 능통한 은폐된 영혼[靈]의 그림자가 깊고 넓게 드리운 점이 특히 해석되어야 합니다. 만약 은폐된 서술자가 수행하는 성실한 조화 능력이 없다면, 사실주의적 역사소설이나 소설의 시공간적 폐쇄성에 그치는 통상적 수준의 자전소설에 그쳤을 것입니다.

작가의 이력이 널리 알려져 있다 보니, 소설 밖의 현실이 먼저 소설 안의 현실을 지배하고 소설의 안과 밖을 섣불리 일치시키는 오해 또는 오류가 발생합니다. 작가 안삼환이 창작하는 소설 안의 현실은 소설 밖의 '자기 현실'과는 다릅니다. 그 다름은 현실이 서술자에 의해서가 아닌 은폐된 서술자의 고차원적 정신—'조화의 덕에 합하는 높은 정신'—에 의해서 승화된 현실 곧 소설화된 현실이기 때문입니다.

하지만 작가의 실제 생활 현실이 소설 속 생활 현실과 다름을 인정하면서도, 소설 『도동 사람』은 소설 안의 현실이 소설 밖의 현실과 '다름이면서도 같음'을 알게 됩니다. 근원적 시선으로 보면, 소설 안과 밖이 조화 속의 불이(不二, 不異)로서 통함을 깨치는 것입니다. 이 또한 귀신의 조화인 것이죠. '다시 개벽' 소설론에서 보면, 세르반테스, 루쉰, 벽초, 안삼환, 한강 소설에서 제각각 다르게 나타나면서도 소설의 공통적인 내적 형식성 곧 '내유신령 외유기화'가 '은미함'으로 작용하는 형식성을 이해하게 됩니다.

명민한 독자는 비로소 서술자와 함께하는 '은폐된 서술자'의 존재를 깨닫게 됩니다. 우선 서술자의 눈에서 주인공 안동민을 '굽어보는' 깊고 광활한 시각이 감지되니까요. 그리고 서술자의 성격을 관찰하면 서술자가 단지 삼인칭 서술자로 그치지 않고 '지성至誠의 혼'임을 깨치게 됩니다. 좀 더 생각하게 되면, 소설 안에서 '신령한 존재로서 은폐된 서술자'를 접하게 됩니다.

15 문 장편 『도동 사람』의 '은폐된 서술자'를 좀 더 구체적으로 설명해주십시오.

답 장편 『도동 사람』은 주인공인 안동민 교수가 죽은 후에 그의 행장行狀 이야기가 공개되는 형식을 취하고 있습니다. 이 소설의 형식을 보면, 소설 안의 서술자 외에 별도의 서술자, 즉 소설 밖에서 소설을 촌평하는 안동민 교수의 제자인 허경식이란 인물이 나오는데, 이 소설 안과 밖의 두 서술자 통해, 소설은 소설 안과 밖이 분리된 채 내부적으로 이중 구조를 가집니다.

여기서 주목할 것은 소설 밖에서 소설을 읽으며 비평을 가하는 제자인 허경식의 존재와 그 성격 문제입니다. 일인 출판사를 운영하는 허경식은 죽은 스승 안동민의 생애를 다룬 소설을 읽으면서 짧은 코멘트(비평)들을 남깁니다. 즉 『도동 사람』은 소설 안에 이야기하는 서술자 외에도 '서술자의 이야기를 밖에서 비평하는 존재가 이중으로 서술하는 특이한 형식을 보여주고 있습니다.

중요한 점은, 서술자의 존재와 그 성격을 살피면 그 은폐된 서술자는 '천지조화의 덕에 합치하는 귀신의 존재성'을 지니고 있다는 점이며, 이 귀신 성격을 지닌 은폐된 서술자가 풀어놓는 안동민의 인생 이야기를 밖에서 읽으며 촌평을 가하는 허경식의 존재는 결국 '은폐된 서술자-조화의 귀신'을 탈은폐하여 세속화·현실화하는 존재라고 할 수 있습니다. 겉으론 허경식이 스승 안동민의 이야기 중간중간에 짧은 비판적 코멘트들을 붙이기도 하지만, 은폐된 서술자인 조화의 귀신과 통하는 주인공 안동민은 이승에서 천지조화-유행불식에 합일하는 인생을 보낸 존재, 즉 조화의 덕에 합하는 귀신의 화신化身과도 같은 존재입니다.

다시 말해 안동민이란 존재가 천지조화의 성심[流行不息]인 귀신과 같은 존재라면, 세속 현실에서는 보이지 않는 귀신의 은폐성을 탈은폐하여 소설의 현실에서 '보이는 세속적 존재'인 주인공 안동민으로서 오롯이 드러내기 위한 형식이 바로 '서술자'와 '제자 허경식'의 이중 서술자 형식이라 할 수 있습니다. '은폐된 서술자' 안에 귀신의 존재가 포함되는 그런 차원을 넘어서, 보이지 않는 귀신이 보이는 귀신으로 세속화된 형식이라 할까요.

고차원적인 '은폐된 서술자' 즉 천지조화를 주재하는 귀신이 안동민의 생애에 일종의 빙의 형식을 취하여 세속적 삶 속에서 천지조화의 성심(天心)이 둘이 아님을 보여줍니다. 귀신의 본성은 본래 보이지 않는 은폐성인데, 서술자 안에 작용하는 은폐된 귀신이 허경식의 존재로부터 더욱 분명해진 '탈은폐'의 계기를 만나게 되어 주인공 안동민의 세속적 생애에 고스란히 투영됩니다. 따라서 주인공 안동민의 존재는 탈은폐된 귀신의 존재와도 상통하므로 죽은 안동민의 이승에서의 인생 이야기는 그 자체로 천진난만한 조화의 기운을 머금고 있습니다.

그리고 이 천진난만한 조화의 기운에 의해 비로소 세속 세계에서의 생과 사, 있음과 없음의 문제가 서로 불이 관계로서 해소되고, 아울러 소설의 안과 밖이 서로 불이 관계로서 통하는, 즉 '조화정造化定' 속에서 회통會通됨을 보여줍니다. 그러니 이 '귀신소설'『도동 사람』은 가장 근원적이고 드높은 경지의 한국적인 '성장소설'이라 할 수 있지 않을까 싶습니다.

16 문 소설가 안삼환 선생은 토마스 만을 전공한 저명한 독문학자입니다. 유역문예론의 관점에서 토마스 만의 소설 정신과 깊이 통하는 바가 있다는 평론을 발표한 적이 있는데 이에 대해 부연해주시지요.

답 독일의 문호 토마스 만의 후기작 『선택받은 사람Der Erwählte』(1951)에서 '은폐된 서술자'의 존재와 그 성격을 감지할 수 있습니다. 토마스 만은 소설의 주제의식이나 문장 표현력, 소설 형식 등 19세기 및 20세기 독일 문학의 최고봉으로 꼽히는 작가로서, 비평가 지외르지 루카치(G. Lukacs, 1885~1971)도 서구 시민계급의 형성, 흥륭 그리고 몰락의 양상을 탁월한 산문 정신으로 묘파한 토마스 만을 높이 칭송한 사실은 잘 알려져 있습니다.

장편소설『선택받은 사람』에서도 앞서 말한 바처럼 '전傳', 곧 '전해지는 이야기'(독일 중세의 '그레고리우스 전설')에 대한 토마스 만의 완숙한 미학적·철학적 경지가 은근히 드러납니다. 이 소설이 그리고 있는 지독한 근친상간 이야기의 겉만 따라 읽으면, 필경 토마스 만이 보여주는 작가 정신의 원숙한 진경珍景을 놓치게 됩니다. 이 작품은 외디푸스 신화를 떠올리는 독일의 그레고리우스 전설을 모티브로 삼아 독일인들의 원죄의식原罪意識과 기독교적 정신의 전통을 그 집단 무의식의 심연에서 통찰하고 그것을 한 단계 높은 차원으로부터 내려다보면서 서술하는 '유머Humor'의 형식 등을 살펴야 합니다. 토마스 만은 서구 기독교 문명의 근원과 바탕에서 요지부동인 원죄의식을 해맑은 '유머'의 형식 속에서 신의 조화造化로서 표현하려 했으며, 이때 그가 사용한 방식이 바로 '이야기의 귀신Geist der Erzählung'을 등장시킨 것입니다. 토마스 만은 '유머'의 일환으로,『선택받은 사람』이란 작품을 쓰고 있는 전지전능하고 어디에나 편재하는 '이야기의 귀신'을 등장시켜 놓은 것입니다. 작가 토마스 만 자신은 뒤에 물러서 앉아 있고, '이야기의 귀신'이 독자에게 그레고리우스의 득죄와 참회, 그리고 그 뒤에 따라오는 영광을 이야기해준다는 희한한 설정입니다. 여기서 '이야기의 귀신'의 묘용은 조화의 천진난만한 기운으로서 독자에게 '유머'를 선사하게 됩니다. 여기서 토마스 만이 이야기를 서술하는 주체로서 기성의 서술자 외에도 '이야기의 귀신'의 개념을 따로 설정한 사실을 유념해야 합니다.

토마스 만의 '이야기의 귀신'은 그레고리우스로 하여금 상대가 자신의 어머니인 줄 "모르는 중에도 또 알면서unwissentlich -wissend('알게 모르게')" 결혼하여, 또 제2의 근친상간을 범하게 되었다고 고백하게끔 하는데, 이 대목에서 토마스 만의 유머가 일순 반짝 빛나면서, 『선택받은 사람』의 독자는 '이야기의 귀신'을 따라 함께 웃지 않을 수 없습니다. 사실 이 '알게 모르게'는 '이야기의 귀신'의 존재와 작용의 비유로서 해석될 수 있습니다.

바로 토마스 만의 이 '이야기의 귀신' 묘용이 『도동 사람』속 '은폐된 서술자'의 신이한 이야기꾼적 존재로서 나타나 작가 안삼환 자신도 토마스 만의 '이야기의 귀신'처럼 '모르는 중에도 또 알면서(알게 모르게)' '안동민의 이야기'를 쓰고 있는 것입니다.

'다시 개벽' 소설론의 요체는 서술자의 존재 문제와 깊이 연관됩니다. 『도동 사람』의 서술자는 조화의 주재자인 귀신을 은폐하고 있는 까닭에 '유행불식하는 천지조화의 이치에 능통'하다는 것, 그래서 조화의 주재자인 귀신의 존재가 서술자 안에 은폐되어 있다는 사실을 간파하게 되면, 왜 이 소설이 '귀신소설의 모범'이라고 말하는지 이해할 수 있습니다. 이 또한 '내유신령 외유기화'인 것입니다. 이 '서술자와 소설 안에 은폐된 귀신'[내유신령]이 이야기의 안과 밖으로 '쉼 없는 조화'의 계기를 만듭니다. 그 조화의 계기는 '밖의 서술자인 허경식의 존재'에 의해 더욱 뚜렷해집니다. 마치 액자소설 형식처럼 소설 안에 서술자가 있음에도 소설 밖에서 또 다른 서술자가 서사하는 이중적 소설 구조를 가진 『도동 사람』에서 '밖의 서술자'인 허경식이란 인물에 의해, 주인공인 안동민의 전기와 이를 서사하는 전지적 시점의 서술자(은폐된 서술자가 포함된)는 수시로 객관화됩니다. 이는 소설이 안동민이라는 개인적 전기소설 형식에 갇히지 않고 현실 세계에서 소설의 안과 밖이 하나로 통하는 조화造化의 차원에 있음을 보여주는 형식적 장치로서 해석될 수 있습니다. 바로 소설 『도동 사람』은 겉보기엔 작가 개인의 현실이 두드러지는 '자전소설의 형식성'을 띠는 것일 뿐이고, 이 소설의 본질은 서술자 안에 은폐된 조화의 주체, 즉 귀신이 소설의 내용 차원에서 스스로 주인공 안동민의 성심과 하나됨을 통해 세속화와 인격화(귀신의 인격화)되고 있는 사실, 동시에 밖의 서술자인 허경식의 존재와 작용을 통해 소설의 안과 밖이 불이不二로서 통하게 된다는 사실이 주목되는 것입니다. 이 점이 '다시 개벽'의 소설론에서 중요합니다.

소설 『도동 사람』 자체가 귀신론의 관점에서
소설 창작의 원리가 그려진 '鬼神圖'

귀신론 관점에서 보면 지기의 조화를 주재하는 보이지 않는 귀신, 즉 은폐된 서술자가 안동민의 전기를 뚜렷이 객체화하고 상대화하기 위해 '소설 밖의 서술자'로서 허경식이란 인격을 따로 세운 것입니다. 소설의 서술자 관점에서 보면, 이 밖의 서술자인 허경식의 존재는 은폐된 서술자인 귀신의 묘용이요 묘처이기도 한 것이지요.[59] 이 '밖의 서술자' 존재와 작용을 통해 소설 『도동 사람』은 단순히 액자소설 형식을 빌리는 차원이 아니라 소설 자체가 안과 밖이 조화로서 통하는 '창조적 유기체로서의 소설 형식'의 성격과 그 기운을 품게 됩니다. 이 점이 의미심장합니다. 『도동 사람』은 은폐된 서술자인 귀신의 존재와 묘용에 의해 소설의 내용 차원은 물론 형식 차원에서도 안과 밖이 조화造化의 과정과 하나가 됨으로서, "기본적으로 현실 세계의 그물망에 얽혀 있으면서 항상 생성되고 생성하는 하나의 '현실적 존재'"[60]인 '창조적 유기체로서의 소설'이 된 것입니다. 그리고 이 사실은 작가가 나름의 수심정기 속에서 자신도 '모르는 중에도 또 알면서' '다시 개벽'의 소설 형식을 구현하고 있음을 뜻하는 것입니다.

오히려 '다시 개벽'의 소설관으로 해석하게 되면, 『도동 사람』은 귀신의 작용으로 말미암아 서구 근대소설이 세운 허구fiction의 미학을 여의고, 비허구적이고 비플롯적 성격이 강화됨으로써 소

---

59 『도동 사람』에서 허경식이란 존재는 동학으로 치면, 접령하는 존재[接靈者]의 알레고리인 셈입니다.

60 앞에서 논의된 화이트헤드의 '유기체의 철학'을 참고.

설『도동 사람』의 안팎으로 조화의 한 기운이 통하고 있는 점이 주목되어야 합니다. 이 소설의 '현실'에서 천진난만한 기운이 생생한 것은 소설 안의 현실과 소설 밖의 현실이 불이不二 상태를 만든 귀신의 작용 탓입니다.

유가 관점에서도 소설『도동 사람』의 서술자 내면에 은폐된 '조화의 주재자'는, 소설 밖 천지자연의 본성인 '유행불식'의 '성誠'과 서로 통하는 존재라는 점에서 특별합니다. 그러니 공자도 '지성至誠'을 가리켜 '귀신'이라 일렀듯이(朱子의 해석),『도동 사람』의 서술자 안에 은폐된 서술자는 귀신의 존재인 것입니다. 이 소설을 '귀신소설의 모범'이라 한 까닭이 여기에 있습니다.

17문 안삼환의 장편소설『바이마르에서 무슨 일이』에 관해 이야기하지요. 이 특이한 소설은 한국소설사에서 보기 드문 내용과 낯선 형식을 보여주는데, 이에 대한 비평적 소견이 궁금합니다.

답 안삼환의 근작『바이마르에서 무슨 일이』는 불이의 사유가 관통하는 가운데, '근대의 원산지'인 유럽 독일의 근대정신과 이 땅의 불완전한 근대정신을 비교하면서 서사되는 소설입니다. 서술자인 주인공은 한국의 철학과 교수이지만, 이 작품의 '은폐된 서술자'는 삼신할미 귀신이거나 '은미하게 활동하는 무巫'입니다. 보이지 않는 귀신이지만 소설 안의 조화 능력을 통해 독일인,

우크라이나인, 폴란드인, 중국인, 일본인, 미국인 등등이 등장하고 그들의 말과 행동인 '세계인들의 오케스트라'를 통해 한반도의 상황을 보여줍니다. 유역들의 목소리들의 다성多聲적 축제 공간인 셈인데 아마 이 땅의 오래된 정신 전통이나 정서가 없다면, 세계문학사적으로 안삼환 소설같이―소리판 굿판같이 다양하고 초월적인 목소리들로 가득 찬―은밀한 내적 형식이 나오기 힘들 것입니다.

예컨대 빌란트는 '겸손'과 '양보'를, 헤르더는 '질투'와 '시기'의 해악을 보여주고 괴테는 천만뜻밖에도 공자의 '정명正名'을 말합니다. 문득 원효의 '이변비중離邊非中'이 언급되기도 하고, 슈바이처의 '삶에 대한 경외심'이 튀어나오기도 합니다. 이 작품에서는 주인공 최준기도 서준희도 클라라 폰 쥐트휘겔도 단지 하나의 악기를 연주하고 있을 뿐입니다만 각각이 모여들어 하나의 '소리판'이 이루어집니다. 회통을 이루듯이 각 연주자들이 각기 자신의 연주를 하지만, '은폐된 서술자'가 지휘하는 그 오케스트라는 한반도를 둘러싼 세계사의 장대한 먹구름을 보여주기도 하고 미래 동아시아의 무지개를 보여주기도 합니다. 이 말은 『바이마르에서 무슨 일이』의 서술자는 근원적으로 있음과 없음의 불이를 바탕으로 동과 서, 남과 북의 각 유역 주민들 간에 평등하고 원만한 회통이 가능해지는 조화의 정신―수운이 설한 '만물 중에 가장 신령한 존재[最靈者]'로서의 상균相均·중화中和의 정신을 은폐하고 있음을 뜻하는 것입니다. 요컨대 천도天道의 상연常然과 무위이화無爲而化와 원시반본原始返本을 보여줍니다.

언뜻 보기에 기행 산문같이 보이는 바로 이 소설에, 한국문학사에서 일찍이 경험하지 못한 새로운 '다시 개벽'의 문학성이 숨어 있습니다.

또한 중요한 것은 이 불이 회통의 고차원적 경지는 표면적 서술자인 주인공 최준기의 내면과 접한 '은폐된 서술자'의 조화 능력·귀신의 공능에서 이루어진다는 점입니다.[61] 『도동 사람』과 『바이마르에서 무슨 일이』에서 '고차원적 정신의 존재'로서 '은폐된 서술자'는 수운이 '하느님과의 접신'을 위해 필히 수심정기하였듯이, '수심정기의 존재'인 것입니다. 필시 이 점이 숙고되어야겠지요.

18 문 알겠습니다. 유역문예론에서 나온 '창조적 유기체로서의 예술 작품'은 문학예술사에서 처음 만나는 개념으로, '진실한(성실한) 예술 작품'이라고 달리 부르기도 합니다. 처음 만나는 개념

---

61 『바이마르에서 무슨 일이』의 서술자는 주인공인 은퇴한 철학자 '최준기'이지만('서준희'일 때도 가끔 있음), '은폐된 서술자'는 보이지 않는 '이야기의 귀신'일 뿐, 최준기나 서준희의 곁에 있다기보다는 그들보다는 훨씬 차원이 높은 어딘가에 '은미하게' 숨어 있는 '이야기의 귀신' 또는 가상적 존재로 여겨지게 됩니다. 본래 귀신은 '內有神靈……'의 '신령'과 같은 개념이므로, 소설 안팎을 유기적으로 통하게 하는 '조화造化의 계기로서 현실적 존재'입니다.

이라 낯설고 이해가 쉽지 않은데요. 문예작품, 특히 미술작품을 논의하기 전에 '창조적 유기체로서의 예술 작품'이란 독특한 개념을 먼저 이해하는 것이 좋겠습니다.

창조적 유기체로서의 예술 작품

답「문학예술의 다시 개벽 1」에서 언급했듯이 천지조화의 계기를 이루고 묘처에 묘용하는 존재인 '귀신'을 문학예술 작품에서 접하는 심안心眼은 저마다 나름의 수심정기를 통하지 않고는 얻기 힘든 게 사실입니다. 그래서 궁리 끝에 먼저 아래의 두 예술 작품 이미지들 통해 조화의 '현실적 계기'에서 작용하는 '현실적 존재'인 귀신을 이해하는 게 좋을 듯합니다.

다음 두 미술작품을 보여드리죠. 왼쪽은 1970년대 후반에 전라북도 산골 지방에서 찍은 사진 작품(강운구, 1973년경 작)이고 오른쪽은 프랑스 시골 어느 농가의 방 안에서 열린 방문을 통해 보이는 바깥 풍경을 함께 그린 그림(마티스H. Matisse, 1896년 작)입니다. 예술 작품의 장르나 예술의 분야부터 서로 다르고, 그 예술가가 다루는 내용은 물론 질료, 소재, 시간과 공간 등에서 두 작품은 전혀 다른 영역에 있습니다.

그럼에도 이 말을 뒤집으면, 만일 두 작품에서 어떤 공통적 근원성을 찾는다면, 그 자체로 예술의 보편성을 얻게 될 수도 있다는 의미이기도 합니다.

　예술가는 정신의 수련과 기예의 단련, 자기의 절차탁마를 통해 창작에 임해야 한다는 것이지요. 예술 창작은 그 자체가 작가의 마음에서 일어나는 기운의 조화이기 때문에 각자 형편에 맞는 '수심정기'는 필수적입니다. 수운 동학의 표현을 빌리면, 창작은 작가의 수심정기를 통한 무위이화와 뗄 수 없는 관계 속에서 이루어집니다. 저마다 수심정기 여하에 따라 예술 창작은 '알게 모르게' 수행됩니다.

　이 '다시 개벽'의 창작과 비평을 염두에 두고서 위 두 작품을 해석하면 그 결과가 비슷하기 때문에 이 자리에서는 사진 작품만을 유역문예론의 관점에서 해석하기로 합니다.

　어느 찰나의 시간성 속에서 포착된 피사체의 존재감과 오묘한 구도에서 오래 단련된 작가의 의식과 감각이 가만히 느껴옵니다. 눈발이 날리는 시골길에서 무거운 짐을 머리에 인 시골 아낙과 초등학교 입학식을 치른 어린 딸애(?)가 함께 밝은 표정으로 걸어오는데 때마침 동네 개 한 마리가 길을 가로지르는 돌발적 상황을 찍은 사진입니다. 사진작가가 누구이고 저 사진이 나온 시간 공간에 대한 정보 등을 일단 배제하고 저 사진 자체가 지닌 예술성만을 '순수하게' 생각해볼 필요가 있습니다. 이 말은 저 사진 자체가 지닌 유기체적 성격을 파악하려는 의도입니다. 사진 자체를 지기至氣의 존재로서 마주하고 이해하는 과정에서 비평가의 마음은 사

진에 반응하고 화응하는 현실적 계기들이 '알게 모르게' 생기기
마련입니다. 이 사진에서 해석될 수 있는 비평 내용을 대충 정리
하면 다음과 같습니다.

강운구,「겨울의 개」(1973)

마티스,「열린 문, 브르타뉴」(1896)

　- 자연과 인간의 친연성은 보여주지만, 여느 범상한 풍경 사진
과는 차이가 분명한데 그 차이는 개 한 마리의 돌연한 돌출에 있
습니다.

　- 모녀가 정겹게 같이 걷는 길 앞을 가로질러 길과는 엉뚱한 쪽
을 향하는 개 한 마리의 돌출성은 작가의 의도에 따른 것이라 할
수는 없습니다.

　- 개의 돌출은 구도構圖의 이탈을 의미합니다.

　- 구도의 이탈은 무위이화(造化)의 현실적 계기actual occasion입
니다.[62]

62　유기체 철학의 관점에서, 강운구 사진 작품에서 '한 마리 개'의 존재

- 예술 작품이 무위이화를 품는다는 것은 작품 안팎으로 은미한 무위이화(조화)의 기운이 통한다는 의미입니다. 무위는 인위를 초월합니다.

- 진실한 창조성은 인위[63]를 넘어서는 무위이화의 현실적 계기 자체입니다.

- 무위이화의 현실적 계기는 '지금'-현실의 시간성에서 은미한 형식을 통해 현상합니다.[64]

- 저 개 한 마리는 작가도 '알게 모르게' 지금 접한 현실적 존재로서, '지기의 조화'[65]의 표상입니다.

- 작품의 무위이화는 작품 안팎으로 개활성開豁性의 기운을 품습니다.

- 작품 안팎으로 통하는 무위이화의 개활성은 천진난만한 조화의 기운을 가리킵니다.[66]

는 작가도 '알게 모르게' 작용하는 무위이화(造化, 神性)의 '현실적 계기(현실적 존재actual entity)'입니다.

63 '人爲'의 뜻에는, '사람에 의한 조작으로 이루어짐'과 함께, '부처가 되기 전에 구도자인 보살의 단계'라는 뜻이 있습니다. 유역문예론에서 '인위적 귀신'은 사람이 수심정기를 통해 '알게 모르게' 넘보는 '귀신'의 경지 또는 修練을 통해 '여몽여각'으로 접신하는 귀신의 경지를 가리킵니다.

64 예술 작품의 '창조성', 곧 '인위'의 차원을 넘어선 '무위이화'의 계기는 '지금 여기'라는 현실의 시간성에서 '은미한 형상形狀'으로 나타납니다. (이때, '人爲'라는 말은 '修行'의 의미와 같습니다. 주 63 참고)

65 동학 21자 주문 맨 앞의 강령주문, "至氣今至"의 상태.

66 진실한 예술 작품의 안팎으로 조화(무위이화)의 기운이 통한다는 것은

강운구의 사진 한 장을 분석한 비평 요소들은 대충 위에 열거한 열 가지 정도입니다. 조화의 관점에서 이 비평 요소들은 결과적으로 오른쪽에 놓인 서구 현대미술사의 거장 H. 마티스의 그림과 일맥상통합니다. 마티스라는 화가의 정보나 그의 화풍이 어떻다는 등 사전 지식을 가지고 보면 선입견과 함께 일종의 편견이 개입할 터이니, 최대한 저 그림 자체 외에 마티스의 회화에 대한 지식을 배제하고서 저 그림이 품은 자체 안의 기운생동氣韻生動에 집중하도록 합니다. 그러하면 저 두 작품은 창조적 유기체론에 통하는 공통성을 드러냅니다. 마티스는 방 안에서 열린 방문 밖으로 햇빛의 양명한 기운을, 즉 '천지자연의 기운'을 그리고 있음을 알게 됩니다. 집 안이라는 인위성과 통하는 무위자연의 조화 기운을 그립니다.

위 두 작품에서 비평적 결론을 말하면, '이탈한 개'와 '열린 문'은 비평가 또는 감상자의 '지금 현실에서' 조화의 귀신(神)이 작용하고 있는 '현실적 계기' 즉 '현실적 존재'라는 사실입니다. '다시 개벽'의 비평관점에서 보면, 동학의 '지기금지'의 알레고리라고 말할 수 있습니다.

바꿔 말하면, 두 작품에서 사람들이 다니는 길에서 이탈 중인 '개'와 '열린 문'은 조화(造化, 무위이화)를 주재하는 귀신은 "보였는데 보이지 않고, 들었는데 들리지 않는[視之不見 聽而不聞] '은미

'천진난만한 기운'이 작품에 서려 있다는 말입니다.

한 존재'[67]"로서 지금-여기서[68] 작용하고 있음을 보여줍니다.

따라서 위 두 작품이 '다시 개벽'의 예술에 시사하는 바는, 창작과 비평에서 공히 은미한 존재인 귀신의 조화와 그 생생한 기운氣韻을 터득하는 것이 전제되므로 작가는 물론 비평가도 '지금' 현실 속에서 접령(접신)의 능력을 기르는 저마다의 '수심정기'가 중요합니다.

강운구 사진에서 조화의 기운이 서린 귀신의 묘용 묘처妙用 妙處는 저 엉뚱한 곳을 향하는 한 마리 개의 존재에 있으며, 마티스가 그린 시골집의 실내와 실외가 서로 통하는 저 풍경화 안에서 조화의 기운은 바로 '열린 문'의 존재에 있습니다. 마티스의 수많은 그림 속에 나오는 '열린 창open window'은 천지자연 속 만물에 내재하는 지기의 조화와 통하는 주원呪願의 표상이자 영혼의 형식이었던 것입니다. 마티스에게 '열린 창'의 존재는 천지조화의 근원적 기운[元氣]을 그림 안에 불러들여(접령, 접신) 그림의 안과 밖을 하나로 통하게 하는(巫) 주술성의 표상으로, 그 조화의 기운은

---

67 수운은 '하느님 귀신'과의 접신 상태를 스스로 "視之不見 聽之不聞"(「논학문」, 『동경대전』)이라 하였고, 孔子는 귀신을 가리켜, '무릇 隱微함으로 드러난다(夫微之顯)'고 말합니다. (『中庸』 제16장)

68 예술 작품에서 귀신의 작용은 '지금-여기'의 현실적 존재(계기)로서 접하는 것입니다. 이는 예술 작품의 각자의 고유한 유기체적 본성을 가지고 있으며, 이에 따라 창조성(생명력)을 갖는다는 의미로서, 감상자(비평가)의 '지금-여기'에서 상호 작용하는 '과정' 자체를 뜻합니다.

은미한 존재이면서도 아이러니하게도 활연한 개활성을 지닌 천지간의 기운이라는 사실을 이해하는 것이 중요합니다. 바로 저 두 작품에 은폐된 개활성 즉 '지기의 무위이화'에서 은은하게 감응되는 기운을 가리켜 '천진난만'이라 이름하는 것입니다.

이 두 작품에서 보듯, 자기 안팎으로 개활된 조화의 기운을 품은 예술 작품을 가리켜 '창조적 유기체로서의 예술 작품' 또는 '진실한 예술 작품'이라 부릅니다.

앞서 유기체 철학의 관점에서는, '적응'에는 '반응'이 포함된다고 말한 바 있습니다만, 유기체 미학이라 불릴 만한 문학예술론에서도 '반응'이 조화의 창조성(즉 생성하는 힘), 조화의 힘으로서 능동적이고 창조적 비평정신을 의미합니다. 비근한 예를 들면, 추사 김정희(秋史 金正喜, 1786~1856)의 「세한도歲寒圖」에서 중국식 가옥의 둥그란 창에 그려진 초승달 형상은 3차원의 시공간성(늙은 소나무 두 그루)에 4차원의 시공간성 즉 미래(젊은 잣나무 두 그루)를 형상화한 것(동시성)이고 초승달 모양이 가리키는 은폐된 시점의 방향에서 보면 현실의 시공간 안에 '은폐된 시공간'이 작용하는 것(造化의 초월성)으로 관측될 수 있습니다. 과거 현재 미래가 동시성으로 '지금-여기에' 존재하고(至氣今至), 다른 시점에 의한 시공간성이 은폐된 채로 무궁한 조화造化의 지평 속에 있음이 관측될 수 있는 것이죠. 정확히 말하면, 이 「세한도」에 은폐된 조화를 관측하는 것 그 자체가 무위이화 상태에 듦을 의미하는 것입니다. 가옥의 원근법을 무시한 것도 구상의 구도 속에다 추상의 정신을 그려 넣은 셈인데, 특히 늙은 소나무의 오른쪽 늘어뜨린 가지가 향하는 보이지 않는 둥근 원은 원근법이 사라진 가옥의 뒷부분과 어우러져 원만한 정신의 높고 깊은 뜻을 추상합니다. 4차원의 회화 정신이 원만圓滿의 지고한 마음 경지를 품고 있는 것입니다. 지독히 외로운 유배지 제주 섬에서 추사는 신의를 저버리지 않는 지극 정성의 제자를 위해 최고조의 예술정신, 지기至氣의 정신 안에 조화의 귀신이 작용하는 그림을 마침내 그린 것이지요.

「세한도」에서 '보일 듯 말 듯한' '귀신의 조화 및 작용 원리'를 관찰하려거든, 감상자의 마음에도 저마다 귀신의 묘력을 '알게 모르게' 접해야 합니다. 추사의 정신과는 별도로 감상자도 '내유신령 외유기화'의 작용과 묘력을 구하기 위해 감상자의 마음공부와 저마다 수련이 중요합니다. 감상자의 마음공부 여하에 따라 귀신의 존재와 작용이 관측될 수 있으니까요.

감상자가 「세한도」 안팎에서 상호작용하는 과정에서 조화의 기운, 곧 '없는 있음'인 귀신의 존재와 작용이 은미함으로 일어나는 것이지요. 3차원의 현실 속에서 일어나는 4차원의 초월적 시공간이 어렴풋이 들고 나기를 지속합니다. 조화의 기운에 감응하는 것이고 이를 가리켜 '귀신에 들리다'라 하는 것이죠. '다시 개벽'

의 예술 행위는 예술 작품의 안팎으로 일어나는 조화 즉 시천주의 풀이에서 '내유신령 외유기화'와 밀접한 연관성이 있습니다.

19 문 '유역문예론–영화론'에 대해 영화 마니아들이 반응을 보이는 것 같습니다. 영화를 보는 새로운 관점인 데다 그간 서구 영화 이론에 의존해서 한국영화를 해석하던 습관적 시각들에 충격과 반성을 안겨준 듯합니다. 영화 외에도 미술작품에서는 어떻게 유역문예론이 적용될 수 있는지 얘기해주십시오.

답 홍상수 영화를 영화평을 쓰느라 뒤늦게 찾아보았습니다만, 데뷔작「돼지가 우물에 빠진 날」을 처음 다 보고 나니, 금세 홍상수 감독의 연출 정신이 이 땅의 혼에서 나오는 것이란 걸 직감했습니다. 특히 아파트 베란다 창문을 열어놓는 엔딩 신에서 묘한 생각들이 연거푸 일더군요.

사실 이 '열린 창문'이 중요합니다. 열린 창문은 자연과의 조화 造化를 추구하는 예술정신을 상징합니다. 땅의 혼이란 것도 천지 자연의 기운을 소중히 여기고 살아온 한국 문화의 근본이라 할 수 있죠.

서양 화가들로서는 '열린 창'이 있는 풍경화나 정물화를 많이 그린 마티스의 회화 정신도 이에 상통한다고 봅니다. 가령 마티스의 많은 그림에서 인위적으로 실내의 '열린 창'을 반복적으로 그려 넣은 것은 하늘과 바다 같은 자연의 기운과 통하려는 주술적 상像이라 할 수 있습니다. 세잔(P. Cézanne, 1839~1906)의 정물화나 풍경화가 그림 안팎으로 집요한 반복성[69]을 보여주는 것도 화폭에 자연의 본성으로서 조화, 즉 무위이화의 기운을 통하게 하려는 것으로 해석될 수 있습니다. 서양 근대 회화의 거장들 면면과 그들의 그림들 가령 마티스, 뭉크, 미국의 앤드류 와이에스 등은 한결같이 '열린 창'(혹은 닫힌 창일지라도 안과 밖이 조화로서 통하는 '창')이 있는 풍경화를 많이 그렸습니다. 이들 거장의 실내 및 실외가 담긴 풍경화에서 '창문'은 그 자체가 하나의 주술적 화소畫素입니다. 동아시아의 전통 회화 정신으로 치면, '자연의 시원적 기운이 통하는 여백'과도 같다고 할 수 있겠죠. 일체의 꾸밈을 여읜 자연의 기운 자체가 통하기를 주원呪願하는 상징의 상像이라 해석될 수 있습니다.

앙리 마티스 그림에서 창문의 존재를 깊이 생각하면, 일종의 주술 효과와 같이 그림 속의 열린 창은 천지조화를 주재하는 귀신과의 접점이요 묘처인 셈입니다. 열린 창에서 통하는 천지의

---

69 세잔 특유의 반복 기법으로서, 가령 작품 안으론 자연물의 天然性(造化의 至氣)을 살리기 위한 '붓질의 반복 기법' 등을 찾고, 아울러 작품 밖으론 같은 그림 소재나 같은 오브제의 반복 그림을 통해 사물의 본연의 사물성 또는 사물의 천연성을 표현하려 한 점을 가리킴.

기운에 귀신이 있으니까, 귀신이 그림에 조화의 기운을 안겨주는 것입니다. 실내의 인위와 실외의 무위가 하나로 통하는 창문의 존재에 신적인 계기, 곧 만유내재신론에서 말하는 현실적 존재이자 계기인 신의 묘력이 전해지는 주술성이 그 안에 있는 것입니다. 합리주의자들은 전혀 이해할 리가 없겠지만, 유독 한국 사찰 건축에서 특별히 발달한 공포栱包가 대웅전 안팎으로 괴기스러울 정도로 표현되는 것에서도 특례를 찾을 수 있습니다. 법당 안팎으로 지존의 영기靈氣가 통하는 것을 표현한 것이지요. 이 안팎으로 뻗치고 통하는 신령한 기운이 새로운 문학예술의 본질이자 연원이라 할 수 있습니다.

그렇기 때문에 마티스의 열린 창의 기운은 자연 마티스 미술에서 선과 색도 신통의 경지에 이르게 됩니다. 마티스의 모든 걸작들에서는 강렬한 색들 그 자체로부터 자연계의 온갖 소리들이 뒤섞여 들리는 듯합니다. 아마 야수파fauvism란 명칭도 이와 무관하지 않을 것입니다. 마티스의 후기작 가령「댄스」, 말년의「종이 오리기cut out」같이 어린이 놀이 형식의 미술에서 한결같이 느껴지는 천진난만한 기운과 그 기색氣色들은 바로 '열린 창'에 통하는 조화의 기운, 곧 귀신의 묘용의 연장이라 할 수 있겠지요.

잘 알려져 있듯이, 세잔의 미술에서 특정 소재를 계속해서 그리는 반복성─어린아이나 배우는 학생이 무언가에 집중한 채 반복해서 그리듯이─이나 일정한 형식성을 지닌 미세한 붓질을 무한 반복하여, 인위성을 넘어서려 한 점은 이 천지조화의 기운을 화폭에 담으려는 화의와 밀접한 관련성이 있습니다. '인위적인 선을 자연적인 면으로' 대신했다거나 따위의 미술적 실험도 이 천지자연의 순환하는 기운을 표현하려는 시도입니다. 세잔이 그린 조화의 기운은 그 자체로 세잔의 수심정기의 표현입니다. 유역문예론에서 보는 세잔의 그림은 우선 이 그림의 안팎으로 통하는 신기의 '조화造化'를 통찰하는 데서 그 예술성의 '본질유래'[70]를 찾을 수 있습니다. 결국 천지조화의 한 기운 속에서 존재하는 유기체적 예술 작품의 창조성은 작가의 수심정기뿐만이 아니라 그림을 보는 향수자들이 예술을 보는 관점과 태도의 변화와 깊이 연관됩니다.

20 문 미술사적으로 유명한 세잔은 메를로 퐁티, 라캉, 데리다, 들뢰즈 등 근현대 수많은 사상가 비평가들이 세잔의 회화를 논했습니다만, 유역문예론 관점을 가지고 나름의 해석을 할 수 있군요.

답 한 가지 짚고 갈 것은 오히려 이 땅에서 서구 사상가나 학자들의 세잔론을 맹목으로 따르는 태도는 지양되어야 하겠지요. 서구의 근대 화론에 뒤이어 포스트 모더니즘 또는 후기 근대주의를 그대로 따라 화가나 학생들이 배우는 것은 그다지 바람직하지 않

---

70 하이데거의 개념, 「예술의 근원에 대하여」 참고.

다고 봅니다. 무조건 서구 화론이나 서구 이론에 맹목적으로 따르는 태도는 유역문예론의 기본 관점인 유역 저마다의 자재연원의 정신에도 배치됩니다. 자재연원의 시각에서 이 땅의 혼을 통해 '세잔'을 보고 읽고 평가하는 자세가 원칙적으로 옳다는 말입니다.

서양 근대미술의 아버지로 존경받는 세잔은 많은 풍경화, 정물화, 인물화 등을 그리고 사물의 본성, 가령 사과의 물성을 그리려 한 화가로 유명합니다. 고향 인근의 생 빅투아르 산을 자주 그렸고, 사과가 있는 정물화, 자기 아내를 비롯한 인물화를 반복해서 많이 그렸습니다. 유역문예론의 '지기의 조화' 시각에서 보면, 19C 이후 서양미술사에서 세잔은 화가로서 최고의 전범인 듯합니다. 세잔이 생 빅투아르 산을 반복해서 많이 그린 것에 '성산(聖山, Saint-mont)'이란 별칭이 붙듯이, 신령한 산 즉 '지기의 조화'를 상징하는 산이라고도 해석될 수 있습니다. 천지조화의 근원을 표상하는 신령한 산인 까닭에, 세잔이 반복해서 그린 성산 빅투아르 산은 원근법을 살리면서도 그 성산의 원근 안에 포착된 조화의 기운을 그린 것이라 해석될 수 있습니다. 그러기에 동일한 오브제를 반복하면서도 미세한 기하학적 변화를 꾀하고 있는 것이라 할 수 있지요. 세잔이 동일한 소재를 반복해서 그린 작품들에서 공간에 대한 독창적인 기하학적 구도와 원근법을 주시하면, 그 화의는 '지기'와 연결된 사물들의 존재감과 함께 조화의 기운을 그리려 한 점을 이해할 수 있습니다. 신령한 빅투아르 산과 산의 주위 사물들에 '은폐된 보이지 않는 지기의 형상形狀'을 표현하려 한 것이라 볼 수 있습니다. 다시 말해, 생 빅투아르 산의 신령함이 조화의 기운으로써 만물에 상호 작용하고 있음을 '은미함'의 형식을 통해 보여주는 것이라 할 수 있지요.

세잔이 대상을 수없이 반복해 그림으로써 도달한 회화 정신은 사물의 그림에서 인위적 절차탁마 끝에 다다른 사물 스스로의 관점 즉 사물에 내재하는 신의 시각이라고도 말할 수 있습니다. 그래서 자기 아내를 비롯한 인물화(초상화)를 그리더라도 인위적인 표정이나 얼굴의 세세한 구체성을 지우는 경지에 다다른 것이지요. 가능한 인위적인 차원을 넘어야 무위이화의 경지, 바로 천지조화의 기운이 그림 속에 생긴다는 진리를 세잔은 자기 성실성과 함께 '그림의 무한 반복성' 속에서 터득하게 된 것입니다.

세잔의 많은 인물화 중에서 자기 아내를 그린 초상화가 몇 점이 있는데, 흥미로운 사실은 아내의 얼굴 표정이 심히 일그러져 사실성이 없거나 두 눈이 초점을 잃고 심상찮은 상태로 마치 무당이 그린 무녀도巫女圖를 연상케 한다는 점입니다. 이는 천지조화의 기운을 그리려 절차탁마한 세잔의 예술정신이 자기도 모르게 즉 무위이화의 조화로서 다다른 '내유신령 외유기화'의 경지라고 생각합니다.

또한 '나무' 그림들에서 반복적 붓질에 의한 기운의 취산聚散이 있다거나 오브제의 외곽선을 계속 지우는 느낌은 오브제의 존재와 화가의 마음이 동시적인 변화의 관계 속에, 곧 '조화 안에' 있음을 표현하려는 세잔의 근원적 미학 정신의 소산입니다. 세잔의 그림에서 색이 선을 대신한다는 의미는 아마도 이와 무관하지 않을 것입니다.

여기서 세잔의 자연의 근원으로서 생생한 기운을 터득하려는 예술정신, 즉 천지자연에 은폐된 '자연신[萬神, 萬有內在神]'들과 합하려 고뇌하고 도전하는 예술정신이 엿보입니다.

서양미술사에선 곧잘 표현주의 화가로 분류되는 노르웨이의 화가 뭉크(Edvard Munch, 1863~1944)의 그림에 자주 나오는 '닫힌 창'은 북유럽 유역의 음습한 자연환경과 매운 추위 탓에 '닫힌 창'이 보통 그려지지만, 마티스의 '열린 창'이 지닌 조화력의 표현과 크게 다를 바 없습니다. 특히 뭉크의 예술혼을 세계에 널리 알린 명작 「절규Scream」(1893)는 인간 내면에 잠재한 자연의 본성으로서 공포를 표현한 그림인데, 거기엔 스칸디나비아 유역(노르웨이)의 일몰 때 지기의 조화가 펼쳐지는 일대장관을 그 유역 주민들 마음의 신령이 밖으로 기화하는 신묘한 시공간 속에서 극적인 표현을 얻습니다. 방금 뭉크의 「절규」에는 스칸디나비아 유역 주민들의 마음에 깃든 신령이 마침내 밖으로 기화한다는 것은 그림의 전면에 그려진 사람 얼굴은 인위적이고 구체적인 요소가 지워진 초인간적 '혼(신령)의 형상'이고 저 멀리 사람도 흔적으로서 뒤로 남겨지며, 붉게 물든 북구의 저녁놀과 역동적 기운이 가득한 하늘과 땅에서 인간 존재의 연원은 천지조화의 지기 속에 있음을 표현한 것으로 해석될 수 있기 때문입니다. 그러므로 '절규'라는 제목은 피오르드 해안으로 유명한 노르웨이 유역이 본래 지닌 자연의 본성으로서 인간의 본성을 표현한 것이라 할 수 있습니다. 절규나 공포에서 천진난만한 황홀경의 느낌이 없지 않은 것도 이와 무관하지 않습니다. 뭉크의 「절규」는 인위적인 차원의 비명을 뜻하는 게 아니라, 인간의 본성으로서 지기至氣의 표현이라 할 수 있겠죠.

'다시 개벽'의 눈으로 보는 '현실'은 근대 이념으로 보는 현실과는 다른 '내유신령 외유기화'의 현실임을 앎[知]이 중요

유역문예론의 시각에서 보면, 미술의 현실reality은 '이념의 현실'이 아니라, '조화의 현실'임을 앎이 중요하다고 생각합니다. 세잔의 그림에서 현실은 자연과학적 현실에 그치거나 근대 이념으로 해석된 현실이 아니라, 조화의 기운 즉 화가 자신은 물론 만물이 저마다 '내유신령' 상태로서 '외유기화'한 현실입니다.

세잔이나 뭉크, 마티스, 피카소 등 거장들의 그림에서 '현실'은

천지자연의 근원인 지기의 조화造化가 '내유신령 외유기화'의 경지를 이룬 현실인 것이죠. 예술에서 무위이화의 경지는 이를 가리키며, 바로 여기서 '창조적 유기체로서의 예술 작품'에 합치하는 무궁한 조화 속의 예술성, 즉 '창조적인 예술성'을 만나게 됩니다. 세잔이나 마티스, 피카소, 뭉크 등 거장이라 불리는 서양의 화가들은 수운 동학의 '귀신'을 물론 알 리가 없겠지만, 거장들 저마다 수심정기修心正氣하며 끊임없이 공부하고 미술적 실험과 도전을 반복한 결과, 자기 안의 귀신(내유신령)이 스스로 깨어나 조화(무위이화)의 기운에 들게 되고 마침 그 조화의 덕에 합하게 된 것이라 할 수 있습니다.

21 문 그렇다면 무위이화의 기운은 그 본성은 '천진난만'이라 하였으나, 주민학살의 비극적 사건을 다룬 피카소의 걸작 「게르니카」나 한강의 『작별하지 않는다』에서도 조화의 기운인 천진난만이 내재하는 걸까요.

답 거장들의 문학예술 작품에는 내면화된 채로 은미함에서 드러나는 무위이화의 존재가 감지됩니다. 적어도 유역문예론의 가설은 그러합니다. 모든 뛰어난 '창조적 유기체로서의 문예작품'은 비극이든 희극이든 그 바탕에는 조화(무위이화)의 기운인 '천진난만'의 분위기가 움직입니다.

이런 맥락에서 다른 예를 들면 P. 피카소(Pablo Picasso, 1881~1973)의 유명한 「게르니카」(1937)는 스페인 내전 중에 파시스트들이 스페인 북부 바스크 지방의 작은 마을 게르니카 주민들을 학살한 만행을 그린 대형 작품입니다. 이 걸작을 그림의 소재나 주제의식으로만 평가하면, 당연히 조화의 기운을 보는 관점은 소외될 수밖에 없겠지요. 하지만 과연 피카소는 세계적 대화가라 할 수 있는 것이, 끔찍한 살상 현장을 그린 듯합니다만 그가 절차탁마한 입체파풍의 초현실주의적 형상은 스페인의 지방 주민들을 학살한 내용과 주제의식을 표현하는 데 그치지 않고, 감상자의 마음과 기운을 움직이는, 즉 '조화의 창조성'이 생생生生한 그림을 그려냅니다. 이 조화의 창조성의 시선으로 「게르니카」를 보면 그림에서 비롯되는 유기적 조화의 기운, 곧 천진난만한 조화의 기운이 은근히 다가옴을 느낍니다. 이는 「게르니카」를 접하는 감상자의 마음 자세, 감상자는 그림 감상을 위한 나름의 공부와 수련이 미술 이해의 기본임을 말하는 것입니다.

걸작 「게르니카」는 조화의 천진스런 기운을 깊고도 은미하게 품은 작품이기에, 당시 스페인 독일의 파시스트 정권에 의해 자행된 학살의 참상이 이념적 조작 없이 전해지고 감상자의 분노는 고양된 정서와 정화된 감각의 차원에서 전해질 수 있는 것입니다.

22 문 언젠가 우리나라 불교 건축의 뚜렷한 특징 중에서, 법당 안팎의 기둥 위 처마 아래에 화려한 공포 조각들을 한국 예술의

본성인 조화造化의 기운과 연결 지는 얘기를 하셨는데, 이에 대한 설명을 듣고 싶습니다.

답 중국, 일본의 불교 사찰 건축에도 공포가 없는 것은 아니더라도, 내가 아는 한 한국의 불교 사찰만큼 유별나게 힘차고 화려한 공포를 법당 안팎으로 둔 장엄한 미적 전통을 가진 나라는 없습니다.[71] 이 땅의 불교 건축에서 공포가 신을 모신 법당 안팎으로 활연히 통하는 조화의 생기를 표상하듯이, 공포는 한국 예술혼의 상징과도 같습니다.

조선 미술사에서 빛나는 겸재 정선(謙齋 鄭敾, 1676~1759), 단원, 추사 등 이 땅의 천재들은 천지조화의 기운을 저마다의 수행과 방편을 통해 터득했습니다. '귀신의 책'이라 불리는 『주역』에 통달한 조선의 화성畵聖 겸재[72]가 그린 더도 덜도 아닌 실경實景의

---

71 한국 불교 건축의 특성과 백미는 대웅전 건축에서 처마를 받치는 기둥머리에 힘차게 기운을 내뻗듯 조각한 공포를 생각하면 한국미술의 독자성과 특별함을 이해하는 데 도움이 됩니다. 일제의 식민지 때 일본의 미술사학자들이 공포의 튀어나온 나무 조각들을 가리켜 쇠설[牛舌]이라 이름 붙인 것이 백 년이 지나서도 정정하지 못하고 있는 실정입니다만, 미술사학자 강우방 선생이 밝혔듯이 여래 지존의 靈氣가 사방으로 뻗쳐나가는 형상을 표현한 이 땅의 고유한 불교미술 형식이라 할 수 있습니다. 중국과 일본의 사찰에서는 공포가 표현되더라도 보잘것없이 허약한 형상에 그칩니다.

72 겸재 정선이 개성 땅 '박연폭포'를 그림 세 점 중에는 폭포를 사이에 둔 우람한 암벽이 용틀임하는 듯한 형상이 그려진 그림(「朴生淵」)이 있습

산수 그림들은 안팎으로 조화의 기운이 은미하게 통하기 때문에
'실경 속에 선경仙景'이 전해오는 듯합니다. 이를 높여 '진경眞景
산수화'라 부르는 것이 이해됩니다.

단원 김홍도[73]의 그림도 안팎으로 조화의 기운이 완연합니다.

재미있는 예를 하나 들겠습니다. 널리 알려진 단원의『풍속화
첩風俗畵帖』(국보)에는 왼손과 오른손을 바꿔 그린 풍속화 두 점이
들어 있습니다.「무동」,「씨름」으로 알려진 작품들인데 이에 대해
미술사학자 또는 고미술 비평가들은 대체로 잘못 그린 그림으로
평가를 내립니다. 물론 그림 해석의 가능성은 얼마든지 열려 있
으니, '조화의 관점'에서 달리 해석할 여지가 있습니다. 단원이 풍

니다. 폭포의 물소리를 형상한 것으로 볼 수 있는데, 이 또한 폭포 그림
의 안팎으로 통하는 천지조화의 근원적 생명력을 '물소리'로서 표현
한 것이라 해석될 수 있습니다. 걸출한 시인 김수영의 폭포의 시 정신
과 더불어 비교될 수 있는 걸작입니다.「巫 혹은 초월자로서의 시인—
시인 김수영론」(2008), 졸저『네오 샤먼으로서의 작가』(2017) 참고.

73 이 자리서 단원의 그림을 제가 평가하기엔 족탈불급입니다만, 단원
그림에 보이는 공간구성의 탁월함은 익히 알려진 바와 같고, '역원근
법'의 화면 구성을 통해 감상자가 그림 안에 들어서는 듯한 느낌을 갖
게 하거나,「유생들이 그림을 감상하는 풍속화」에서 단원은 '화면 속
그림의 내용'을 일부러 그려 넣지 않는 것 등에서 단원이 '의미' 맥락
차원을 넘어서 '조화의 기운' 차원에서 그림의 소재나 대상을 보는 것
을 알 수 있습니다. 단원이 공간구성 능력에 탁월하여 조화의 기운을
심도 있게 표현하거나, 조화의 기운에 맞게끔 변형된 준법에 능수능
란하고, 붓질의 강약에 따른 맑고 투명한 담채의 수묵 감각을 통해 조
화의 기운을 표현하는 데에 남다른 독창성을 발휘한 조선 후기의 명실
상부한 최고의 화가라 불릴 만합니다.

속화를 보는 감상자들과 일종의 '놀이'를 하려고 부러 양손을 바꿔 그렸다는 해석이 있을 수 있습니다. 일종의 '숨은그림찾기 놀이'를 하려고 일부러 왼손과 오른손을 바꿔 그린 것이란 해석이지요.[74] 먼저 단원이 풍속화를 그린 화의로서 해학의 관점을 가지고 그림을 그렸을 것이라는 추정은 단원의 천진한 성품으로 보아 충분히 가능성이 있습니다.

하지만 그림 안의 기운이 밖의 감상자와 조화의 한 기운에 통하는 풍속화 연작 중「무동」과「씨름」에 그려진 그림 소재의 역동성과 복합성 등을 고려해보면, 단원이 감상자와 놀이하듯이 슬며시 틀린 그림을 숨긴 것으로 볼 수 있습니다. 그림 밖의 감상자가 그림 안과 '숨바꼭질'하듯이 하나가 되어 교통하는 꼴이 되니까요. 천진난만한 동심에 놀이라도 하듯이, 풍속화 안팎에서 '귀신'의 묘용이 일어납니다. 이 또한 조선의 신필이라 칭송받는 단원의 해맑고 드높은 예술혼을 반영합니다. 미술사가들은 대체로 단원이 서민을 대상으로 삼은 풍속화를 가벼이 보고 재빨리 대충 그리려다 옥에 티처럼 그림에 오류가 생긴 것이라고 해설하기도 하지만 이런 해석은 그 진위를 가리기도 어렵거니와, 이성적 합리적 미술비평이 지닌 한계를 고백하는 것에 불과합니다. 사실

---

74 단원의 그림이 오류가 아니라 일부러 '숨은 그림'을 감춰놓은 것으로 해석한 미술사가는 고 오주석입니다. (오주석 저『옛 그림 읽기의 즐거움』 참고.)

寫實과 사경寫景에 투철하고 비범한 능력을 지닌 단원이 서민들의 일상사를 그린 풍속화라고 해서 인물의 신체를 함부로 그릴 리도 만무합니다. 단원의 인물 묘사에는 정확함과 함께 신기가 어려 있는데 풍속화라고 해서 예외일 수 없습니다. 이 기운생동 전신사조氣韻生動 傳神寫照의 경지를 제대로 접한다면 단원 풍속화의 틀린 그림은 오류일 수 없고, 고의로 틀린 그림 찾기 놀이를 하는 것이라 해석하는 것이 타당합니다.

단원은 풍속화 안에다 바깥세상과 '놀이'하듯이 '틀린 그림'을 은폐함으로써 결국 그림 안팎에 천진난만한 조화의 기운이 통하게 한다는 미학적 해석이 중요해집니다. 이러한 '근원적 조화의 기운'을 중시하는 미학적 해석을 통해 '기운과 마음'이 하나가 되어 작용하는 '지기의 미학'에 이를 수 있을 테니까요. 단원의 걸작「송하맹호도松下猛虎圖」의 용맹한 호랑이의 털 한 올 한 올은 세밀한 사실주의 기법으로 그려져 살아 생생한 기운을 띠는데 정작 호랑이의 두 눈은 매서운 눈동자가 아닌 수직동공으로 그려진 것도, 마치 민화 속 익살맞은 범의 형상처럼 귀신의 천진난만한 기운을 일으키려는 화의와 연관이 있다 할 것입니다.「송하맹호도」의 신기의 화룡점정에서 돌연 천진난만한 조화의 기운이 일어나는 것입니다. 풍속화첩 중에서 단원이 양손을 바꿔 그린 것도 이와 같은 예술정신의 맥락에서 이해될 수 있다고 할 것입니다.

추사체秋史體가 지닌 천진난만한 필치도 그 안팎에서 무위이화 곧 조화의 천진난만한 기운이 일어나는 이치에 따라서 깊이 이해될 수 있습니다. 천지조화를 주재하는 귀신의 묘처와 묘용이 은폐된 도저한 예술정신, '이 땅의 혼'의 표현이지요.

23 문 미술사에서 흔히 말하는 리얼리즘의 시각과 보는 시각이 다르다는 느낌이 듭니다.

답 흔히 사실주의나 리얼리즘에서 말하는 사실성은 역사 속에서 벌어진 사건이나 기록된 사실을 소재로 다루고 피지배계급의 관점에서 또는 진보적 이념의 관점에서 그리는 것으로 알려져 있습니다. 하지만 리얼리즘으로 분류되고 규정되는 작품이더라도 그 작품이 지닌 '사실성'에 대해서 관점과 해석을 달리할 필요가 있습니다. 예술 작품에서 사실성은 사람들이 공통적으로 알고 있는 역사적 사건이나 실제의 사실이 '사실적으로 또는 은폐된 채로' 그려지면서 그 사실성이 감상자에게 모종의 정서적 반응을 일으키는 것이라 할 수 있습니다. 서양 미술사에서 나오는 수많은 종교화, 궁정화, 세속화, 인물화 등을 포함하여 렘브란트 등 거장의 예술 작품에서도 사실성은 리얼하게 드러나거나 또는 절묘히 은폐되어 표현됩니다. 중요한 점은 어떤 사실성이 포함된 작품의 진가는 작품이 지닌 지기(지극한 마음, 至誠의 유기체성)의 여하에 따르게 된다는 것입니다. 작품이 품은 지기와 그 유기체적 성품에 따라 작품의 사실성은 제각기 다르게 나타납니다. 가령 그 사실성이 비극성을 가진다 해도, 지기의 작품에서는 비극성만으로 전해지지 않습니다. 지기의 천진난만한 기운이 은미하게 작용합니다.

또한 '다시 개벽'의 시각에서 사실성은 반어적일 수 있습니다. 앞서 말했듯이 단원 풍속화의 예에서처럼 반어적일 수도 있고 외려 반어적이거나 과장된 표현이 '창조적 유기체로서의 예술 작품'에서는 더 큰 의미와 효과를 가질 수 있습니다.

지기의 사실성은 '반어적'이란 말은 확대된 해석들이 필요합니다. 눈에 보이는 물리적 사실성보다 보이지 않는 지기의 사실성이 얼마든지 더 사실적일 수 있습니다. 서양 현대미술사에 지대한 영향을 끼친 폴 세잔이나 고흐, 마티스 같은 대가들의 예술 정신에서 사실성이란 통칭 사실주의의 관점이 아니라 '지기의 조화'의 관점에서 거장의 수심정기 여하에 따라 '보이는' 바의 사실성이라 이해될 수 있습니다. 곧 거장들 저마다 접하게 된 귀신의 시각에서 보이는 사실성이 천지조화의 기운과 그 이치에 더 핍진한 사실성인 것입니다.

빈센트 반 고흐(Vincent van Gogh, 1853~1890)의 그림 「감자 먹는 사람들」에서 가난한 농부들의 어두운 집 안 분위기도 강렬한 생명력이 함께합니다. 소외된 사람들 노동자들을 그린 고흐의 그림에서도 예외 없이 음울하면서도 생명의 천진한 기운이 감돌고,

밤하늘의 별과 달 바람과 구름을 소용돌이 기운으로 형상화한 그림「별이 빛나는 밤」에서 마주치는 천지조화의 지극한 기운을 그려내는 도저한 솜씨, 또 고흐의 초상화에서 초상의 얼굴에 드리운 우수憂愁를 심리적 묘사만이 아니라 그 심리가 밖으로 기화하는 생명의 조화로서 그려지는 것에서 고흐의 지극한 마음과 그로부터 솟아나는 무위이화無爲而化의 경지를 감지하게 되는데, 이는 궁극적으로 고흐의 수심정기가 낳은 예술혼의 표현이라 할 수 있습니다. 고흐의 그림에서 인물의 우수와 불안이 감상자에게 전해지며 지기의 조화에서 말미암은 '천진난만한 기운'이 전해지는 것도 그의 그림이 창작과 감상[비평] 양쪽에서 조화[무위이화]의 '과정'에 속하는 현실적 계기이자 현실적 존재가 되어 있기 때문입니다. 그림을 창작하는 고흐만이 아니라 감상자[비평가]의 마음도 '지기금지'('지금 道[즉 至氣]에 듦')의 조화에 강렬하게 접하게 되고 그 덕에 합해지니(造化定), 고흐의 그림도 '창조적 유기체

고흐, 「감자 먹는 사람들」(1885)

고흐, 「별이 빛나는 밤」(1889)

로서의 예술 작품'의 전형이라 할 수 있지요.

　그러므로 고흐의 풍경화나 정물화, 초상화 등에서 물감을 두껍게 칠해 강렬한 질감의 색감이 강조되는 임파스토impasto 기법이나 사물의 형상에서 보이는 크고 작은 과장 등은 생명현상의 근원인 지기를 표현하는 그 특유의 미적 형식이라 할 수 있습니다. 이 기 또는 지기의 미적 표현이 이해되면, 고흐의 인물화와 실내화에서 그 갖가지 문양들이 단순 장식이 아니라 생명의 근원으로서 기의 표상인 점을 알 수 있습니다.[75] 이러한 고흐의 그림이 지닌 특질들은 고흐의 예술에 대한 지극한 마음, 정성의 표현입니다.

24 문 이제 문학예술의 '다시 개벽'에 대한 질문·답변의 자리를 정리하겠습니다. 마무리를 지어주십시오.

　　"우리 도는 넓고도 간략하니 말을 할 것이 아니라,

　　별로 다른 도리가 없고 誠 敬 信 석 자이니라."

답 시인 김수영이 1961년에 발표한 시 「눈」에서 시인은 "요 시인/ 이제 저항시는 방해로소이다/ 이제 영원히 저항시는/ 방해로소이다/ 저 펄 펄/ 내리는/ 눈송이를 보시오/ 저 산허리를/ 돌

75　고흐의 실내 그림에 보이는 갖가지 문양의 미학적 의미는 H. 마티스가 자주 그린 각종 문양들이 지닌 미학적 의미와도 상통합니다.

아서/ 너무나도 좋아서/ 하늘을/ 묶은/ 허리띠 모양으로/ 맴을 도는/ 눈송이를 보시오/ 눈"(1연)이라 하여 천지간을 내리는, '너무나도 좋아서 하늘을 묶고 맴을 도는 눈송이'를 주의 깊게 성찰합니다. 그리고 다음 연에서 "요 시인/ 용감한 시인/ ―소용없소이다/ 산 너머 민중이라고/ 산 너머 민중이라고/ 하여 둡시다/ 민중은 영원히 앞서 있소이다"(2연)라고 노래를 건넨 후, "민중은 영원히 앞서 있소이다/ 저항시는 더욱 무용/ 막대한 방해로소이다/ 까딱 마시오 손 하나 몸 하나/ 까딱 마시오/ 눈 오는 것만 지키고 계시오…"(끝 연)라고 '시인을 향한 권유'로서 시를 끝맺습니다. 이 시「눈」에는, 김수영 시의 한 특징이기도 한 반어법이 은근히 작용하면서도, 시인이 하고픈 말은 시가 '민중시'나 '저항시' 또는 '현실 참여'를 앞세우기 전에, 모름지기 시인은 하늘에서 내리는 눈의 상징은 '천지조화의 기운'이라는 것을 은연 중에 강조합니다. 그러므로 이 시의 '눈'은 강령이 은폐된 '눈'입니다. 이 강령의 눈을 통해 만물의 조화와 통하는 눈을 얻는 것이 '시인됨의 선결적 조건'임을 시사하는 것이지요. 이 시가 다소 익살스러운 기색이 있는 것도 페르소나가 "눈 오는 것"으로 비유되는 '천지조화의 기운'을 타고서 일종의 '시인론'을 피력하기 때문입니다.

곧 이「눈」이란 시를 통해 김수영 시인이 말하고자 하는 시인됨의 요체는 참시인은 천지조화를 '보는' 눈을 가져야 한다는 것입니다. 곧 진실한 시인은 '천진난만한 눈'이 요청된다는 것이지요. '수심정기'하고 나서, '눈[雪] 오는 것'이 비유하는 '강령降靈'의 눈[眼]과 몸을 가질 때, 천진난만한 조화의 덕에 들게 됩니다. 이 강령을 통한 조화에 들 때 비로소, "민중은 영원히 앞서 있소이다"라는 시구가 지닌 신통한 조화의 현실을 이해할 수 있습니다. 여기서 이데올로기 이전에 민심과 민생 속에서 구하는 민본民本의식에서 시인 김수영의 '조화'(무위이화)의 정치의식을 보게 됩니다. 시인의 유명한 '온몸의 시론'과 통하는 '온몸의 정치론'이 담긴 시가 저「눈」이란 시입니다.

한국 문단은 아직 서구 근대 리얼리즘을 극복하지 못하는 형편입니다. 일본의 사소설을 좇는 퇴행이 심화되고, 좌익 이데올로기를 학습한 머리로 쓴 시 소설이 여전히 자본의 뒷골목을 배회합니다. 소위 이념의 도식에 따라 소설이 작성되고 근대소설의 규범에 따라 '산업형 소설'이 시장에 넘쳐납니다. 이런 구태의연한 근대성을 한국문학 비평계가 벗어나지 못하니, 한국문학은 '장소의 혼'을 잃어버린 채, 시든 이데올로기와 사소설의 소음들로 시장 바닥이 흥건합니다. 소설 스스로가 '내유신령 외유기화'의 조화 기운을 전혀 가질 수 없으니, 폐허가 되어갑니다.

이 땅의 탁월한 문학사가이자 문학평론가 염무웅 선생은 졸저

『유역문예론』을 촌평하는 짧은 글에서 유역문예론을 격려하며 '오랜 고립을 견딘' 끝에 나온 문예론이라고 했습니다만, 자의건 타의건 지난 '고립'의 세월은 한 세대 간에 걸쳐 서구 후기구조주의 이론의 광풍이 휩쓰는 한국 문단 풍경을 지켜보아야 하는 쓸쓸한 시간이기도 했습니다. 아울러 오래된 이 '땅의 혼'을 지켜야할 학계와 문예비평계가 오히려 앗아 간 시간이기도 했습니다. 특히 제가 깊이 관심과 지지를 보내는 진보문학 진영이 판에 박힌 리얼리즘에 버릇처럼 굳어진 것도 유역문예론의 집필에 용기를 낸 주요인입니다. '이 땅의 혼'이 사라지니, 한국 문단의 가난하나 넉넉하던 인심도 폐허가 되어가는 듯합니다.

　길게 한탄할 자리가 아니므로, 시대적으로 의미심장한 변화의 조짐 한 가지만 얘기하고 넘어가죠. 한국문학의 암중모색기가 길어지는 가운데 그나마 희미한 희망의 빛이 보이는 것은 마침내 반세기 넘게 '변혁적 중도주의'의 전위에서 한국문학을 선도한 원로 문학평론가 백낙청 선생이 후천개벽('다시 개벽')의 화두를 새로이 던진 데서 비롯됩니다. 물론 때가 무르익은 시중時中이라, '현실'에 퇴행과 타락의 그늘이 깊어지면 새로운 반성의 기운이 일어나는 법입니다. '근대의 이중과제'가 주어진 한국문학의 현황에서 '근대극복'은 '서구극복西歐克復'이요, 다름 아닌 '인심극복人心克復'이라는 당면과제에 있다는 생각이 부쩍 드는 요즘입니다. '원시반본'의 요체는 '음양상균陰陽相均의 중화기中和氣적 존재로서 최령자最靈者' 즉 '천지를 고루 중화하는 존재로서 만물 중에서 가장 신령한 존재'인 '인심'으로 돌아가는 것입니다.

　백낙청 선생의 후천개벽 선언은 '현실주의의 다시 개벽' 차원에서 한국문학예술계는 물론 인문학계 전체에 일대 전기로 보입니다. 이 땅에서 한 세기 넘게 이어진 '진보'의 새로운 대의가 '다시 개벽'에 있음을 선언한 것입니다.

　백낙청 선생이 제기한 '후천개벽'이란 화두와 그 문학적 실천 행의 문제는 그 바른 답이 아직 궁리 속에 가려져 있는 듯합니다만, 이제 고인이 된 시인 김지하 선생이 1980년대 이후 고민한 후천개벽 사상의 정립 문제와 같은 맥락 속에 있으면서도 시인이 천재적 '직관에 의존한 개벽'의 뜻 찾기에 골몰했다면, 백 선생은 '다시 개벽적' 사유의 내적(한국문학) 심화와 외적(세계문학) 확장을 이론적으로 열어놓았다는 점에서 진일보한 면이 있습니다. 두 선각의 '다시 개벽'의 대의는 불이 관계에 있습니다.

　미욱한 평론가인 저 또한 백낙청 선생이 제시한 후천개벽의 화두에 응답하려 전전긍긍하는 처지에 놓이게 되었습니다. 하여 가까스로 '개벽적 현실주의'의 대의와 그 생각의 내용들을 여기에 제안하는 것입니다. 이렇게 제 나름의 '개벽적 현실주의'를 두서없이 내놓고 나니, 저도 '알게 모르게' 백낙청 선생의 '변혁적 중도주의'와 시인 김지하 선생이 선도한 '후천개벽관', 더불어, '다시 개벽'의 시야를 넓혀 최원식 선생의 '중도적 현실주의'[76] 같이 걸출한 개벽정신의 성과들의 은혜를 입고 있는 듯합니다.

앞날에 이 땅에서 '다시 개벽'의 동풍東風이 불어올지는 예측하기 어려우나 졸저『유역문예론』이 이제 겨우 갓난아기 얼굴을 내밀었으니, 수운의 "나의 적은 지혜를 다른 사람에게 베풀라我心小慧 以施於人"[77]는 지상 명령을 마음에 새기게 됩니다.

그리고 위대한 스승 수운(水雲 崔濟愚)이 이런 말씀을 남겼음을 기억합니다.

> 우리 도는 넓고도 간략하니 말을 할 것이 아니라, 별로 다른 도리가 없고 誠 敬 信 석 자이니라. 이 속에서 공부하여 터득한 뒤에라야 마침내 알 것이니, 잡념이 일어나는 것을 두려워하지 말고 오직 깨우쳐 '知'에 이르도록 염려하라.[78]

(2024. 3.)

76　최원식 선생의 '중도적 현실주의'는 '개벽의 종교사상'을 직접적으로 논하지는 않습니다. 그럼에도 '중도적 현실주의'는 대승불가의 圓融會通, 不二 정신이 오롯하여 유가와 도가의 사상을 회통하고 유불도의 회통 위에서 동아시아의 역사적 정치적 현실을 깊이 통찰하고 문학의 길[道]을 탐구합니다. 겉보기엔 '중도적 현실주의'는 동학 등 '개벽'의 종교 사상과는 거리를 둔 듯하나, 동학의 근원에서 살아 있는 '儒佛仙 회통'의 '개벽 정신'과 서로 '알게 모르게' 잇닿아 있다고 생각합니다.

77　수운, 「歎道儒心急」, 『동경대전』.

78　수운, 「座箴」, 『동경대전』.

○ 참고 자료

뭉크, 「절규」(1893)

세잔, 「세잔 부인의 초상」(1885~7)

세잔, 「생 빅투아르 산」(1886~7)

세잔, 「나무들」(1884)

세잔, 「붉은 바위」(1895)

세잔, 「생 빅투아르 산」(1904~6)

3부

보유補遺

1. 왜 귀신과 방언인가

—유역문예론 : 개벽적 현실주의·민본주의

"옛 근원을 찾아낸 자는 미래의 샘물을 찾을 것이요, 새 근원을 찾을 것이다. 오, 나의 형제들이여, 새로운 생명이 탄생하고 새로운 샘물이 심연에서 솟아오를 때가 멀지 않다."

(니체, 『짜라투스트라는 이렇게 말했다』)

1. 배경

1문 선생님과 함께 『유역문예론』에 대해 얘기하게 되었습니다. 제 기억이 아득해서 다시 정보를 찾아보니 잡지 『유역』이 창간된 것이 2006년 봄입니다. 그때 말씀하셨던 게 동아시아 문화

---

* 문학평론가 박수연 교수(충남대)와의 집중 인터뷰를 정리한 글. 2023년 1월에 이루어진 인터뷰는 원래 졸저 『유역문예론』의 '補遺'로서 기획되었던 터라, 이 책의 1부와 2부의 내용과 중복되는 대목들이 있습니다. 이 글은 『문학의 오늘』 2023년 봄호(통권 46호)에 발표되었고, 부분적으로 보완 수정을 하였습니다.

의 원류라고 해야 할 '북방 샤머니즘'이었는데, 따라서 17년쯤 전에 이미 이 책의 뼈대랄지 근간이랄지 하는 것이 만들어졌다고 할 수 있을 듯합니다. 2006년 경이면 이른바 로컬리즘의 인문사회학이 본격적으로 전개되던 때이고, 그때 '동양'이라는 개념이 서구 제국주의적 시각에 의해 어떻게 발명되고 있는지에 대해 살펴보는 글들도 많이 나오고 있었습니다. 계간지 『창작과비평』의 이른바 '동아시아론'도 그 논의에 앞서 있든 뒤따르든 그 맥락과 함께하고 있지요. 『창작과비평』의 그 시각은 그러나 어떤 근본적인 장벽 같은 것에 부딪혀 중단될 운명이었다는 생각을 하게 됩니다. 아마 창비가 서서히 시장 논리에 빨려 들어가고, 결국 출판 시장의 자본 자체가 되어버리면서 로컬이라는 말이 동반해야 할 언어적 진정성의 양심 같은 것이 더 이상 존재하지 않게 되었기 때문이겠지요. 최종적으로 근대의 완성과 극복이라는 그럴듯한 관념적 과제는 근대라는 경계를 떠나서는 결코 존재할 수 없는 자기 함정을 파놓은 격이라고 할 수 있겠습니다. 나쁘게 말하면 돈을 벌어서 돈으로부터 자유로워지자는 말과 같은 거니까요. 최근의 젊은 학자들이 창비의 태동기를 확실한 문화자본의 장악 과정이었다고 이해하는 내용도 바로 그런 것인데요, 이런 와중에 근대적 돈의 논리 자체로부터 떨어져 있는 '샤머니즘'을 제기한다는 사실, 요컨대 근대적 논리 너머의 어떤 것을 근대 이전의 깊은 삶으로부터 찾아내고 있다는 사실이야말로 주목할 만한 것이라고 생각됩니다. 이에 대한 고민이 그동안 선생님의 여러 글들을 통해 나타났던 것은 분명한데, 최근『유역문예론』이란 책이 나오게 되는 특별한 시대적 배경 같은 것이 있을까요?

답 2016~7년에 일어난 광화문 '촛불집회'는 어떤 근대적 '시민 민주주의 혁명'의 성격뿐 아니라 깊은 민족적·문화적 의미를 지니고 있다고 생각합니다. 천만이 넘는 시민들이 촛불을 든 이른바 '촛불혁명'인데, 시민 민주주의 혁명의 성격을 가지면서도 그 촛불혁명의 속내를 들여다보면 한민족의 집단적 정서의 뿌리라든가 오래된 정신문화, 유별난 기질 등을 은밀하게 떠올리게 합니다. 촛불혁명 자체도 서구의 시민혁명이나 집단 시위와는 그 성격상 전혀 딴판인 부분들이 있는데, 그 특별한 내용들 중에는 이 땅의 오래된 굿판의 전통, 난장의 전통 같은 축제의 특이한 시위 문화를 보였다는 점이 있습니다. 남녀노소 할 것 없이 온갖 전통 굿판, 탈춤판, 해학이 만발하는 전통연희에서나 볼 수 있는 기발한 분장, 춤, 노래 등이 한민족의 집단 '신기神氣', '신명'으로 마구 분출했으니까요.

또 하나는 전 지구적 기후위기와 코로나 팬데믹 사태가 인류 전체에 물질문명의 근대성과 도시문명의 속성이 지닌 취약성, 허구성들을 드러낸 점입니다. 근대 자본주의나 사회주의가 공히 추구해온 '생산력 지상주의'는 지구의 기후를 바꿔놓았고, 지구 생태계의 토대인 기후는 이제 인류의 몰락을 가속화하는 상태이며 2020년 전후 본격화된 코로나 팬데믹은 근대 제국주의 침략과 세계 지배의 시발점인 유럽 및 미국 도시들의 허세스런 허위성을 폭로하였습니다. 미국·프랑스·독일·영국·이탈리아 등 보이지 않는 코로나 균이 서구 제국의 근대적 거대 도시문명, 물질문명의 허구적인 민낯을 드러내준 것입니다. 도시문명의 허상을 까발린 것이죠. 이 기후위기와 팬데믹으로 전 세계 인류는 서구 근대 이성주의가 지닌 원천적 한계와 그 반동성을 깊이 경험하게 되었습니다. 동시에 인류는 자연의 무서운 반응력과 근원성을 새로이 각성하게 되었죠. '자연의 재발견'이랄까요.

아울러 바야흐로 전 세계적인 문화혁명을 추동할 인터넷 시대의 웹이 만개한 점도 중요한 시대적 배경입니다. 지구 생태계의 팬데믹이 벌어지고 있는 위기 상황에 그나마 웹이 구체제의 낡은 사고방식을 돌아보게 만들었습니다. 그간 세계를 지배하고 착취해온 서구의 제국주의적 근대성과 함께 비서구 세계의 지식인들의 '식민지 신하 근성'을 돌아보는 자기반성의 분위기가 여전히 '지적 식민지 수준'에 머물러 있는 여기 한국이라는 지역 내부에서 은연중에 일고 있는 거죠. 이런 '시대적 위기 상황'을 정확히 인지하고 '유역문예론'을 집필한 것은 아닙니다만, 촛불혁명의 참여 속에서 유역문예론을 본격적으로 써야겠다는 마음을 챙기게 되었고, 팬데믹의 지옥 같은 삶 속에서 귀신론의 의미와 의의를 조금 더 명료하게 만들어보기 시작했습니다.

2 문 '샤머니즘론'이 '귀신론'으로 이어진다고도 할 수 있을 듯합니다. 그런데 이 두 개의 언어가 기존의 한국문학에서는 삶의 전통적 주제의식으로 다루어지기는 했어도 비평적 개념으로 처리되는 일은 없었기 때문에 매우 신선하면서도 당황스러운 양가적 반응으로 이어집니다. 이를테면 '문학의 초논리성을 드러낸 것'이라거나 '이 대명천지에 웬 귀신?'과 같은 반응이 그것이겠지요. 그 둘의 공통점을 꼽으라면, 제가 감 잡기로는 '보이지 않는 힘의 작용과 그에 따른 변화' 같은 것이 아니겠는가 싶습니다만, 이것은 아마 선생님이 서구주의에 침윤된 한국 지식계를 비판할 때의 그 내용과도 연결되겠습니다.

좀 전에 2006년경의 로컬리즘 탐구 경향을 얘기했습니다만, 그것은 비유럽세계가 자신을 지배해온 유럽중심주의의 정신과 문화, 나아가 물질적 흐름에서 어떻게 벗어날 수 있는가를 핵심 내용으로 하고 있고, 각 지역에서 유럽적 규정과는 다른 자기 본연의 삶의 양상과 흐름이 무엇인지 살펴보는 일이 중요한 과제입니다. 그런데 이 유럽중심주의 비판이 제대로 된 것이기 위해서는 이른바 '반유럽중심적 유럽중심주의'를 어떻게 벗어날 수 있는가 하는 점이지요. 선생님이 비판하는 강단 비평이라는 것도 그 근원을 따져보면 제국주의자들이 식민지 지배를 좀 쉽게 하기 위해 분과 학문을 만들고 그것을 분리시켜 교육하는 과정과도 관련됩니다. 예를 들어 '영문과'는 영국에서가 아니라 영국의 식민지에서 인도인들을 교육시키기 위해 만들어진 학과인데요, 그 결과 영문과를 나온 사람들은 영국의 현실과 삶을 배우는 게 아니라 영문학이라는 관념을 먼저 배우고 그 관념의 의식으로 빠져드는 거지요. 그 결과 관념적 의식은 강단이 아니면 살아남을 수 없게 되고 결국 현실을 망각하게 되며 드디어 강단에서만 살아남게 되는 겁니다. 현실이 없다 보니 그 현실의 생동하는 기운을 알 수 없게 되는 상태인데도 알량한 지식 중심주의가 저 현실 무지의 상태를 몰라보게 합니다.

답 사실 기존의 비평 논리라는 것이 대체로 서구에서 유행하는 현대 비평 이론들이나 근대 이데올로기 비평 논리인데, 문제는 구체적 생활 세계와는 유리된 소위 '강단 비평'이 유행을 넘어 지배적인 상황이 오래 지속되다 보니, 이론은 이론대로 생명력을 잃어가고 문학도 전반적으로 삶에서 소외되는 경향을 보인달까. 가령 서구 포스트모던 이론을 거의 맹목적으로 추종하다 보니, 한국의 문예비평이 결국엔 문학과 삶을 서로 겉돌게 하고 서로를 소외시키는 '이론의 자기 소외' 상태에 빠져 있달까요. 이런 '이론의 자가당착' 상태는 '이론의 과잉'과 연관이 깊다고 봅니다. 무분별한 서구 이론의 수입과 추종, '이론의 과잉'에서 벗어나 자재연원의 이론, 또는 자생적 이론을 깊이 고민해볼 필요가 있다는 것이죠.

인간이 처한 삶의 세계 또는 자연생태계에 적극 참여하고 깊이 관조하는 가운데 이론을 반성적으로 세워가자는 것이죠. 구체적 생활 영역에서 끊임없이 이론을 반성하고 검증하면서 실천적 이론을 생각해보는 것입니다. 생활 현실 속에서 생명력을 가진 이론을 만나기 위해서는 이론 스스로 반성하고, 반성하다 보면 학식은 스스로 덜어내고 덜어내게 됩니다. 쓸모없는 학식이 너무 많은 거죠. 서구 근현대 이론은 속성상 이성적이고 계몽적인 분별지를 추구하다 보니 해체적, 분열적, 쇄말瑣末적 성격이 다분해지고 이로부터 '이론의 과잉'에 빠지게 됩니다. 이런 이론의 과잉 증상을 피하기 위해서는 학습된 지식에 대한 반성에 철저할 필요가 있습니다. '생명계와 구체적 생활 세계'에서 '지혜'를 구하려는 노력이 필요합니다.

물론 한국의 대학들이 서구 이론을 수입하고 수용하는 본거지라 할 수 있고, 문예비평에서 서구 이론의 적절한 또는 건강한 수용은 필요한 것이죠. 그럼에도 서구 이론에 대한 몰아적 추종인 '이론을 위한 이론'에 머문 '강단 비평'은 지양되어야 합니다. 노자老子나 신라 때 원효 스님이 강조했듯이 학습을 통해 지식 습득에 몰두하기보다 '지식을 덜어내고 또 덜어내어', 바꿔 말해 잘 여문 학식을 얻기 위해서는 오히려 곤고한 생활 세계에 적극 참여하여 금강석 같은 지혜를 얻는 데에 힘써야 하지 않나 합니다.

　3문 서구 이론을 수용해야 한다면 우리 현실에 참여하는 동력으로 수용해야 한다는 뜻이겠습니다. 그러니까 직관으로서의 동양과 이성으로서의 서양은 배척해야 할 세계가 아니라 서로 만나야 할 세계라는 말로 바꿀 수도 있겠지요. 배타성인가 포용성인가라는 이 근원적 자세는 서구적인 것과 동양적인 것으로 나뉠 수도 있겠고, 이 둘 중 어느 하나를 선택하는 것이 아니라 그 둘을 모두 끌어안는 태도가 필요하다는 뜻이겠지요. 그런데 선생님은 그런 두 겹의 태도가 이미 우리 동학사상에 들어 있다고 생각하시는 것 같습니다. 그래서 선생님의 동학론은 미묘하게 두 가지 의미를 가집니다. 하나는 서구중심주의에 대한 대안으로서의 동학입니다. 여기에는 서양에 대한 반정립적 성격이 들어 있습니다. 서양이 부려놓은 폐해를 넘어서기 위해서는 우리 현실의 삶에서 연원한 동학을 다시 살펴야 된다는 주장이 그것입니다. 다음은 그 동학은 서구적인 삶을 배척하는 것이 아니라 인류의 보편적인 삶의 요인으로 끌어안는 것이라는 주장입니다. 여기에는 서양과 동양을 결합시켜 다른 것을 바라보게 하는 지양의 성격이 들어 있습니다. 그렇다면 유역문예론이 지금과 같은 세계적 차원 혹은 세계사적 차원의 전환기에 의미를 갖기 위해서는 그것의 보편적 위상이 확인될 필요가 있을 듯합니다. 수운 동학의 시천주

사상이 지니는 정신사적 의의를 뭐라고 할 수 있을까요?

답 서양 문명의 시각으로 동양문화를 얘기하는 것은 근본적으로 편향성을 지닐 수밖에 없다고 봐요. 19세기 동아시아 특히 한·중·일 경우 일본은 일찍이 서양 문명을 추종하고 마침내 침략적 제국주의로 흘러갔으니 논외로 치더라도, 중국의 경우 아편전쟁 이후 서구 열강에 의한 개항과 서구 문명의 일방적인 유입은 이후 서양 문물을 받아들이는 첨병으로서 지식인들에게 상당한 충격을 준 것 같아요. 이 충격과 함께 자신의 삶을 지키려는 여러 대응이 나타나는데, 이것을 이해하기 위해서는 서구화에 대한 동양 원주민들의 물리적 저항만이 아니라 문화적 저항 등을 함께 연구할 필요가 있습니다. 원주민 의식의 심층적 변화, 전통문화와의 길항 갈등의 내용 등 근대화 과정에서 발생하는 원주민의 집단 심리와 전통문화의 변화 내용을 섬세하게 살펴봐야 하는 거지요. 어쨌든 서구 문명이 가져온 정치사회 체제의 변화는 괄목할 만한 것이었습니다. 소위 서구식 민주주의가 정치사회 제도로 이식되었으니까요. 그리고 그 서구식 제도의 이식 배후에는 근대적 개인주의가 있고 나아가 '개인의 자아'의 발견이 있습니다.

서구 문명을 추종하여 적극 수용한 식자층이나 이에 저항하고 원주민의 전통 삶과 문화를 고수하는 편에서도 서구 근대 문명을 낳은 요인 가운데 개인주의는 캄캄한 동굴 속에 살다가 갑자기 햇빛을 보는 듯한 경험이었을 거예요. 그것은 집단적 차원에서 벌어진 과거와 명확한 구별을 알리는 존재론적 혁명의 느낌이었을 것입니다. 하지만 개인주의는 역사 발전에서 지니는 긍정적 역할에도 불구하고, 피식민지 지식인이나 인민 계층의 입장에서 보면 서구 제국주의의 악마적 본질을 감추고 망각하게 만드는 허망한 관념으로 작용할 가능성이 농후합니다. 그러니까 서구 개인주의가 중국이나 조선에서 반봉건의 이념으로 작용한 것은 맞지만, 그것이 식민지의 모순투성이 세계와 겨루고 타개하려는 '반제국주의적 개인'이 되어갈 때 비로소 '개성적 개인' 혹은 '주체적 자아'의 발견에 값하는 것이 아닐까요. 요컨대 19세기 제국주의에 의해 동아시아에 이식된 '개인' 또는 '자아'의 발견이 근대 문명의 본질이 아니요 능사가 아니라는 것이죠. 서구식 개인주의의 이식 문제를 논할 때, 변혁의 관점에서 보아야 합니다. 이 땅에서 오래 산 원주민들 의식의 주체성과 그로 인한 집단의식의 변화, 그 변화된 내용의 복합성을 이해해야 합니다. 이런 원주민 의식과 연관된 반제국주의적 개성 혹은 주체적 자아에 대한 관점에서 조선 왕조 멸망기에 일어난 동학의 시천주 사상도 이해되어야겠지요.

4문 서구적 개인, 요컨대 개인 자체로서의 개인을 뛰어넘는 모든 하늘로서의 개인이라는 시천주 사상과 함께 보니 이 '변혁의 관점'이라는 말이 의미심장합니다. 왜 구한말 조선 민중들이 변혁의 관점을 갖게 되었는지 살펴보는 과정에는 더 깊은 매개적 논의들이 필요하겠습니다만, 그 매개적 요인들을 논외로 하고 생각해본다면 동학으로 집결된 민중들이 변혁의 관점을 갖게 된다는 것은 선생님의 유역문예론의 근간을 이루는 개념들 중 '자재연원'이라는 말로 어느 정도 환기될 수도 있을 듯합니다. 그런데 이 '자재연원'이 그동안 제대로 살펴지지 않았다 보니 민중을 지도하려는 계몽주의적 이념이나 행동이 나타났던 것이겠죠. 계몽 대상으로서의 민중은 그 내부에 하늘을 가진 환한 존재가 아니라 캄캄하게 개별화된 개인일 뿐일 테니까요. 선생님이 비판하려는 강단 비평의 폐해에는 바로 그런 것도 포함될 것 같습니다. 유역 문예론의 출발점이 그것이겠습니다.

답 물론 대학 강단에서는 다양하게 펼쳐지는 외래 이론들을 검토하고 수용해야겠지만, 그 이론적 사유들이 과연 뒤쫓을 만한 것인지에 대해서는 좀 냉철한 현실주의적 관점이 필요하지 않을까요? 이 땅에서 인민의 삶과 오래된 정서, 전통의 내력을 깊이 헤아리는 일이 수반되어야 합니다. 전통적 사유와 집단 정서, 한국인의 오래된 삶의 내력을 깊이 이해하는 가운데 원융회통할 만한 외래 이론의 내용을 수용하려는 지적 노력이 필요한 것이죠. 어쨌든, 제 비평은 강단 비평과는 일정한 거리를 둔 이 땅에서의 '삶의 비평, 살림의 비평', 그러니까 '주체적 비평'을 위한 논리라고 할까, 동시에 '개개인 저마다' 삶의 연원을 잃지 않는 문예비평을 찾으려는 시도였다고 할 수 있을까요?

유역문예론은 촛불집회를 계기로 봇물 터지듯 일어난 민주주의의 열기, 한민족 특유의 백화제방식 감성의 분출, 특히 촛불혁명 기간 중에 한민족의 오래된 문화형인 굿판이나 특수한 조선 정신문화의 여러 현상들에 고무받았습니다. 서구의 근대적 민주주의 이념에 붙들릴 수 없는 이 땅 이 겨레 특유의 개벽적 민본주의의 '씨알'을 직관하였달까. 또 초강대국들에 의해 조종되는 비서구권에서 끊이지 않는 전쟁, 지구온난화 같은 악화일로인 자연생태계 문제, 엄청난 사상자를 쏟아낸 팬데믹 등이 아니었으면 유역문예론을 집필할 용기를 내지 못했을 것입니다.

2. 귀신론
—은폐된 서술자·창조적 유기체로서의 예술 작품

5문 '자재연원'이야말로 사람들 마음을 뛰게 하는 무엇인가를 근원적으로 표현하는 말이라 여겨집니다. 이 말은 '내 안에 하늘이 있다'는 말과도 상통할 텐데, 그 하늘이 곧 세계의 근원일 것이기 때문에 결국은 문학적 상상의 모든 동력이 이로부터 비롯된다고도 할 수 있겠습니다. 선생님이 오봉옥 시인의 시를 평하면서

이 '자재연원'이라는 말을 사용합니다. 그 핵심은 '존재의 고유성'에 가 닿은 상태를 뜻한다고 생각되는데, 이 존재가 제 스스로 뿜어내는 내재적 힘으로 세계를 변화시키는 것이 곧 '변혁'에 해당할 테고요. 오봉옥 시인이 자신의 시에서 주관적이거나 이념적으로 과장되었던 부분을 덜어내어 실상에 즉한 이미지들로 개작하고 있다는 점도 바로 그 존재의 고유성이라는 테제와 어울리는 태도겠습니다. 이 존재의 고유성이라는 말, 자재연원이라는 말은 제게는 세계, 혹은 세계를 구성하는 사건과 사물이 스스로 작동하는 힘을 주목하려는 표현이라고 이해됩니다. 이와 관련된 내용을 몇 가지 짚어보겠습니다. 유역문예론에서 '은폐된 서술자'라는 새로운 개념이 특별히 인상적이었습니다만, 알 듯 말 듯한 부분이 있습니다. 기존 비평계나 학계에서나 낯선 개념입니다.

답 '은폐된 서술자concealed narrator'라는 개념은 어떤 이론적 호사에서 꾸며 만든 개념이 아닙니다. 은폐된 서술자, 이와 깊이 연관성을 갖는 '창조적 유기체로서의 예술 작품'의 창작에 관한 미학적 문제를 이해하기 위한 대전제는 이들 유역문예론의 주요 개념들이 예술을 창작자의 여기餘技라든가, 학습된 지식이나 강단의 이론적 지성 혹은 이데올로기 따위에 의거하는 것이 아니라, 천지간 인간의 삶에서 시종일관 쉼 없이 진행되는 '생멸 과정의 조화' 속에서 나오는 개념들이란 점입니다. 은폐된 서술자는 예술가의 마음과 기운이 천지 조화에 통하는 어떤 상태 혹은 그 기운[神氣]의 화생化生에서 드러나니 은미하고 애매모호한 존재이기 일쑤죠. 이 애매모호성을 해석하고 이해하는 일이 중요해집니다.

'은폐된 서술자'의 이해를 돕기 위해 여기선 두 가지 설명을 드리기로 하지요.

첫째로 판소리에서 소리꾼 특히 명창의 존재와 그 역할의 특이성을 찾는 과정에서, 또 백석 시 중에서 '(이야기 곁에 드러난) 내레이터' 안에 '은폐된 서술자'의 존재와 그 성격을 살피는 과정에서 처음으로 은폐된 서술자 개념을 생각하게 되었죠. 판소리의 소리꾼이 그렇듯이, 일상생활에서 흔히 접하는 '자연인'이 아닌 '신이한 존재'로서 소리꾼을 이해할 필요가 있어요. '은폐된 서술자'는 작품을 서술하는 순간엔(가령, 판소리에서는 '소리꾼'이 소리를 하는 순간엔) 독자적인 아우라aura와 별도의 특별한 존재로 변하게 됩니다.

소설에서 내레이터[話者]는 등장인물을 설명하고 시공간의 배경이나 사건을 구성하는 존재로 그치지 않아요. 은폐된 서술자는 별개의 감성과 독특한 성격, 지성을 갖춘, 어느 정도의 초월성을 띤 신이神異한 존재라고 할 수 있습니다. 대개 표면적으로 내레이터는 일인칭이나 삼인칭, 전지칭 등으로 나타나지만, '은폐된 서술자'는 겉으론 일인칭이나 삼인칭 내레이터로 이야기를 이끌더라도 인칭의 제한된 범주에 가두어지지 않고 기본적으로 '초월적 존재'의 성격을 가지고 있습니다. 보이지는 않지만, 그 은폐된 서술자는 등장인물이나 사건과 일정한 거리를 둔 어떤 독립적인 감성과 지성, 그리고 초월적 영혼을 가진 존재라고 상상됩니다.

이 '은폐된 서술자'의 존재 문제는 작품의 창작 과정에서 '알게 모르게' 벌어지는 존재론적 사태라는 점을 이해할 필요가 있습니다. 다시 말해 작가가 추구하는 '세계관'에서보다는 그의 '창작 과정'에서 일어나는 미학적 사태라는 것을 이해할 필요가 있습니다. 특정 이데올로기나 학습된 역사의식을 이성적으로 구성하고 표현하는 수준에서 벗어나 작가의 오랜 절차탁마 끝에 도달한 어떤 개별적 창작 과정이 자신의 세계관과 길항하고 갈등하고 때론 반성시키면서 마침내 '(작가 및 독자 자신도) 알게 모르게' 특정의 세계관조차 뜻밖의 이질적인 내용으로 변하는 오묘한 '변화의 계기'를 품고 있다는 점입니다. 그러니까 예술 작품이란 근본적으로 작가가 추앙하는 어떤 세계관이나 역사의식 또는 사회의식으로 정해지는 결정체가 아니라, 작가-작품-관객(독자)이 서로 유기적으로 살아 있는 기운 속에서 끊임없이 대화를 나누는 '조화造化' 관계에 있는 것이죠. '창조적 유기체'로서의 예술 작품의 존재 문제가 여기서 나오게 됩니다.

둘째로 수운 동학에서는 인간을 '최령자最靈者'로 규정한 점, '시천주 주문 21자' 중에서의 '시천주 조화정' 특히 '시侍'의 풀이인 '내유신령 외유기화 일세지인 각지불이內有神靈 外有氣化 一世之人

各知不移', '무위이화無爲而化의 덕에' 합하는 '성경신誠敬信'의 수행을 통해, 곧 '수심정기'를 통해 '알게 모르게' 구하게 된 신묘한 힘[신통력, 묘력]을 예술론적으로 설명하기 위한 방편에서 나온 미학적 개념이 '은폐된 서술자'입니다.

'최령자'로서 인간 존재에서 '영' 또는, '내유신령'에서 '신령'은 '귀신'과 동의어로서, 귀신의 조화[造化, 곧 無爲而化의 德]에 합하는 마음의 상태를 가리킨다 할 수 있습니다. 그렇기에 예술가의 성실한 삶과 그 수행修行의 정도가 감지되는 '진실한(성실한) 예술 작품'에서는 귀신의 '꾸밈없는 조화造化'가 감지되고, 이 음양의 천진한 조화가 예술 작품의 창조적 유기체로서의 존재감을 증거하는 중요한 지표가 된다고 봅니다. 이 문제는 인류가 남긴 문학예술의 역사 속에서 그 귀한 예증들을 찾을 수 있습니다.

6 문 그런 개념을 귀신론과 연결해서 루쉰과 토마스 만으로 확장하는 관점이 저는 무척 흥미로웠습니다. 특히 루쉰의 귀신론을 특별히 재미있게 읽었습니다. 창조적 유기체로서의 예술이라는 말과 관련해서는 서구에서 최근에 주목받기 시작한 신실재론의 예술론과 관련해서도 본격적으로 논의할 것들이 매우 많다고 생각됩니다. 예술의 급진적 자율성은 어느 정도까지인가 하는 점이 그것인데, 선생님의 특별한 주장은 루쉰의 귀신론과 함께 생각할 경우의 민중적 전승론에서 두드러진다고 여겨집니다. 신실재론

의 예술론에는 그게 없거든요.

답 '은폐된 서술자' 개념은 귀신론('侍天主'의 '內有神靈 外有氣化')과 연관이 깊습니다. 예술 작품에서 귀신[神靈]의 여부가 중요한데, 예를 들어보죠. 최근에 중국의 대문호 루쉰의 「아Q정전」과 독일의 대문호 토마스 만이 말년에 발표한 장편소설 『선택받은 사람』을 읽을 기회가 있었어요. 「아Q정전」은 오래전에 읽었지만, 그때는 전혀 생각지 못한 루쉰의 '정신'의 위대성을 새로이 만나게 되었습니다. 토마스 만의 장편소설은 저명한 독문학자이신 안삼환 선생님의 소개 덕택에 접한 소설이고요. 근현대 문학사에서 동서양을 각각 대표한다 해도 지나칠 리가 없는 두 문호의 '문학 정신'은 실로 우뚝 솟아서 영롱한 빛을 발하는 준봉을 대하는 듯한 경외감이 듭니다.

(1)

제1장 서序

아Q에게 정전正傳을 써주겠다고 한 지가 벌써 몇 해 전이다. 그런데 막상 쓰려고 하면 또 머뭇거리게 되는 것이다. 이로 볼 때 내가 '후세에 말을 전할' 만한 위인이 못 됨은 알 수 있다. 그도 그럴 것이 예로부터 不朽의 문장만이 불후의 인물을 전할 수 있다고 했으니 말이다. 그리하여 사람은 문장으로 전해지고 문장은 사람으로 전해지는데, 그렇다면 대체 누가 누구에 의해 전해지는 것인지 점점 모호하게 된다. 마침내 아Q를 전해야겠다는 생각이 이르고 보니 생각 속에 귀신이 자리하고 있는 듯하다. (…)[1] (강조는 인용자)

(2)

누가 종을 울리는가? 종지기는 아니다. 그들 또한 이렇듯 엄청나게 울리는 종소리 때문에 다른 모든 사람들과 마찬가지로 거리로 뛰어나간 것이다. 분명히 알아두어야 할 일은, 종각은 텅 비어 있다는 것이다. 밧줄은 축 늘어져 있다. 그런데도 종은 큰 물결처럼 넘실거리고 종의 추가 흔들리고 있는 것이다. 종을 울리는 사람이 아무도 없다고 말할 수 있겠는가? 아

---

1 루쉰, 「아Q정전」, 『루쉰전집 2』(루쉰전집번역위원회 옮김, 그린비, 2010) 중 「제1장序」 맨 앞 대목. 원문 맨 앞 대목은 아래를 참고.
第一章 序
我要给阿Q做正传，已经不止一两年了。但一面要做，一面又往回想，这足见我不是一个"立言"的人，因为从来不朽之笔，须传不朽之人，于是人以文传，文以**人传——究竟谁靠谁传，渐渐的不甚了然起来，而终于归接到传阿Q，仿佛思想里有鬼似的**
然而要做这一篇速朽的文章，才下笔，便感到万分的困难了。第一是文章的名目。孔子曰，"名不正则言不顺"。这原是应该极注意的。传的名目很繁多：列传，自传，内传，外传，别传，家传，小传……，而可惜都不合。"列传"么，这一篇并非和许多阔人排在"正史"里；"自传"么，我又并非就是阿Q。说是"外传"，"内传"在那里呢？倘用"内传"，阿Q又决不是神仙。"别传"呢，阿Q实在未曾有大总统上谕宣付国史馆立"本传"(…)。

니다. 논리를 분간하지 못하는 비문법적인 두뇌를 가진 사람만이 그렇게 말할 수 있을 것이다. 종이 운다는 것은 아무리 종각이 비어 있다 하더라도 종은 울리고 있다는 말이다. 그렇다면 대체 누가 로마의 종을 울리는 것인가? 그것은 이야기의 정령이다. 그렇다면 이야기의 정령은 어디에나 편재할 수 있는가? 이곳에 그리고 도처에, 이를테면 벨라브로의 성 조르지오 성당의 탑 위에 있으면서 동시에 저편의 혐오스러운 다이아나 신전의 원주圓柱를 보존한 성 사비나 성당 안에도 있을 수 있단 말인가. 수많은 성스러운 장소에 동시에 있을 수 있는가? 물론이다. 이야기의 정령은 그럴 수 있다. 그것은 공기와 같고 형체가 없어 도처에 편재하는 것으로서 이곳이든 저곳이든 장소에 얽매이지 않는다. "종이란 종은 모두 울렸다."라고 말하는 것은 이야기의 정령이며, 따라서 종을 울리는 것도 이야기의 정령인 것이다. 이야기의 정령은 매우 정신적인 것이고 추상적이어서 문법적으로 보자면 그에 대해 삼인칭으로만 말할 수 있을 뿐이고, 그래서 "그것은 그이다."라고 얘기하는 수밖에 없다. 그렇지만 그는 또한 인물로 일인칭으로, 즉 일인칭 인물로 집약될 수도 있다. 그래서 육체화되어 일인칭으로 말하는 어떤 사람이 되어서는 다음과 같이 말하는 것이다. "그것은 나다." 나는 이야기의 정령으로서 지금의 장소, 말하자면 (…) 이야기 정령이 의인화된 존재로서 나는 추상성을

즐기고 있기 때문이다.[2]

위 인용문 (1)에서 보듯이, 루쉰의 소설 「아Q정전」에서, 서술자narrator가 '아Q'에 대한 중국의 전통적 이야기 양식인 '전傳' 형식을 빌려서 쓰려 한다는 소설의 도입부 대목을 한국어로 번역하는 데 있어서, 먼저 '귀신'의 깊은 뜻을 제대로 이해할 필요가 있다는 생각이 들었습니다.

과문한 탓에 루쉰이 '제1장 서'에 쓴 저 인용문 속의 '귀신[鬼]'을 논한 국내외 학자들의 어떤 연구 논문들이 있는지 모르겠습니다만, 한국어 번역자들은 대체로 "귀신에 홀린다"라는 속어를 떠올리고 번역하는 듯합니다. 글쎄요, 추정입니다만 루쉰이 저 인용문에서 쓴 '鬼(귀신)'의 문학적 의미는 그저 흔히 부정적인 뜻으로 쓰이는 '귀신'에 대한 속담 수준에 머물지는 않는다고 봅니다. 곧 '귀신'을 얕잡아보고 비속한 속담으로 잘못 번역하면, 저 원문에 은폐된 루쉰의 '정신' 곧 저 문장 속에 감춰진 채로 도사린 중국인의 도도한 문화 전통이나 인민의 삶에 밴 오래된 습속의 아우라가 '귀(귀신)' 속에서 계속 은폐된 채로 남겨질 가능성이 커집니다. 이 '귀신'의 존재와 작용 문제는, 청나라 말 중국 사회의 혼란기와, 신해혁명, 중국 근대의 극심한 좌우 대립기, 백색 테

---

2   토마스 만, 『선택받은 사람』(김현진 역, 나남, 2020) 중 序에 해당하는 「누가 종을 울리나」 부분이다. (인용문 중 굵은 글씨로 강조한 문장은, 토마스 만이 강조한 문장과 인용자가 추가로 강조한 문장이 함께 있다.)

러가 난무하던 시기에 죽어가던 중국의 '정신'을 살리기 위해 삶을 바친 루쉰의 다른 소설들, 예컨대 「藥」 등 주요 단편에서도 '은폐된 채로' 나타나는데, 특히 "생각 속에 귀신이 자리하고 있는 듯하다."라는 루쉰의 문장은, 원저자가 없는 이야기가 저절로 일어나 멀리 전하는 '마음속 귀신'을 가리키는 것으로 해석될 수 있는 점입니다.

「아Q정전」에는 전통 이야기꾼이 청중 앞에서 들려주는 듯한 생생한 목소리가 곳곳에 감지되는데, 그 속에서 소설 「아Q정전」의 높은 정신의 경지가 은폐되어 있습니다. 여기서 주목할 것은 생생한 목소리 속에 소설이 지향하는 어떤 '진실'이 들어 있다는 것, 그리고 그 은폐된 목소리에는 마치 인간의 내면에 은폐된 순수한 영혼의 드러남 혹은 '귀신처럼 천진天眞한 조화造化의 기운'이 감지된다는 사실입니다. '순수하고 천진한 은폐된 서술자(이야기꾼)'가 작용을 하는 탓에, 소설 「아Q정전」에서 "저절로 일어나 멀리 전하는, 생각 속에 귀신이 자리하고 있는 듯하다."라는 대문호 루쉰의 통찰이 있게 되었던 것이지요.

또 토마스 만이 만년에 쓴 소설에서도, '이야기를 저절로 일어나게 하는, 천진한 조화造化의 귀신'이 종지기가 없이도 저절로 울려 온 세상에 멀리 퍼지는 종소리의 비유로 변주되어 표현되어 있습니다. (여기 '종소리의 비유'에서도 '이야기의 작가가 모호하다, 또는 이야기의 저자가 없다'는 의미가 숨어 있습니다. 원작자 없이 무위이화로서 傳해지는 이야기!) 종이 스스로 울려서 저절로 멀리 퍼지니, 그 자체가 조화의 화신인 '은폐된 존재(귀신)'의 작용력을 말하는 것이죠. 인위적인 조작이 아니라 무위의 순수한 목소리 그 자체가 움직이고 활동하는 것입니다. '귀신론으로' 인용문 (2)를 보면, 토마스 만의 문학 정신은 루쉰의 문학 정신과 서로 통하는, 작가 정신에 은폐된 순수한 목소리—'무위이화의 정신'에서 나오는 창조자의 목소리!—가 드러납니다.

　주목할 부분은, 토마스 만이 작가 정신의 완숙한 절정의 경지에서 쓴 장편『선택받은 사람』의 서두에, 소설의 서술자인 아일랜드의 수도사 '클레멘스'가 자기 마음속에서 활동하는 어떤 정령(귀신)의 목소리에 따라 이야기를 쓰고 있다고 밝힌 점입니다. 위 인용문에서 보듯, '일인칭 주격'으로서 이야기를 이끌어가는, '귀신der Geist(陰陽의 造化 기운으로서의 '귀신', 한국어판 번역자는 '이야기의 정령'으로 번역했지만 이는 일본식 번역어로 보이며, '유역문예론'의 귀신론에 맞게 '귀신'으로 옮깁니다.)'의 목소리가 내레이터인 수도사 클레멘스의 내면에서 은폐된 채로 이야기를 풀어간다는 것입니다. 토마스 만이 쓴 '이야기의 정령'이란 다름 아닌, '유역문예론'에서의 '귀신'의 존재 곧 '은폐된 서술자, 음양의 조화를 주재하는 존재로서 '귀신'의 묘용妙用이자 공능功能인 '무위이화無爲而化 경지에서 알게 모르게' 이야기를 풀어내는 존재인 것이지요. 위 인용문만 보아도 '귀신의 묘력과 묘용, 그 공능'과 거의 같은 의미 차원을 공유하고 있음을 볼 수 있습니다.

7 문 루쉰의 「아Q정전」의 「제1장 序」를 깊이 해석하고 이해하면 루쉰이 한 세기 전에 이미 자신의 조국인 중국은 물론 동아시아 서사문학의 중요한 토대이기도 한 '전傳' 양식의 철학적 기반과 미학적 심오함을 깨달은 작가임을 알 수 있겠습니다. 이 동서양을 대표하는 근대문학의 대가들이 자신의 주요 소설에서 공통적으로 '귀신'을 피력하고 있는 것을 결코 우연으로 돌릴 일이 아니겠군요. 또한 그 귀신 혹은 정령이 두 대가의 소설에서 공히 작가의 마음속에 '은폐된 존재'로서 거론되고 있다는 점도 우연이라 할 수 없고 어떤 특별한 사상적 의미와 전망을 은닉하고 있는 의미심장한 사태로 이해할 필요가 있겠습니다. 그러니까 '귀신론'은 단순히 우리의 미학인 것만이 아니라 동서양을 두루 관통하는 미학이라고도 해야겠습니다.

답 루쉰은 '전'의 내용과 형식에 대해, "('전'은) 대체 누가 누구에 의해 전해지는 것인지 점점 모호하게 된다."고 전제한 후, 위에서 보듯이 "마침내 아Q를 전해야겠다는 생각이 이르고 보니 마음(생각) 속에 귀신이 자리하고 있는 듯하다. (……仿佛思想里有鬼似的)"라고 썼습니다. 그렇다면, 이 이야기(傳)의 전달 주체와 이야기의 발생이 '모호한', 중국의 고전적 옛 이야기 양식인 '전'에서 근대소설의 새로운 형식성을 착안하여 '근대'소설인 「아Q정전」을 쓰는 뜻은 어디에서 찾을 수 있을까요. 귀신론에서 보면, 「아Q정전」은 중국 근대문학에서 일종의 원시반본의 소중한 예가 될 수 있을 텐데, 어쩌면 '전' 양식의 특수성은 이야기 그 자체가 '저절로' 전해지는 묘력을 가졌다는 점을 루쉰이 주목한 것이 아닐까요. 아Q를 '전' 형식을 빌려서 쓴 것은 그 이야기의 '전달 주체'들이 '모호하게' 전해오고 전해지며 저절로 그러함의 생명력—조화, 곧 무위이화의 공능—을 가지고 있다는 것, 그러므로 '전'이란 어떤 원저자가 중요한 것이 아니라 '전'을 전하는 '이야기꾼(작가)의 마음'에서 마음으로 '저절로' 전해지는 것이란 뜻이 내재되어 있는 것이 아닐까, 그렇기 때문에 '전'의 양식을 소설에 접목하다 보니, 무위이화의 대명사인 '귀신', 곧 '내 마음에 귀신이 살아 자리 잡고 있는 듯하다'는 말을 쓰게 된 것이 아닐까요.

8 문 '전'은 동아시아의 유서 깊은 이야기 양식인데, 귀신론으로 해석하니 새롭고 흥미롭습니다. 귀신이 작자나 독자의 어느 일방 소유가 아니라 그 둘을 합한 상태에서 오랜 민중적 전승을 결합하여 나타나는 힘이라고 할 수 있겠습니다. 그것이 이른바 창조적 유기체로서 예술의 위상이라고 할 수 있겠고요. 이 오랜 예술운동이야말로 예술의 '원시반본' 정신을 생생히 보여주는 사례라고 생각됩니다.

답 '전'이라는 문예 양식을 결정짓는 주요 조건인 '전의 전달 주체'가 모호한 상태에서 주체의 마음에 일어나는 무위이화의 '현실적 계기' 곧 귀신의 생생함이 중요한 조건일 수 있습니다. 동학 주문으로 보면 강령주문降靈呪文 8자 중 '지기금지至氣今至'가 창작의 중요한 조건이자 계기인 것이지요. 예를 들어, 원작자를 알 수 없는『심청전』의 전달 주체는 누굴까요. 판소리 공연을 하는 '명창'은 누구일까요?「아Q정전」의 전달 주체는 누구일까요, 작가 루쉰일까요? 대문호답게 루쉰은 작가의 마음에 자리 잡은 '귀신인 듯하다'고 말합니다. '귀신에 홀렸다'라는 번역은 일반적인 어법에서는 귀신을 한낱 비유(강조)를 위한 보조명사 정도의 뜻을 지닌 말로 일반 독자들은 여길 테지만, 귀신론으로 보면 이는 적확하다고 할 수 없습니다. 귀신론의 관점에서 보면『심청전』이나「아Q정전」의 전달 주체는 소리꾼 혹은 작가가 창작하는 지금-여기에서 '접령 혹은 접신' 곧, '소리꾼'의 마음 또 작가 루쉰의 '마음'이 지금 무위이화 경지에 접하고 '알게 모르게' 도달해 있는 '신이한 존재'의 상태라는 걸 암시합니다.

전통 판소리에서의 '전'을 전하는 명창이나「아Q정전」의 작가 루쉰은 무위이화의 계기들을 예술 창작의 근본으로 삼은 것으로도 해석될 수 있습니다. 따라서 루쉰이 말한 작가 마음속의 귀신은 '전'에 '은폐된 서술자'라고 할 수 있습니다. 여기서 유역문예론에서 말하는 '은폐된 서술자'의 존재와 그 작용의 문제가 제기

됩니다. 문학과 예술의 창작과 비평에서 신비하고 신령한 은폐된 존재가 '은미하게 묘용妙用'하는 것입니다.

토마스 만의 장편소설『선택받은 사람』에서도 '전해지는 이야기(독일 중세의 '그레고리우스 전설')는 지금 새로 전하는 이야기'라는 뜻이 전제되어 있고, 이 장편의 이야기 전달 주체는 작가 토마스 만의 마음속에 자리 잡은 '은폐된 신이한 존재', 곧 '은폐된 서술자'인 것이지요.

『선택받은 사람』에서 '은폐된 서술자'는 이렇게 표현되어 있습니다. "그 영靈(곧 '이야기의 귀신Geist')은, 자신이 보고하는 모든 일에 있어 충분히 경험을 쌓은 것처럼 유유자적하게 행동"(35쪽)하는 존재입니다. '이야기의 귀신'은 속세에 얽매이지 않은 채 마음껏 자유롭게 "유창하게 이야기를 하는" 경지에 있는 신비한 존재인 것이죠.

토마스 만의 표현을 '한국적으로' 바꾸어 말하면, "'이야기의 귀신'은 천지인 삼재가 부리는 천지조화造化를 성심誠心으로써 본받는 존재라는 것이고, 중요한 것은 그 본받음을 소설 속의 유행불식流行不息 곧 성실함을 '은밀함'으로 표현한다"는 점입니다.[3]

진정 성실한(진실한) 이야기란 인위적인 목소리로서 전달하는 데에 그치는 게 아니라, 인위적 목소리 속에서 저절로 전해지는

---

3   안삼환 장편소설『도동 사람』에 대한 졸고, 「流行不息, 家門小說의 새로운 이념」, 『유역문예론』 참고.

302

순수한(비인위적인) '이야기의 귀신'의 조화에 따라, 작가 자신도 '알게 모르게' '은폐된 서술자'가 스스로 창조적인 작용을 하는 것입니다. (참고로, 토마스 만은 '이야기의 귀신'이 작가의 성심 속에서 '알게 모르게' 작용하는 것에 대해, 소설에서 근친상간을 범한 주인공 그레고리우스의 자기 고백 중, "모르는 중에도 또 알면서unwissentlich-wissend"라는 비유로서 표현하고 있습니다.)

9문 유역문예론의 시각에서 보면, 루쉰과 토마스 만, 두 작가는 각자 태어나 성장하고 살아온 고유한 삶에서는 전혀 딴판임에도, 또한 동양, 서양이라는 전혀 이질적인 문화 전통에서 서로 판이함에도 바로 두 작가의 마음속에 순수하고 천진한 귀신이 내재한 채로 작용한다는 점에서 서로 상통한다고 할 수 있겠습니다. 이것은 동서양의 문학을 대변하는 두 작가가 시대와 현실에 진지하게 맞서며 작가적 수련을 견딘 끝에 다다른 '정신'의 경지일 것입니다. 은폐된 서술자일 이 귀신이 동학에서 인간을 규정하는 '최령자', 곧 시천주를 풀이한 '내유신령 외유기화…'와도 관련된다고 할 수 있는데요, 그렇다면 중요한 것은 귀신과의 접신의 시간이란 꾸밈이 없이 천진한 정신이 움직이는 시간이겠습니다. 작품 속에서 천진난만을 중시해서 비평하는 이론적 배경도 이와 관련이 깊겠군요.

답 중국에서 고대 이래 시를 정리한 오랜 관념인 '사무사思無邪'라는 것도 실리를 추구하지 않고 또 그뿐 아니라 어떤 고상한 이론을 좇는 마음조차 여의는 시심을 가리키는 것이라 할 수 있습니다. 그런데 여기서 無邪는 삿된 마음(그 기운)이 없음을 뜻하는 것이고 그 마음은 시인의 자질일 뿐 아니라 시를 읽는 사람에게도 똑같이 필요한 마음가짐입니다. 마음은 기운이 통하는 자리이니 無邪의 경지란 것도 신통神通한 마음 상태라 할 수 있을 것입니다. 공자의 말씀에서 이를 뒷받침할 만한 여러 대목들이 있습니다만, 귀신의 움직임을 살피는 마음이나 성심誠心도 무사의 경지가 아닐 수 없다는 거죠. 동아시아에서는 이러한 '사무사'를 예술의 최고 경지로서 섬겨왔습니다.

10 문 귀신의 전범으로서 판소리를 예로 들었는데 그 귀신이 전개되는 여러 양상이 있겠지요?

답 송유宋儒 철학에서 귀신론이 전개되었고 동학에서 '귀신'의 존재 문제가 제기되었다고 해서, 귀신론이 동아시아의 문예론에 한정하여 적용되는 것은 아닙니다. '세계의 각 유역마다 지닌 특유의 예술 창작에서의 귀신 존재와 작용'을 살필 수 있다고 봐요. 귀신은 인간과 사물의 본체로서 '성실'의 다른 이름이니까, 귀신은 보편적인 개념인 것이죠. 탁월한 창작자의 마음속에서 작용하는 '귀신의 조화'는 각 유역의 민족성, 종족성을 가리지 않고 모든 유역 각각의 문화 전통에 따라 특유한 유형들로 나타날 수 있습니다. 마찬가지로 한국의 판소리-소리꾼의 형식은 귀신론의 모범이 되기에 충분합니다. 그 이유를 떠오르는 대로 몇 개만 찾는다면 첫째, 소리꾼의 '숙련된(성실한) 마음'이 판소리의 주체라는 점, 둘째, 동아시아의 유서 깊은 문예형식인 '전'을 독창적으로 전승한 판소리는 사실상 원작자를 특정할 수 없이 소리꾼의 심령心靈(곧 '마음 속 귀신')에서 심령으로 전해지는 '신기神氣의 형식'이라는 점, 따라서 판소리의 원본이 지닌 이야기의 내용과 형식은 상대적으로 중요하지 않다는 점, 셋째, 소리꾼(또는 얘기꾼)의 영혼(誠心)과 청자의 마음(誠心) 간의 교감과 교통이 중요한 문예 양식이라는 점입니다.

이러한 판소리 양식의 특성을 합치면, 판소리는 명창 저마다 절차탁마 끝에 다다른 '무위이화의 덕'에 청자의 마음이 기꺼이 교감하는 예술 양식인 거죠. 소리꾼은 자신도 모르게 마음에 귀신(기운의 造化力)을 접하고, 이로써 소리꾼의 무위이화의 덕에 청중들은 저마다 깊이 감응합니다. 이처럼 인위를 넘어선 무위이화의 계기로서 접신, 생생한 조화의 기운과의 교감은 예술에서 귀신 존재의 그 모범적 형식으로 이해될 수 있습니다.

3. 방언문학
―'표준어주의, 근대적 문학 언어'를 넘어서

11 문 유역문예론의 핵심적 개념을 꼽으라면 아무래도 '자재연원'과 '무위이화'라고 생각됩니다. 선생님은 이미 그 개념으로 오봉옥이나 송경동 등을 논의하고 있는데, 이와 함께 '방언'을 적극적으로 활용하는 육근상 시인에 대해서도 많은 의미를 부여하고 있습니다. 실제로 육근상 시인의 언어는 살아 있는 입말의 맛을 생동감 있게 전달하는 특별한 능력을 가지고 있다고 여겨집니다. 특별히 '방언문학'이라는 개념을 만들 수 있는 이유겠습니다. 이 방언이야말로 삶의 살아 있는 현장의 목소리를 직접 가져오는 것일 테니까 그야말로 삶의 내부에서 우러나오는 자재연원의 언어이고, 그것이 여러 현장의 구체성을 확보할 테니까 인위적 공교함을 앞서는 언어라고 할 수 있겠습니다.

그런 의미에서 유역문학과 방언문학은 상관적이고 호환적인 의미 내용을 가지고 있습니다. 유역문예가 작품 창작에서 내유신령 외유기화, 무위이화를 중시하고 강조하는 데 비해 효율성이 기반인 표준어주의 언어의식은 합리적 이성에 의존하기 때문에 본래 언어에 조화의 생기를 불러오기 어렵습니다. 작가가 자신의 삶에 기반한 고유한 개인 방언에 입각할 때 내유신령 외유기화의 계기와 작용을 일으키기 쉽다고 할 수도 있겠지요. 그러나 문학 언어가 '자연 언어' 곧 방언의 성격에 순응하기만 할 수는 없을 것입니다. 작가의 마음이 스스로 외부의 자연과 합치하는 시간에 작가 내부의 신령(귀신)이 기화의 계기에 이르게 되는 때에 고유한 개인 방언을 구할 수 있는 것 아닐까요?

답 방언문학을 설명하는 데 침체된 한국문학판에 새로운 활력을 불어넣고 있는 최근 베스트셀러 소설 정지아의 『아버지의 해방일지』(창비, 2022)를 예로 들어도 유익할 듯합니다. 이 소설의 탁월성은 여러 면에서 찾아볼 수 있지만, 이 자리에서는 단지 방언문학의 관점에서만 보기로 하지요. 이 작품의 주인공이자 내레이터인 '빨치산 아버지의 딸' '나'가 갑작스레 돌아가신 아버지의 삶을 회고하는 이야기 속에서 마침내 '아버지의 복권'이 이루어지는데, 방언문학의 관점에서 보면 '아버지 삶의 복권'은 전라도 방언 곧 '방언문학의 복권'이라고 봐도 좋습니다. 한국 사회에서 '잃어버린 아버지의 훌륭한 삶'을 복권하는 것이 한국문학에서 '잃어버린 방언의 훌륭한 문학성'을 복권하는 것임을 절묘하게 보여주었으니까요. 아마도 아버지의 방언이 없었다면 이 작품은 아버지에 대한 '나'의 기억이나 회상을 풀어내는 범주에서 벗어나기 힘들었을 것입니다. 소외된 삶의 복권이 방언의 복권으로, 아버지의 삶의 승리가 방언의 문학적 승리로 이어졌다 할까, 아무튼 작가 정지아의 소설에서 주목할 점은 표준어 말투가 작가의 방언 말투에 의해 이야기의 생기를 얻게 된다는 사실이라고 봐요. 방언은 '자연 언어'로서 스스로 머금고 있는 말의 생기를 은연중에 발산함으로써 인위적인 언어인 표준어조차 생기에 깊이 감응하게 됩니다. 『아버지의 해방일지』는 이 점을 잘 보여주는, 소설의 은폐된 조화의 형식이라 할 수 있습니다. 숨은 방언적 내레이터가 이야기 표면에 있는 1인칭 표준어 투의 내레이터를 반성시키는 형식인 것이지요. 루쉰의 「아Q정전」에도 중국의 관리 및 기득권 계급이 표준어만 사용하는 것을 잠시 꼬집는 대목이 나옵니다만, 한국에서 4·19 세대 이후에 완강하게 자리 잡은 표준어주의는 청산되어 마땅합니다. 이 문제를 정지아의 『아버지의 해방일지』는 절묘하게 보여줍니다.

12 문 『아버지의 해방일지』를 유역문학론에서 말하는 '방언문학'의 의미 깊은 성과로 보는군요. 그렇다고 한국문학에서 표준어의 필요성을 민족국가 건설과 관련해서 고민하는 맥락 자체가 무시될 수는 없을 겁니다. 가령 임화나 오장환은 1930년대 중반에 백석의 방언문학을 비판하는데, 그 이유는 일제의 식민정책 속에서 조선어 자체가 사라질지 모른다는 위기의식을 가지고 있었기 때문입니다. 조선이라는 나라의 근간이 될 표준어가 더 강조되어야 한다는 생각이 있었던 거지요.

역사적으로 특정 시대의 문물에 계량을 하고 표준을 정해서 표준에 따라 제도화하는 것은 거대한 국가나 제국, 근대에 들어서는 근대 국가 체제를 유지하기 위한 도구적 성격을 가집니다. 국가 차원의 사회 경제 체제가 원활하게 돌게 하려면 표준어 정책은 불가피한 방편입니다. 표준어를 제정 정비하고 이를 제도적으로 강제하여 이를 통해 신속 정확한 의사소통과 정보 전달이 가능한 국가 체제를 갖추는 것이 필수적입니다.

답 근대 국가 체제가 표준어의 제정과 제도적 강제를 통해 합리적이고 효율적인 사회 체제를 유지하는 것은 충분히 인정한다 해도 특히 해방 후 이른바 4·19 세대의 문인 비평가들이 '문학 언어' 차원에서도 표준어로 쓰기-읽기를 거의 강요해온 것은 많은 반성적 질문을 던지게 합니다. 근래에 와서 인터넷과 디지털 기술의 비약적 발전과 SNS의 확산으로 문학예술 및 언어의 영역에서 지역의 경계가 무너지고 지역 간에 교류가 활발한 각각의 유역들의 문학에서 전통적 '지역 방언'과는 다른, 방언의 변이 혹은 확장 현상이 광범위하게 나타나는 것 같습니다.

한국 현대 문학의 언어의식을 일방적으로 주도해온 표준어주의는 해체 과정에 이미 들어선 것이라 할 수 있죠. 유역문학론의 시각에서 보면 이러한 탈표준어주의는 당연하고도 바람직한 현상입니다. 지금 필요한 것은 탈표준어주의의 문학 언어가 생명력을 지닌 건강한 이념의 언어들로 백화제방百花齊放할 수 있게끔 새로운 문학 이념과 그에 부합하는 문예이론을 바로 세우는 일이 아닐까 하는 생각이 드는 것이지요. '방언문학'이란 말은 대작가 이문구와 김성동의 문학 언어들을 접하고 얼마 후에 고안한 개념입니다. 한마디로 시인 소설가가 저마다 자재연원의 문학 언어를 중시하고 고유한 자기 본성를 구하기 위해 고군분투하는 언어를 가리킵니다. 방언학적 분류 개념으로 '개인 방언'으로서의 문학 언어를 가리키는 것이지요. 자신만의 '개인 방언'을 능히 구사하는 작가는 고유한 자아의 발견을 통해 자기 정신의 발양發揚을 이뤄낼 줄 아는 명실상부한 뜻에 값하는 '작가'입니다. 이것이 방언 문학의 개요입니다.

13 문 방언문학을 귀신론으로 연결해볼 수 있겠습니다. 가령 작가 자신의 삶의 본성을 구현하는 일상언어를 방언이라고 했을 때, 그것은 문학적 직관이나 초월성에 가까운 측면의 귀신이 은 폐된 채 작용하면서도 그 근간이 일상 속에서 구현되는 상태라고 이해해도 될까요? 초월성의 담론으로서 귀신론에서 벗어나 나날의 구체적 일상생활 속에서 귀신론은 어떤 의미를 가집니까?

답 귀신론鬼神論은 산정山頂의 지성에서가 아니라 세간의 인심에서 만나는 극히 오래된 마음과 하나를 이룹니다. 산정에서 하산하는 중에 마주친 여린 식물을 보고 가난한 시인의 마음에 문득 '귀신'이 깃듭니다. 비유컨대, 귀신은 척박한 황무지에 심어진 옹골진 풀씨이며 오래전 죽은 나무에서 돋아나는 여린 잎사귀의 힘입니다. 식물의 여린 줄기는 쉼 없이 하늘과 땅 기운을 실어나르듯이 음양의 조화造化의 다른 이름인 귀신은 마침내 성실한 시인의 마음에서 그 자취를 드러냅니다. 귀신의 힘은 은미하고 여리지만 세상에 미치지 않는 바가 없으니 귀신이야말로 창조의 원천입니다.

평범한 일상 속에서 귀신의 존재와 작용을 감지하는 능력을 키우는 것이 귀신론의 궁극 목표라 해도 과언이 아닙니다. 먹고 일하고 자고 기억하고 사랑하고 낳고 기르는 모든 일상 속에서 진부하고 사물화된 삶을 생기롭게 바꾸는 일이 귀신론의 진정한 의미이자 목표라 해도 과언이 아닙니다. 들판의 흙과 꽃과 나무, 바람과 풀 같은 일체의 자연들에 은밀하게 작용하는 귀신의 존재를 접할 때 그 사물들은 생기를 머금고 서로서로 소통하게 됩니다. 그것이 진실한 시심이라고 봐요. 예를 들면 김수영의 명시「풀」처럼 소박한 일상과 평범한 자연이 인간 삶 속에서 생기를 띠고 활성화되는 것이죠.

그러므로 세속적 일상성에 은미하게 작용하는 귀신을 접하는 능력은 삶의 고통을 해학으로 바꾸기도 하고, 도저한 고난이 내는 한숨에서 감동 어린 선율을 상상할 수 있게 됩니다. 또 비윤리적 사회 행위에서도 풍자와 유머의 지혜를 찾는 혜안을 얻기도 합니다. 바로 여기서 생명력이 충만한 문예 활동이 비롯된다고 할 수 있습니다. 천지간 조화의 생생한 이치와 감수성을 체득한 '정신'은 스스로 일상 속에서 삶을 정화·승화하는 능력을 가꾸어 갑니다. 소박함과 평범함의 일상 속에서 자연의 기운 혹은 음양의 조화 기운을 감지하고 이를 공유하는 능력이야말로 귀신의 공능을 터득한 최상의 문학적 감수성이라 할 수 있습니다.

맺음말 유역문예론과 관련해서 나눌 이야기가 너무 많습니다. 한국문학사를 다시 살펴보는 것은 물론이고, 유역문예론이 근거하고 있는 여러 자생적 사상들의 현재 위상을 살펴보는 일도 시급하다고 여겨집니다. 특히 이 유역문예론은 창작 방법으로서의 그것과 이념으로서의 그것으로 나눌 수 있을 듯합니다. 선생님의 다음 작업이 기다려지는 이유입니다. 눈 밝은 독자들은 이미 그 둘을 분별하면서 이해하고 있겠지만 그래도 선생님의 좀 더 분명한 논변이 있으면 한국문학의 바탕을 넓히는 데 큰 힘이 되지 않을까 여겨집니다.

선생님은 유역문예론이 본격적으로 집필되게 된 배경을 이 대담의 앞부분에서 말씀해주셨는데요, 제가 다음 기회에 말씀을 더 나누고 싶다고 생각한 것은 선생님이 주목하고자 했던 웹 중심의 문화체계 안에서 유역문예는 어떻게 자리 잡을 수 있을까 하는 점입니다. 선생님은 이곳저곳의 글과 말들에서 인공지능과 SF에 대해 언급하고 있는데요, 세계는 이제 서구중심주의에서 근본적인 전환을 요구하고 있기도 하지만 인간중심주의에서 인간 너머의 어떤 세계로 나아갈 것을 요구하고 있기도 합니다. 유역문예 앞에는 더 넓은 영토가 펼쳐지는 것이라고 저는 생각하고 싶습니다.

이 생각은 세계의 모든 존재들의 자율적 생기의 시대, 나아가 생성 인공지능이라고 불리는 챗GPT의 시대와도 관련됩니다. 유역은 서구와 동양, 북방과 남방에만 있는 것이 아니라 메타버스에도 있을 것입니다. 그 문제가 선생님에게는 어떻게 사유될 수 있는지 내내 궁금하기만 합니다. 선생님과 대화를 나누다 보니 한 가지 실마리를 찾은 것이 있기는 합니다. 예술의 자율성이라는 것이 철저히 단절된 개별적 존재자들의 자율성이 아니라, 선생님이 주목한 '전'의 형식처럼 민중적 전승의 과정을 전제하는 자율성이라는 사실이 그것입니다. 그와 함께 다시 대화를 나눌 수 있기를 희망하면서 이만 마치도록 하겠습니다. 오랜 시간 감사합니다.

(2023. 1.)

2. '母心의 모심' 속에 깃든 地靈의 노래
—육근상 시집 『동백』의 출간에 붙임

"베까티 누구 오셨슈… 늬아부지 오셨나 보다"(「동백」)

　육근상 시인과 교유한 지 어느덧 40년이니 사람 나이로 치면 불혹이 가깝다. 시인의 단심과 의로움, 꼿꼿한 사람됨은 내가 겪어본 생애에 걸쳐 불혹 그대로이다. 그의 시 또한 사람됨과 같다.

　근대화 이후 도시인들은 기약 없이 긴 타향살이 속에서 고향을 망각한다. 갈수록 고향을 지키던 토박이말들이 사라지다 보니 고향의 지령은 오리무중이다. 지령의 사라짐은 여러 요인이 있지만, 이 땅의 교육, 언론, 문화 제도가 강제해온 표준어주의가 고향의 상실에 큰 몫을 해왔다. 근대화의 첨병인 표준어주의의 언어 정책은 오랜 세월 글쓰기를 '검열'하고 옥죄며, 고향 토박이말과 방언 등 자연어의 근원으로서 모어母語의 존재들이 대거 사라지는 결정적 계기였다. 문학이 지켜야 할 겨레의 기억과 고유한 정서가 실종의 위기에 닥친 것이다. 이 땅에서 근대의 폐해는 표준

---

*　이 글은 육근상 시집 『동백』(솔, 2024)의 발문跋文이다.

어주의 외에도 부지기수다.

오늘날 고향의 모어를 잃어버린 시인들은 삭막하고 반생명적인 대도시의 난잡한 소음이나 매연과 다름이 없는 언어들과 씨름을 한다. 하지만 시의 타락은 갈수록 악화일로다. 지난 세기 내내 서구 근대 시학이 만들어놓은 바와 같이 시인이든 독자든, 좌익이든 우익이든, 리얼리즘이든 모더니즘이든 시를 대체로 현실이나 사물에 관한 의식의 상관성 또는 잘 짜인 언어의 구조성 속에서 이해해왔다. 이는 지난 한 세기 동안 시의 존재에 관한 일반 관념이라 할 수 있다.

오늘날 드물게나마 진실한 시인들은 표준어주의 따위는 일찌감치 벗어버리고 근대의 극복을 위한 새로운 '방언(시인의 '개인 방언')의 시학'을 탐구한다. 나아가 새 시대가 요하는 시 정신을 선취한 명민한 시인은 서구 근대가 빚은 좌우 이데올로기들 간의 심각한 대립과 갈등 상황을 타개하고 극복할 새로운 대안적 이념의 현실화 조짐을 능히 자각한다. 새로운 시학의 과제를 풀어가는 길에는 여러 갈래가 있을 터인즉, 무엇보다 자재연원自在淵源과 원시반본原始返本의 도道를 따르는 육근상의 시는 시사하는 바가 적지 않다.

'내 안의 신령으로서의 母心'

시집『동백』의 앞쪽에 자리한 시「해나무텅이」는 시인의 고향 옛집을 가리키는 관용적 표현으로서 고향 토박이 말이다. '해나무텅이'는 '마을의 볕이 잘 드는 구부러지거나 꺾어져 돌아간 자리'를 말한다. (시인의 '방언 풀이'를 참고. 필자는 충청남도와 북도 간에 인접한 대전 변방, 옥천과 세천 등지의 주민들이 일상어로 흔히 쓰는 방언의 어미형인 '-텅이'가 자주 입에 붙던 옛날을 기억한다.) 이 '해나무텅이'는 표준어에 익숙한 사람들은 낯설고 그 의미를 알 수 없겠지만, 시인은 지금은 누구도 쓰지 않을 이 궁벽한 충청도 사투리를 애써 찾아 쓴 것이 아니다.

> 해나무텅이라는 곳은
> 다 헐 수 읎는 말 빈 마당 휘돌먼
> 천장 내려온 먹구렝이 문지방 넘어
> 대숲 아래 똬리 틀고 있다는 거다
>
> 새벽밥 준비허던 엄니
> 투거리 들고 장 뜨러 나왔다
> 아덜아 오짠일여 언능 들어가자
> 아니다아니다 정짓간 들어가

주먹밥 쥐어주며 잽히면 안 된다

엄니는 암시랑토 않웅게 호따고니 넘어가그라

지푸재 새앙바위 뜬 그믐달인 거다

뒤안길 달음박질치다 넘어져

손톱 빠지고 이마빡 깨고

옆구리 터져 돌아와 보니

뚜껑이 개터래기 땅개 모르는 척이다

아무 말 허지 않는다

그슨새 지나간 자리 않고서야

숨죽이고 핀 꽃들 펀던 달려나갔겠는가

돌아보도 않고 피반령 넘어갔겠는가

　　　　　　　　　　　—「해나무팅이」 전문

　이 시에서 우선 주목할 것은 페르소나[話者]가 고향 집을 '해나무팅이'라고 부르고 있는 점이다.

　시인이 이 낡은 옛말을 뒤덮고 있는 두꺼운 먼지를 털어내고 닦아 새로이 쓰는 노고를 아끼지 않는 까닭을 헤아려야 한다. 적어도 '개벽(다시 개벽)'의 시 정신을 구하고자 한다면, 오래된 토착어로서 방언과 사투리, 다시 말해 자연 지리 습속이 깊이 밴 '지령에 걸맞는 자연어'들을 수고와 정성을 들여 찾아야 하고 시인의 '개인 방언' 사전의 갈피 속에서 갈무리해두는 데에 그치지 않고 끝내 '개인 방언'들을 자신만의 특유의 시학으로 승화시킬 수 있어야 한다. 그렇기 때문에 시인의 '개인 방언'인 '해나무텅이'는 '방언'의 사전적 범주에 머무르지 않는다. 이 말은 육근상의 시에서 '개인 방언'은 사전적 의미 범주를 넘어 시인 특유의 '방언의 시학' 속에서 이해될 수 있다는 의미다.

이 시에는 이른 새벽 고향 옛집의 정짓간 앞에서 엄니와 도피 중인 아들 사이의 짧은 만남과 이별이 나온다. 아들은 아마도 시국 사건과 연관된 듯이 시의 내면적 분위기는 어둡고 심상찮다. 화자가 전하는 아들의 은밀한 귀향이나 엄니와의 느닷없는 조우에 대해 아무런 전후 사정을 드러내지 않으니 궁금증이 들지만, 아들은 도피 중에 간신히 고향 집에 몰래 잠시 들른 정황만이 서술된다. "뒤안길 달음박질치다 넘어져/ 손톱 빠지고 이마빡 깨고/ 옆구리 터"지며 가까스로 고향 집에 "돌아와 보니/ 뚜껑이 개터래기 땅개 모르는 척이다/ 아무 말 허지 않는다". 다시 말해, '뚜껑이 개터래기 땅개'는 아들 친구들의 각자 별명인데, 반정부적 시국 사건에 연루되었을 듯한 아들의 갑작스러운 귀향을 친구들은 "모른 척"하고 "아무 말 허지 않는다". 이 시의 내면에 드리운 어두운 분위기, 음기陰氣는 뒷부분에서도 이어진다.

시의 뒷부분인 "그슨새 지나간 자리 않고서야/ 숨죽이고 핀 꽃들 펀던 달려나갔겠는가/ 돌아보도 않고 피반령 넘어갔겠는가"
를 보면, 악귀나 야차를 가리키는 방언 '그슨새'의 등장을 통해
아들과 엄니는 모순투성이와 온갖 부조리가 만연한 세상에서 핍
박당하고 소외된 존재들임을 알게 된다. 물론 이 대목에서 가난
과 고통을 견디고 살아가는 이 땅의 모든 가난한 인민들의 처지
를 떠올리게 된다. 그렇다고 이 땅의 시골 사람들이 겪고 있는 수
난의 삶을 이 시가 보여준다고 하는 것만으로 시의 해석이 끝난
다면 이 시는 별 의미가 없게 된다. 이 시가 보여주는 내용들, 가령
모종의 시국사건이나 세계의 모순과 부조리에만 초점을 맞추고
나면 이 시는 수많은 '민중시'들이 이미 보여준 상투성 내지 허구
성의 한계 안에서 맴돌다가 사라질 것이다.

　이 시가 지닌 시적 진실은 시인이 나름으로 깊은 수심정기의 세
월 끝에 얻은 '엄니'라는 방언으로 유비되는 모심母心과, 모심의
모심[侍] 속에서 얻게 된 모어인 '방언'의 화용話用에서 찾아진다.

　그 방언의 화용을 잘 보여주는 예로서 다음 두 가지를 들어보
자. 먼저 이 시에서 엄니[母]의 생생한 목소리가 나오는 대목이
소중하다.

　　새벽밥 준비허던 엄니
　　투거리 들고 장 뜨러 나왔다
　　아덜아 오짠일여 언능 들어가자

아니다아니다 정짓간 들어가
주먹밥 쥐어주며 잽히면 안 된다
엄니는 암시랑토 않응게 호따고니 넘어가그라
지푸재 새앙바위 뜬 그믐달인 거다

　고향 집인 '해나무팅이'를 몰래 들어선 아들과 갑작스레 마주
친 '엄니'의 목소리, "아덜아 오짠일여 언능 들어가자 아니다아
니다 (…) 잽히면 안 된다 엄니는 암시랑토 않응게 호따고니 넘어
가그라" 이 '엄니'라는 방언도 시적 화자에게 어머니의 의미를 지
시하기에 앞서, 의미를 확장하는 어떤 심혼의 울림이 마음에 번
져오는 시어라 할 수 있다. 이는 엄니의 육성인 사투리 목소리가
시 속에서 '청각적 소리의 기화'가 일어남을 보여주는 특별한 시
학적 현상이라 할 수 있다.
　시인에게 '엄니'는 고향 옛집(투거리 들고 장 뜨러… 정짓간… 지푸
재 새앙바위…)의 화신이요 모심의 표상이다. 고향 집의 표상이므
로 당연히 방언 '엄니'가 나온 것이다. 엄니의 목소리가 시 속에서
기화한다는 것은, 고향 방언인 '엄니'는 '어머니'라는 세속적이
고 사전적인 의미에 머물지 않고 시인의 시심에서 얼비치는 오염
되지 않은 고향 지령의 화신 혹은 신령의 표현이란 점이 포함된
것이다.
　엄니의 모심이 지령과 합일 상태이기 때문에, "새벽밥 준비허

던 엄니"의 세속적 육성이 시 속에서 극 형식을 빌려 생생하게 살아나는 중에 아들이 연루된 모종의 사건은 자연스럽게 고향 집의 잊었던 여러 공간들과 고향 집 주변의 자연과 그 자연의 조화로운 기운과 한껏 어울려 기화한다.

그러므로 방언 '엄니'가 품은 '모심'은 시인의 시심에 깃든 신령, 즉 '자기 안의 신령으로서 모심'이라 말할 수 있다. 그 시심에 내재하는 모심母心의 신령이 시 쓰기에 작용하는 근원적 힘이다. 그러므로 고향 집 모심이 시인 마음속의 지령과 다를 바 없다면, 모심의 기화는 천지조화의 능력과 같은 것이다. 이 모심과 지령이 하나로 어울리고 조화의 계기를 맞아 마침내 기화를 이루는 것이 육근상의 '방언 시'가 지닌 특성의 요체라 할 수 있다. 그리고 여기서 이 시 「해나무팅이」가 지닌 시적 진실이 드러난다. 이는 시인 육근상의 시가 찾아가는 지극한 모심은 고향의 지령과 다르지 않으며, 그의 시는 그 모심 또는 지령의 기화임을 여실히 보여준다.

이처럼 시인의 지극한 마음속, 곧 안의 신령함이 밖으로 기화하는 시어는 곳곳에서 찾아진다.

방금 말했듯이 이 시에서 엄니의 대화체 육성이 나오는 극적 효과는 기억 속에서 불현듯이 나타나는 모심의 기화를 표현한다. 또한 '내유신령 외유기화' 관점에서 보면, 엄니의 사투리 육성이 지닌 생생한 현장성과 이질성의 소리 형식으로 인해 이 시엔 무가巫歌의 형식성이 은폐되어 있음을 유추할 수 있다. 그 전통 무가 형식이 내포하는 다양한 형식성이 은폐됨에 따라 시의 내면적 형식성의 흔적들이 은밀하게 살아 있음이 느껴진다. 방언과 사투리의 구어투로 쓰인 육근상의 시 속에서 내밀한 산조散調 가락이 파편화된 소리의 마디들로서 들리는 듯하는 것도 이와 무관하지 않다. 지극한 모심母心이 내는 목소리의 빙의憑依에 의해 다양한 토착어의 이름과 그 변화무쌍한 소리들은 각자 또는 더불어 어우러짐으로써 시에 신령스러운 기운을 불러오는 것이다.

다음으로 이 시에서 주목할 대목은 시의 화자가 아들이 엄니를 만나고 다시 고향에서 멀리 피신하는 광경을 두고 "숨죽이고 핀 꽃들 펀던 달려나갔겠는가"라고 표현하는 구절이다. 이 시적 표현이 자연물의 상투적 표현으로서의 의인법에 머물지 않는, 예사롭지 않은 시적 상상력과 초감각을 감추고 있음을 새로이 이해하는 것이 필요하다.

고향에 계신 엄니는 아들의 귀향을 애타도록 기다리지만, 시의 화자는 이 엄니의 간절한 기운을 '숨죽이고 핀 꽃들'로서 표현한다. 이 표현은 의인법을 넘어서 해석되고 깊이 이해되어야 하는데 그것은 모심은 세속 현실에서의 '어머니'의 마음을 넘어 신령 혹은 지령 자체이기 때문이며, 이 모심이라는 신령이 시인의 시심을 움직이는 근원적 '묘처妙處'이기 때문이다. 이는 세상을 인간 이성의 영역에서 다다를 수 없는 마음[心]의 심층, 수심修心 끝에 접하는 신령함과 그 기운 속에서 이해될 수 있다. 시에서 세상의 악귀가 '그슨새'라는 방언으로 표현되고 있는 점도 시인의 신령한 세계관의 또 다른 표현이다. "그슨새"는 신령의 지평에서 보면 신령과 대립적 존재이다. 이는 육근상의 시심에는 합리적 이성과 물리적 감각이 닿기 힘든 신령[지령]의 세계와 그 초감각적 지평이 '시의 원천'을 이루고 있음을 암시한다. 따라서 '숨죽이고 핀 꽃들'은 그 존재 자체가 흔히 말하는 '인간(이성)중심주의' 관점에서 비유하는 의인법적 비유와는 다른 차원에서 이해되어야 한다. "숨죽이고 핀 꽃들"은 시인의 시심 속의 지령이 조화의 기운과 접함을 통해 드러난 표현이라 할 수 있다. 그렇기 때문에 실제로 육근상의 시에서 무당들이 등장하지만, 이는 단순히 시적 소재거리가 아니라 신령한 세계관의 반영으로 이해되어야 한다.

시인의 '신령한' 시심과 그 신령을 통해 바깥 세계와의 접령의 기운이 육근상 시 상상력의 기본을 이룬다. '만신萬神의 세계관'은 은밀히 은폐되어 있다. 이는 소위 '서구 근대의 이성주의 시학'으로부터 '최령자'로서의 시인의 시 정신에서 나오는 것으로 이해될 수 있다. 고향의 '엄니'와 '꽃들'로서 표상된 모심母心의 신령과 바깥세상의 악령인 '그슨새'는 서로 반하는 존재들이지만 세상은 '한울' 속의 저마다 신령한 존재들로 엮여 있다.

시혼이란 조화의 기운과 합치하려는 지극한 성심

이 시집을 통해 육근상 시심에서 '모심母心의 모심[侍]'의 원천을 엿보게 된다. 이미 말했듯이 모심은 '엄니'가 지닌 시인의 사적인 의미에만 갇히지 않는다. 물론 육근상의 시에서 '엄니'는 사적 의미 영역에서 비롯된 방언이지만, 육근상 시인은 개인의 삶과 기억 속 엄니의 존재에서 '모심'이라는 신령한 존재를 접하는 데에로 나아간다. 시집 곳곳에서 시인의 시심은 엄니를 간절히 부르곤 하는데 이는 지금은 부재하는 '엄니' 속에서 '근원적인 모심 母心'[1]의 시혼을 부르는 것으로 해석될 수 있다. 이는 「화엄장작」 같은 시편에서도 의미심장한 표현을 통해 드러난다.

한때 우리라는 말 민주라는 말 사랑이라는 말 더듬거려 밤
잊은 적 있다 저녁 어스름이면 강변길 걸어 내일 기약한 적도
있다 청춘은 잔잔한 물결처럼 너그럽다거나 젊은 아낙 뽀얀
발목처럼 가슴을 쿵쾅거리게 한다거나 이렇게 차가운 저녁
바람 부는 날 엄니 품처럼 따스하지 않았다

---

1   근원적 모심은 확장하면, 대문자로 표시되는 '위대한 어머니Mutter',
     '大地의 모신',造化의 근원으로서 陰 등과 같은 의미 지평에서 연결될
     수 있을 것이다.

컴컴한 고향 집 들어와

엄니처럼 아궁이 앞에 앉아

송진 단단하게 굳은 장작 집어넣으니

혼찌검 내는 듯 타닥타닥 소리 지르며

훤하게 나를 밝힌다

　시 「화엄장작」에 이르면 육근상 시에서 모심의 사유와 감성은 더 명료해지는 느낌이다. 굳이 시국을 말하고 이 나라 민주주의 역사와 함께 명멸한 숱한 정치적 인간상들을 불러내지 않아도, 깨어 있는 누군들 역사의 뒤안길을 모르지 않다. 이 시는 "우리", "민주", "사랑"이란 말이 앞선 사회 참여의 시 의식에 대해 성찰하고 있음이 우선 눈에 띈다. 하지만 중요한 것은 '현실 참여'에 대한 성찰은 이내 은폐되거나 사라진 채, '컴컴한 고향 집에 들어와' 아궁이 앞에서 불을 지피시는 '엄니'의 모습이 시인의 초상과 오버랩 된다는 것, 고향 옛집의 아궁이 앞에서 삶의 근원으로서의 모심母心을 자각하는 것이다. 이때 고향 집의 오래된 지령이 엄니의 모심과 다를 바 없다.

　육근상 시에서 모심은 세속적 효를 넘어선다. 시인은 '엄니처럼' 고향 옛집 아궁이 앞에 앉아 있으니 "혼찌검 내는 듯" "훤하게 나를 밝힌다"는 시적 깨침에 다가선다. '혼찌검'은 엄니 혼령과 접령의 비유라 할 수 있다. 엄니 혼과의 접령이 시인의 시심 속에 잠재하는 모심의 모심이다. 이 모심의 모심은, 즉 '접령의 기운'은 시인의 수심정기가 필수적이다.

수운은 '시천주侍天主'의 '主'를 "주主라는 것은 존칭해서 부모와 같이 섬긴다는 것"(『동경대전』)이라고 손수 풀이하였으니, 세속적 삶 속에서 수행하는 시천주의 참뜻에 '모심母心의 모심[侍]'과의 깊은 연관성이 없을 수 없다. 시인은 세속 세계의 지난한 삶속에서 '모심의 모심'을 통해, 곧 수심정기를 통해 시의 새로운 길[道]을 보게 된 것이다. 학습에 따른 관념이나 지식으로 엮인 제도권 시학 체계와는 아랑곳없이 시인의 고향 집의 살림을 도맡고 땅의 지령을 지켜온 가난한 엄니의 삶 속에서 거룩하고 위대한 모심을 깨닫고 이 모심의 모심을 통해 육근상 시인은 스스로 웅숭깊은 시의 경지를 연 것이다. 이 시에서도 자재연원과 원시반본이라는 개벽의 시 정신이 움트고 있음을 보게 된다.

이렇듯 육근상의 시집 『동백』에서 모심을 모시는 일이 시 쓰기의 원동력이다. 시 「꿀벌」은 그 '모심'의 경지를 '꿀벌의 비유'로서 보여준다.

엄니가 생을 다하여
사경 헤매고 있던 날
마당 가득하게 작약은 피었네

뜰팡에 벌통 몇 개 놓고

꿀 따곤 하셨는데

겨울날이면

늬덜두 목숨인디 먹구살으야지

아나 아나

벌통에 설탕물 부어주곤 하셨네

그러던 초파일이었을 것이네

보광사 연등이 마을 휘돌아

나처럼 흔들리던 저녁 무렵이었을 것이네

꿀벌은 엄니 보이지 않자

모두 날아가 버렸네

허리에 상복 무늬 하고

끝없이 걸어 나오던 꿀벌들

밀랍을 먹감나무 가지에 발라놓아도

영영 돌아오지 않았네

—「꿀벌」 전문

이성이니 분별지란 것도 시천주의 마음에서 보면 별개의 한 부분에 불과한 것이다. 시천주의 마음은 미물이나 돌, 바람, 구름에도 미치는 것이다. 인종이 내세우는 분별지와는 동질이나 동류가 아닐 뿐이지, 공부와 수련이 꾸준한 사람 마음에 만물은 실상으로서의 각자 마음을 비로소 내비친다. 시「꿀벌」에서 꿀벌은 끊임없는 부지런함의 상징이다. 달리 말해, 시에서 꿀벌은 지성至誠의 화신이다. 육근상 시의 속내로 보면 꿀벌의 성실성이야말로 무궁한 천지조화의 성실함과 합일을 이루는 시인의 시혼을 비유한다. 시혼이란 이 조화의 기운과 합치하려는 지극한 성심을 말함이다. '다시 개벽'의 시 쓰기란 이 지성의 마음 곧 수심정기의 노력과 무관하지 않을 터다.

옛 성현은 지극한 성심을 가리켜 귀신의 속성이라 하였으니, '시귀詩鬼'의 비유가 꿀벌이라는 해석도 무방하다. 타락한 세상은 땅의 영혼을 삶의 밖으로 내몬 지도 오래이건만 시인은 꿀벌의 존재에서 지극한 모심母心을 보고 모심과 하나 된 시심을 깨닫게 된다.

시「꿀벌」에서도 육근상 시인의 시심은 엄니의 모심과 순수한 자연의 존재['꿀벌'이라는 侍天主의 존재]를 같게 여긴다. 가녀린 식물과 미물과 해, 달, 구름, 바람 등 조화의 기운과 능히 접속할 수 있는 지극한 모심의 시심에서는 '시천주'가 아닌 게 없다. 이와 같이 육근상의 시는 마음 안에 모셔진 모심의 작용에서 나온다.

母心의 모심[侍]에 깃든 귀신의 시

　시인의 고향 사투리는 단순히 의미의 전달이라는 말의 기능과 효용을 넘어선다. 시인의 개인 방언 의식은 말소리signifiant의 자기 내력―자재연원의 소리―을 깊이 아우름으로써 고향 방언에 은닉된 '지령地靈'은 방언의 소리가 지닌 '청각적 지각'을 통해 기화한다. 가령 지령의 존재는 제도적(공식적)인 행정구역상의 인위적 지명이 아니라, 오랜 세월 주민들의 입말로 전해온 고향 땅의 자연생활 풍속 속에서 지어진 지명이며 이 비인공적 토착어 지명들은 그 자체로 자신의 소리를 통해 지령의 소리를 은밀하게 불러온다. 지푸재, 피반령, 새챙이, 가래울, 사러리, 애개미, 방아실, 동담티, 부소무늬, 더퍼리, 비금, 죽말, 핏골 등등 육근상 시에 나오는 숱한 토착 지명들은 긴 세월을 거치는 동안 고향의 자연과 풍수, 지질이나 물산, 역사, 생활, 민속 그리고 주민의 애환을 지켜본 지령이 스스로 작명한 이름에 가깝다. 토착어 혹은 토속어 지명들은 지령의 기화氣化의 표현이다.

　시인 육근상이 나고 자란 고향 주민들의 말투 가령, 힘아리(힘), 엥간히(어지간히), 베까티(바깥) 같은 사투리에서도 오랜 세월 고향 주민의 삶과 하나를 이룬 지령의 기화가 은미하게 전해온다. 뚜껑이, 개터래기, 땅개, 실비네, 삐깽이네, 멸구네, 살구네, 짜구 엄니, 누렁이, 부소무늬, 지푸재, 피반령, 아래무팅이, 우무팅이… 숱한 고유어나 고향에 인접한 수많은 충청도 방언투의 별명들도 지령의 존재감이 느껴지는 지기地氣의 환유들이라 해도 좋다. 이렇듯이 육근상의 시는 방언 및 사투리, 별명, 옛 지명 등 수 많은 토착어들로서 엮고 짜서 시의 안으로는 지령의 깃듦이 있고 밖으로는 천지조화의 기운과 소통한다.

바로 이런 까닭에 사람들은 설령 지령의 이름인 줄을 몰라도, 또 방언의 의미를 몰라도 그 '토박이 시인의 말'들이 정겹게 입에 붙고 토박이말의 지령[신령]에서 비롯되는 조화의 기운에 감응하게 된다.

육근상 시의 방언이 스스로 내는 '청각적 소리'는 천지조화의 은밀한 소리를 닮아 있다. 자연의 소리를 품은 육근상의 '방언 시'는 시인의 시심과 천지조화造化가 무애롭게 통하고 있음을 아래 시구는 보여준다.

새 소리도 바람 소리도 강물 소리도

나를 흔들어 깨우느라 일생 다 지나갔느니

—「벽화」중

새 소리, 바람 소리, 강물 소리가 자연어인 방언 소리와 하나를 이룬 육근상의 시는 마침내「가을」에서 천지조화와 하나를 이룬 시의 도저한 경지를 드러낸다.

　세속적 인연으로 맺은 '엄니'에서 가없는 '모심'을 이어받고 이를 통해 천지인天地人의 통합을 본다. 이 조화를 체득한 시는 그 자체가 천지인이 하나가 된 풍경의 풍요다. '가을' 풍경의 풍요는 그 자체로 시귀가 가만히 읊조리는 천진난만天眞爛漫의 경지이다.

　　오목눈이 새 떼가 사철나무 담장 바짝 붙어 내려앉았다

　　열무 단 같은 개터래기 엄니 꽁무니 따라오던 검둥이가 컹 짖었다

　　고추밭 들러 익은 고추 몇 개 따 평상에 널어놓았다

　　목매 바위 넘던 노을이 강변까지 내려와 수줍은 듯 붉게 웃었다

　　해가 짧아졌고 도톰하게 영근 오가피 바람이 얼굴 스친다

　　강아지풀이 밀려드는 졸음 견디지 못하고

　　응달 앉아 대나무 쪼개고 있다

　　바스락거리며 쏟아지는 햇살에 맨드라미가 길게 혀 물었다

　　산그늘 내린 아욱밭에 귀 익은 풀벌레가 이명처럼 운다

　　담벼락 타고 오른 노각 바라보는데

　　삐조리 감 하나 우엉밭으로 첩 하고 떨어진다

　　　　　　　　　　　　　　　　　　　　　　　─「가을」전문

「가을」은 천지인이 일관되게 통하여 때에 따라 순환하고 마침 가을에 결실을 거두는 고향 풍경을 담담한 어조로 묘사한다. 그 것은 거의 무위이화로 전개되는 천지간의 풍경이다. 가을 풍경은 무위자연의 천진난만한 기운이 가득하니 더없이 풍요롭다. 가을 저물녘 기운 볕 속에서 드러나는 하늘 땅 사람이 조화를 이룬 풍경은 꾸밈없고 싱그럽기 그지없다. 천지조화의 기운이요 자취이 니 시를 접하는 마음은 이내 경건해진다.

시 「봄눈」이 기막히다. 무위이화無爲而化에 능통한 시귀가 남길 법한 시적 상상력의 흔적들은 가히 자유분방이다. 이 경이로운 시편에서 시인의 안과 밖이 한 조화造化 속에 있음이 보인다. 의미 가 사라진 여백들을 거느리며 조화의 기운 속에서 시의 내용과 형식은 둘이 아니다. 사라진 내용이 형식이 되고 형식의 사라짐 (여백)에서 숨겨진 내용을 만난다. 그러므로 이 시는 안과 밖이 따 로인 듯 둘이 아니다. 형식과 내용이 분리된 높은 벽을 훌쩍 넘어 시의 안팎이 따로 있는 듯이 서로 소통하는 조화의 기운은 홍겹 기조차 하다. 「봄눈」의 첫째부터 셋째 연을 보라.

벙거지 쓴 아이들 몰려와
지그린 문 두드린다

이것은 빠꾸 손자

조것은 개터래기 손녀

요것이 여울네 두지런가

베름빡 달라붙어 봄바람 타고

손 내밀어 문고리 잡아당기고

성황당 자리 맴돌다 솟아오른다

요놈들

요놈들

마당 한 바퀴 돌아

흩날린다

이 시 또한 거침없는 천지조화의 기운이 가득한데 이는 「동백」에서도 이어진다.

천지인이 지기至氣의 조화 속에서 무애無碍롭다. 그렇기에 육근상의 시에는 천진한 기운이 가득하다. 천지조화의 기운과 통하는 시는 안과 밖이 불이不二다.

1

베까티 누구 오셨슈

잣나무 가지 흔드는 밤 언 강 건너 늬 아부지 오셨나 보다 흩날리는 눈발 바라보며 흐릿한 전등불 바라보며 엄니는 타개진 바짓가랭이 꿰매며 혼잣말이시다 틀니 빼어놓았는지 뜯어낸 실밥 오물오물 머리에 얹고 방문 열어 먼 데서 오시는 눈발 바라보다 덜그럭거리는 정짓문 바라보다

동백은 칼바람 부는 밤 새끼를 낳았구나 울타리 벌겋게 핏덩이 낳아놓았구나 아이구 장허다 장혀 쓰다듬어 바라보는 대청마루에 눈발도 잠시 쉬어 간다

2

동담티 넘어가는 동짓날 밤 마른 눈 흩날린다 이 고개 넘으면 북에 식솔들 두고 내려와 홀로 지내는 노인 산다지 신세가 나와 같아서 산오리 몇 마리랑 손꼽아 기다리며 산다지 북청 얘기만 나와도 눈 반짝거려 이런 밤 우리 오마니는 국수를 밀었어라우 눈길 밟으며 떠오신 동치미 국물에 국수 말아 끌어올리면 오마니 잔주름 같은 밤이 자글자글 깊어갔어라우 오마니 우리 오마니 영영 오지 않는 아바이만 불렀어라우

베까티 누가 오셨슈

3
마른 눈 흩날리는 밤 누가 오신 듯 개가 짖는다

아버지 오셨다 간 듯 휘어지는 동백가지 컹컹 짖는다

—「동백」 전문

'베까티'는 '바깥'의 충청도 사투리다. '베까티'는 그 토착어 소리의 존재가 지닌 청각적 작용이 소중하다. 눈발 흩날리는 겨울밤에 엄니는 바느질하는 중에도 '베까티' 소리에 민감히 반응한다. 이 지극한 엄니의 모심을 '베까티에 누구 오셨슈'라고 적는다. 부재하는 '아부지'를 기다리는 엄니의 혼잣말 "베까티 누구 오셨슈… 늬 아부지 오셨나 보다"라는 사투리 어투는 이 시의 깊은 속내를 드러낼 뿐아니라 육근상 시가 지닌 웅숭깊은 특성을 함축하고 있다. 엄니의 마음과 아부지로 상징되는 바깥세상은 나뉘어 있지만, 마음과 세상이 곧 안과 밖이 둘이 아니다. 내 안의 지극한 마음이 바깥세상과의 조화造化 곧 무위이화를 이루어 원만히 통하는 것이다. 중요한 것은 바로 이때가 신통의 경지며 불이不二의 시가 태어나는 때라는 것. 이 지극한 모심母心과 세속 세상과의 불이, 시의 안과 밖의 불이가 이루어지는 '접령의 기화'의 존재가 '동백'이다.

'다시 개벽의 시학'으로 새로 보면, 「동백」이 이룬 시적 성취는 귀신의 경지이다. 시귀가 생생하다. 이 시에서 들고나는 '귀신'의 경지를 올바로 알기 위해선 졸고 「문학예술의 '다시 개벽'」에서 아래 대목을 참고하면 도움이 될 것이다.

수운(水雲 崔濟愚)이 '기氣'를 풀이해놓기를, 성리학 또는 주자학의 '일기一氣'와는 차이성이 느껴지는 '지기至氣'라 고쳐 부르고 나서, "'지'라는 것은 지극한 것이요, '기'라는 것은 허령이 창창하여 일에 간섭하지 아니함이 없고 일에 명령하지 아니함이 없으나, 그러나 모양이 있는 것 같으나 형상하기가 어렵고 들리는 듯하나 보기는 어려우니, 이것은 또한 혼원渾元한 한 기운이요(…)"(「논학문」)라고 풀이하여, 천지간 만물 만사에 "간섭하지 아니함이 없고 명령하지 아니함이 없음"을 강조한 것도 동학의 귀신이 유학(성리학 주자학)에서 말하는 귀신과는 차이가 있다 할 수 있습니다. 즉 기는 음양의 조화라던가 하는 천지 만물의 생성원리에 그치는 게 아니라, '기 안에 기 스스로 신의 성격을 내포'하는 것입니다. 그래서 동학에서는 일기라 하지 않고 '지기'라 합니다. 지기가 곧 하느님인 셈이지요.

사람의 마음이 개입하지 않는 천지 음양의 조화는 관념의 상像에 지나지 않습니다. 인심과 통하지 않는 귀신은 허깨비에 불과합니다. 그래서 동학의 귀신은 하느님이 인격으로 나타나(단군신화에서 환웅천왕이 '잠시 사람으로 화化함, 곧 '가화假化' 하였듯이!) 수운 선생한테 "내 마음이 네 마음이다… 귀신이란 것도 나이니라."라고 가르침(外有接靈之氣 內有降話之敎)을 내려준 것입니다.

유가의 귀신이 천지와 스스로 통하는 타고난 양능良能이라 한다면, 동학의 귀신은 천지와 통하는 양능이라는 관념적 객체에 그치지 않고, 수심정기를 통해 사람 마음이 하느님의 마음과 그 기운과 하나가 되는 지기至氣에 이름으로서 사실적 묘력을 지니는 것입니다. 이 수심정기의 수행을 통한 '나'의 주체됨의 상태, 곧 동학의 귀신관으로 보면 '나'라는 주체主體는 음양의 기운[氣]이 '주'가 되고 마음[心]은 '체'가 되어, 귀신은 본연의 능력인 조화에 작용하는 '주체'인 것입니다. 서구 유기체의 철학에서 보면 지기는 '무규정적 힘'이며 귀신은 그 안팎에서 작용하는 신의 본성이라 할 수 있겠지요.

여기서 놓치지 말 것은, 하느님 말씀인 "내 마음이 네 마음이다. (…) 귀신이란 것도 나이니라"에는 사람 각각의 마음에 내재하는 귀신이면서 동시에 귀신은 천지 만물들의 각각에 내재하는 신령이라는 의미가 포함되어 있는 점입니다.

(…)

결국, 수운 선생의 '하느님 귀신'과의 접신('내 마음이 네 마음이니라') 상태는 수운의 마음에 지기 상태로서, 즉 마음과 지기가 일통一統 상태로서 '신과 사람의 합일'의 경지를 가리킵니다. '하느님 마음'과 수운의 마음 간에 서로 '틈이 없는 묘처'가 지기 상태의 시공간을 말하는 것이니, 이 '지기를 내 마음이 지금 속에서 앎[知]'이 '지기금지至氣今至'요, 조화의 '현실적 계기'로서의 '귀신'의 존재와 그 묘용을 앎[知]입니다. 그러므로 귀신의 존재는 시천주를 통한 인신人神의 성격을 갖는 동시에, 천지조화를 주재하는 지기와 합습하는 '본체이자 작용(體用)'으로서 '현실적 존재'입니다.

(…)

특히 조선 후기의 기일원론자 녹문의 귀신론은 수운의 '하느님 귀신'이 지닌 기철학적 의미를 이해하는 데 도움을 줍니다. 18세기 조선의 성리학이 도달한 기일원론에서의 '귀신'은 음양 일기一氣의 양능良能이면서 '천지와 통하는 틈이 없는 묘처靈處로서의 본체와 그 작용(妙用) 능력'을 가리킵니다. (『鹿門集』) 이 '틈이 없는 묘처'로서 귀신의 체體와 용用을 이해하면, 하느님이 수운에게 '강화의 가르침 降話之敎'으로서 내린 [降] "내 마음이 곧 네 마음이다… 귀신이란 것도 나니라."라는 하느님의 언명에 담긴 심오한 뜻을 어림하게 됩니다. 이 동학의 귀신이 지닌 깊은 뜻을 유추하게 하는 또 하나의 가슴 절절한 예가 있는데, 그것은 수운이 순도하시기 직전에 제자인 해월에게 남긴 '옥중 유시'에서 찾아집니다.

1864년 봄 수운 선생이 좌도난정左道亂政의 죄목으로 순교하기 직전에 선생이 갇힌 감옥에 간신히 잠입한 충직한 제자 해월 최시형에게 전한 이른바 '옥중유시獄中遺詩'에는 '하느님 귀신'이 내린 '강화의 가르침'(즉, '外有接靈之氣 內有降話之敎')을 깊이 이해하는 단서가 마치 '은폐된 귀신'처럼, 은닉되어 있습니다. '순도시殉道詩'라고 명할 수 있는 이 '옥중 유시'는 아래와 같습니다.

　　등불이 물 위에 밝으매 틈이 없다 燈明水上無嫌隙
　　기둥이 마른 것 같으나 힘이 남아 있다 柱似枯形力有餘
　　나는 천명에 순응하는 것이니 吾順受天命
　　너는 높이 날고 멀리 달려라 汝高飛遠走

　　첫 행 "등불이 물 위에 밝으매 틈이 없다"라는 시구는, '천지와 통하는 틈이 없는 묘처'로서 '하느님의 본체'를 비유한 것이니, 이는 바로 '하느님 귀신'이 수운한테 '내린' "내 마음이 곧 네 마음이니라(吾心卽汝心也)"는 말씀(降話之敎)과 같은 뜻으로 해석될 수 있습니다. '하느님 마음'과 '수운 마음' 사이에 '틈이 없는 묘처'(즉 '본체')로서 '하나'로 합해지고 통하는 상태, 바로 이 상태가 지기요 시천주의 마음 상태입니다. 인신人神의 상태인 것이죠. 거듭 말하거니와, 시천주의 인신 상태

라는 뜻에는 유일신으로서 '하느님'이 아니라, 천지간 만물에
두루 내재하는 '만신'의 존재가 서로 이접離接하는 관계로서
무한히 연결되고 연관되어 있음을 함축하는 것입니다.

그 천심이 인심이 되어 천지인이 하나로 일통一統한 마음
상태에서 비로소 귀신은 '묘처' 곧 '영처靈處'에서 어디든 '신
적 존재'로서 드러나고 묘용을 발현하는 것입니다. (이 시구의
다음에 이어지는 "기둥이 마른 것 같으나 힘이 남아 있다"는 뜻도 '귀신
의 묘용 묘력'으로 해석될 수 있습니다.)

그러하기에, 동학 창도의 직접적인 계기인 하느님과의 두
번째 접신에서 하느님의 가르침(降話之敎)인 "내 마음이 곧 네
마음이니라. 사람이 이를 어찌 알리오 천지는 알아도 귀신은
모르니. 귀신이라는 것도 나이니라."라는 언명은 엄중한 진리
를 담은 천명天命이므로, 수운은 자진하여 순도하기 직전 감
옥으로 간신히 숨어든 아끼는 제자 해월에게 이 천명을 웅혼
하고 심오한 명구에 담아 법통으로서 전수한 것입니다.[2]

지극한 마음의 경지, 곧 수심정기의 시 정신은 하느님과 수운
의 마음이 하나로 통하는 경지이므로 시인의 마음은 비로소 하
느님[侍天主] 즉 천지와 '틈이 없는 묘처요 영처'로서 불이 상태
이다. 수운과 지극한 제자 해월의 마음이 하나로 통하듯이, 엄니

---

2   이 책의 앞에 실린 졸고 「문학예술의 다시 개벽·2」를 참고.

의 모심과 시인의 마음이 불이인 경지로 통한다. 이 시에서 엄니의 마음에서 '아부지'는 없는 있음이요 있는 없음이며 바깥('베까티')은 엄니의 지극정성의 마음 안이다. 엄니의 마음은 밖이 안이고 안이 밖인 불이인 경지이며 이러한 모심은 고스란히 시인의 시심이 된다. 모심과 시심에 귀신이 불이의 작용을 하는 것이다. 이 불이의 귀신이 어둡고 추운 겨울 한밤에 핀 '동백'으로 표상된다. 시인 육근상의 지극한 수심정기가 표상된 '동백'은 귀신의 작용에 따라 '컹컹' 짖을 수 있는 초감각적 존재이다. 보이지 않음이 보이고, 들리지 않음이 들리는 이 도저한 '불이의 지각知覺'은 귀신의 작용에서 나온다. 시의 끝 구절 "마른 눈 흩날리는 밤 누가 오신 듯 개가 짖는다/ 아버지 오셨다 간 듯 휘어지는 동백가지 컹컹 짖는다"라는 '청각적 지각'의 경지는 바로 수운 동학에서의 '귀신의 경지'이다.

이처럼 「동백」에 들고나는 '귀신의 경지'를 보면, 이 시가 보여주는 의미 내용도 살펴야겠지만, 시에서 사투리의 '소리'가 일으키는 마음의 울림이 중요해진다. 이 '엄니'의 사투리 어투가 지닌 청각적 직핍성에 의해 시인의 마음에서 모심의 존재가 일어나 작용을 일으켜 어떤 시적 존재와 접하게 되니, 그것이 '동백'이다. 그러므로 이 시에서 '동백'이란 존재는 시의 안과 밖이, 없음과 있음이 불이不二로서 통하는 지극한 모심, 곧 '안의 신령神靈이 밖에 기화氣化하는'(侍天主의 뜻) 모심의 모심[侍]을 비유한다. 시인 육근상 시의 심오한 특성이 드러난 시요, '개벽적 시학'의 진면목이 은밀한 빛을 띠고 있는 시가 바로「동백」인 것이다.

사투리가 지닌 본성인 청각적 기운과 작용은 내 안에 은폐된 신령을 깨워 밖과 통하게 하고 동시에 밖의 세상이 안과 통하는 신기의 시 형식을 시「동백」은 내장한다. 시의 자기 완결성이나 개별적 자율성을 추종해온 근대 시학과는 달리 시어가 지닌 신기가 시의 안팎으로 넘나들며 조화의 기운과 합하는 것이다. 예부터 귀신은 천지조화의 운기에 성실하다 하거늘, 육근상의 시편을 성심으로 접하는 독자는 시귀가 내는 은미한 소리 또는 그 기운을 감지할 수 있다.

육근상의 최근 시편들은 가난하고 고된 시인의 삶에서도 일관된 시의 수련과 공부를 엿보게 한다. 지극한 마음으로 모심母心의 모심[侍]에 따라 자연히 깃든 고향의 지령이 밖으로 기화하는 소리 언어의 진실을 터득한 것이다. 시인이 사숙해온 이 겨레의 위대한 시인 백석白石의 시를 따르되, 육근상 시인의 성실한 수심정기가 저 모심의 시혼, 지령의 시어를 낳고 마침 시인 자신도 알게 모르게 독보적 시 세계를 이루어낸 것이다.

(2024. 5.)

3. 수묵, 鬼神의 존재와 현상

―김호석의 수묵화가 이룬 미학적 성과

'反풍자' 그리고 鬼神의 妙用

유학에서는 음양의 조화造化, 또한 동학에서는 무위이화無爲而化를 성심껏 주재하는 존재를 일러 '귀신'이라 한다. 천지 만물이 생멸하는 전 과정을 주관하는 귀신은 작용하지 않은 데가 없다. 사람 눈에 보이지 않으므로 귀신은 은미하게, 은밀한 기미·조짐, 일탈의 기운 등으로 감지된다. 귀신은 인지되지 않으나, 예술 행위를 통해 귀신은 곧잘 은유 또는 알레고리로서 표현된다.

사람 얼굴은 드러난 형상image일 뿐이다. 드러난 얼굴 형상의 이면에 진실한 형상이 은폐되어 있다. 은폐된 존재는 보이지 않으므로 존재의 진실은 메타포 혹은 알레고리로서 표현되기 십상이다. 김호석의 수묵화에서 '홍백紅白탈'은 세속 사회에서 사람 얼굴 속에 은폐된 존재에 대한 깊은 사유를 보여준다.

우리 전통 탈춤은 신령(神靈, 神明, 鬼神)을 부르고 액을 쫓는 제

---

* 이 글은 한국화가 김호석 특별전(광주시립미술관 2023.4.4~8.13) 해설이다.

의祭儀 성격이 강하다. '홍백탈'은 얼굴의 반은 붉고 반은 하얀 양반탈로서, 홍 씨인지 백 씨인지 알 수 없는 양반이란 뜻에서 유래한다. '양반의 근본이 본래 모호하다'는 말이니, 홍백탈의 형상 자체에 양반을 조롱하는 뜻이 들어 있다. 다시 말해 홍백탈은 조선 사회에서 양반의 '모호한 존재'에 대한 풍자의식을 보여준다.

하지만 '모호한 존재'는 그 자체로 어떤 '존재 가능성'이다. 존재 가능성은 일종의 '조짐[機微]'으로 드러난다. 김호석은 얼굴에 쓴 홍백탈 뿐 아니라 몸통에서도 홍과 백의 대비 형상을 통해 '양반의 근본'이 '모호함'을 '선명하게' 드러내는데, 이는 오히려 양반의식 '비판' 속에는 '근본이 모호한' 양반의식과 연결된 어떤 존재 가능성, 즉 은근한 조짐이 도드라진다.

홍백, 2020, 종이에 수묵 담채, 143×74cm

양반을 풍자하는 비판의식은 양반탈의 배후에서 다른 존재의 가능성을 보는 것이다. 외부의 양반을 풍자하던 비판의식은 스스로 자기 내부로 돌려진다. 홍백탈은 겉으로는 양반을 풍자하지만, 이 풍자의식은 스스로 반성하게 되는 것이다. 그래서 홍백탈의 풍자의식은 반어적이며, 이를 반(反·返)풍자라고 부를 수 있다.

　해학이 깊이 스민 반풍자의 예를 「관음」에서 볼 수 있다. 반풍자는 일방적 풍자를 넘어, 풍자하는 주체를 '돌아보게[反, 返]' 한다. 외부를 향한 풍자의 칼은 반풍자로 반환하면서 일방적 타자 비판을 넘어, 자타自他가 함께 풍자의 상대가 되는 것이다.

　처마 끝에 매달린 물고기 풍경을 고양이가 물끄러미 쳐다보는 그림은 욕심의 어리석음을 풍자하지만, 고양이에 대한 풍자는 서서히 관객인 나를 돌아보는 반풍자 의식을 움직인다. '봄'을 통해 그림은 역[反]으로 풍자를 반사한다. 사물의 풍자를 통해 주체인 '나'의 우매함을 반성하는 것이다. 화제가 '관음'인 것은 반反풍자를 통한 깨달음을 의미한다.

　'홍백탈'은 양반을 비판하고 풍자하는 전통 탈임에도, 홍백탈의 양반 풍자는 어느 순간 양반의식을 성찰하는 자기의식으로 전환한다. 풍자의식은 어느새 자기를 돌아보는 반풍자 의식을 일으킨다. 홍백탈의 반풍자는 양반의식을 풍자하는 비판의식 안

관음, 2012, 종이에 수묵 채색, 188.5×94.5cm

에 작용하는 반어적 풍자를 가리킨다. 홍백탈의 풍자 속에서 반풍자를 '본다'는 것은 역사의 흐름 속에서 타락한 양반의식의 반어로써 '선비의식'과의 만남을 내포한다.

그래서 김호석의 '수묵 정신'은 「홍백」에서 '양반 근본의 모호함'을 취하고, 이를 양반과 선비 사이의 이접 관계에 내재하는 존재론적 모호함으로써 표현한다. 이 모호함은 양반 모양의 탈과 양반 옷차림에다 홍백의 선명한 대비를 줌으로써, 홍백탈이 겉으로 드러내는 '양반' 속에는 '선비'의 가능성이 은폐되어 있음을 의미하는 것이다. 이는 「홍백」이 단순히 양반의식만을 풍자하지 않고 탈의 이면에서 은폐된 선비의식이 존재한다는, '존재 가능성'의 표현이라 할 수 있다.

따라서 김호석의 「홍백」은 양반의식을 비판하는 일방적 풍자로 볼 수 없다. 거기엔 여러 요인이 있지만, 무엇보다 묵격이 풍기는 은근하고 고상한 운치에 있다. 선비가 평상시에 쓰던 정자관程子冠이나 옷차림의 묵선에는 골기骨氣가 있고 담박한 듯 신운神韻이 서려 있다. 양반 행색의 단아한 묵선에는 고매한 정신마저 느껴진다. 신운이 높은 화품이 양반탈 배후에 어른대는 은폐된 선비정신의 그림자를 만나게 한다.

실제로 조선의 통치이념인 주자학이 지배한 전통 사회에서 양반의식과 선비의식은 명확하게 분리되어 있지 않다. 한국인의 심층 심리에는 양반의식과 선비의식이 혼재되어 있다.「홍백」에서 관객은 한국인의 심층의식이 기피하는 양반의식 속에 '은폐된 선비적 존재'와의 만남을 직감할 수 있다.

선비정신과 禪, 수묵의 神

조선 시대 탈춤놀이는 민중적 축제이자 제의로써 놀이의 원동력은 천지간에 끊임없이 작용하는 근원적 동력인 신명·신령이다. 탈춤에서 선악은 구별되거나 차별되지 않는다. 그것은 신명을 부르는 집단적 놀이이기 때문이다. 경상도 안동 지역에서 800여 년 역사를 지닌 '하회河回 별신굿 탈놀이'에는 강신제의降神祭儀 끝에 신령을 얻어 악귀를 쫓아내는 '주지탈 과장'이 나온다. 악귀와 액운을 막기 위한 주지탈 과장은 굿의 시작인 신을 부르는 제의 성격이 강하다. 신령을 부르는 탈춤은 천지조화의 덕에 합하기 위한 것이다. 곧 탈춤의 원동력인 신령(鬼神) 조화를 기원하는 것이다. 김호석은 주지탈 과장에서 귀신(신령)이 '보여지도록', 기이한 탈 연희의 역동적인 춤사위를 포착한다. 이는 김호석의 수묵 정신이 '귀신을 부른다', '귀신을 본다'는 깊은 뜻과 연결된다.

「하늘이 맺어준 인연」은 「홍백」과 그 성격과 내용에서 다르지만, 탈춤의 기본적 바탕이 신명의 부름과 운동에 있다는 점에서

(왼쪽) 하늘이 맺어준 인연, 2022, 종이에 수묵, 168×130cm

화해, 2022, 종이에 수묵, 168×130cm

는 다를 바가 없다. 김호석의 수묵 정신은 바로 이 신령의 작용과 움직임을 자신의 탁발한 수묵 화법으로 풀어놓는다. 「홍백」에서 은미하게 드러나는 반풍자 정신은 탈춤의 신명을 통관하는 수묵 정신의 유현幽玄한 작용을 알려준다.

그렇다면 수묵화에서 신령 혹은 귀신과 통한다는 것은 무엇을 말하는가. 떠오르는 대로, 조선 문인화의 원류에서 신운의 경지를 보여준 이른바 '시서화 삼절'로는 조선 후기의 대가 추사가 있다. 겸재 정선, 심사정과 함께 '조선 문인화가 삼재'로 불리며 경학에 밝고 박학했던 공재 윤두서(恭齋 尹斗緖, 1668~1715)는 조선 문인화 전통에서 독보적 존재인데, 김호석의 신기로운 초상화는 공재의 수묵, 특히 초상화법을 이은 것이라 해도 무방하다.

또한, 공재를 사숙한 소치 허련(小癡 許鍊, 1809~1893)도 빼놓을 수 없다. 소치가 전하는 바, "그림 그리는 데에 法이 있음을 알게 되었습니다. 法이 있음으로써 雅하게 되고, 雅하게 됨으로써 妙하게 되고 妙하게 됨으로써 神하게 되는 것"(소치 허련,『몽연록夢緣錄』)이라는 말은 곱씹을 만하다. 神이 수묵의 최고 경지이고, 묵묘墨妙가 귀신을 부른다는 것이다. (신은 '귀신'이며 동시에 '귀신이 작용하는 정신'이다.)[1]

아울러 신은 우주적 본체로서 생의[2]의 표현이다. 조선 문인화 정신은 '선비정신'을 추존하여 서권기書卷氣의 문기文氣를 중시하면서 수묵의 혼원한 기운을 내어 사물의 내재적 생의·생기를 표현하는 데에 모아진다. 생의는 귀신의 작용 자체다. (조선의 유학은 신이 곧 귀신임을 스스럼없이 표현하였으나, 일제 시대를 거치면서, 또 소위 '개화開化'의 명목으로 서양의 사조가 물밀듯 마구 들이닥치는 와중에 '귀신'은 기피 개념이 된 저간의 사정이 있다.)

"귀신은 없는 데가 없다, 은미隱微함(은미할수록)에 존재하고 작용한다."는 공자님 말씀은 여러 해석을 낳게 되는데, 과연 천지간에 귀신이 작용하지 않는 바가 없다는 것, 은미함에 귀신이 드러난다는 것은 무얼 뜻하는가.

간악한 일제에 의해 '조선 민족 혼'이 심히 훼손당하던 구한말부터 동학과 불가에서 활동한 대시인 만해 한용운(滿海 韓龍雲,

---

1   졸고「정신과 귀신—김호석론」,『네오 샤먼으로서의 작가』(2012) 참고.
2   '생의生意'는 사물에 내재한 생명의지로, 천지조화에 합하는 사물 그 자체로서 '物化—客體化' 의지라고 할 수 있다. 녹문 임성주의 기일원론에서 '귀신'과 더불어 중요하게 다루는 개념이다.

1879~1944) 스님은 면면한 조선 정신이 위기에 처한 당대 현실을 미물인 '파리'를 인용하여 풍자한다. 조선 정신을 잇는 수묵화가 김호석의 감수성은 이 만해 시를 놓치지 않는다. 특히 선비정신과 시서화의 일치가 지상의 목표인 문인화의 전통에서 보면, 수묵 정신에서 시 공부는 필수적이다. 김호석의 수묵화에도 시적인 것의 그늘이 짙게 드리운다. 가령 만해의 시 「파리」를 빌려, 현세의 타락한 사람들을 풍자한다. 하지만 풍자 이전에 왜 미물에 불과한 '파리', '모기'를 만해 시인이 시재로 삼고 김호석의 수묵이 화재로 삼았는가를 먼저 헤아려야 한다. 표면적으로 보면, 만해

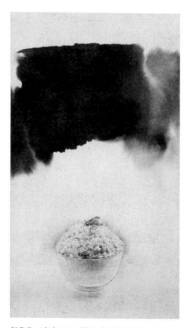

한용운—파리, 1996, 종이에 수묵 담채, 129×76cm

시인과 김호석의 '정신'에는 공통적으로 미물의 생명에 깊은 관심이 있는 점이 눈에 띈다. 그렇더라도 김호석의 정신은 풍자를 위한 소재로서 미물을 인식하는 차원을 넘어선다는 점을 따져야 한다. 김호석에게 미물은 스스로 풍자성을 넘어 도저한 사유의 세계로 안내한다. 김호석의 미물 그림은 그 자체로 우주의 본질과 삶의 진실을 은폐한 존재이다.

첨단과학인 양자역학의 예에서 알 수 있듯, 극미한 존재의 작용이 우주의 비밀을 풀어주고 세계의 은폐된 본성을 드러낸다. 페스트, 콜레라, 천연두, 코로나 같은 은미한 존재들이 삶의 세계를 '변혁'한다. 이를 미학의 관점으로 바꾸어 생각하면, 작품의 전면에 드러난 주제 의식만이 아니라 숨어 있는 은미한 요소들이 외려 더 뜻깊은 미적 진실과 가치를 품고 있다.

지금 여기의 일상 속 선비정신

유가의 가풍에서 나고 자란 수묵화가 김호석의 경우, 치지격물致知格物[3], 성의정심誠意正心은 공부의 기본이다. 성誠의 체화와 정심수신正心修身은 천지간에 한순간도 쉼 없이 유행流行하는 조화造化의 덕에 심신을 합하는 일이다. 아울러 삶에서 성심성의는 선비됨의 마땅한 조건이다.

김호석의 선비정신은 지금 여기 일상을 그린 생활화 속에서 간

---

3   수묵화의 근본으로 선비정신을 추구하노라면, 치지격물의 갖춤은 기본이다. 앎을 철저히 하고[致知] 사물의 이치를 남김없이 밝히는 일[格物]이 선결적이다. 천지만물은 이치가 없음이 없으므로 이미 알고 있는 이치를 바탕으로 더욱 공부에 힘써 지극한 앎의 경지에 통하여야 한다. 기본적으로 김호석의 미미한 사물들을 세심하게 그린 수묵화는 '사물에 나아가 그 이치를 남김없이 밝히라在卽物而窮其理也'는 『대학』의 가르침을 따르는 것이다.

키재기—꿈꾸기, 1998~9,
종이에 수묵 채색, 185×238cm

접적으로 나타난다. 가풍이 느껴지는 생활화는 수신제가修身齊家의
표현이라 할 수 있다. 선비 가풍의 일상적 단면을 그린 김호석의
생활화에서 주목할 곳은 격조 높은 화법이다. 화법이 화의와 분리
되지 않고 화의를 확장한다. 화의와 화법이 불이로서 생생하다. 여
백의 존재감이 두드러진 구도, 호방한 듯 담박한 묵선, 골기 어린
필획, 수묵의 농담 등 김호석의 독보적 기예는 화의를 전할 뿐 아
니라 뜻밖의 화의를 낳고 확장하는 화법의 묘를 내보인다.

특히 김호석의 묵묘墨妙는 음양의 조화造化 자취, 곧 귀신의 흔
적이라 할 만하여, 신기로운 묵묘는 세심한 주목을 요한다. 오랜
시간 수묵의 단련이 느껴지는 묵묘墨描는 '스스로 저절로'—'그
렇게 하고자 아니 하여도 그렇게 됨莫之然而然'[4]—묘용妙用한다. 이
묵묘의 묘용(귀신의 작용)으로 말미암아 수묵화가 내세운 표제 이

---

4   조선 후기에 기일원론의 바탕에서 '귀신론'을 설파한 녹문 임성주의
철학. 이 책의 2부 주 5 참고.

면에 '은폐된 화의'들이 스스로 저절로 개시開示하는 것이다.

'스스로 저절로 그러함', '보고 보이는'에서 '보여지는'으로

그렇다면 사물-객체가 스스로 개시한다는 것은 무엇을 뜻하는가.

'타자는 곧 나의 지옥'이라는 말이 있듯이, 서구 실존철학에서 나와 타자의 근본적 관계는 투쟁 관계에 놓여 있다. 하지만 기일원론에서 나와 타자는 대립(相克)하면서 상호작용하는 비분리(相生) 상태로서 '조화造化 과정' 속에 있는 '상관적 존재들'이다.

본다, 보인다 하는 것은 대개 '보는 주체'의 관점에서 하는 말이다. 사람의 시각과는 상대적인 동시에 상관적 관계에 있는 사물-객체는 수동적 시점에서는 '보임 또는 보이지 않음'이지만, 사물-객체가 주체가 된 주객의 조화 상태, 곧 사물-주체의 능동적 시점에서는 '보여지지 않음'이라 할 수 있다. '보여지지 않음'은 자타 또는 주객이 서로를 부정하면서 긍정하는 사이일 뿐 아니라, 허령창창한 천지간 본원 혹은 본체로부터 품부 받은 각자의 성性과 기氣, 곧 각자의 생의·생기를 인정하는 가운데, 사물-존재의 고유의 시각들이 무궁한 그물처럼 연결된 무한한 상관성을 전제한다. 이때, '본다'의 정확한 의미는 사물-주체의 성性과 기氣

가 '보여진다'이다. 사물-객체의 생명 의지[生意]를 인정하는 '서로 봄'이다. 곧 '보여지지 않음'은 사물-객체가 스스로 의지와 능력을 지니지만, '보는 나'(관객)에게 '보여지지 않음'일 따름이다.

김호석의 수묵 정신에 은닉된 특별한 미학적 의미는, 보이는 사물-객체에서 '보여지지 않음'을 '본다'는 문제와 연관이 있다. 그 수묵 정신이 낳은 화론을 좀 더 깊이 이해하려면, 눈에 보이는 사물-객체는 허상에 불과하다는 대승불가의 공관(空觀,中觀), 유가에서 '사서四書' 공부의 시작인 『대학學』의 '치지격물' '성의' '정심', 사서 공부의 끝인 『중용』(특히, 제16장과 제24장)의 '귀신'의 존재와 작용, 아울러 성리학의 기일원론에서 기의 운동 속에서 사물에 내재하는 '생의生意', 동학의 무위이화 등 여러 사상적 요소들을 찾아 함께 살펴볼 필요가 있다.

그 여러 요소 중에 사물의 '생의'와 귀신의 존재 문제가 포함된 것은 김호석의 수묵화에는 사람의 시각으로 보되, 인간중심주의의 의식과 감각을 극복하는 초월적 정신, 초감각이 작용하고 있다는 점에서다. 조금 구체적으로 말하면, 사람의 시각에 '보여지지 않는' '우주적 생의'의 응결체로서 사물-객체를 새로이 보는 근원적 시각이 있다. 이 근원적 시각에 감추어진 수묵 화법은 만물에 내재한 '보여지지 않는' 생명 의지와 그 초감각적 기운을 표현하는 것이다.

분노를 삭이며(소외된 삶), 1992, 종이에 수묵   이강 진, 2022, 종이에 채색, 95×60cm
채색, 146×104cm

   '기이한 외눈박이' 그림 「이강 진」은 기괴하기조차 하다. 푸른
기운이 도는 눈동자는 허공을 향한 듯 비현실적이다. 저리도 눈
빛이 망연할까. 저 외눈은 현세의 가혹한 시련과 고난에 시달렸
지만, 탁악오세를 이미 여윈 초인의 눈빛이다. 저 눈엔 보는 이의
마음이 경원敬遠할 귀신의 기운이 서려 있다. 감상자의 현세적 눈
은 외눈박이의 귀신이 든 '초감각적인 눈'과 서로 맞출 수가 없다.
오로지 마음의 눈으로 관조해야 한다. 저 인위를 초월한 망연한
눈빛과 눈자위에 서린 푸른 기운은 사람의 눈동자가 아니요, 사
람의 눈매가 아니다.

   만약 감상자가 푸른 기운의 눈빛을 보고 스스로 심안心眼의 떠
짐을 느낀다면, 신비한 허령의 푸른 기운에 감응하는 마음눈이

황희, 1988, 종이에 수묵 담채, 135×100cm　　　사유의 경련, 2019, 종이에 수묵 채색, 142×73cm

떠진 것이다. 그림을 매개로 관객은 마음눈을 뜨고 허령창창한 기운을 함께 나눈다.

　「이강 진」의 무시점無視點의 눈, 「황희」의 다시점多視點의 눈, 「사유의 경련」의 '지워진 선비의 눈' 등 개념이나 이성으로 규정할 수 없는 초시점超視點 초감각의 눈을 그린 초상화는 여럿이다. 이는 '관조'를 구하기 위한 수심정기修心正氣와 무관하지 않다. 뒷짐진 채인, 시각을 지운 성철性澈 큰 스님, 하늘이 물든 세숫물에 비친 스님의 천심天心이 깃든 눈, 또 선정禪定에 든 법정法頂 스님의 눈, 그리고 시점을 여읜 초시점의 비유로서 사시斜視 그림 등에서, 김호석의 '눈' 곧 '봄'에 대한 깊은 사유를 엿보게 한다. 이 눈에 대한 사유는 근본적으로 사물-객체가 지닌 우주적 생의를 관찰하고 존중하는 마음과 관련이 깊다. 이는 유가 정신의 맥을 이으면서도 탈-인간중심주의의 사유가 빚은 독자적 화론을 우회적으로 보여주는 것이다.

사물-객체화에 깃든 우주적 생의를 보여주는 다른 예를 보자.

너른 초원에 두 눈을 차마 감지 못한 한 마리 들소의 머리만 덩그러니 남은 사체가 수묵의 소재가 되어준다. 사건(이야기) 이후에 남겨진 자취, 서사문학으로 바꾸어 말하면, 이야기가 끝난 후 남겨진 고요한 여운, 그 기운을 화재로 삼는다.

죽어 있는 소의 표정이 웃음을 띤 듯하고 벌린 입 사이로 드러난 이빨에 연회색 나비가 빼곡히 붙어 있다. 죽기 전 먹은 풀의 향기가 사체 주변에 피어오른다. 이쯤 되면 꽃향기와 풀향기와 들소 사체가 부패하는 냄새가 무차별로 뒤섞인다. 외려 소의 사체 냄새가 꽃향기보다 더 향기롭다는 마음이 인다. 그것은 초원에 한가득, 사체를 둘러싼 천지조화의 기운이 서려 있는 까닭이다.

수묵화 속에 목이 잘린 들소 머리가 초원에 아무렇게나 버려지기까지 이야기의 궁금증은 관객의 머릿속에서 흐지부지되지만, 들소의 처연하나 미소를 머금은 눈빛은 감상자의 뇌리에 오래도록 남는다. 그러고는 들소 사체가 겪은 사건에 대한 일말의 궁금증과는 다른 차원을 향하여 감상자의 마음은 저절로 돌아간다. 필시 그것은 천지간에 생성과 소멸이 무한히 벌어지는 생명계

소 머리, 2021, 종이에 수묵, 142×74cm

사냥꾼, 2022, 종이에 수묵, 141×74cm

비단 주머니, 2022, 종이에 수묵 담채, 79×70cm

주체는 스스로 나타날 때에만 현존한다, 2019, 종이에 수묵, 130×168cm

의 진실을 생각하는 중에 자신의 마음에서 일어나는 무위로운 사태, 가령 생태적 순환 고리로서 죽음의 자취를 고요히 '관조'하는 자아를 '보는' 것이다.

「흰 그림자로만 존재하는 것」에서 우선 김호석의 사실주의가 보여주는 탁월한 기량과 드높은 수묵 정신이 드러난다. 암탉의 벼슬이 꺾인 것은 알을 품은 산고를 표시한 것이다. 암탉의 생리를 정확히 사실적으로 그린 것이다. 그러나 김호석의 사실주의 안에는 웅숭깊은 '수묵 정신'이 생생하다.

암탉이 알을 품듯 갓 난 병아리들은 어미 품 안에 모여 있다. 병아리들은 보이지 않는 흔적으로 그려진다. 병아리들의 흔적만을 보면 생명 현상의 덧없음을 표현한 것일 수 있으나, 어미 닭과 조금 자란 병아리들은 보이는 그대로의 형상이니, 덧없음[空]이 화의畫意라고 할 수는 없다. 하지만 햇병아리들의 보일 듯 말 듯한 '은미한 흔적'이 없었다면, 어미 닭도 자란 병아리도 자연 생태에서 일어나는 무위이화의 기운은 '그려지지' 않는다. 흔적으로 그려진 까닭에 저 닭 병아리 일족을 그린 수묵은 생성 소멸의 무궁한 조화 속에서 포획된 시간의 존재를 드러낼 뿐 아니라 조화의 계기로서 '귀신이 은밀히 작용하는 형상'이 된다. 아울러 저 흔적은 있음의 흔적만이 아니라 없음의 흔적이기도 하다. 시시각각 일어나는 조화의 흔적이다. 저 없음[空, 無]에도 지극한 생의生意

가 은미하게 움직인다. 여백과 흔적이 화폭에 허령을 불러온다. '그렇지 않음에도 그러한 것이다.' 공자님이 말씀하길, '귀신은 은미함에서[은밀할수록] 드러난다.'(『중용』제16장)

두꺼비가 벌집을 공격하는 수묵화 「사냥꾼」은 표면적 화의만을 보면 풍자이지만, 여백과 바림에서 풍겨 나오는 팽팽한 기운은 인위적인 화제畫題를 넘어서 무위이화의 생기에 감응하게 한다. 허름한 낭중囊中 안에 모아 담은 벌레들을 풀어주니 꼼지락거리는 그림 「비단 주머니」도 앞서의 '암탉' 그림처럼 은미한 생명의 기운이 서려 있다. 그것은 사물-객체에 '보여지지 않는' 조화의 시간을 '보는' 행위이다. 벌레에 서린 조화의 기운이 나비로 변태 화생할 '시간의 조짐[幾微]'이다.

흰 그림자로만 존재하는 것, 2015, 종이에 수묵 담채, 186×94cm

김호석의 수묵 정신이 그리는 만물의 조화 속에 흐르는 '시간의 형상'은 수묵의 정신현상학이라 할 수 있다. 달아나는 존재를 붙든 시간을 그림에 남겼으니, 그의 수묵은 스스로 조화의 형상을 표현한다. 음양의 조화가 '스스로 저절로' 현상한다. 무위이화의 이치가 남기는 자취를 일러 '귀신의 자취'라 하

(왼쪽)공영쇄락1, 2019,
종이에 수묵, 142×74cm

빨대, 2020, 종이에 수묵
담채, 185×94cm

니, 김호석의 수묵은 작가도 모르게 '은미하게' 귀신이 들고난다. 남달리 자기 수련과 혼신의 공력을 들이는 작가 자신도 '알게 모르게' 마음속의 귀신이 조화를 주재한다. 수묵을 향한 지극한 수행심이 귀신을 부른 것이다.

'사물화事物畵', 치지격물과 '미물의 생의生意'

근래에 김호석의 수묵화에서, 땅에 떨어져 으깨진 감, 몽골 초원에서 풍화 중인 짐승의 배설물, 변태에 열중하는 애벌레, 모기, 벌, 온갖 벌레 등 미물들이 수묵의 소재로 쓰인다. 이 미미한 사물들은 납득할 만한 서술 없이 즉물적 객체로 그려진다. 관객의 눈

앞에 느닷없이 현전하는 미물들은 전후 사정을 덮어둔 채, 감성과 오성을 자극하면서 서서히 '객체화'된다.

　미물 그림을 보는 이의 입장에서는 당연한 의문이 떠오른다. 과연 미물의 섬세한 형상과 그 비밀스런 생태를 궁구하여 세밀하게 그리는 화의는 무엇인가. 이 의문을 해소하려면, 잠시 미물 그림을 보는 '나'의 익숙한 감각과 기성의 의식틀을 넘어서려는, 일종의 무아 상태에 이르려는 자기의식의 노력이 필요하다. 초超의 식적 차원에서, 혹은 이성을 넘어, 하찮은 미물-객체에도 우주적 생의가 함께 있음을 인정하는 '나'의 '열린 생태 감각과 생명 의지'를 먼저 마련해야 한다.

　우주적 혹은 생태적 존재론 차원에서 보면, 인위적 인식 체계를 넘어 미물의 무위적(자연적) 존재 상황을 이해하는 초월적 정

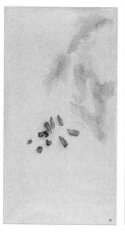 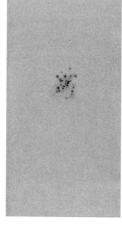

(왼쪽)검은 무심, 2022, 종이에 수묵, 143×74cm

모기는 동족의 피를 먹지 않는다 1-1(부분), 2023, 종이에 수묵, 143×74 cm

신이 필요하다. 아울러 미물도 스스로 '객체화'의 의지 곧, 사물의 우주적 본성으로서 생의가 미물에 은폐된 채 '보여지지 않음'을 지각하는, 주체의 고양된 정신이 요청되는 것이다. 고양된 수묵 정신은 '보여지지 않음'을 직관하는 '관조'의 눈을 찾게 된다.

미물의 생태와 생리 현상을 관찰하는 것은 '보여지지 않는' 사물의 생의를 보려는 것이다. 그리고 치지격물의 정신에 입각하여 사물의 생태와 생리를 지속해서 관찰하면, 사물에 생의를 부여하고 관장하는 우주적 본체의 본의와 그 작용력이 '보여진다'. 사물의 '보여지지 않는' 생의가 '보여지는' 것이다.

기일원론의 관점에서 보면, 천지는 생의 의지로 가득 차 있고 한순간도 멈춤이 없이 생성 작용을 한다. 이 쉼 없는 천지의 자기 운동, 곧 본체의 묘용['귀신의 덕'] 속에서 수많은 사물들이 생의를 가지고 구체적인 사물로서 현상現象한다. 이 천지의 본체는 그 자체로 귀신의 묘용으로서, 이 귀신의 조화 능력에 따라 사물은 스스로 '저절로'(그렇게 하고자 아니 하여도 그렇게 됨, 莫之然而然) 현존하는 것이다.

하지만 수묵화에서 파리, 모기 등 벌레와 탄흔, 빨대 등을 사물의 '날것 상태' 그대로 즉물한 그림들은 화가가 그 내용과 의미들을 설명하지 않는 한 관객이 화의를 해석하기는 결코 쉽지 않다.

그 해석의 오리무중에 빠져 자기 인식이 마주한 높은 벽을 실감하고 만다. 그 인식의 벽 앞에서 스스로를 성찰하니, '치지격물'의 어려움을 마주하게 된다. 그리고 절대적 명증성에 도달한 궁극의 앎이란 무엇이고 어떻게 진실한 앎에 이를 수 있는가 하는 문제와 만나게 된다.

이 사물에 대한 절대적인 앎을 얻기 위해서는 '사물 그 자체'의 자명함을 구할 수 있는 '순수한 의식'과 '성실한 관찰'이 전제된다. 유가 철학의 기초인 치지격물에 이은 성의誠意 정심正心 단계가 기본적으로 요구되는 것이다. (서구 철학으로 바꿔 말하면, 현상학적 '순수의식', 곧 '사물 그 자체'에 대한 의식의 지향성이 요구된다.) 이러한 엄격한 격물치지의 실천 의식에서 김호석의 '사물화' 혹은 '미물 그림'이 비롯된 듯하다. 치지격물 성의 정심, 또는 순수의식과 성실한 관찰에 따라 마음은 천지 만물의 본체이며 그 묘용인 (음양의) 조화의 주재자로서 '귀신'을 접하게 된다.

김호석의 벌레 그림들은 벌레 자체가 중요한 대상이 아니라 그 벌레라는 존재에 작용하는 귀신의 조화 능력을 표현한 것이란 사실을 주목해야 한다. 벌레를 그린 수묵화는 사실주의적 묘사에 충실하다. 사실 미물에 대한 성실한 관심은 수묵화의 전통에서도 종종 찾아볼 수 있지만, 그렇더라도 이처럼 미물을 따로 제재로 삼아 성실한 사실 묘사를 하는 수묵화는 희귀하다. 벌레-미물의 사실성을 성실히 관찰하는 것은 벌레의 생리 관찰을 통해 우주적 생의, 생기가 누리에 미치지 않은 바가 없음을 증명하고자 하는 뜻을 갖는다. 왜냐하면 「탄착군」, 「집중된 탄흔」, 「빨대」 같은 무생물을 화재로 삼은 그림에서 보듯이, 사물-객체의 즉물적 현상을 구체적이고 사실적으로 묘사함으로써 그 '현상'의 배후에 은폐된 사물-객체의 본성이 스스로 '보여지게' 하려는 화의는 자명하기 때문이다.

김호석은 광주민중항쟁 당시 신군부에 의한 민중학살을 우회적으로 표현하고자 한 그림이라고 설명하지만, 총탄 흔적의 사실적 묘사는 그 자체로 역사적 시간으로 환원되지 않는 '사물 자체'가 지닌 시간의 존재론을 드러낸다. 그림 속 '탄흔'은 보는 이가 삶의 역사 속에서 조우하는 어떤 '시간적 존재의 현상'이다. 이 순간 '탄흔'의 본성으로서 근원적 시간과 역사적 시간은 서로 교차 교직하는 가운데 서로 만나고 비로소 어떤 생의生意를 나눌 수 있다. 즉 사물의 존재는 근원적 시간과 역사적 시간과의 만남 속에서 진실하고 성실한 존재의 시간성으로 경험될 수 있다.

수묵 초상화 「거꾸로 흐르는 강」에서 주목할 것은, '거꾸로 흐르는 강'이란 화제와 함께 흰 옷차림을 한 단정한 선비의 얼굴이 먹빛으로 사색이 되어 있다는 점이다. 이 '선비 초상'을 마음 깊이 감상하면, 먹을 새로이 인식하고 수묵의 본질, 곧 수묵의 근원적 존재성을 새로이 만나게 된다. 선비 얼굴의 먹빛은 물적 기반을 잃어버린 '역사(시간)'에 대한 공포감의 표현이며 동시에 '알 수 없는 시간'의 존재에 대한 두려움 혹은 낯설음의 표현이라 할 수 있다. 바꿔 말해 사색이 된 선비 얼굴은 역류하는 시간이 두려운 '전근대적 존재'의 표현이지만, 전근대에서 근대로의 예정된 역사주의를 뛰어넘어 수묵의 낯빛은 그 자체로 천지조화의 근원적 시간성을 아울러 은폐하고 있다. 곧 저 선비의 '귀신 형상'은 존재와 시간을 표현하는 수묵(먹)의 유현함을 은폐하고 있는 점이 깊이 해석될 필요가 있다. 이럴 경우 사색이 된 얼굴은 전근대적 사고방식의 몰락과 붕괴를 맞이한 선비의 의식 상태(존재론적 사태)를 암시한다고 볼 수 있고, 이와 함께 먹빛의 유현함 속에 깃든 '근원적 존재'로서 수묵 정신을 만나는 것이 중요하다. 유현한 먹빛에서 나오

는 시간의 존재, 먹의 유현으로 순환하는 먹빛의 존재로서 '근원적 시간'이 함께 표시되기 때문이다. 역사적 시간조차 수묵의 근원적 시간 안에서 명멸을 지속하는 것이다.

거꾸로 흐르는 강, 2017, 종이에 수묵, 97×74cm

민중적 역사의식과 회통會通의 수묵 정신

　공포와 잔혹이 난무하던 1980년 광주민중항쟁도 사람들의 기억, 곧 심리 속에 시간의 자취로 남아 있다. 그 기억의 자취는 시간이 남긴 자취로서, 김호석의 수묵화에서는 M16 자동소총의 실탄 몇 발, 인간의 깨진 치아, 해골의 잔상으로도 남아 있다.

　광주민중항쟁의 어두운 소문들이 남긴 심리적 잔해들은 항쟁의 시간들을 소환한다. 하지만 항쟁의 시간들은 어둠 속 반딧불이의 반짝임같이 간헐적이고 단속적이다. 따지고 보면 기록이나 기억도 마음의 시간 속에서 명멸할 뿐이다. 그렇다면 기억의 생리를 이해하고 민중항쟁의 역사를 지금 여기의 '나'의 존재 속에서 기억하는 것은 무슨 의미를 가지는가.

　광주민중항쟁과 무고한 인민학살은 1980년 이후 한국의 대부분 지성과 문화예술인의 심연에 깊은 원죄의식으로 남아 있다. 어둡고 불행한 시대정신은 스스로 극복해야 하는 과제를 떠안기 마련이다.

　광주민주화운동을 기록으로 전하는 역사의 시간과 인민들의 기억 또는 집단의식에 자리 잡은 기억의 시간을 떠올릴 필요가 있다. 국가의 폭력이 벌인 학살로 인해 절망, 분노, 공포, 불행, 이어지는 고난으로 각인된 광주민중항쟁의 기억도 서서히 자취가 희미해지며, 시간 속에서 가뭇없이 사라질 태세다. 기억의 덧없음을 말하려는 게 아니라, 시간을 말하려는 것이다. 시간의 조화가 생명의 예술을 낳은 중요한 동력임을 생각할 필요가 있다. 김호석의 수묵 정신은 시간의 조화造化, 무위이화無爲而化의 시간을 통찰한다.

「검은 무심」은 어떤 실마리도 주지 않은 채 멀쩡한 탄알과 찌그러지거나 뭉개진 탄알들을 보여준다. 총알들을 에워싼 여백과 바람이 불길한 긴장감을 한껏 북돋는다. 이 탄알들의 형상에서 광주민중항쟁과 학살의 역사와 후일담은 집단적 기억의 심연에서 문득 '시간의 흔적'으로서 떠오르게 될 따름이다. 그러므로 저 총알 형상의 질료는 시간이다. 살상의 시간이 남긴 흔적들인 동시에 그

광주민주화운동사, 2000, 종이에 수묵, 183×183cm
(광주시립미술관 소장)

사라지는 시간을 붙든 저 총알들의 형상은 과거 사건을 은폐한 시간이면서 미래의 사건으로 미구에 나타날 '시간의 존재, 시간의 현상'이다.

저 수묵 형상의 질료는 '시간의 존재'이므로, 시간의 존재는 스스로 저절로 조

화의 계기를 감추고 있다. 가슴 저리는 광주민중항쟁의 역사가 탄환의 물성에 감추어진 시간의 존재로서 다시 나타난다. 이 말의 깊은 뜻은 저 탄환 또는 탄흔 형상 속에 엄청난 역사적 사건에 조차 작용하는 천지조화의 계기들이 은폐되어 있다는 것이다.

5·18 광주민중항쟁 당시 『전남매일신문』 정간호 신문지에 그려진 시인 김남주 초상은 민중항쟁의 역사적 시간 속에 박혀 있는 듯하다. 하지만 역사적 시간이 만든 존재로서 시인 김남주의 초상은 수묵의 유현한 존재─시간 속에서 세속적 가치 평가를 떠난 '성실한 근원적 인간 존재'로서 화생化生하는 느낌이 오롯하다. 그것은 김호석의 '수묵 정신'이 역사적 시간 속에 작용하는 수묵의 유현한 시간성을 함께 그린 탓이다.

다소 차이는 있으나 이러한 유현한 화법은 「광주민주화운동」에서도 보인다. 「광주민주화운동」는 민중항쟁의 참혹한 현장성과 함께 음울한 역사성을 표현하고 있음에도, 화품이 매우 높다.

광주민주화운동, 1997,
종이에 수묵, 220×298cm

학살이 난무하는 항쟁 현장을 사실적으로 그린 작품에서 고품격의 화의가 전해지는 것은 왜일까. 아마도 민중항쟁의 사실성을 고발하고 기록하는 사실주의 화법을 따르면서도, 지옥에 떨어진 원혼의 구원을 기원하는 불가에서의 '감로탱甘露幀' 형식이 김호석의 수묵 정신을 은연중에 움직인 것 아닐까.「광주민주화운동」는 신군부가 자행한 민중학살과 민중의 항쟁 현장을 사실적으로 기록하면서, 동시에 죽은 자의 영혼을 극락세계로 천도하고자 염원하는 조선 불화의 '감로탱' 형식을 빌린다. 이러한 김호석 특유의 영혼의 형식은 앞서 말했듯이 유가와 불가의 회통會通의 정신에서 나오는 것이다.

함께 가자, 우리 이 길을, 2022,
신문에 수묵, 88×58cm

이렇듯이, '영혼의 형식'을 깊이 품고 있는 김호석의 화론은 화법에서 바림과 번짐에서 특출난 필치를 보여준다. 그중에 눈길을 끄는 작품이 동학농민혁명을 이끈 전봉준 장군 초상이다. 전봉준 장군 초상화에서 하늘의 여백을 역동적으로 채운 바림이 그 오묘한 형상에 있어서 마치 화의를 대변하는 양, 수운 동학의 시천주侍

天主 사상을 떠올리게 한다. 이러한 바림에 번져 있는 묵묘墨妙의 경지는 초기작 「아파트」, 「낮과 밤 사이에서」 같이 빼어난 수묵에서 익히 보여지는 바이지만, 김호석에게 수묵의 바림과 번짐은 '은폐된 화의'를 드러내거나 화의를 심화 확장한다.

여백의 없음에서 번짐이 이루어지고 현묘한 조화(造化, creation)가 일어난다. 「아파트」, 「낮과 밤 사이에서」에서 실로 드높은 수준의 수묵의 '정신 현상학'을 보게 된다. 명멸하며 뒤섞이는 빛의 무리들을 표현하는 먹 번짐을 바탕으로, 핏빛 적색의 번짐으로 표상되는 생의, 새 생명의 기운이 표현된다. 이는 빛파장과 빛알갱이들의 '얽힘' 속에서 드러나는 생명[生意]의 근원적 현상인 것이다.

가능한 것의 현실성, 2019, 종이에 수묵 채색, 186 × 95cm

희고 검은 달, 2020, 종이에 수묵 채색, 167×130cm

전봉준, 1995, 종이에 수묵 채색, 188×147cm

사물-객체는 사라져도 그 '있음'의 여백에 생의의 자취는 머무른다. 여백은 우주적 생의가 무궁히 생멸하는 이치의 표현이다. 「희고 검은 달」, 「가능한 것의 현실성」에서 여백으로 사라진 어머님 얼굴은 인연의 그물에 맺혀 출렁이는 우주적 생의가 살아 있다. 그러므로 사유의 근원을 따지자면 어머님의 없음과 있음은 불이不二로서 둘 다 우주적 생의가 '시간의 존재'로서 현상한 것이다.

아파트, 1979, 종이에 수묵 채색, 130×226cm

낮과 밤의 사이에서, 1981, 종이에 수묵 채색, 110×230cm

'창조적 유기체'로서의 예술 작품

진실한 창작 행위는 진심[誠心]에서 이루어진다. 사심에 가리어진 진심을 찾는 수심修心과 정기正氣는 예술 창작에서 선행하는 선결적 과정이다. 예술가의 성심은 그 자체가 천지조화의 덕에 드는 관문이다.

'그림이 살아 있다'는 말은 '그림이 스스로 성실하다'는 뜻이다. 그림의 성실성은 본디 화가의 성심誠心에서 비롯된다. 아울러 그림의 성실은 감상하는 '나'의 성심을 움직인다.

예술의 창작만이 아니라, 예술의 감상도 성심·진심이 중요하다. 물론 창작 행위와 비평(감상) 행위는 서로 다른 차원이 있다. 그럼에도 예술의 창작과 비평은 서로 유기적 관계에 있다. 예술 작품은 고유한 유기체로서 창작과 비평을 매개하고 작용한다. 기운으로 보면 예술 작품은 창작과 비평을 한 기운 속에서 유기적으로 연결한다.

수심에서 바른 기운이 나오듯, 성심에서 예술의 기운이 나온다. 성심을 품은 예술 작품은 저마다 고유성을 갖는다. 성심 또는 무심이 낳은 예술 작품은 저 스스로 자율성 고유성을 지닌다. 예술 작품은 자신의 고유한 기운으로 창작과 비평을 매개하는 '성실'한 존재이다.

예술가의 지극한 성심至誠이 조화造化에 합일하는 진실한 예술 작품을 낳는다. 조화에 합일하는 예술 작품은 '스스로 저절로' 창조성을 띤 유기체적 성격을 지닌다. '창조적 유기체로서의 예술 작품'[5]은 인위적 성실함을 넘어선 무위·무아의 경지에서 나온다. 인위적 성실함 끝에 무위이화無爲而化에 이르는 것이다. 생명계의 조화가 그렇듯이, 예술 창작에서 무위이화의 계기는 '귀신이 들고나는 때'이다. 예술 창작이 무위이화의 계기를 품기 때문에, 예술 작품은 수동적인 피조물에서 벗어나 조화에 참여하는 능동적인 창조creation의 기운으로서 주체적 존재가 된다.

저마다 우주적 생의를 지닌 모든 존재들은 서로 무궁하게 연결되어 있다. 화가와 그림과 관객 사이를 우주적 생의로서 동시적으로 연결한다. 이 우주적 존재론을 김호석의 수묵화는 스스로 시현示現한다.

신묘, 바림[渲染]

수묵화 전통에서 실경산수화는 충실한 사생寫生이 기본이다. 산수화에 정통하기 위해서는 사실주의의 섬세한 안목은 필수 요건이다. 연후에 시선의 위치와 구도, 경물 구성과 농담 조절은 물

---

5   '창조적 유기체로서의 예술 작품' 개념에 대해서는 졸저 『유역문예론』 참고.

론 여백의 운용 등 수묵의 본성과 기운을 파악하고 다스리는 고도의 기량을 갖춰야 한다. 그럼에도 실경의 겉모습은 늘 진경眞景, '경물의 참모습'을 고민하지 않을 수 없다. 그렇기에 구도하듯이 수묵 정신을 찾게 된다. 진실로 이 땅의 수묵 정신은 성심을 통한 선비적 품성의 함양은 물론, 수련 정진을 통해 의식을 넘어 무의식과 초의식의 경지를 아우른다.

김호석은 실경산수화의 전통과 기량의 성실한 연마 속에서 새로운 수묵 세계를 고안하였다. 이른바 법고창신의 수묵 정신은 붓의 탄탄한 묘사 능력, 독자적인 묵선과 여백의 자유로운 운용 속에서 일어나는 기운생동에서 나타난다. 김호석의 수묵 정신은 사실성을 성실히 관찰하고 묘사하는 가운데 사물에 은폐된, '보여지지 않는 존재성[事物性]'을 '보여지게' 하고 이를 관객의 마음과 서로 접하게 한다. 달리 말하면 높은 경지의 수묵화는 스스로 저절로 기화氣化함으로써 관객의 마음을 움직인다.

실경산수화의 법통에서 벗어난 김호석의 남다른 수묵의 화격이 찾아진다면, 그것은 출중한 기량에서 뻗어 나오는 묵묘의 기운, 신운에서 생겨난다. 관조를 통한 영감과 영감에서 나온 신운, 신운에 작용하는 신묘는 귀신의 기운, 곧 신기이다.

표암 강세황(豹庵 姜世晃, 1713~1791)은 사군자四君子에서 특히 대나무와 매화를 그릴 때 중요한 '공령쇄락空靈洒落'의 어려움을 토로한다. 공령은 여백에 신묘함을 나타내는 것이고 쇄락은 기운이 구애됨이 없이 초연하고 시원스럽다는 말이다.

신묘神妙는 '귀신의 묘용'을 말한다. 귀신의 묘용이 있다는 말은 예술 작품 스스로가 무위이화의 기운을 안고 있다는 것이다. 동시에 수묵을 보는 관객에게 귀신의 묘용(造化의 기운)이 통한다는 뜻이다. 바꿔 말해 '창조적 유기체성'을 가진다는 뜻이다.

김호석의 「대나무」 연작은 '수묵 정신'의 현상이다. 김호석의 묵죽 연작은 뿌리 깊은 선비정신과 하나가 된 선禪적 관조를 통해 '보여지지 않는' 대나무의 생의生意를 '보여지게' 하는, 수묵 정신의 현묘玄妙가 생생하다. 대나무의 '생의'와 수묵의 '정신'이 둘이면서 하나요, 공허와 충일, 적요와 역동이 혼원混元 중에 불이不二의 경지에 있으니, 조선 문인화의 정수를 떠올리며 '불이선죽不二禪竹'이라 일러도 지나치지 않다. 도저한 수묵 정신의 현상이다.

대나무, 2022, 종이에 수묵, 141×145cm

묵죽의 농담과 붓질의 강약은 신묘함을 일으킨다. 신묘는 지성至誠, 지기至氣의 표현이다. 특히 김호석의 묵죽은 바림[渲染]이 단연 신묘하다. 바림에 조화[無爲而化]의 기운이 생생하여 관객은 수묵의 기운에 더불어 감응한다. 관객은 신비스런 기운에 감기고 한껏 고양되는 것이다.

대나무의 전모를 그리거나 떨어져서 그리지 않고 사람 눈높이에서 정면으로 대나무의 몸통을 그린 수묵의 시선과 구도로 보아, 이「대나무」연작은 '정신의 표상'으로서 대나무를 그린 것이다. 단지 성죽成竹의 표현이 아니다. 수묵의 유현 속에서 굵은 대통의 힘찬 농담과 바림은 스스로 조화의 기운을 은근히 드러낸다. 묵죽의 유현함에서 현묘한 기운이 생동한다.

이 묵죽 연작에 감도는 신기는, 관객이 '알게 모르게' 음양의 조화 과정 속에 들게 한다. 김호석의 수묵화와 더불어, 관객의 마음도 현묘히 혼원한 수묵의 정신이 현상하는, 조화의 기운에 드는

것이다.

　김호석의 묵죽 연작은 신묘한 음양의 조화, 곧 귀신의 존재와 그 묘용을 수묵의 정신으로 현상한, 이 땅의 현대수묵화가 보여 준 혁혁한 성과라 할 수 있다.

(2023. 1.)

4. 제13회 김준오시학상 수상 소감

제13회 김준오시학상을 수상한다는 통보를 받고 잠시 어리둥절하지 않을 수 없었습니다. 전혀 상상하지 못한 소식이었기 때문입니다.

과연 저 같은 천학의 비평가가 이 나라에서 시행 중인 숱한 문학상 중에서 단연 그 권위와 공정성을 인정받는 이 귀한 상을 받을 자격이 있는 것인지, 더군다나 오랜 세월 한국 문단과는 담을 쌓고 살아온 저 같은 '방외인 비평가'는 그저 해오던 대로 묵묵히 외길을 가고 이 상을 후배 비평가에게 양보하는 것이 옳은 것은 아닌지, 여러 생각들이 꼬리를 물었습니다. 뜻밖의 수상 결정 통보를 받고서 기쁨이나 영광보다는 오히려 번뇌망상으로 하루 반나절을 족히 넘기고서야 비로소 부질없는 생각들을 접고서 심사위원회의 결정을 정중하게 수락하기로 했습니다.

제게 과분한 상을 수락한 직접적인 동기는, 무엇보다 김준오시학상 심사위원회의 순수한 문학 정신과 한국문학의 현실과 미래를 투시하는 드높은 비평 정신에 대하여 저의 진심 어린 敬意와

謝意를 표하기 위한 것입니다. 이번 제13회 김준오시학상 심사위원회의 결정은, 거의 반세기도 넘게 지금도 서구에서 유행하는 문예 이론들을 수입하여 추종하는 데 급급한 沒我的 수준의 한국 문학비평계에 대한 반성의 의미가 크다고 생각합니다. 여전히 한국 문단에는 고질적인 권력주의가 전횡하다 보니 저급한 문학예술이 횡행하고 문학비평은 타성에 젖어 있습니다. 한국문학의 앞날이 크게 염려되는 오늘의 상황에서, 심사위원 회의 이번 결정은 작금의 한국문학예술계에 대한 강한 비판과 문제 제기의 의미를 지니고 있다고 생각합니다. 그러므로 오늘 저의 김준오시학상 수상은 졸저 『유역문예론』의 비평적 성과보다는, 오늘의 한국문학을 옭아맨 타율적이고 외래의존적인 기득권 체제에 대한 심사위 원회의 비판의식과 그 비판의 용기 있는 실천이라는 점에서 하나의 뜻깊은 '문학적 사건'이라고 생각합니다. 심사위원회에 다시 한번 저의 진심 어린 경의를 표합니다.

우리 겨레는 반만년이 넘는 유구한 역사를 이어오는 동안 끊이지 않는 내우외환으로 큰 수난과 시련을 겪으면서 오늘에 이르렀습니다.

19C 중엽 조선왕조가 내부적 모순과 열강의 침입 앞에서 무너지기 시작할 무렵인 근세의 조선은 서구 제국주의 체제를 맹종한 일본 제국주의의 간악한 술책 앞에서 말 그대로 풍전등화 처지

였습니다. 조선 내부에 민중들의 삶은 생지옥 상태였고, 외부로는 일제의 침략이 노골화되던 시기에 이 땅에서는 국가적 위난을 극복하려는 여러 의미심장한 사건들이 일어납니다. 특히 주목할 두 사건은 위로부터의 혁명을 감행한 갑신정변(1884)과 아래로부터의 혁명을 일으킨 동학혁명(1894)입니다. 일본 제국주의에 의존한 갑신정변의 실패는 이미 충분히 예견된 것이므로 차치하고, 특히 동학혁명은 비단 한국사에서 중요한 사건에 그치지 않고 한겨레의 근원에서 유래하는 정신사 전체와 문화사 전체가 응집되어 마침내 분출된 '세계사적 일대사건'이었습니다.

역사의 도도한 흐름 속에서도 매우 드물게는 경이로운 異變이 일어나는가 봅니다. 조선왕조 600년 종묘사직이 회복 불능으로 기울던 1860년 음력 4월 5일, 옛 신라의 수도 경주 인근 龍潭 땅에서 서출이자 몰락 양반에 가깝던 수운 최제우 선생이 오랜 방황과 긴 수도 끝에 한울님을 만나서 득도한 것입니다. 이 사건은 조선의 정신사 또는 종교사에 기록하고 말 한낱 범상한 사건이 아니었습니다. 수운 선생의 득도에 이어지는 동학의 창도, 그리고 1894년 동학농민혁명, 3·1운동으로 이어지는 동학의 역사는 특유의 반봉건 반외세 정신을 혁명적으로 실천 하였을 뿐 아니라, 수운 동학이 품고 있는 도저한 사상적 내용은 인류의 정신사에서도 심대한 자취를 남겼습니다.

수운 동학의 '시천주' 사상은, 모든 사람은 저마다 한울님을 모시는 존귀한 존재이므로 '貧富 貴賤 女男 嫡庶' 등 모든 사회적 계급적 차별을 철폐하는 만민 평등 정신은 물론, '인간 중심주의'의 위계질서와 함께 인간의 자연 착취를 합리화하는 서구 물질문명을 근본적으로 극복함으로써 인간과 자연, 지구 생태계가 고르게 상생·공생하는 도저한 생명 사상의 기반을 마련했습니다.

19C 후기 서구 정신사에서 '神은 죽었다'고 선언한 F. 니체의 사상이 근대 서구인의 의식 형성에 중요한 역할을 한 반면, 수운 동학은 모든 사람은 누구든 저마다 마음속에 神을 모시고 있다고 설하였습니다. 한국인은 누구든 마음을 갈고닦음으로써 자기 안에 모셔진 神과 언제든 接神의 경지에 들 수 있음을 자각합니다. 성심껏 마음을 닦고 기운을 바르게 함으로써 천지 만물에 두루 퍼져 있는 숱한 '自然神'들과도 접신할 수 있다고 생각합니다. 서낭당이나 마을 입구의 당나무, 오래된 나무와 생물, 무생물은 물론 마을 고샅이나 부엌 심지어는 헛간 뒷간에 있는 모든 신들이 깍듯이 모셔졌습니다. 단군의 후예로서 천신의 강신 전통을 굳게 지키면서 만물의 근원은 한 마음[一心] 한 기운[一氣]이라는 생각과 믿음은 이 땅에서 반만년 넘게 전해지고 이어져오는 한국 문화의 '거대한 뿌리'입니다.

수운 동학에서 '侍天主'는 '절대자 하느님(天主)'을 모시는 뜻이 아니라, '하늘을 모시는[侍天]' 님[主]라는 뜻입니다. 누구나 '하늘을 모시고 있는 님'이므로, 차별 없는 평등한 시천주 존재로서 사람을 가리킵니다. 누구나 마음속 심연에 神人이 될 씨올을 태어날 때부터 갖고 있는 것이지요. 그러므로 '시천주'는 종교적 해석을 넘어 모든 사람만이 아니라 모든 존재는 하늘을 모시고 있는 것입니다. 절대자 주님만을 모시는 게 아니라, 하늘을 모시는[侍天] 이를 가리켜 부모와 더불어 섬기며 존칭하는 뜻에서 '님'입니다.

하늘의 뜻을 따르는 이념과 이론, 문학예술 작품도 그 근원과 본성을 따지고 보면 이러한 '시천'의 본연의 정신(天心)이 전제되어 있다 할 수 있습니다. 저의 졸저 『유역문예론』이 추구하는 '창조적 유기체로서의 예술 작품'이라는 개념도 수운 동학의 '시천주' 사상과 깊은 연관성이 있습니다. 지성이면 감천이듯이 작가의 지극한 誠心이 낳은 예술 작품은 그 자체가 '시천주의 존재로서 일종의 유기체적 성격'을 지닙니다. 이런 작품을 달리 말하면, '진실한 예술 작품'이라 부릅니다. 하지만 '진실한 예술 작품'이란 예술가나 작가 쪽에서만 누리는 예술의 어떤 경지라기보다, 예술 감상자도 저마다 誠心과 修行의 노력을 기울여야 '진실한 예술 작품' 즉 '창조적 유기체로서의 예술 작품'의 경지를 감상자 각자 나름으로 누릴 수 있습니다. 감상자도 마음을 닦고 기운을 바르게 해야만, 비로소 예술 감상을 통한 정신의 高揚과 함께 예술 작품과 한 기운[一氣]에 이르는 예술적 체험을 하게 됩니다. 그러므로 시인 또는 예술가만이 아니라 감상자도 저마다 지극한 성심을 가져야 합니다. 이렇듯 작가, 예술가, 그리고 독자, 감상자가 각자 저마다의 삶 속에서 修心과 正氣를 행하는 것입니다. 여기에 '창조적 유기체로서의 예술 작품' 개념이 나오게 된 참뜻이 있으며, 아울러 문학예술을 통해 '나'와 '타자'가 두루 '다시 개벽'을 이루려는 속뜻이 있습니다.

내 안에 하늘을 모시는 기도와 그러한 생활 문화의 전통은 우리 겨레에게는 아주 익숙한 것입니다. '하늘의 造化'에 작용하는 '鬼神'은 나의 지극한 修心正氣 속에서 마침내 나타납니다. 문학예술 차원에서 말하면, 반만년 넘도록 이어온 우리 겨레의 풍류도(神仙道) 전통, 그중에서 특히 강신 혹은 강령의 문화 전통은 매우 근본적이고 소중한 한국인의 정신적 자산입니다. 귀신은 종교 이전에 한국인의 마음속에 '집단 무의식'으로 끈질기게 이어지며 그 오묘한 작용을 멈추지 않습니다. 풍류도의 주요 골자인 '接化群生'도 내 안에 강신 또는 강령이 있기를 기원하는 기도와 깊은 관련이 있다 할 것입니다. 수운 선생이 설하신 '시천주'에서 '모실 侍'의 뜻풀이인, "內有神靈 外有氣化"는 신라 때 풍류도의 '접화군생'에 내포된 '접령', '접신', '강령', '강신'과 깊은 인연이 있습니다.

시인 김수영이 말한 '시는 온몸으로 쓰는 것'이라는 시 쓰기의 유명한 명제도 '강령 상태의 몸'을 상상하지 않으면, 특히 한국 시인에게 그 시적 명제는 온전한 진실성을 헤아리기 힘듭니다. 김수영의 시 의식 깊이와 전체를 보면 우리 겨레의 정신문화에 있는 특별한 유전인자인 강령(강신)의 알레고리와 그 메타포로 쓴 시들이 적잖습니다. 김수영 시인의 탁월한 선배인 식민지 시대의 백석 시인은 '降靈을 통한 마음(天心)'이 한국 시 정신의 원천이라는 것을 깊이 통찰하였고, 김수영 시인의 견실한 후배인 신동엽 시인도 '降靈'이 시의 氣化를 낳은 진실한 시적 상상력의 원천임을 '온몸으로' 터득한 시인이란 점은 깊이 연구될 필요가 있습니다.

깊은 겨울밤 뒤울의 장독 위에다 정화수 한 사발 올리고 소박하고 정갈한 차림으로 치성을 올리는 어머니의 간곡한 마음이 우리 겨레가 한결같이 존숭해온 '가장 한국적인 降靈'의 장면입니다.

상고대 이래 이 땅에서 무르익은 고유한 神道 전통은 이제 한국인의 생활 문화 언어 그리고 예술 전반에 걸쳐 '거대한 뿌리'를 이루고 있음을 그 누구도 부인할 수 없습니다. 이제 수운 동학을 통한 새로운 문학 예술관을 수립하고 정립하는 일은, 서구의 물질문명을 지혜롭게 극복하고, 사람 자연 사물 기계가 서로 조화로운 공생 관계를 맺는 '原始返本'의 뜻을 현실 세계에서 펼치는 일과 깊은 연관성이 있다고 생각합니다.

다시금, 김준오시학상 운영위원회 및 심사위원회에 경의를 표합니다. 고맙습니다.

(2023.11.)

고독한 방외인

김성동金聖東 (소설가)

　명정酩酊의 거리를 헤매이고 난 이취泥醉의 아침이면 문득 떠오르고는 하는 청년이 있다. 세월이라는 이름의 강물에 떠밀리어 그 또한 이제는 어언 불혹不惑의 나이에 접어들었지만 나한테는 여전히 청년으로만 기억된다. 그 청년과의 인연을 떠올리면 아이오 쓸쓸하여진다. 처음 만나던 때를 떠올리면 더구나 그러하다.

　내 미망迷妄의 귀를 물어뜯던 신새벽의 종소리인 듯, 소리쳐 누구인가 나의 이름을 부르며 달음박질쳐 올 것만 같아 산문山門에 기대어 하염없이 저 아래 산모롱이를 바라보던 산사山寺에서의 해걸음녘인 듯, 소소리 바람에 슬피 울던 가을 산마루턱의 으악새인 듯, 눈물겨웁게 스산하다. 마치 물 묻은 손으로 전기를 만졌을 때처럼 오구구 몸뚱이가 오그라드는 것 같다. 삼도천三途川을 넘나들며 죽살이를 치던 끝에 어떻게 간신히 무너지고 부서진 몸뚱이를 추스려보며 한밭 곁 산자락 밑의 노모 곁으로 돌아갔을 때이니, 어언 십수년의 세월이 지나가버린 것이다.

＊　　비평문집『그늘에 대하여』(1996, 강)에 붙인 발문.

아수라의 화탕지옥 속으로 돌아와 맨 처음 찾았던 곳은, 술집이었다. 꼭 석 달 열흘 만에 병원을 나섰던 서울에서도 그러하였지만 노모의 곁으로 돌아갔을 적에도 마찬가지였다. 그곳 말고는 갈 데가 없었다.

그때에 나는 『풍적風笛』이라는 이름의 소설을 쓰기 시작하였었다. 막 서장 260장이 발표되고 난 다음이었는데, 도무지 견딜 수가 없는 것이었다. 그래서 집을 나왔던 것이었으니, 업이었던가. 꽃 피던 봄에서 낙엽 지는 가을로, 그러고는 곧바로 북풍한설 몰아치는 겨울로 내동댕이쳐진 것은, 순식간에 일어난 일이었다.

책 구경이나 하려고 들어갔다가 나를 알아보는 오원진吳元鎭이라는 열혈 청년과 점심을 하는 자리였다. 지금은 고인이 된 그 청년은 도청 앞에서 '창의서점'이라는 사회과학 전문 책방을 하며 한밭 운동권을 이끌고 있던 사람이었는데, 점심 자리에서 시작된 술이 밤까지 이어지게 되었을 때, 막무가내로 끝의 끝까지 가고자 하는 나의 술 상대로 불려 나오게 된 청년이 있었다. 백두급은 몰라도 한라장사급은 족히 되어 보이게끔 엄장 큰 체수였다. 아기장수 같은 그 청년을 상대로 아마 문학 이야기를 하였을 것이다. 나의 재생을 확인할 수 있는 길은 문학밖에 없다는 너무나 당연하면서도 새삼스러운 깨달음 또는 다짐에서였는데, 엄장 큰 체수에 걸맞지 않게 뜻밖에도 맑고 여린 심성을 지니고 있는 그 청년은 문학에 대해서는 구린 입도 떼지 않고 빠른 속도로 잔만 뒤집었던 것 같다.

 그렇게 이어진 명정의 여로가 3박 4일인가 4박 5일. 계속해서 술값을 치르느라 무일푼이 된 그 청년은 서울로 가야 되는데 차삯이 없다며 스산한 낯빛이었고, 나는 차표를 끊어주었던 것 같다. 그 청년이 차표 한 장만 달랑 쥔 채 개찰구 속으로 들어가는데 서울역에 내린 다음 목적지까지 걸어갈 수는 없을 것이라는 데 생각이 미친 나는 청년을 불러 5천 원짜리 지전 한 장을 쥐여주었던 것 같다. 눈물 나게 좋은 초가을 햇살을 넓은 어깨로 떠넘기며 그 청년은 서울행 열차에 몸을 실었고, 나는 집으로 가서 냉수를 들이켰다. 그 청년이 한밭 사람이라는 것을 알게 된 것 또한 그다음의 일이었으니, 전정前定된 연분인가.

 그때부터 우리는 사흘 거리로 만났던 듯하다. 아니, 비록 삼도천을 다녀왔다지만 아직 핏종발이나 남아 있던 나는 매일같이 버스를 타고 한밭 시내로 나갔던 듯하다. 창의서점에 가면 한밭에서 유일하게 아는 사람인 오원진이 있었고, 오원진이 연락을 하거나 찍어주는 술집으로 가면 어김없이 그 청년을 만날 수 있었다. 또한 스스로의 결의를 다지는 어떤 의식 같은 것이었지만 문학 이야기로 열을 올리는 것은 내 쪽이었고 그는 언제나 묵묵히 잔만 뒤집었는데, 아기장수 같은 체수답지 않게 이따금 귓불을 붉히고는 하였던 것 같다. 술집이 파한 다음 여관방으로 자리를

옮겨 밤새도록 마시던 끝에 밖으로 나섰던 아침나절쯤 대전경찰
서 뒤쪽에서인가 그의 선고장先考丈을 뵈었던 것도 그 무렵이었
을 것이다.

그 청년의 이름은 임양묵林楊黙이다. 그때부터 새벽이면 임 군
이 산내에 있던 나의 우거寓居를 찾아왔는데, 아침마다 어머니는
이렇게 말씀하시고는 하였다.

"이무기라는 청년이 술 잔뜩 먹구 와서 애빌 찾길래 서울 가구
읎다구 헸구먼. 잘헸쟈?"

술 때문에 그런 끔찍한 사고를 당한 사람이 다시 또 술을 마시
면 어쩌냐며 애를 태우시던 어머니였다. '양묵'이라는 발음이 잘
안 나와 어머니는 토박이 충청도식으로 '이무기'라고 하셨고 지
금도 그렇게 부르고 계신데, '임우기'는 그 뒤 그의 필명이 되었
다. 연꽃잎에 맺혀 있는 아침 이슬처럼 해맑은 그의 두 딸내미인
혜림蕙林이와 정림貞林이의 이름을 내가 지어주었고, 출판사 이름
또한 내가 지어보았던 '솔바람'에서 '바람'만 떼어낸 채로 쓰고
있으니, 전정된 연분인가.

문학평론가 임우기가 아니라 솔출판사 사장 임양묵과는 두어
해 동안의 몌별袂別이 있었다. 지금은 고인이 되신 문학평론가 김
현 교수의 영결식이 있던 날이었을 것이다. 광화문에 있는 어떤
지하 술집에서인가 우리는 아침부터 송진 내음 나는 가짜 양주

390

를 마시며 우울해하였는데, 출판사를 시작한다는 것이었다. 얼마 전부터 그런 뜻을 내비쳐오던 터였으므로 뜻밖의 말은 아니었으나, 나는 당황할 수밖에 없었다. 아니, 실망스러운 것이었다.

서울로 거처를 옮기고 나서 '문학과지성사'의 편집장 겸 계간 『문학과사회』 동인으로 활동하면서 그는 활발한 비평 활동을 하고 있었는데, 이따금 술자리에서 보게 되는 그의 얼굴은 밝지가 않았다. 무어라고 딱 집어서 이야기하기는 어렵지만, 편협한 문단 풍토와 서구 일변도의 예술관에 주박呪縛되어 있는 주변의 문학인들, 특히 문학이론가들의 일방적인 비평관에 못 견뎌 하는 것 같았다. 문학 풍토만이 아니라 문학을 필두로 한 우리 문화 일반의 종속성과 협량함에 절망하는 듯하였다. 패기 있게 출발하는 신인이라면 당연한 것이지만 남다르게 순정한 문학 의식을 지니고 있는 그로서는 여간 힘들어하는 것이 아니었다. 그래서 출판사를 차린 것이라고 하였다.

나는 그러나 완강하게 반대하였다.

편협한 문단 풍토와 문학을 바라보는 시각의 차이에서 오는 갈등에 괴로워하는 것은 충분히 이해한다. 그러나 그것이 어쨌다는 말이냐. 진정한 문학이란 마침내 혼자 개척하고 혼자 걸어갈 수밖에 없는 구절양장의 오솔길이 아니더냐. 그리고 당화唐化 · 왜화倭化 · 양화洋化로 갈가리 찢기어져 만신창이가 된 우리 문화, 그 문화를 새롭게 편집해보겠다는 가상한 뜻 또한 충분히 안다. 그러나 사람의 능력에는 한계가 있다. 그리고 누구나 걸어가야 할 길은 한 가지밖에 없다. 소설도 마찬가지지만 더구나 문학평론이라는 것이 마침내는 사상가의 경지에 이르지 않고서는 해내기 어려운 것인데, 그것 한 가지만으로도 벅찰 터인데, 어떻게 출판사 경영과 비평 활동을 양립시킬 수 있단 말이냐. 그러지 말고 독일로 유학을 떠나라. 한 십 년 죽을 작정을 하고 전공인 독문학을 공부한 다음 돌아와서 우리의 문학평론계를 새롭게 건설해봐라.

이런 내용의 말을 하며 출판사 설립을 달가워하지 않았던 것인데, 나의 말투가 너무 완강하였던 탓인가. 그렇게 우리는 왕래를 끊고 지내왔던 것이다.

몌별을 하였다지만 무슨 감정이 있다거나 문학을 보는 눈이 서로 다르지 않았으므로 재회 또한 지극히 자연스러운 것이었고, 그리고 지금까지 이어져오고 있다. 왕래가 없는 동안에도 나는 그의 평론들을 구하여 읽어보고는 하였는데, 이것 봐라 싶었다. 여전히 명정의 거리를 헤맨다는 소문이면서도 전혀 새로운 관점에서 우리 문학을 읽어내는 글들을 힘차게 발표하는 것이었고, 종래의 문학평론들과는 전혀 다른 것이었다. 한마디로 '비평의 눈'을 얻은 것이었다.

조선왕조 시대에 시를 쓰거나 배우려는 사람들이 오로지 만당晩唐만을 숭상할 줄 알았지 동파시東坡詩에는 조금도 눈길을 주지 않았듯이, 요즈음 문학을 하거나 하려는 이들은 오로지 서구의 것과 나아가서는 심지어 천박하기 짝 없는 일본의 것에만 눈길을 주고 있다. 오로지 서구의 것만을 숭상하고 우리의 것은 조금도 돌아보지 않고 있다. 서구이원론 철학의 막다른 골목에서 나오게 된 이른바 무슨무슨 '이즘'이 아니면 평론가 행세를 하지 못하는 지경이니, 서구 사상가들의 어록이 아니면 도대체가 글 한 줄 쓰지 못한다. 양의 동서와 시의 고금을 넘나드는 독서를 하면서 그리고 고통스러운 사유와 탐색의 바다를 건넌 끝에 마침내 얻어진 자기만의 사상을 바탕으로 하여 문학을 보는 것이 아니라, 서구의 사상가들이 토해놓는 사유의 찌꺼기를 바탕 삼아 문학을 보고 또 작품을 재단하고 있으니, 암호처럼 난삽한 번역체 문장으로 중언부언하게 되는 것은 그러므로 지극히 당연한 일 아닌가. 문학은 물론이고 예술 일반이 다 마찬가지지만 문학평론의 경우 그것은 더욱 심하여서 서구의 사상가 또는 문예이론가들의 이론이 아니면 상대를 하지 않는다. 문학을 보는 식견이 좁고 얕아서 그런 것인지 아니면 영어와 불어와 독일어를 모국어보다 더 잘해서 그런 것인지, '양것'의 잣대가 아니면 도무지 땅띔도 못 한다.

이러한 판국에 읽게 되는 임우기의 평론집 『그늘에 대하여』는 참으로 반가웁다. 같지 않은 서구의 문예이론에 주박되어 '통인通引 비평' 또는 '급창及唱 비평'이나 하고 있는 이른바 문예이론가들의 정수리에 일침을 놓고 있다. 이른바 합리주의사관을 바탕으로 한 저 서구 이론의 솥을 단번에 맞창 내고 나가는 '그늘론'의 대장군전大將軍箭이라니.

비평을 비평할 재주가 나에게는 없다. 그럴 계제도 아니려니와 분수에 맞지 않는다는 생각이다. 다만 한 가지, 임우기의 문학을 보는 눈이 '조선의 마음'에 그 뿌리를 두고 있다는 것만은 알 수 있겠다. 참으로는 무지해서 그런 것이겠지만 '조선의 눈'은 알지도 못한 채 '서구의 눈'으로만 '조선의 마음'을 읽어내려는 평론가들만이 행세를 하고 있는 풍토에서, 이런 비평가를 만날 수 있다는 사실이 여간 반가운 게 아니다.

예부터 진정한 평론가, 사상가로서의 문학평론가를 만나는 행운이란 좀처럼 쉽지 않다. 백 년에 한 사람 나올까 말까 한 것이다. 이 땅의 이른바 비평가라고 하는 사람들이 이 땅의 작가와 이 땅의 작품들을 경멸하면서 서구의 작가와 작품들만 붙좇는 상황에서, 진정한 우리의 작가와 작품을 고통스럽게 찾아 나서고 있는 방외인方外人 문학평론가 임우기에게 박수와 격려를 보내노니, 더구나 아무도 돌아보지 않던 우리의 사상철학으로, 그 웅숭깊은 해동海東의 일원론 철학을 바탕으로 하여 문학을 보려 하고 있음에랴.

다시 말하지만 임우기의 『그늘에 대하여』는 새롭다. 우리 해동의 철학과 해동의 사상으로 잡다한 서구 이론들을 쳐 넘기면서 전혀 새로운 각도와 새로운 시각으로 우리의 문학, 우리의 작가들을 읽어내고 있다. 박경리朴景利와 박용래朴龍來를 비롯하여 김지하金芝河와 이문구李文求라든지 박상륭朴常隆이며 조세희趙世熙 또는 박완서朴婉緖며 오정희吳貞姬 같은 작가·시인들을 서구의 이론으로가 아니라 조선의 이론으로, 그 순정한 '그늘의 눈'으로 전혀 새롭게 읽어내고 있다. 그 가운데서도 전혀 새로운 각도에서 읽어내는 '미당론未堂論'이 특히 그러하니, 무조건적 찬사만을 보내던 우리 평단에서는 최초의 조심스러운 시도가 아닌가 싶다.

임우기는 이제 막 평론의 광야로 들어선 사람이다. 벌판은 광막하고 인가는 보이지 않는데 북풍한설은 또 몰아쳐온다. 임우기한테는 이것이 두 번째 평론집이 되는데 무슨 까닭으로 처녀 평론집은 나한테 보여주지 않았고, 책방으로 가보았지만 보이지 않았다. 경우에 맞지 않게 나 같은 사람한테 발문跋文을 청하여 온 것을 보면 이 책『그늘에 대하여』를 임우기 평론의 첫 출발로 삼으려는 듯하다. 아직은 그 시작에 지나지 않는 힘든 작업이지만 머지않은 장래에 임우기의 손끝에서 전혀 새로운 우리 문학사, 나아가서는 우리 문화사가 정리될 수 있으리라는 느낌이 온다.

배암의 말 한마디.

나 스스로에게 하는 말이기도 하지만 임우기는 술에 절도가 있어야 할 것이다. 술밖에 낙이 없는 진흙창 똥 바다에 빠져 허우적거리고 있기는 하지만, 그래도 이 진흙창 똥 바다를 여의고는 그 어느 곳에서도 연꽃을 피워낼 수 없는 까닭에서이다. 자애로우신 자당慈堂 어른의 각별한 보살핌이 있고 현숙하신 내당內堂의 살뜰한 공궤가 있다지만, 술에 장사 없다는 옛말도 있지 않은가. 김훈金薰의 표현대로 제아무리 '임장사林壯士'라도 이제는 청년이 아닌 것이다. 진부한 술집에서가 아니라 맑은 정신으로 산마루에 올라 '문학'을 이야기하여 보고 싶다. 옴남 옴남 옴남.

96년 6월 25일 아침

이니산방履泥山房에서

합장合掌

[찾아보기]

문학과

예술의

다시

개벽

1판 1쇄 인쇄   2024년 7월 20일
1판 1쇄 발행   2024년 7월 25일

지은이   임우기
펴낸이   임양묵
펴낸곳   솔출판사

편집   윤정빈 임윤영
경영관리   박현주

주소   서울시 마포구 와우산로29가길 80⁽서교동⁾
전화   02-332-1526
팩스   02-332-1529
블로그   blog.naver.com/sol_book
이메일   solbook@solbook.co.kr
출판등록   1990년 9월 15일 제10-420호

© 임우기, 2024

ISBN   979-11-6020-207-6 03810